KNAUR

LAURA JANE WILLIAMS

Eine Nacht mit DIR

Roman

Aus dem Englischen
von Nadine Lipp

KNAUR

Die englische Originalausgabe erschien 2022
unter dem Titel »One Night With You«
bei Avon, a division of HarperCollinsPublishers, London.

Besuchen Sie uns im Internet:
www.knaur.de

Aus Verantwortung für die Umwelt hat sich die Verlagsgruppe Droemer Knaur zu einer nachhaltigen Buchproduktion verpflichtet. Der bewusste Umgang mit unseren Ressourcen, der Schutz unseres Klimas und der Natur gehören zu unseren obersten Unternehmenszielen. Gemeinsam mit unseren Partnern und Lieferanten setzen wir uns für eine klimaneutrale Buchproduktion ein, die den Erwerb von Klimazertifikaten zur Kompensation des CO_2-Ausstoßes einschließt. Weitere Informationen finden Sie unter: www.klimaneutralerverlag.de

FSC www.fsc.org MIX Papier | Fördert gute Waldnutzung FSC® C083411

Deutsche Erstausgabe Juli 2023
Knaur Taschenbuch

Redaktion: Birgit Förster
Covergestaltung: Zero-media,
nach einem Entwurf von Caroline Young
Coverabbildung: Illustrationen von Giovanna Giuliano
Illustration im Innenteil: Michaela Lichtblau
Satz: Adobe InDesign im Verlag
Druck und Bindung: CPI books GmbH, Leck
ISBN 978-3-426-52954-6

2 4 5 3 1

Für die Liebe meines Lebens,
jene, die mich Mummy nennt

TEIL 1

1

♥ ♥ ♥

Nic

»Hey, Bro«, obwohl es schon kurz nach 3 Uhr nachmittags ist, klingt Ollie total verschlafen. »Es tut mir leid. Ich hab verpennt, ich hab noch gar nichts an. Bin gerade erst aufgewacht und habe deine Nachrichten gesehen. Die letzte Nacht war ein bisschen feuchtfröhlich, und …«

»Nee, lass mal«, sage ich und verdrehe die Augen so stark, dass es wehtut. Feuchtfröhlich? Ich will nichts Näheres hören. Ich hebe die Hand und mache ein Stoppzeichen, als stünde er vor mir. Dabei ziehen gerade Menschenmassen auf dem Ealing Broadway an mir vorbei und freuen sich darauf, das Wochenende bei sich zu Hause mit einem Tee einzuläuten. »Ich hab mir schon gedacht, dass du durch Abwesenheit glänzen würdest«, murmele ich frustriert. »Ehrlich, ich bitte dich um einen winzigen Gefallen, und du lässt dich von einem One-Night-Stand davon abhalten, mir, deinem Bruder, den du seit einunddreißig Jahren kennst, zu helfen.«

»Einem *Two*-Night-Stand«, korrigiert er mich.

»Du lässt dich von einem *Two*-Night-Stand davon abhalten, mir zu helfen«, korrigiere ich mich, wobei ich noch stärker mit den Augen rolle. »Mit einer sehr netten Frau, deren Namen du dir, wie du weißt, schon beim ersten Mal hättest richtig merken sollen. Ich werde nie verstehen, wieso du eine zweite Chance bekommen hast. Echt jetzt. Und ich stehe hier und weiß nicht, wo die Maple Avenue ist. Dafür hätte ich dich gebraucht, Ollie. Ich habe keine Ahnung, wo ich bin! Google Maps führt mich im Kreis herum.« Ollie protestiert mürrisch gegen meine Schimpftirade, aber das stoppt mich nicht. Ich bin auf Sendung. »Ich bin so enttäuscht von dir! Ich bitte dich sonst nie um Hilfe, aus genau diesem Grund!«

Eine Frau in Regenmantel und Gummistiefeln wirft mir einen erschrockenen Blick zu. Weil ich schreie. Zwei Tage nach Beginn des angeblich größten Abenteuers meines Lebens bin ich tropfnass, habe mich verlaufen und bin fünfzehn Minuten zu spät. Ich hasse es, zu spät zu kommen. Ganz zu schweigen davon, dass ich keine Ahnung habe, wie ich das Sofa, das ich gleich abholen werde, in meine Wohnung transportieren soll. Ich werde wohl auf einen besonders zuvorkommenden Uber-Fahrer hoffen müssen. Obwohl, na ja, ich bin in London. Die Fahrer haben sicher schon Schlimmeres erlebt. Gestern Abend, nachdem ich Ollie im Pub abgesetzt hatte, habe ich eine Ratte von der Größe eines Perlhuhns gesehen, die sich auf die Hinterbeine gestellt und eine Dose Cola getrunken hat. Und vorhin habe ich gesehen, wie sechs Leute in voller Clownmontur aus einem Prius geklettert sind, der von einem Mann in einem Turnanzug gefahren wurde. Jedes Mal, wenn ich dachte, der letzte Clown sei ausgestiegen, kam ein weiterer heraus. Es war wirklich erstaunlich.

»Das Gebrüll«, wimmert Ollie dramatisch. »Zu viel Gebrüll. Und nicht genug Glückwünsche für die Nacht *número dos* mit der sexy spanischen Señorita.«

Ich schüttle den Kopf und lächle ungewollt. Ollie ist albern und weiß genau, wie er mich austricksen kann – er glaubt, dass ich ein absoluter Loser bin, was Frauen angeht, und dass ich angesichts seiner *»Errungenschaften«* weicher werde … was ich *niemals* zugeben würde, aber ich tue es doch. Ich habe keine Ahnung, wie man dieses Feld bespielt – nicht wirklich. Irgendetwas sagt mir, dass ich mich nicht an Ollie orientieren sollte, trotz seiner offensichtlichen Erfolge, aber er ist der einzige andere Junggeselle, den ich kenne. Zu Hause in Liverpool ist jeder mit jemandem zusammen, und das schon seit Ewigkeiten. Das ist *diese* Art von Ort.

»Du bist ein Honk«, sage ich und schüttle den Kopf. »Das weißt du, oder?«

»Ja«, sagt er klar und deutlich. »Das weiß ich. Aber ich bin ein Honk, der letzte Nacht sehr, sehr glücklich war.«

Man kann ihm nicht lange böse sein. Er ist ein typischer jüngerer Bruder: Seine Noten waren nicht so gut wie meine, er wurde nie so oft ausgeschimpft wie ich, und seine stete Weigerung, Verantwortung zu übernehmen, wirkt irgendwie schelmisch und charmant. Er könnte mit deiner Frau knutschen und dein Auto zu Schrott fahren, und du würdest ihm trotzdem ein Bier ausgeben. Dass er mit so vielen Dingen davonkommt, widerspricht allen Gesetzen der Physik und der Logik.

»Ich kann jetzt zu dir kommen«, bietet er an. »Sie ist gerade gegangen. Aber ich muss erst duschen. Ich sag dir, jeder Zentimeter des Bettlakens ist …«

»Ich lege jetzt auf!«, erkläre ich, fest davon überzeugt, dass ich kein einziges weiteres Detail wissen möchte. »Ich komme schon irgendwie klar, halt bitte deinen Sabbel! *Bye!*«

Ich schüttle den Gedanken an sein schmutziges Bettzeug ab und konzentriere mich wieder auf meine Aufgabe. Es ist nicht leicht, ein neues Leben zu beginnen. Aber ich tue es. Ich musste noch nie zuvor so viel Mut aufbringen wie bei der Entscheidung, neu anzufangen, und obwohl ich heute schon zehnmal aus Frust gegen irgendetwas treten wollte, bin ich verdammt stolz darauf, dass ich es tatsächlich tue. Denn eins ist klar – dieses neue Leben aufzubauen ist nicht halb so beängstigend wie die Entscheidung, mein altes aufzugeben. Es hat Monate gedauert, sogar Jahre. Daran versuche ich mich jedes Mal zu erinnern, wenn ich mich frage, was ich hier tue. Sicher heißt nicht besser. Sicher kann einfach nur sicher bedeuten. Am Leben, aber nicht lebendig. Scheinbar bequem, aber eigentlich miserabel. Für mich ist das nun zum Glück Geschichte.

Ich schaue mich um.

Auf dem Straßenschild steht zu meiner Überraschung *Maple Avenue.*

Ausgezeichnet! Ich habe die Straße zwar nur zufällig gefunden, aber ich habe sie gefunden! Gott sei Dank.

2

♥ ♥ ♥

Ruby

Ich weiß nicht, ob du die Definition von ›helfen‹ falsch verstanden hast«, sage ich zu Jackson, der auf dem Boden an den Heizkörper gelehnt sitzt und mit dem Klebebandabroller spielt, den Candice für mich von der Arbeit gestohlen hat. »Das Klebeband kaputt zu machen, das ich für diese Kartons brauche, ist eindeutig kontraproduktiv.«

»Nicht, wenn mein heimtückischer Plan darin besteht, dich davon abzuhalten, wegzugehen.« Er schmollt und kratzt sich an den kurzen Afrostoppeln. »Ehrlich. Wenn du wolltest, dass wir unsere unendliche Bewunderung und Liebe für dich zum Ausdruck bringen, dann ist das ein ganz schön dramatischer Move, um das Gefühl von Wertschätzung zu bekommen.«

Seine Unterlippe schiebt sich vor, der rosafarbene innere Teil wird sichtbar, und ich frage mich, wie gerade er mich der Theatralik bezichtigen kann. Er steht Liza Minnelli in nichts nach.

Ich weiß, es kommt daher, dass er mich so mag. Er ist schon die ganze Woche so. Ich glaube, weder er noch Candice haben gedacht, dass ich wirklich gehen würde. Als ich ihnen zunächst gesagt habe, dass ich meinen Master machen will, haben sie mich nicht ernst genommen, aber dann wurde ich zum zweiten Vorstellungsgespräch eingeladen. Ich hätte mich auch in Brighton oder sogar irgendwo in London bewerben können, aber dieser Studiengang ist in Manchester am besten, und als ich angenommen wurde – und noch dazu mit einem Teilstipendium, ich meine, *come on!* –, da konnte ich nicht ablehnen. Seitdem hoffen die beiden wohl insgeheim, dass ich meine Meinung doch noch ändere und bleibe.

»Achtung, Getränke im Anmarsch«, verkündet Candice und stößt die Zimmertür mit der Hüfte auf, in den Händen balanciert sie drei Aperol Spritz. Ihr brünettes Haar steht ihr strähnig vom Kopf ab, was darauf zurückzuführen ist, dass sie den größten Teil des Tages auf dem Sofa verbracht hat, um Disney-Filme zu schauen und so die Packorgien in meinem Zimmer zu ignorieren.

»Candice, ich kann jetzt noch nicht trinken – sieh nur, was ich noch alles zu tun habe!«, rufe ich aus und deute auf all die Stapel, die überall im Zimmer verstreut sind, während Jackson gierig nach den Gläsern greift und eins für sich und eins für mich entgegennimmt. Er hält mir meins hin, und ich stelle es sofort auf dem Kaminsims ab. Wir wohnen in einer großen, alten viktorianischen Doppelhaushälfte, und weil wir die Miete lieber durch vier als durch drei teilen, nutzen wir den winzigen Raum, der das Esszimmer neben der Küche sein sollte, als Wohnzimmer und das vordere Zimmer – mit funktionstüchtigem Kamin – als WG-Zimmer, zusätzlich zu den beiden Zimmern im Obergeschoss und einem kleinen im hinteren Bereich. In den letzten beiden Jahren haben wir das kleine Zimmer meist zur Kurzzeitmiete an ausländische Studierende vergeben, die Englisch lernen wollen und bereit sind, viel zu viel zu zahlen, um in der Nähe der Central Line zu wohnen. So hatten Jackson, Candice und ich eine relativ niedrige Miete. Das ist frech, aber es ist halt London. Wenn es um bezahlbaren Wohnraum geht, lautet die Devise: Fressen oder gefressen werden. Der Vermieterin ist es egal, dass wir untervermieten, solange das Geld pünktlich auf ihrem Konto landet.

»Hoch die Tassen, Leute«, jubelt Jackson und schwenkt sein Glas in der Luft. Die beiden sehen mich so erwartungsvoll an, dass ich mich ihnen anschließe. Wir nehmen das »erste Blut« zu uns, so bezeichnen wir die ersten Schlucke des ersten Getränks der Nacht (oder des Nachmittags, wie es scheint), die Lust auf mehr machen. Ich fühle mich schlecht, weil ich sie verlasse. Wir sind schon so lange die drei Musketiere. Aber wenn ich mich nicht zusammenreiße, werde ich ohne Unterlass schluchzen, und damit ist auch niemandem geholfen.

»Auf die Verräterin«, sagt Candice und lächelt verschmitzt, um ihre harschen Worte auszugleichen.

»Auf die Verräterin«, wiederholt Jackson, und ich schüttle den Kopf und nehme auch einen Schluck. Ich habe es ihnen nicht gesagt, aber eigentlich freue ich mich darauf, London hinter mir zu lassen. Diese Stadt hat mich ausgelaugt. Sie ist zu schmutzig, zu teuer und einfach *zu* hart. Ich wurde das Gefühl nicht los, dass dies nicht der richtige Ort für mich ist. Ich weiß nicht, ob Manchester der richtige Ort sein wird, aber zumindest bin ich dann näher bei meinen Eltern und meiner Schwester im Peak District. Candice und Jackson würden lieber sterben, als in die Gegend zurückzukehren, in der sie geboren wurden.

Plötzlich leuchtet das Display meines Handys auf. Natürlich, war ja klar. Hinter jeder Frau, die versucht weiterzukommen, steht ein Ex, der spürt, dass sie beinahe über ihn hinweg ist. Eine Nachricht von Abe.

Du gehst doch nicht, ohne dich zu verabschieden?

Ich wische nach links, und die Nachricht wird gelöscht, ohne dass ich sie öffne.

»Wie spät ist es?«, frage ich, verdränge Abe entschlossen aus meinen Gedanken und staple weitere Bücher in einen Umzugskarton, damit Jackson ihn zukleben kann. »Der Typ mit dem Sofa ist spät dran. Er hätte schon längst hier sein müssen.«

»Ich wette, er hat nach meiner Nachricht noch ein paar wichtige Dinge besorgt«, trällert Candice und setzt sich zu Jackson auf den Boden. Es gibt keinen anderen Platz, um sich hinzusetzen: Von den Möbeln sind nur noch mein Bettgestell und die Matratze übrig, die mit einer Mischung aus halb gepackten Kartons und Tüten, die ich spenden möchte, vollgestellt ist, und das Zweiersofa, das zwar leer ist, aber bereits für die Abholung gereinigt wurde – falls der Typ jemals auftaucht.

»Deo, Pfefferminzbonbons, Kondome …«, fährt Candice fort und zieht mich immer noch wegen des Typen auf, der mein Sofa kaufen will.

Ich runzle die Stirn. Jackson merkt es und lacht.

»Liegt die Wette, dass sie ihn vögelt, bei zwanzig oder bei fünfundzwanzig Pfund?«, stichelt er.

Ich werfe ihm einen bösen Blick zu. »Warum fällt es euch so schwer zu glauben, dass ich es ein ganzes Jahr ohne einen Mann zwischen meinen Schenkeln aushalte?«, seufze ich. »Solltet ihr als meine besten Freunde nicht unterstützender sein? Es fühlt sich an, als wolltet ihr, dass ich scheitere.« Ich versuche, ihnen ein schlechtes Gewissen zu machen, also betone ich noch: »Und das nach allem, was ich durchgemacht habe …«

Jackson fischt die Orangenscheibe aus seinem Getränk und presst sie aus. »*Au contraire*«, sagt er, leckt sich die Finger und zeigt kein bisschen Reue. »Wir wollen, dass du erfolgreich bist, Darling.«

»Eine neue Stadt«, sagt Candice. »Neue Perspektiven, ein neues Leben. Ein wunderbarer Plan …«

»Aber …«, fügt Jackson hinzu. »Wir wollen dich nur daran erinnern, dass du London nicht verlassen kannst, wenn Abraham Lawson der letzte Mann war, der in dir war. Wir wären schlechte Freunde, wenn wir *nicht* dafür sorgen würden, dass du dich mit besseren Erinnerungen verabschieden kannst.«

»Ich habe Jackson gefragt, ob er sich nicht opfert, aber er hat abgelehnt.« Candice kichert.

»Ich könnte mir nichts Schlimmeres vorstellen.« Jackson zuckt mit den Schultern.

»Sehr charmant!«, entgegne ich. »Ich liebe dich auch.«

»Das wäre, wie mit meiner Schwester zu knutschen«, erklärt er. »Total unpassend. Meine Dienste können nur darin bestehen, dich zum Einlenken zu bewegen. Es ist nur zu deinem Besten. Du wirst keine gute Kunst erschaffen, wenn du die *kleine Ruby* nicht befriedigst.« Er spricht *Kunst* aus, als stünde es in Anführungszeichen, aber noch mehr stört mich, dass er meine Genitalien *kleine Ruby* nennt.

»Na ja«, sage ich und winke ihn mit einem Fingerzeig heran, um zu signalisieren, welche Kartons jetzt zugeklebt werden können. »Du hast die Nachricht nicht wirklich geschickt, und heute Abend feiern nur wir drei. Wenn du mich also nicht vom Abe-Fluch befreist, dann wird es schwierig, oder?«

Jackson lacht. Der »Scherz« rund um den Typen, der das Sofa abholt, hat letzte Woche begonnen, als Candice gesehen hat, wie ich beim Frühstück auf dem Facebook Marketplace herumgetippt und mich mit ihm zur Sofaübergabe verabredet habe. Nebenbei habe ich fallen lassen, dass er auf dem Profilfoto heiß aussieht.

Ehe ich michs versah, hatte sie alle seine Social-Media-Profile auf ihrem Handy aufgerufen, allein mithilfe des Namens und der Tatsache, dass er überall dasselbe Foto verwendet. Als Jackson auch noch seine Inspektor-Clouseau-Fähigkeiten einbrachte, fanden sie heraus, dass dieser Nic neu in London ist, ursprünglich aus Liverpool stammt und eine Trennung hinter sich hat. Er wurde von seiner Universität – University of Liverpool, Abschluss in Wirtschaft und Politik – mit einem Preis für herausragende Leistungen geehrt und war für eine Art Graduiertenprogramm bei einer Finanzberatungsfirma angeworben worden. Er spielt ein bisschen Football und macht etwas namens LARP, was wir googeln mussten. Es ist ein Live-Action-Rollenspiel, bei dem sich die Leute verkleiden und ihre Spielfigur selbst darstellen.

Es gab ein äußerst irritierendes Foto von ihm in einem Kettenhemd mit einem Schwertgürtel um die Hüften, das in Schottland aufgenommen wurde. Daran, wie die Sachen an ihm saßen, war leicht zu erkennen, dass er einen Waschbrettbauch hat und ohne Brille noch besser aussieht. Als wir aus den Tiefen unserer Beschäftigung mit der Frage, wer der Fremde war, der mein Sofa kaufen wollte, wieder auftauchten, hatten wir zwei Flaschen Champagner geleert, die Candice bei der Arbeit »geschenkt bekommen« hatte (die sie also gestohlen hatte oder die sie als »Bezahlung in Naturalien« ansah, wie sie es manchmal ausdrückte), und waren beide scharf auf ihn. Mir gefielen seine Bauchmuskeln, Candice mochte seine Schultern, und Jackson verwies auf die Größe seiner Hände.

»Ich habe ihn wirklich wissen lassen, dass es seine gesellschaftliche Pflicht ist, dir zu helfen«, stichelt Candice weiter.

»Das würdest du nicht wagen«, knurre ich mit spielerisch zusammengekniffenen Augen.

Doch als es an der Tür klingelt, macht mein Magen einen Salto. Bei Candice weiß man nie.

»Ich mache auf!«, ruft sie und springt begeistert auf. Sie freut sich, dass sie mich ärgern kann.

»Armer Kerl«, sagt Jackson lachend, während ich einen Bücherkarton fertig etikettiere. »Ich würde sie nicht zu lange mit ihm allein lassen.«

Ich halte inne, verdaue, was er sagt, und lege dann meine Arbeit nieder. Von hier aus kann ich gerade noch hören, wie Candice »Hallo« sagt und dass eine tiefe, männliche Stimme leise antwortet.

»Du weißt, wie sie ist«, drängt Jackson.

Ich ziehe die Augenbrauen hoch und murmele: »Ihr zweiter Vorname könnte ›Bedrohung‹ lauten.«

Jackson kichert.

»Nicht, dass du besser wärst«, sage ich, und er gestikuliert, dass das gar nicht sein könnte.

3

♥ ♥ ♥

Nic

Rubes!«, trällert die statuenhafte Brünette, die die Tür geöffnet hat, den Flur hinunter. »Dein Sofatyp ist da!«

»Ich komme!«, zirpt eine Stimme von irgendwo aus dem Inneren des Hauses. Die Brünette mustert mich von oben bis unten und lächelt dann. Das macht mich nervös.

»Wie geht's?«, fragt sie.

»Gut, danke«, antworte ich und weiß nicht so recht, was ich sonst sagen soll. Als sie nichts weiter sagt, füge ich hinzu: »Bin ziemlich nass.«

»Hmmmm«, antwortet sie nachdenklich, als ob sie mein regennasses Outfit oder mein Gesicht – oder vielleicht sogar meine Person – auf einer Skala von eins bis zehn bewerten würde. Ich habe keine Ahnung, ob ihr belustigter Gesichtsausdruck darauf hindeutet, dass ich auf ihrer imaginären Skala gut abschneide oder schlecht. Wenn sie bewertet, was ich bisher gesagt habe, bin ich sicher bei null gelandet. Plaudereien über das Wetter? Ollie würde das nicht gutheißen. Aber um ehrlich zu sein, bin ich nicht hier, um mich zu unterhalten. Ich bin hier, um ein Möbelstück abzuholen, und anschließend hole ich mir was Leckeres zu essen, das ich in meiner neuen Wohnung, auf meinem neuen Sofa essen werde. Zugegeben, ich werde dabei allein sein, aber trotzdem. Ich hake diese Besorgung ab und mache dann weiter.

»Ich komme, ich komme«, trällert die Stimme im Haus wieder, und ein Schatten tritt aus der Dunkelheit des Flurs. Bevor sie mich ansieht, blickt sie in den Himmel und macht sich ein Bild von dem regnerischen Augusttag. Es ist ein durch irgendeinen

Feiertag verlängertes Wochenende. Im ganzen Land hat es den ganzen Sommer über immer wieder geregnet, und heute ist es so schlimm wie schon lange nicht mehr. Wenn wir vor dem Wintereinbruch nicht noch etwas Sonne abbekommen, werden alle durchdrehen – es war wirklich schlimm. »Argh«, sagt sie zu sich selbst, während es weiter wie aus Kübeln schüttet.

Ich schaue sie an. Sie hält ein Glas in der Hand mit dem letzten Rest von etwas, das wie ein Aperol Spritz aussieht. Sie trägt winzige Shorts und ein übergroßes T-Shirt, das ihr über die Schulter fällt, kein bisschen Make-up, und ihr blondes Haar ist hoch aufgetürmt. Auf ihrer Nase und ihren Wangen tanzen blasse Sommersprossen, und ihre dichten, dunklen Wimpern betonen ihr schönes Gesicht. Ich kann nicht anders, als festzustellen, dass sie keinen BH trägt, da ihre Brustwarzen sehr deutlich auf die kalte Luft reagieren. Die Dinger sind wie dicke Kugeln, die genau auf mich zielen.

»Hi«, sagt sie und reißt ihren Blick von den Wolken los, um mich anzuschauen. »Ich bin Ruby.«

Und es ist so seltsam, so unheimlich. Aber als wir uns ansehen, habe ich dieses … *Gefühl.*

Sie ist ein Engel. Ein echter überirdischer Engel. Ihr Gesicht, ihr langer, eleganter Hals, ihre weiche Haut und die Art, wie sich ihr Schlüsselbein wie ein Gedicht wölbt und die Geschichte ihres Körpers erzählt. Das Heben und Senken ihres Brustkorbs beim Atmen. Ihr Geruch – nach Kokosnuss und exotischen Blumen. Sicherlich muss sie das auch spüren. Blitze durchfahren meinen Körper. Ich stehe in Flammen.

»Nic«, versuche ich zu sagen, aber im Rausch der ineinanderstürzenden Gedanken bleibt meine Zunge hängen, und es hört sich an wie ein Husten. Verdammt. Wenn man nur eine Chance hat, einen ersten Eindruck zu hinterlassen, dann vermassle ich sie gerade ganz gewaltig. Ich wende den Blick ab und nehme mir einen Moment Zeit, um zu Atem zu kommen. *Bleib cool,* sage ich mir. *Sei einfach du selbst.*

Aber noch während ich das denke, zucke ich über meinen eigenen Rat an mich selbst zusammen. Ich weiß nicht, warum man so oft sagt: *Sei einfach du selbst.* »Ich selbst« ist ein totaler Streber, der in seinem Leben bisher nur eine einzige Freundin hatte. Ich habe sogar erst vier Menschen geküsst, und einen davon mit geschlossenem Mund, weil ich elf war. Sich zu sagen, *sei einfach du selbst,* passt, wenn man Justin Bieber oder einer der *Hollywood's Chrises* ist. Nic Sheridan zu sein bedeutet, introvertiert, schüchtern und chronisch lächerlich zu sein. Wenn man »Definition von uncool« googelt, ploppt ein Foto von mir auf. Bittet man ein unparteiisches Gremium, alle Männer der Welt in eine Reihenfolge zu bringen, die von den coolsten bis zu den tragischsten reicht, dann kommt mein Name in dieser langen Liste ganz am Ende. Das war schon immer so. Ich bin klug und gut organisiert und weiß, wie man günstige Zinssätze für meine Wertpapierdepots berechnet, aber ich weiß einfach nicht, wie man mit Frauen redet. Bis vor Kurzem war ich in einer Beziehung, die ich schon seit der Schulzeit hatte. Ich habe nie gelernt, wie das mit den Frauen geht, weil ich es nie gebraucht habe.

Und jetzt … *diese* Frau. Es ist, als ob die Engel singen und die Geister mich rufen, und mir tut alles weh bei ihrem unglaublich perfekten Anblick. Meine Seele kennt sie bereits. Wir haben schon viele Leben miteinander verbracht. Sie hat den tollsten Körper, aber das ist noch das Unspektakulärste an ihr.

Es kann nicht sein, dass ich mich täusche.

Ich glaube, ich starre sie an.

Ich kann nicht anders.

Ich habe geklingelt, und die Liebe hat aufgemacht.

(Na ja, die Freundin der Liebe. Aber dann tauchte die Liebe in Hotpants auf.)

Ich würde gern jede andere Person sein, *nur nicht* ich selbst.

4

♥ ♥ ♥

Ruby

Der Typ sieht mich an, als wolle er mich kaltblütig ermorden, zerstückeln und in Entenfett frittieren, um die Beweise verschwinden zu lassen.

»Uhm«, sagt er, nachdem er seinen Mund wie eine Forelle geöffnet und wieder geschlossen hat. Das erinnert mich an eine alte Folge von *Emergency Room,* in der sich eine Frau quasi abschaltete, während sie mit Dr. Carter sprach. Es war, als hätte man ihr den Stecker gezogen, als würde sie herunterfahren. Die Situation gerade erinnert mich erschreckend an diese Szene. Ich hoffe, er braucht keinen Krankenwagen oder medizinische Hilfe. Ich habe keine Zeit für so was! Ich habe Candice und Jackson versprochen, bis 6 Uhr fertig zu sein, damit wir uns dann unserem letzten »Familienessen« widmen können. Es ist mir wichtig, dass wir an unserem letzten Abend eine gute Zeit haben. Wenn dieser Typ an unserer Haustür stirbt, wäre das für alle Beteiligten eine große Unannehmlichkeit – nichts für ungut!

»Nic.« Nach einem kleinen Hustenanfall gelingt es ihm, wieder zum Leben zu erwachen, und er streckt eine Hand aus, die er vernünftigerweise vorher an seiner Jacke abwischt. Er bricht den Augenkontakt nicht ab. Er ist wirklich intensiv. »Ich bin hier, um das Sofa abzuholen.«

Wirklich *sehr* intensiv.

Ich kann mich nicht erinnern, dass die Frau im Fernsehen so gestarrt hat, als sie ihren Schlaganfall hatte. Ich glaube, sein Gesicht ist einfach so. Es ist ein hübsches Gesicht, so grüblerisch, wie es ist. Er ist in echt noch attraktiver als auf seinem Profilbild.

Aber wir waren ja nur albern, weil wir betrunken und schräg drauf waren. Auf keinen Fall werde ich versuchen, mit dem Typen zu schlafen, dem ich mein Sofa verkaufe. In weniger als neun Stunden beginnt »mein Jahr für mich«. Und in diesem Jahr werde ich Männer nicht einmal mit dem Arsch ansehen. Keine Zerstreuungen, keine Ablenkungen. Ich lasse mich nicht durcheinanderbringen, sosehr sich Candice und Jackson auch dafür einsetzen, dass ich noch ein letztes Mal Spaß haben soll.

Aber diese Augen. Können Männer Augen haben, die einen ins Bett locken? Wenn ich es mir recht überlege, ist es kein Axtmörderblick. Er sieht mich an, als wäre er wochenlang durch die Wüste geirrt und nun auf ein großes Glas Eiswasser gestoßen. Seine Pupillen sind geweitet, und er grinst dämlich. Und seine Grübchen … man könnte sich einen ganzen Nachmittag lang in seinem Lächeln verlieren. Wow! Ich kann nicht anders, als albern zurückzugrinsen, jetzt, wo sich der Schock über seine Anwesenheit gelegt hat. Er ist *umwerfend.*

Verflucht seien Candice und Jackson, dass sie mir solch dumme sexuelle Gedanken in den Kopf gesetzt haben! Ich habe größere Fische zu braten. Ich kann nicht bis zur letzten Stunde meines Zölibats in Gedanken schneidige Männer in feuchten Jacken ausziehen. Jedenfalls hat er jetzt die Farbe einer Weihnachtskugel angenommen, ganz rot und glänzend. Ich glaube, meine Trödelei verunsichert ihn, und das ist auch gut so. Ich starre ihn an.

»Bitte den armen Kerl doch herein«, flüstert Jackson aus der Tür meines Zimmers und bricht den Bann. »Er steht im Regen, und es regnet in Strömen!«

Ich erwache aus meinem Tagtraum und richte meine Gesichtszüge so aus, dass sie hoffentlich freundlich, aber distanziert wirken. *Back to business.*

»Also gut«, sage ich und erinnere mich daran, zu lächeln. »Komm rein.« Er tritt über die Schwelle und will sich die Schuhe abstreifen. Es fühlt sich pervers an, festzustellen, dass er riesige Füße hat, aber *meine Güte!* Er könnte damit Wasserski fahren. Und über Männer mit großen Füßen sagt man …

»Keine Sorge wegen der Schuhe«, füge ich hinzu. »Du kannst sie ruhig anlassen, wir tragen Schuhe im Haus.«

Der Sofatyp – Nic – stößt einen lustigen Kicherlaut aus, bevor er antwortet: »Wenn es dir nichts ausmacht, ziehe ich sie aus. Meine Mutter würde ausrasten, wenn sie wüsste, dass ich in Schuhen durch ein fremdes Haus getrampelt bin. Schon beim Gedanken daran kriege ich Kopfschmerzen!«

Über seine Schulter sehe ich, wie Candice mit ihren großen, braunen Augen auf seinen Hintern starrt und dann zu mir schaut, als wolle sie sagen: *Süß, nicht wahr?* Ich schüttle leicht den Kopf, um sie zu warnen, dass sie aufhören soll, bevor sie mich zum Lachen bringt, aber er sieht es und schaut sie verwirrt an.

»Hier entlang«, sage ich und lenke ihn ab. »Entschuldige die Unordnung. Ich bin gerade beim Packen.«

»Kein Problem«, sagt er, folgt meinem Fingerzeig und geht vor mir in mein Zimmer. Als ich hinter ihm stehe, kann ich nicht umhin, festzustellen, dass Candice recht hat, was seinen Hintern betrifft. »Ich habe gerade die Hälfte meiner Sachen ausgepackt, also verstehe ich das sehr gut.«

Dann sieht Nic Jackson, der die ganze Zeit in meinem Zimmer war und zugehört hat.

»Hey«, sagt er mit einem kleinen Winken. »Ich bin Nic, wegen dem Sofa.«

»Ist *wunderschön,* oder?«, schwärmt Jackson.

Ich *spüre,* wie Nic wieder rot wird, als er steif antwortet: »Ähm, was?«

»Das Sofa?«, sagt Jackson, aber er weiß ganz genau, was er tut. Es fühlt sich sofort unfreundlich an. *Wir lachen nicht über dich,* will ich ihm sagen, *die beiden machen sich über mich lustig.* Ich will Nic die Hand reichen, damit er sich irgendwie beschützt fühlt, damit er weiß, dass ich auf seiner Seite bin und wir keine Monster sind, die sich nicht zusammenreißen können. Außerdem wäre es eine gute Ausrede, um diese zwischenmenschliche Berührung zu haben, diese Verbindung, denke ich und schaue auf seinen dicken Bizeps, der sich zu männlichen, festen Handgelenken verjüngt. Ich stelle mir vor, wie er das Schwert hält, das wir auf dem Foto gesehen haben. Ich denke daran, wie schmal sich meine Taille in diesen kräftigen Händen anfühlen würde.

Verdammte Scheiße. *Konzentriere dich.* Was tue ich da, wieso starre ich ihn so an?

»Jackson«, sage ich und winke ihm mit meinem leeren Glas zu. »Es macht dir doch nichts aus, zusammen mit Candice noch eine Runde nachzuschenken, oder? In der Küche?«

Kannst du dich einfach mal verpissen?, ist die Aufforderung hinter meinen Worten. *Das wird hier total peinlich.*

Jackson grinst. »Ich lasse euch beide mal allein«, sagt er und streift im Vorbeigehen absichtlich meine Schulter, um mich in Richtung meines Sofakäufers zu stupsen.

»Danke.« Ich lächle. Als ich mich wieder Nic zuwende, senkt er den Kopf und vermeidet den Blickkontakt. Es war richtig, die anderen loszuwerden. Im Dreierpack sind wir wirklich etwas einschüchternd. Das hat man uns schon oft gesagt. Aber es ist süß, wie leicht er errötet. Was auch immer das Gegenteil von einem Pokerface ist, er hat es. Man kann ihm jede Gefühlsregung vom Gesicht ablesen. Es ist entwaffnend … sehr charmant.

»Ich habe es gereinigt«, erkläre ich und versuche, wieder zur Sache zu kommen. »Gesaugt und gebürstet.« Ich zeige auf das Zweiersofa. »Schau es dir gerne genauer an. Der Zustand sollte so sein, wie ich ihn in der Anzeige beschrieben habe – da ist bloß diese Delle an der Seite, wie du sehen kannst. Um ehrlich zu sein, fällt es mir schwer, mich von ihm zu trennen. Es passt leider nicht in den Leihwagen, und wenn es nicht ins Auto passt, muss ich es zurücklassen. Also … gib ihm ein gutes Zuhause.«

Nic geht in die Hocke und fährt mit der breiten, flachen Hand über die Samtpolsterung, betrachtet die Unebenheiten, untersucht die Delle, nickt aber ansonsten zustimmend. Er ist ganz konzentriert, seine Augen haben sich verengt, und ich erwarte fast, dass ihm gleich die Zunge aus dem Mund hängt wie bei einem kleinen Kind, das konzentriert an seiner Klassenarbeit sitzt. Ich wette, er war schon als Achtjähriger hinreißend.

»Wir haben sechzig gesagt, oder?«, fragt er schließlich. Jetzt, wo wir allein sind, ist seine Stimme etwas leiser geworden. Nachdenklich, könnte man sagen. Ich hätte nichts dagegen, wenn mir eine solche Stimme eine Gutenachtgeschichte vorlesen würde, Zölibatjahr hin oder her.

»Das haben wir.«

»Super.« Er nickt. »Einverstanden. Ich überweise dir das Geld sofort und stehe dir dann nicht mehr im Weg rum.« Er holt sein Handy aus der Jackentasche, und ich merke, dass ich seltsamerweise den Geruch dieses Fremden stark wahrnehme: moschusartig und männlich. Wenn wir in einer Bar wären, würde ich mir einen Drink von ihm spendieren lassen. Ist das crazy, wenn ich behaupte, dass die Chemie stimmt? Es sind auf jeden Fall Vibes da. Erst habe ich ihm auf den Hintern gestarrt, jetzt reibe ich mir den Nacken in einer subtilen Flirtgeste. Wann ist das passiert? Wann hat mein Körper angefangen zu flirten, bevor mein Verstand wusste, was los war? Ich hatte es gar nicht vor, aber Mist – ich mache ihm *Zeichen*. Völlig unerwartet! Ich glaube, es liegt daran, wie er mich an der Tür angegrinst hat. Wie kann eine Frau einem so breiten, jungenhaften Grinsen widerstehen?

»Nein, nein, mach dir keine Gedanken. Du rettest mich vor all dem hier.« Ich deute halbherzig auf die Umzugskisten und schaue ihm tief in die Augen. »Ich bin dankbar für eine Pause. Nimm dir Zeit.« Noch mehr Blickkontakt. Ich halte inne und schaue dann weg. Ich kann nicht anders. Ich mache diesem Mann wirklich Avancen. Kann es sein, dass Candice und Jackson recht haben? Werde ich es wirklich übertreiben und ein bisschen Spaß haben, bevor ich gehe? Vielleicht sollte ich ihn überreden, noch auf ein Gläschen zu bleiben …

»Wie lautet deine Bankverbindung?«, fragt er. »Ich werde das Geld sofort überweisen.«

Ich gebe ihm meine Daten, und während er mir die einzelnen Schritte der Überweisung erklärt, schaue ich ihn mir noch genauer an. Seine Gesichtszüge sind weicher, als sie auf den Fotos wirkten, die wir auf Social Media gesehen haben. Kurze dunkle Haare, ein kräftiger Hals, der aus dem oberen Rand seiner Jacke lugt. Seine Lippen sind voll, und die kurzen Bartstoppeln verleihen ihm einen leicht rauen Look. Wir haben auf Instagram gesehen, dass er sehr, sehr jung aussieht, wenn er glatt rasiert ist. Fast möchte ich ihm sagen, dass mir sein Bartschatten gefällt, aber ich halte mich zurück, als mir klar wird, dass ich ja offiziell nicht weiß, wie er ohne ihn aussieht. Ich frage mich, wie seine Ex wohl war und wer mit wem Schluss gemacht hat. Und schon rasen meine Gedanken weiter, und ich frage mich, was er im Bett mag, ob er zärtlich oder grob ist, wie viel Zeit er sich fürs Vorspiel nimmt. *Entspann dich, Ruby,* sage ich mir dann.

Ein Piepton lässt uns wissen, dass das Geld angekommen ist. Ich hebe mein Handy auf und winke ihm zu.

»Erledigt!«, sage ich.

»So einfach ist das«, erwidert er und lächelt in Richtung Fußboden.

»Ja …«, stimme ich zu.

Keiner von uns weiß, was er als Nächstes sagen soll. Er trommelt mit den Fingerspitzen gegen seine Jeans, als würde er darauf warten, losgelassen zu werden. Ich beobachte die sauberen, kantigen Spitzen seiner Nägel, die in einem Stakkato-Rhythmus klopfen. Ich nehme meinen Mut zusammen, denn ich werde es tun: Ich will herausfinden, ob er bleiben will. Scheiß drauf – warum denn nicht? Dann spüre ich seinen Blick auf mir, also schaue ich auf, und bevor meine Augen seine treffen, schaut er weg, über meinen Kopf hinweg, auf die Stelle, wo früher mein Spiegel hing.

»Ich sollte jetzt wohl besser gehen«, sagt er.

Oh. Ich verstehe das alles falsch. Die Vibes gehen nur in eine Richtung. *Uuuups.* Ich sollte ihn einfach mit seinem Tag weitermachen lassen. Er will nicht bleiben. Macht nichts.

»Soll ich Jackson bitten, dir zu helfen?«, biete ich an und befreie ihn aus dem Gefängnis meiner Aufmerksamkeit. »Er hilft dir bestimmt gern.«

Er springt nahezu auf und rennt zur Tür, was mir nicht gerade ein gutes Gefühl gibt. Ich beherzige den Wink mit dem Zaunpfahl. Wenigstens ist mit dem Sofa eine weitere Aufgabe von der To-do-Liste gestrichen, und wir kommen dem Familienessen einen großen Schritt näher.

»Jackson«, rufe ich, als ich nach der Türklinke greife, um Nic hinauszulassen. Ich hätte mir nicht die Mühe machen müssen. Jackson und Candice stehen vor der Tür und versuchen nicht einmal zu verbergen, dass sie ganz still und leise die ganze Sofakaufaktion mit angehört haben.

»Kannst du ihm bitte helfen?«, frage ich, während meine Blicke giftige Pfeile abschießen.

»Klar doch«, antwortet er gelassen. »Es ist mir *ein Vergnügen*, zu helfen.«

Und das Funkeln in seinen Augen bringt meinen Magen wieder einmal zum Flattern. Ich versuche den Kopf zu schütteln, um heimlich mitzuteilen, dass Nic nicht interessiert ist, aber Jackson hat es nicht bemerkt.

»Okay, Kumpel – jeder eine Seite? Vergiss nicht, in die Knie zu gehen«, höre ich ihn sagen, und es ist mir peinlich, wie enttäuscht ich bin, dass dieser gut aussehende Mann nicht einmal einen kleinen Flirt erwidern will.

5

♥ ♥ ♥

Nic

Ich bestelle ein extragroßes Taxi über die App. Zum Glück hat es aufgehört zu regnen.

»Ist sie deine Freundin?«, frage ich Jackson, denn ich muss es wissen. Ich kann nicht glauben, dass ich sie nie wiedersehen werde. Ich wusste nicht, was ich tun sollte. Ich hab mich so blöd angestellt, weil ich nicht wusste, was ich sagen sollte, und ich hab gehustet und bin rot geworden und hab mich so verhalten, als hätte ich den IQ eines Zweijährigen. So was von bescheuert! Sie konnte mich gar nicht schnell genug loswerden.

»Wer, Ruby?«, fragt Jackson. »Nee, man scheißt nicht dort, wo man isst, das ist mein Motto. Wir wohnen nur zusammen, das ist alles. Na ja … Wir haben zusammengewohnt. Sie zieht morgen aus. Daher der Sofaverkauf.«

»Oh«, antworte ich. Nicht, dass es einen Unterschied macht, wie ihr Beziehungsstatus ist.

Ich habe gerade wieder einmal bewiesen, wie inkompetent ich bin. Diese Frau zieht sowieso um. Ich wette, sie hat mich nicht einmal auf ihrem Radar registriert. Nicht so eine Frau und ein Typ wie ich.

»Sie sieht ziemlich gut aus, oder?«, fragt Jackson. »Ruby.«

Ich zucke mit den Schultern.

»Ach komm, erzähl mir nicht, es wäre dir nicht aufgefallen!«

Ich grinse, nur ein bisschen, weil ich nicht anders kann. Jackson hat genauso eine lockere Art wie Ollie. Ich fühle mich in seiner Nähe wohl und entspannt.

»Ahh!«, sagt er und lacht dabei. »Sieh dir dein Gesicht an! Natürlich ist es dir aufgefallen, du alter Perversling. Nun, es wird dich freuen zu hören, dass sie Single ist.«

Ich schaue auf die Taxi-App. Noch fünf Minuten. Ich bete, dass der Taxifahrer mir beim Ausladen hilft, wenn ich ihm genug Trinkgeld gebe.

»Du hast vielleicht gemerkt, dass ich das mit den Frauen nicht so gut draufhabe«, sage ich, richte meinen Blick dabei zum Ende der Straße und beobachte die vorbeirasenden Autos. »Dass sie Single ist, bringt mir also nicht viel.«

»Ja«, sagt Jackson. »Das kann ich nicht leugnen. Ich habe gemerkt, dass du ein bisschen …«

»Ja«, stimme ich zu, ohne dass er spezifischer werden muss.

Wir warten.

»Wenn du unaufgeforderte Ratschläge annimmst«, sagt Jackson schließlich, »will ich dir sagen, dass der Trick darin besteht, sich dort aufzuhalten, wo sie sind. So sehe ich das jedenfalls.«

Ich bin mir nicht sicher, ob ich mit durchnässten Klamotten und einem Sofa, das ich in weniger als vier Minuten hochheben muss, am Straßenrand Nachhilfe in Liebesdingen brauche, aber … Irgendjemand muss mir ja helfen. Ich habe mich nicht bis hierher durchgekämpft, um so sanftmütig, mild und nutzlos zu bleiben, wie ich es mein Leben lang war. Ich zucke vielleicht zusammen, wenn Ollie mir helfen will, aber nicht, weil ich seine Hilfe nicht bräuchte. Es ist die Art, wie er sie anbietet. Jackson spricht wie ein Mensch, nicht wie eine Karikatur. Er macht es einem leicht, ihm zuzuhören. Ich hasse es, wenn andere Männer einen Weitpisswettbewerb veranstalten, an dem ich nicht teilhaben will. Jackson scheint wirklich in Ordnung zu sein.

»Was meinst du?«, frage ich vorsichtig. »Red weiter.«

»Okay«, antwortet Jackson und dreht sich zu mir. »Stell dir vor, da ist eine wunderschöne Frau …«

»Okay.«

»Und sie ist wirklich heiß. Sie hat diese Augen, diese Lippen, diesen Körper, was auch immer. Du schaust sie an und denkst: *Boah!*«

»Mhmm …«

»Erstens weiß sie es wahrscheinlich schon. Heiße Frauen wissen entweder, dass sie heiß sind, und haben es satt, dass Männer wie wir sie anstarren, als wären sie ein Stück Fleisch. Oder sie wissen nicht, wie heiß sie sind, und werden deshalb unsicher. Sie glauben, dass wir uns über sie lustig machen oder dass wir etwas an ihnen entdeckt haben, was sie eh schon verunsichert. Du kannst denken: *Gott, was für ein toller Hintern,* und sie wird annehmen, dass du denkst: *Oh, mit diesem Hintern sieht sie aus wie ein fettes, ekelhaftes Schweinchen!*«

»Frauen reden nicht so mit sich selbst«, sage ich und schüttle den Kopf. »Das ist ja furchtbar.« Ich habe Millie nie schreckliche Dinge über sich selbst sagen hören. Aber Millie war damals sehr selbstbewusst, sie war in solchen Dingen sehr pragmatisch. Sobald Ruby die Tür geöffnet hatte, war da eine Energie in der Luft, etwas Rohes, Wildes. Millie war eher missionarisch … Sie duschte gern, bevor wir Sex hatten, und war immer die Erste, die aufstand, um sich zu waschen, wenn wir fertig waren. Sie war sehr kopfbetont, auf eine Art, die ihren Körper als nebensächlich erscheinen ließ, als ob sie wirklich ohne ihn auskommen könnte. Ruby ist Körper *und* Geist. Das konnte ich ihr schon nach fünf Minuten ansehen. Ich weiß, das klingt lächerlich, aber ganz ehrlich – ich habe mich noch nie von einem anderen Menschen so *angezogen* gefühlt.

»Doch, das tun sie«, beharrt Jackson. »Ich habe vier Jahre lang mit den beiden zusammengelebt. Ich habe alles mitbekommen.

Ich weiß nicht … sie nennen es Diätkultur. Die Art, wie sie über ihren Körper denken, ist im Grunde nicht dieselbe wie die, wie wir über ihre Körper denken.«

»Wirklich?«, frage ich. »Wenn ich eine Frau wäre …«

»Würdest du die ganze Zeit nackt vorm Spiegel stehen, jeden Tag?«

»Ja.«

»Genauso geht es mir auch.«

Wir nehmen uns beide einen Moment Zeit, um zu verdauen, wie es sein könnte, wenn man solch geheimnisvolle Kräfte hätte.

»Wie auch immer«, drängt Jackson. »Wir sehen eine Frau, die uns gefällt, und schon sind wir zehn Schritte weiter: Wie komme ich mit ihr ins Gespräch? Wie stelle ich es an, mit ihr allein zu sein? Wie kann ich sie küssen, vögeln und in Zukunft immer wieder vögeln?«

»Es geht nicht immer um Sex«, versuche ich zu argumentieren, aber Jackson winkt ab.

»Es geht *immer* um Sex. Es geht immer um Sex, bis es nicht mehr darum geht. Es geht immer um Sex, bis kurz nachdem wir Sex hatten, und dann geht es um …« Er hält inne und denkt über seine Schlussfolgerung nach. »Um etwas anderes. Ich glaube, das ist der Moment, in dem wir es wissen, nicht wahr? Nach dem Sex gibt es diesen Moment: *Will ich, dass du die ganze Nacht bleibst, oder will ich, dass du gehst?* Verstehst du, was ich meine? Sobald der Sex vorbei ist, siehst du die Person neben dir quasi zum ersten Mal. Und dann weißt du, ob du sie um dich haben willst oder nicht.«

»Das weiß man erst, *nachdem* man mit ihr im Bett war?«

»Ja, findest du nicht?«, antwortet Jackson, aber bevor ich so tun kann, als wüsste ich genau, wovon er spricht, fährt er fort: »Schau. Bei Frauen ist es so, dass sie meistens erst mit dir schlafen, wenn sie *bereits entschieden* haben, was sie fühlen und was sie wollen. Deswegen entstehen die Probleme. Bei Männern ist das nicht so. Mit Männern zu schlafen ist viel unkomplizierter.«

»Und das sagst du, weil du ja so viel Erfahrung mit Männern hast«, witzle ich, und es soll wirklich nur ein Scherz sein, aber es klingt erbärmlich homophob. Ich bereue es sofort.

»Ein bisschen, ja«, sagt Jackson.

Autsch.

»Ich bin pan«, fährt er fort. »Pansexuell. Ich stehe auf Menschen, nicht auf Geschlechter. Auf Männer, Frauen, nicht binäre Personen …«

»Oh«, erwidere ich, und mir wird schmerzlich bewusst, dass ich gar nicht erst hätte versuchen sollen, einen Witz darüber zu machen, dass Männer Männer mögen oder wen auch immer. Wir leben nicht mehr in den Fünfzigern, um Himmels willen. »Das ist wirklich cool. Schön für dich.« Plötzlich beneide ich ihn ein bisschen. Man stelle sich nur vor, dass man sich selbst so gern mag, dass man den Leuten einfach sagen kann, wer man ist, und nicht darauf warten muss, dass sie auf einen zukommen.

Er fährt fort, und durch seine Freundlichkeit fühle ich mich noch schlechter, weil ich mich vorhin so blöd ausgedrückt habe. »Was ich sagen will, ist Folgendes: Wenn dich Gespräche mit Frauen nervös machen, versuche, nicht zu viel zu erwarten. Wenn ich sage, bleib da, wo du bist, dann meine ich damit, dass du nicht daran denken sollst, wie sie nackt aussieht oder wie du sie ausziehst. Konzentriere dich auf das Jetzt. Sprich über das, was direkt vor dir ist.«

»Was genau? Das Sofa?«

»Versuch's mal mit mir«, sagt Jackson. Ich sehe ihn an und blinzle. »Probier's an mir aus«, wiederholt er und lässt sich auf das Sofa fallen, schlägt die Beine übereinander und klimpert mit den Wimpern. »Hallo«, sagt er mit einer albernen hohen Stimme. »Ich bin … Bathsheba. Ich habe ein Sofa zu verkaufen. Bist du hier, um das Sofa zu kaufen?«

Ich schüttle den Kopf. »Das ist … Ich bin nicht …«

Er bleibt in seiner Rolle. »Mensch, ich wünschte, ich hätte daran gedacht, heute einen BH anzuziehen. Ich hoffe, du kannst meine Brüste nicht sehen.« Er streckt seine Brust raus, merkt, dass ich nicht anbeiße, und verzieht dann den Mund zu einer geraden Linie.

»Wie lange noch, bis das Taxi kommt?«, fragt er und schlüpft aus seiner Rolle.

Ich schaue auf mein Handy. »Oh«, sage ich. »Es ist von drei Minuten wieder auf fünf gesprungen. Das ist ärgerlich.«

»Fünf Minuten«, sagt er. »Du kannst doch die nächsten fünf Minuten mein kleines Spiel spielen, oder?«

Ich schaue zurück zum Haus, nur für den Fall, dass uns jemand beobachtet. Ich merke, dass ich diesem Typen wirklich vertraue. Er hat keinen Grund, nett zu mir zu sein, aber er ist es. London-Nic muss einfach vertrauen. London-Nic muss mit dem Strom schwimmen und offen sein für alles. Das habe ich mir versprochen. Selbst wenn das bedeutet, dass ich, am Ende einer Sackgasse im Westen Londons, so tue, als würde ich einem Typen, den ich gerade kennengelernt habe, ein Sofa abkaufen, und dabei vorgebe, für ihn zu schwärmen.

»Okay, gut«, sage ich und setze mich neben ihn.

»Hallo!«, beginne ich, und meine Stimme hellt sich auf. »Schön, dich kennenzulernen … Bathsheba. Ich bin Nic. Ja, ich bin hier, um dein Sofa zu kaufen …«

6

♥ ♥ ♥

Ruby

»Was *machen* die da draußen?«, fragt Candice, während sie das Rollo mit einem eleganten, gebräunten Finger aufhält und hindurchspäht. Jackson wartet mit dem Sofatypen auf das Taxi, um ihm zu helfen, es einzuladen, und ich schaue über Candices Schulter und sehe die beiden hinter der Hecke sitzen und sich angeregt unterhalten, als wäre der Bürgersteig ihr Wohnzimmer und der Rest der Straße ihr Zuhause.

»Vielleicht versucht Jackson ihn rumzukriegen«, stelle ich fest. »Nic mag vielleicht nicht auf mich stehen, aber einer von euch beiden sollte sich seine Nummer besorgen – du hattest recht, was seinen Hintern angeht.«

»Und hast du gesehen, wie groß seine Füße sind?!«, ruft Candice aus, und ich lächle. Wir beobachten die Männer weiter.

»Nee«, entscheidet sie. »Jackson ist doch immer noch scharf auf die neue Praktikantin. Es scheint ihm wirklich ernst zu sein. Außerdem macht er das immer, sich mit Heimatlosen und Streunern anzufreunden. Dem jungen Nic steht in baldiger Zukunf ein Dodgeballturnier bevor, das kann ich riechen …«

Sie bezieht sich auf Jacksons zweiwöchentliches Sportevent, aber ich habe bereits das Interesse verloren und konzentriere mich wieder aufs Packen. Es gibt noch viel zu tun.

»Hmmm«, murmele ich.

Jetzt, wo das Sofa weg ist, sieht das Zimmer riesig aus. Ich hatte nie wirklich Platz für das schmale Sofa, aber da das Wohn-Esszimmer so klein ist und in der Küche buchstäblich ständig jemand ist, hatte ich die Wahl, entweder den Platz zu opfern oder mich in meinem Zimmer immer aufs Bett setzen zu müssen – und dabei hätte ich mich zu sehr wie ein Teenager gefühlt. Ich hatte das Sofa im Schaufenster eines Secondhandladens in unserer Nähe gesehen, und wir hatten es zu dritt nach Hause getragen, wobei Jackson die ganze Zeit geflucht hat, dass es nicht durch die Tür passen würde. Aber es hat durchgepasst, und es stand in der Ecke am Erkerfenster, mit einem Teppich davor, den ich in Thailand gekauft habe, und einem kleinen Beistelltisch, den einer der Nachbarn mit der Aufschrift »Zu verschenken« versehen hatte. Es war mein Lieblingsplatz im ganzen Haus.

»Was wollen wir zu Abend essen?«, frage ich und schiebe einen Stapel Kisten und einen Anflug von Traurigkeit beiseite, während ich mich in dem nun sehr hallenden Raum umschaue. Jackson und Candice haben nicht wahrhaben wollen, dass ich wirklich weggehe, also haben sie sich nicht darum bemüht, jemand Neues für das Zimmer zu finden, deshalb wird es erst mal leer stehen. Sie meinten, das wäre kein Problem. Auf dem Haushaltskonto sei genug Geld, um den Fehlbetrag auszugleichen, und so ein tolles Zimmer gehe bestimmt innerhalb von vierundzwanzig Stunden nach Erscheinen der Anzeige weg, es werde also höchstens ein paar Tage dauern, jemand dafür zu finden. Ich bin mir ziemlich sicher, dass sie bis zur allerletzten Sekunde sicherstellen wollen, dass dies immer noch mein Zuhause ist.

Wir hören, wie die Haustür aufgeht, dann lugt Jacksons Kopf hindurch. Candice und ich sehen genau zur gleichen Zeit auf.

»Hey«, sagt er. »Ich helfe diesem Typen, das Sofa in seine Wohnung zu tragen. Soll ich auf dem Heimweg Pizza besorgen? Bei Sloppy Giuseppe's?«

»Ich will nicht unhöflich klingen, aber warum hilfst du ihm, das Sofa nach Hause zu tragen?«, fragt Candice.

»Er braucht Hilfe.« Jackson winkt ab. »Und ich bin ein hilfsbereiter Mensch.«

»Aha.« Ich lache und greife nach meiner Handtasche, um ihm meine Bankkarte zu geben. »Natürlich bist du das.«

»Das bin ich!«, betont er, schaut auf meine Karte und winkt ab. »Pizza, ja? Das Übliche? Ich lade euch ein. Als Abschiedsgeschenk.«

Ich werfe ihm einen Kuss zu. »Danke«, sage ich. »Wie lange braucht ihr noch? Eine halbe Stunde? Eine Stunde?«

»So ungefähr«, sagt Jackson. »Es ist nur um die Ecke, und ich gehe von dort aus zu Fuß. Macht es dir was aus, anzurufen und schon mal die Bestellung aufzugeben? Dann geht's schneller. Ich bin am Verhungern.«

»Mach ich«, sagt Candice und geht wieder zum Fenster. Jackson sieht, wie sie Nic mustert.

»Er hat noch keine Freunde hier«, bemerkt Jackson. »Ich leiste nur Nachbarschaftshilfe.«

Jetzt gibt Candice Laute von sich, die zum Ausdruck bringen, dass sie ihm das nicht abnimmt.

»Wow«, sagt Jackson. »Das bestärkt einen Mann darin, sich zu kümmern. Ich glaube, es sagt mehr über dich aus als über mich, dass du …«

»Ich werde dir die Lektüre dieses Psychologiemagazins verbieten, wenn du weiterhin solche Sachen sagst«, ruft sie lachend aus und weiß, dass er recht hat. »Geh einfach. Du lenkst uns sowieso nur ab!«

»Bis gleich!«, trällert er, und die Haustür fällt zu. Ich höre Gelächter, als er zu Nic zurück auf die Straße geht, und schließe mich Candice an, die die beiden erneut beobachtet, um herauszufinden, was so lustig ist. Ich meine, das ist doch nett, wenn Jackson einen neuen Freund findet. Ich spüre, wie mein Herz bei diesem Gedanken zusammenzuckt. Natürlich dürfen sie neue Freunde finden – es schmerzt nur, dass ich nicht mehr da sein werde. Ich habe die vage Befürchtung, ersetzt zu werden, fühle mich aber nicht berechtigt, diese Ängste zu haben, da ich ja aus eigenem Antrieb gehe.

»Er stand total auf dich, weißt du«, sagt Candice, die ihre Augen nicht von den Männern und dem Sofa abwendet.

»Du hast also an der Tür gelauscht!«, antworte ich. »Unglaublich!«

Sie zuckt mit den Schultern, als wolle sie sagen: *Na klar.*

»Ruby«, sagt sie und sieht mich jetzt an. »Ich kann gar nicht genug betonen, wie sehr du einen sexuellen Exorzismus *von diesem Scheißkerl, dessen Name nicht genannt werden soll,* brauchst. Du hattest ihn gerade zum Greifen nahe; du hättest ihn nur bitten müssen, auf ein Getränk zu bleiben. Er wäre dir wirklich gerne entgegengekommen. Da bin ich mir sicher.«

»Dein Radar ist ausgeschaltet«, winke ich ab. »Er konnte gar nicht schnell genug gehen.«

»Mein Radar ist nie aus«, schiebt sie nach.

»Na ja, egal. Ich bin jetzt eine männerfreie Zone. Ich bin darüber hinweg.«

»Ich könnte ihn fragen, ob er mit uns Pizza isst …«

»Candice«, warne ich sie. »Bitte.«

»Ich meine ja nur!«, versucht sie es noch einmal, obwohl man ihrem Gesichtsausdruck ansieht, dass sie bereits weiß, dass es nichts bringt.

Ich will keine schlechte Laune kriegen. Ich werde meinen letzten Abend nicht damit verbringen, über *Männer* zu reden. Alles, was passiert ist, war furchtbar, aber wenigstens hat es auch etwas Gutes. Jackson und Candice verstehen das vielleicht nicht, aber es ist an der Zeit, mein Leben in die Hand zu nehmen und etwas zu ändern. Ich will einen Neuanfang und ein Jahr für mich: zwölf Monate, die morgen beginnen, in denen ich völlig enthaltsam lebe und mich voll und ganz auf meine Selbstfindung und Kreativität konzentriere – wenn das nicht zu größenwahnsinnig klingt. Ich habe einfach das Gefühl, dass sich mein Leben grundlegend ändern könnte, wenn ich mich in diesen zwölf Monaten vollkommen auf mich selbst fokussiere. Ich bin noch nicht da, wo ich sein sollte, auch wenn die Menschen, die ich liebe, hier sind, wo ich gerade bin. Das ist es, was den heutigen Tag so bittersüß macht. Ich möchte mich ein bisschen betrinken, mit Candice und Jackson ein bisschen Party machen und dann auf dem Wohnzimmerboden liegen, bis wir die Augen nicht mehr offen halten können. Ich möchte in Erinnerungen schwelgen und das Versprechen hören, dass wir für immer beste Freunde bleiben. »Tu es bitte nicht. Ich habe gerade keinen Kopf dafür. Ich versuche wirklich ganz tapfer zu sein, falls du es nicht bemerkt hast.«

Sie atmet aus und lässt die Jalousie los. »Ich auch«, sagt sie traurig. Sie umarmt mich, aber wir ziehen uns beide ziemlich schnell aus der Umarmung zurück, bevor die Gefahr zu groß wird, dass ich anfange zu weinen. Das kann ich später tun. »Ich wollte nur helfen.«

»Das verstehe ich«, sage ich, und ihr Blick bringt mein stoisches Herz zum Schmelzen. Sie kommuniziert jetzt wortlos mit mir, so wie nur sie es kann. Ich verstehe, was sie meint, und sie hat noch nicht einmal eine Silbe gesagt.

»Ernsthaft?«, sage ich und erkenne schon an ihrem Blinzeln, worauf sie hinauswill. Sie hat noch nicht aufgegeben. »Wir wollen diesen Typ ernsthaft fragen, ob er mit uns abhängt?«

Sie grinst schelmisch und lässt mich aussprechen, was als Nächstes passieren wird. Das ist ihre Superkraft: die Klappe halten und andere Leute so lange quatschen lassen, bis sie bekommt, was sie will. Während es passiert, weiß ich, dass ich mich genau so verhalte wie in ihrem heimtückischen Plan vorgesehen, aber ich bin eben nur eine einfache Sterbliche. Ich kann mich ihr nicht widersetzen.

»Gut«, sage ich und blinzle die Tränen weg, die zu kullern drohen, als mir wieder bewusst wird, wie sehr ich sie vermissen werde. »Schick Jackson eine Nachricht. Wenn der Sofatyp auf eine Pizza zurückkommen will – was er sicher nicht tun wird –, ist er willkommen. Vielleicht wird eine zusätzliche Person uns davon abhalten, allzu miesepetrig zu werden, sie wird uns vielleicht ablenken, sodass der Abend feierlich und lustig wird.«

Candice reckt ihre Faust in die Luft, eine dramatische Geste, die mich zum Lachen bringen soll. »Ja«, quietscht sie, als ob sie gewonnen hätte.

»Du bist doof«, sage ich und grinse gegen meinen Willen.

»Und du solltest dich mal um deine Bikinizone kümmern«, erwidert sie. »Ich sag's dir: Mein Radar funktioniert perfekt. Du bist gerade dabei, Glück zu haben.«

7

♥ ♥ ♥

Nic

Nun ist es offiziell. Ich bin wieder in ihrem Haus, und jedes Mal, wenn Ruby mit mir spricht, werde ich rot. Wenn sie auch nur ein einziges Wort sagt, bleibt mir etwas im Hals stecken, und über meine Wangen, Ohren und Augen breiten sich rote Flecken aus wie verschütteter Wein auf einer Tischdecke. Das Erröten macht mich dann noch nervöser, weil ich mich wie ein Trottel fühle, und weil ich mich wie ein Trottel fühle, werde ich noch röter. Es ist demütigend.

»Alter, was habe ich gesagt?«, flüstert Jackson mir zu, als Ruby und Candice Servietten holen gehen. »Atme einfach ganz ruhig. Und bleib, wo du bist – du erinnerst dich?«

Ich nicke. »Bleib, wo du bist«, wiederhole ich. Hinter der Küchentür höre ich das dumpfe Hintergrundgeräusch von Geplapper.

»Sie reden über dich«, sagt Jackson.

Er hat also bemerkt, dass ich versucht habe mitzuhören.

»Stört es sie, dass ich hier bin?«, frage ich, aber Jackson schüttelt den Kopf. Er hatte darauf bestanden, dass ich mitkomme, nachdem wir mein Sofa in meine Wohnung getragen haben. Im Taxi hatte er mir von seinem Job als Assistant Talent Manager erzählt und von den seltsamen Dingen, die einige der Mitarbeitenden so treiben, und dann, nachdem wir die schwere Arbeit erledigt haben und ich ihm ein Bier eingeschenkt habe, hat er ein bisschen davon gesprochen, wie es war, als er hergezogen ist. Es war wirklich rührend, als er mich gefragt hat, ob ich an diesem Abend nicht noch mit ihm abhängen will, und um ehrlich zu sein, war ich ihm sehr dankbar dafür. Essen zum Mitnehmen und Fernsehen an einem Samstagabend klang für mich perfekt. Man hört ja immer wieder Geschichten über Leute, die umziehen und dann für immer allein in ihrer Wohnung hocken, weil sie niemanden haben, um ein Bier trinken zu gehen. Mein Bruder lebt hier, aber man kann sich nicht auf ihn verlassen – gestern Abend um 9 Uhr hat er mich gefragt, ob wir ausgehen, da war ich schon dabei, ins Bett zu gehen. Und natürlich bedeutet eine Pizza mit Jackson die Chance auf eine Pizza mit Ruby, auch wenn sie gerade wegzieht. Und Jackson wusste es.

»In der Nachricht steht, ich soll dich einladen! Außerdem kannst du dann gleich üben, was ich dir beigebracht habe«, hat er mir angeboten und mich damit voll erwischt. Er hat mich sogar gefragt, ob ich nicht Lust habe, mal zum Dodgeballspielen mitzukommen. Auch wenn er mich mit der Aussicht auf Rubys Gesellschaft verführt hat, hat mir der Vorschlag, dass er und ich Freunde sein könnten, gut gefallen.

Trotzdem fühle ich mich jetzt unwohl. Ich wünschte, ich wüsste besser, was ich sagen und was ich tun soll. Ich kann ziemlich okay sein, wenn ich mit Leuten warm geworden bin, aber *shit!*, es dauert, bis es so weit ist.

Ruby und Candice kommen zurück, und Ruby überreicht jedem von uns eine Stoffserviette. Ich zwinge mich, ihr in die Augen zu sehen, nur ganz flüchtig. »Die sind … hübsch«, sage ich und zittere so sehr, dass ich meine Hand schnell wegziehen muss, bevor sie es sieht. Ich kann nicht glauben, dass ich dämliche Servietten zum Gesprächsthema mache, aber Jackson hat mir versprochen, dass es funktionieren würde. *Bleib, wo du bist.*

»Danke«, sagt sie strahlend, lässt sich auf dem Boden nieder und schiebt ihre nackten Beine unter den Couchtisch. Sie nimmt das Leben so leichtfüßig. Sie ist eindeutig ein glücklicher Mensch, der sich in seiner Haut wohlfühlt. »Ich habe sie Candice letztes Jahr zu Weihnachten geschenkt. Wir waren an einem Tiefpunkt angelangt, als wir uns beim Essen die Hände mit Klopapier abgewischt haben, nachdem uns das Küchenpapier ausgegangen war. Und da dachte ich: Die Zeit ist reif für Stoffservietten!«

»Clever«, sage ich bewundernd, wobei mir nur dieses eine Wort auf der Zunge liegt. Ich überlege krampfhaft, was ich noch hinzufügen könnte. *Bleib, wo du bist!* »Ihr braucht noch Serviettenringe, auf denen eure Namen stehen, damit ihr wisst, welche wem gehört.«

»Daran habe ich nicht gedacht.« Sie nickt anerkennend und denkt darüber nach. »Jeder von uns macht einfach eine andere Art von Knoten rein, so wissen wir, welche wem gehört. Aber personalisierte Serviettenringe wären natürlich viel raffinierter.«

»Personalisierte Knoten?«, frage ich. »So ein Pfadfinderinnen-Ding?«

Sie lacht. Ich habe sie gerade zum Lachen gebracht! Sie hat zwei perfekte Reihen perlweißer Zähne. Sie wirft den Kopf zurück und stößt ein lautes Kichern aus, bevor sie verlegen mit ihrem Haar herumspielt. Ich kann nicht umhin, mich zu fragen, wie es wohl wäre, meine Lippen auf diesen Hals zu pressen.

»So weit bin ich nie gekommen«, gibt sie zu, aber es fällt mir schwer, mich zu konzentrieren: Ich will einfach nur wieder dieses Kichern hören.

Bleib.

Wo.

Du.

Bist.

»Ich hab ziemlich früh bei den Pfadfinderinnen wieder aufgehört und habe Jungs und Nagellack entdeckt und Dinge, für die man keine Abzeichen bekommen kann – und sollte«, fährt sie fort. »*Quattro Formaggi* oder *Diavolo?*«

Sie deutet auf die Pizzakartons.

»Je ein Stück von beiden, bitte«, sage ich. Sie spielt die mütterliche Rolle, und Jackson sieht mich an und nickt zustimmend. Ich ertappe mich dabei, dass ich sie am liebsten weiter unterhalten würde, nur um ihre Stimme zu hören, aber ein winziger Teil von mir will auch Jacksons Zustimmung, dass ich es kann. Dass er nicht falsch damit lag, Vertrauen in mich zu haben. Er scheint sich so sicher, dass ich es schaffe. »Ich kann mich nicht entscheiden, weißt du, weil ich Waage bin. Ausgewogenheit ist alles.«

Zu meiner Überraschung ruft sie aus: »Ich bin auch Waage! Und Aszendent Waage!« Dankbar nehme ich meine Pizzastücke entgegen. Wenn sie lächelt, bildet sich unterhalb ihres linken Mundwinkels ein Grübchen. Es ist unglaublich attraktiv. »Aber Mondzeichen Skorpion. Also komm mir nicht in die Quere. Ich habe einen Stachel in meinem Schwanz …« Sie gibt ein kleines Lachen von sich, und die anderen kichern mit. Es hört sich so an, als wüssten sie alle ganz genau, wozu der Stachel in ihrem Schwanz fähig ist, aber ich habe keine Ahnung, was Aszendent und Mondzeichen bedeuten. Ich zerbreche mir den Kopf: Sie reagiert auf alles, was ich sage, wie Jackson es versprochen hat, und wenn sie spricht, will ich sofort etwas darauf erwidern. Unsere Gedanken auf diese Weise zu verflechten, ist unglaublich toll.

Moment. Wir verflechten unsere Gedanken miteinander? Ich beschreibe nur, wie eine normale Unterhaltung funktioniert. So viel Aufregung wegen einer einfachen Unterhaltung?!

»Ich bin dreifacher Löwe«, verkündet Jackson und hebt eine Hand. »Der Star der Show, in jeder Hinsicht, und es tut mir nie leid. Ich bin ein König in meinem Schloss.«

»Du solltest zum Fernsehen«, sage ich. »Ich weiß, ich habe dich gerade erst kennengelernt, aber ich habe das Gefühl, dass du nicht andere Talente managen, sondern selbst der Star sein solltest.«

Ruby und Candice lachen schallend, und Candice macht auf meinen Vorschlag hin ein Kotzgeräusch. Jackson zwinkert mir zu.

»Die beiden sind nur neidisch auf meine lässige Ausstrahlung«, sagt er. »Ruhm interessiert mich nicht. Er ruiniert die Menschen. Was ich mir aber gut vorstellen könnte, wäre Beziehungscoach zu sein«, fügt er pointiert hinzu. »Wie dieser Grant-Garby-Typ.«

Bevor ich ihm sagen kann, dass er die Klappe halten soll – ich will nicht, dass die Mädels erfahren, dass er mir Tipps gegeben hat, wie ich lässig und ruhig bleibe, oder dass er mir in irgendeiner Weise geholfen hat –, sagt Candice: »Mein Gott. Es wäre verlorene Zeit, ein Beziehungscoaching bei dir zu absolvieren. Du hattest noch nie eine richtige Beziehung. Nicht in all der Zeit, die ich dich kenne!«

Ein Schatten zieht über sein Gesicht, und ich beschließe, nicht sauer auf ihn zu sein. Ich frage mich, wie es sein kann, dass er noch nie eine richtige Beziehung hatte, wo doch alles, was er mir gesagt hat, funktioniert. Es ist schon komisch – Menschen können einem etwas vorgaukeln und gleichzeitig viele Wahrheiten über sich verbergen. Nicht jeder Mensch ist so, wie er scheint. Im Grunde ist kaum jemand so, wie er scheint.

»Was hat dich also nach London geführt?«, fragt Ruby, offensichtlich auf der Suche nach einer Möglichkeit, das Thema zu wechseln, während sie ein Stück Pizza zu ihrem perfekten Mund führt. »Jackson hat gesagt, dass du gerade erst hergezogen bist.«

Alle sind genauso herzlich, wie Jackson es versprochen hat, und langsam taue ich auf, als würde ich vor einem gemütlichen Kaminfeuer sitzen.

»Ja«, sage ich von meinem Platz aus und wundere mich innerlich, dass *sie mir* eine Frage gestellt hat. Es ist fast so, als wolle auch sie ein Gespräch mit mir führen!

»Neuer Job?«, mischt sich Candice ein.

»Äh …« Ich zögere. Ich will nicht über Geld und Finanzen reden. Das würde die Stimmung kaputtmachen.

»Gebrochenes Herz?«, drängt sie.

Ich ziehe die Stirn in Falten. Ist es so offensichtlich? Denn darüber möchte ich auch nicht reden.

»Candice …«, sagt Ruby in einem warnenden Ton. Das erspart mir eine Antwort. »Beachte diese Schnüfflerin nicht.« Sie dreht sich zu mir um. »Sie denkt, sie ist groß und schlau, aber in Wirklichkeit ist es eine Ablenkungstaktik, damit niemand versucht, ihre harte Schale zu durchdringen, um zu sehen, ob sich darunter ein poröses Herz verbirgt.«

»Was in der Tat der Fall ist«, wirft Jackson ein.

»Oh, aber natürlich«, trällert Ruby und fügt flüsternd hinzu: »Du müsstest sie mal mit dem Typen sehen, der uns die Post bringt. Sie ist wie Wachs in seinen Händen.«

»Ich kann dich hören«, stöhnt Candice.

»Das weiß ich.« Ruby grinst. »Ich gebe dir eine Kostprobe deiner eigenen Medizin! Ehrlich gesagt, Nic, kriegt sie in seiner Gegenwart kaum einen Satz heraus. Er ist das totale Gegenteil von ihr. Groß und so schlaksig, wie es nur ein Mann sein kann, der 50 000 Schritte am Tag geht. Braun gebrannt vom vielen Draußensein. Immer lächelnd, ständig zu einem Gespräch bereit. Und wenn er mit einem Paket an der Tür klingelt, ist Candice *immer* diejenige, die öffnet, aber sie sagt nur Hallo und Tschüss! Einmal haben wir ihn im Pub gesehen, und sie haben sich ganze fünf Minuten lang über Waschmittel und ihre Lieblingsdüfte unterhalten … Es war ein Desaster. Er hat sie mit großen Augen angeschaut, und sie hat ihn abblitzen lassen, weil … warum eigentlich, Candice? Ich werde es vermissen, mitzubekommen, wie du dich seinetwegen zum Narren machst.«

»Ich werde ihn fragen, ob er mit mir ausgeht.« Candice schmollt. »Irgendwann. Ich warte nur auf den richtigen Augenblick.«

»Timing ist alles«, bestätige ich.

Ruby nickt zustimmend, und während Candice den letzten Teil ihrer Pizza zusammenrollt, um ihn sich in den Mund zu stecken, sagt sie zu mir: »Wie auch immer. Ruby denkt, dass sie uns nicht vermissen wird, wenn sie weg ist, aber da irrt sie sich.«

»Ich werde euch vermissen!«, schreit Ruby auf. »Natürlich werde ich das. Aber das bedeutet nicht, dass es falsch ist, zu gehen. Ich kann euch vermissen und gleichzeitig wissen, dass es richtig ist, dieses Stipendium anzunehmen.«

Jackson stupst sie an. Er hat den besten Platz im Raum, dort unten auf dem Boden neben ihr. Ihre Wangen sind rosig vom Essen und Trinken, und … wenn sie sich das Fett von den Fingern leckt, kann ich nicht anders, als schmutzige Gedanken zu haben. Ich versuche, sie zu unterdrücken, aber es klappt nicht. Ich stelle mir vor, wie ich meine Hände zu ihrem Kopf hochhebe, wie ich sie auf ihr Haar lege, je eine Hand auf eine Kopfseite, und wie ihre Finger meine Jeans aufknöpfen.

»Hör auf, so ernst zu sein«, weist Jackson mich an. »Du machst mir eine Heidenangst.«

Ruby rollt mit den Augen.

»Ihr habt also schon eine Weile zusammengelebt, nehme ich an?«, frage ich. Sie wirken wie Geschwister, die sich gegenseitig aufziehen, genau wie Ollie und ich. Es ist wirklich schön, ihnen zuzusehen – und ein bisschen überwältigend. Ihre Insider-Witze fliegen mit Lichtgeschwindigkeit hin und her.

»Das haben wir«, sagt Ruby. »Ich bin nach der Uni hierhergezogen und habe mich auf die Anzeige gemeldet, die Jackson aufgegeben hatte.«

»Und ich habe Ruby kennengelernt … wann, Rubes, ein Jahr danach?«, fügt Candice hinzu. »Es war bei einer Veranstaltung, im Raucherbereich. Ich habe als Kellnerin gearbeitet, und Ruby war zu Gast und hat sich versteckt … vor …« Sie unterbricht sich selbst und richtet ihren Blick auf Ruby. »'tschuldigung«, sagt Candice zu ihr.

Ruby zuckt mit den Schultern. »Irgendeinem Typen.«

»Irgendeinem *Arschloch*-Typen«, stellt Candice klar, aber dann ist es, als hätte sie zu viel gesagt und würde schnell umschwenken. »Wir haben uns eine Menthol-Zigarette geteilt und uns unterhalten, anschließend sind wir uns über Social Media gefolgt …«

»Und als das andere Zimmer zu vergeben war, hat sie Rubys Post gelesen …«, ergänzt Jackson.

»Und der Rest ist Geschichte!«, beendet Ruby.

Sie geben sich die Stichworte mühelos weiter.

»Und jetzt endet die Geschichte!«, ruft Candice mit gespielter Hysterie. Sie schlägt sich mit dem Handrücken an die Stirn und jammert. »Jackson! Wie sollen wir nur ohne sie leben?«

Ich warte auf weiteres Gelächter, aber wir werden von einem kleinen asiatischen Mann unterbrochen, der im Türrahmen steht. Man kann praktisch hören, wie wir uns unisono umdrehen.

»Bao!«, sagt Ruby lebhaft. »Wir haben dich nicht reinkommen hören!«

Bao verbeugt sich zur Begrüßung leicht, senkt den Kopf und fasst sich an die Brust. »Hallo, wie geht es euch heute?«, fragt er in gestelztem Englisch.

Ruby erwidert die Verbeugung. »Mir geht es gut, danke. Wie geht es dir heute?«

»Sehr gut«, antwortet Bao lächelnd, »vielen Dank. Bitte genießt euer Essen.«

»Es ist genug da«, bietet Jackson an. »Möchtest du etwas?«

Bao schüttelt den Kopf. »Ich muss gehen«, sagt er. »Vielen Dank. Einen schönen Abend noch.« Er zeigt mit dem Finger nach oben, und alle verabschieden sich.

»Sag uns Bescheid, wenn du deine Meinung änderst«, ruft Ruby ihm freundlich nach.

»Ich dachte, ihr wärt nur zu dritt«, sage ich und bin neugierig, wie Bao hier reingehört.

»Wir vermieten das kleine Zimmer im hinteren Bereich an ausländische Studenten«, erklärt Jackson. »So bleibt das Zusammenwohnen interessant. Und billig.«

Ich nicke. Sie haben hier ein wirklich tolles Haus. Voller Leben und mit so viel Liebe. Ein Gefühl, das an Sehnsucht oder vielleicht auch an Neid grenzt, blubbert in meiner Magengegend. Ich will das auch in meinem Leben. Ich weiß, dass ich all die Jahre etwas vermisst habe, und wenn ich sie so zusammen sehe, wird mir klar, was es ist: Spaß. Ganz einfach. Ich will mehr *Spaß* in meinem Leben.

»Möchte jemand noch ein Bier?«, fragt Jackson, hebt seine Flasche an und nimmt den letzten Schluck.

»Ja, bitte«, sagt Candice und reicht mir ihre leere Flasche.

»Klar«, sage ich. »Und kann ich das letzte Stück von der *Diavolo* haben? Die ist richtig gut.«

»Nicht wahr?«, stimmt Ruby zu. »Giuseppes Gerichte werden deine neuen Grundnahrungsmittel werden, das garantiere ich dir. Ich werde sie fast so sehr vermissen wie …«

Sie macht eine Pause für den dramatischen Effekt.

»Na ja … dich, Nic.«

Die anderen widersprechen ihr gar nicht empört, aber mir ist heißer geworden. Die anderen wissen, dass sie *sie* meint. Sie wird sie vermissen. Warum nur muss ich gerade dann auftauchen, wenn sie geht? Ich genieße es wirklich, in ihrer Nähe zu sein.

Aber wenn es hier so eine wie sie gibt, dann gibt es vielleicht noch mehr von der Sorte. Es scheint unwahrscheinlich, aber wie der Kauf ihres Sofas mich schon gelehrt hat: Alles ist möglich, wenn man es zulässt.

Ich mag sie wirklich. Ich gebe es zu. Sie hat die Beine vor sich ausgestreckt und wippt ab und zu mit den Füßen, um die Zehen zu strecken, wie eine Tänzerin, die sich aufwärmt, bevor sie die Bühne betritt. Ihre winzigen Zehennägel sind lila lackiert, lavendellila.

»Rubes, kommst du mit und hilfst mir?«, fragt Jackson. Als sie in die Küche gehen, stopfe ich mir noch mehr Pizza in den Mund und hoffe inständig, dass Candice mich nichts fragt, damit es still ist und ich hören kann, was Jackson zu Ruby sagt.

»Es ist cool, dass du mit uns abhängst«, sagt Candice und gibt mir keine Chance zum Lauschen. »Jackson ist so ein Herzensguter. Er will immer alle mit einbeziehen. Er ist sozusagen der Klebstoff, der uns zusammenhält, wirklich. Ich nenne sie meine Londoner Familie – mit meiner richtigen Familie komme ich nicht so gut aus.«

Ich wippe mit dem Kopf hin und her und übertreibe es mit dem Kauen, als universelles Zeichen für: »Ich kann nicht sprechen, mein Mund ist voll.«

»Ich weiß nicht, ob er es erzählt hat«, beginne ich, nachdem ich geschluckt habe. Ich kann sie nicht einfach ignorieren, nur weil ich lausche. »Aber ich kenne in ganz London nur meinen Bruder. Jackson und ich haben im Taxi geplaudert, und er hat mich auch in sein Dodgeballteam eingeladen. Ich weiß also, was du damit meinst, dass er alle mit einbezieht.«

»Ich war auch eine Zeit lang in diesem Team«, sagt Candice. »Es ist eine nette Truppe. Der einzige Grund, warum ich nicht geblieben bin, ist meine Arbeit – ich bin Kellnerin und habe ungewöhnliche Arbeitszeiten. Wegen der Feiertage musste ich mir schon vor langer Zeit für heute Abend freinehmen. Ruby hat das auch einen Monat lang oder so gemacht, aber es war nicht wirklich ihr Ding. Das Dodgeballspiel, meine ich. Nicht das Kellnern. Dafür ist sie viel zu klug.«

Jackson und Ruby lachen in der Küche über irgendetwas – einer von ihnen brüllt in hohen Tönen, die Art von Lachen, die ansteckend ist. Ich kann nicht anders, als auch zu lachen, und Candice merkt es natürlich.

»Fühle ich da Funken sprühen zwischen dir und unserer Freundin Ruby?«, fragt sie schelmisch.

Ihr Sticheln ist mir peinlich, und ich werde sofort rot. »Was?«, frage ich und schüttle den Kopf. »Nein. Ich weiß nicht. Das ist nicht …«

»Alter, entspann dich«, unterbricht sie mich. »Wir sind hier nicht so bierernst. Ich wollte dich nicht in Verlegenheit bringen. Ist schon okay.«

Ich täusche ein lässiges Winken vor, obwohl meine glühenden Wangen zeigen, dass es mir tatsächlich peinlich ist.

Sie hält ihre Hände hoch, als ob sie nichts zu verbergen hätte. »Ich wollte dich nur ermutigen, solange wir noch die Gelegenheit dazu haben.« Sie lächelt, und bevor ich sie fragen kann, was sie damit meint – *ermutigen?* –, kommen Ruby und Jackson wieder rein. Jackson hat drei Bierflaschen zwischen seine Finger geklemmt, Ruby folgt ihm. Mit seiner freien Hand zeigt er einen nicht sehr subtilen »Daumen hoch« in meine Richtung. Was das bedeuten soll, weiß ich auch nicht. Irgendetwas geht hier vor, aber ich verstehe nicht, was.

»Hast du uns vermisst?«, fragt er und zwinkert mir zu. »Worüber redet ihr?«

»Geheimnisse und Lügen«, erwidert Candice, sieht Ruby an und teilt ihr schweigend etwas in *Mädelssprache* mit. Ruby sieht mich an und blinzelt verwirrt, bevor Candice die Hand ausstreckt und ihr im Vorbeigehen einen Klaps auf den Hintern verpasst. Jetzt verstehe ich wirklich gar nicht mehr, was vor sich geht. Ich schaue zu Ruby, und sie sieht genauso verdutzt aus wie ich.

»Lasst uns eine Zwei-Minuten-Tanzparty veranstalten«, ruft Candice, und ehe ich michs versehe, haben sie alle Lichter ausgeschaltet, und wir wiegen uns im Dunkeln zu einem Jessie-J-Song, schreien den Text aus voller Kehle mit und geben uns dem sanften Rausch des Alkohols hin. Ich weiß gar nicht mehr, weshalb ich so verwirrt war. Ich tanze einfach.

8

Ruby

Ich wette, Nic hält uns für total kindisch. Jackson hat einen von uns beiden verkuppelt, und ich kann nicht sagen, wen. Er hat meine Hilfe beim Bierholen gar nicht gebraucht – er wollte mir nur sagen, dass er ein paar Kondome unter mein Kopfkissen gelegt hat.

»Nur für den Fall, dass es hilfreich ist, wenn du das weißt, Darling«, hat er in den Kühlschrank geträllert, während er Peroniflaschen herausgeholt hat. »Mehr sage ich dazu nicht.«

Damit ist natürlich alles gesagt. Ich habe das Gefühl, dass er Nic nur deshalb mitgebracht hat, damit er mit mir schläft – ich weiß nur nicht, ob Nic das weiß und mitspielt oder ob er wirklich hier ist, um mit uns zu chillen. Er scheint nicht diese Art Typ zu sein – er stellt tolle Fragen, kann gut zuhören und ist alles in allem eine angenehme Gesellschaft. Was auch immer seine Absichten sind, ich muss zugeben, dass es schön ist, dass er hier ist, denn wie ich schon vermutet hatte, hilft er uns, fröhlich zu bleiben. Es gibt nichts, was unsere kleine Truppe mehr liebt als ein Publikum. Hin und wieder schaue ich zu ihm. Mehr als einmal hatte ich Gänsehaut, als er den Blickkontakt gehalten hat, während er ein Gespräch angefangen hat. Und sein Lachen – meine Güte, sein Lachen! Er verschenkt es nicht leichtfertig, aber wenn er es tut, fühlt es sich wie eine Errungenschaft an. Es ist unkompliziert, mit ihm zusammen zu sein. Sicher, ein bisschen unbeholfen ist er schon, und er ist nicht der typische »Macho«-Typ, auf den ich sonst stehe, aber genau das finde ich überraschend liebenswert. Er ist kein Angeber und legt eine Ernsthaftigkeit an den Tag, die den meisten Männern in unserem Alter fehlt. Alle wollen immer so lässig sein und tun so gleichgültig, dass ich vollkommen vergessen habe, wie es ist, in Gesellschaft eines Mannes zu sein, der sich für etwas begeistert. Er ist süß. Und er ist nett. Ich hätte nicht gedacht, dass süß und nett auch heiß sein kann, aber da hab ich mich wohl getäuscht.

Während wir in der Küche sind, lässt Jackson mich keine Vermutungen über Nics Beweggründe anstellen, er sagt nur, dass meine Brüste toll aussehen und ich mich daran erinnern soll, dass ich eine Königin bin. Das lässt mich fröhlich-empört gackern, obwohl ich am liebsten meine Finger in Jacksons Gürtelschlaufen einhaken und ihn zurückziehen würde, damit er mir mehr verrät über Nic, die Kondome und den Hinweis, wir sollten miteinander schlafen.

Als wir das Wohnzimmer wieder betreten, sehe ich Nic, und mein Herz macht einen Sprung. Es ist vollkommen egal, was Jackson denkt. Die Frage lautet: Will *ich* mit Nic schlafen? Mein Jahr für mich beginnt im Grunde ja erst morgen … oder schon um Mitternacht?

Nach der Sache mit Abe habe ich auf Candices Tipp hin einen Film geguckt, in dem die Hauptdarstellerin ein Jahr lang sexuell enthaltsam lebt, um sich auf sich selbst zu konzentrieren, und so bin ich auf die Idee gekommen, mir ein Jahr Auszeit zu nehmen, um mich wieder aufzubauen. Denn wenn ich ehrlich bin, hat Abe mich gebrochen. Wenn die Tante der Freundin einer Arbeitskollegin mit einem Typen zusammen ist, der eine Freundin hat, denkt man sich: *Wie bescheuert – der wird niemals seine Freundin verlassen! Wenn der Typ einmal jemanden an seiner Seite hat, dann ist das sehr bequem und er geht nicht freiwillig!* Aber ich weiß jetzt aus erster Hand, wie einfach es ist, über andere zu urteilen. Abe hat mich jahrelang verhext und in seinen Bann gezogen, und ich dachte die ganze Zeit, dass wir am Ende auf jeden Fall ein richtiges Paar sein würden. Er hat mir immer versprochen, dass es so kommen würde, dass es nur die *Umstände* wären, die das verzögerten. Seine Freundin und er nahmen sich eine »Beziehungspause«, wir verbrachten zwei, drei oder vier herrliche Wochen miteinander – und dann verschwand er und sagte, sie würden es wieder miteinander probieren.

Das passierte immer und immer wieder, und ich ließ es zu. Ich machte bereitwillig mit. Deshalb habe ich so lange an ihm festgehalten, habe mich selbst in Stücke gerissen, auch wenn er mich nicht darum gebeten hat. Ich wollte ihm verzweifelt meine Liebe beweisen, wollte sehnlichst die Auserwählte sein. Ich war in der ganzen Geschichte schon so weit gegangen, dass ich unbedingt wollte, dass sie einen Sinn ergab, und ich dachte, wenn ich ihm nur beweisen könnte, wie sehr ich bereit war, ihn zu lieben, würde er mich am Ende auch so lieben, wie ich es brauchte. Aber jetzt weiß ich es besser.

Wir tanzen wild für die Dauer eines einzigen Songs, und all das geht mir durch den Kopf, während ich auf und ab springe und singe und schreie und denke: *Ich werde das vermissen. Ich werde es so sehr vermissen, dass es wehtut.* Ich liebe Jackson und Candice über alles. Ohne sie hätte ich die Aufs und Abs mit Abe nicht überlebt. Sie waren mein Fels in der Brandung. Wir wissen alles übereinander. Sie sind die wahren Lieben meines Lebens. Wenn ich London mit irgendetwas verlasse, dann mit dem Wissen, dass sie meine kleine urbane Einheit waren, und das ist etwas ganz Besonderes.

Als der letzte Ton ausklingt und der Song zu Ende ist, macht Jackson das Licht wieder an und ich sehe, wie Nic verschwitzt, begeistert und glücklich dreinschaut und ganz lieb sagt: »Das waren die besten zwei Minuten meines Lebens!« Ich weiß, was er meint. Unsere zweiminütigen Tanzpartys gehören zu meinen liebsten Beschäftigungen, und es gefällt mir, dass er sie auch toll findet.

Ich schaue ihn immer noch an, als er seinen Pullover auszieht und ein winziges Stück Bauch zum Vorschein kommt, der wie in Stein gemeißelt aussieht. Candice sieht es, aber ich schaue weg, bevor sie mir ein *Erwischt!* zuzwinkern kann. Ich dachte, er sei nicht interessiert, aber er ist zurückgekommen, und jetzt habe ich das Gefühl, er könnte interessiert sein. Er schaut mich an, wenn er denkt, dass ich es nicht bemerke. Und jetzt liegen auch diese Kondome unter meinem Kopfkissen …

Verflixt! Diese beiden sind mir aber auch welche! Jacksons Hinweise in der Küche, Candice, die Nic bohrende Fragen stellt, und dann dieser Anblick der Haarspur, die von Nics Bauchnabel bis hinunter zu … nun, wohin auch immer führt … Jetzt frage ich mich schon, wie ernst ich Jacksons Aufforderung nehmen soll. Wir drei wissen wirklich alles übereinander, also kann es gut sein, dass die beiden wissen, dass mir ein letzter One-Night-Stand guttun würde, bevor ich gehe. Und wenn ich so darüber nachdenke, hätte ich ehrlich gesagt zum Abschied nichts dagegen, um diese beschissenen letzten Jahre hinter mir zu lassen, um alles zu vergessen, was mich hier hingeführt hat, und alles, was passiert ist. Ich hätte wirklich nichts gegen eine letzte leidenschaftliche Nacht, bevor *mein Jahr* beginnt. Man könnte es vergleichen mit einem letzten Eisbecher, bevor man mit einer Diät anfängt. Ein kleiner Leckerbissen als Ansporn, sich später zusammenzureißen. Und – jemand anders wäre die letzte Person, mit der ich ins Bett gegangen bin, nicht der verdammte Abe.

Vielleicht ist es aber auch nur mein bierseliges Ich, das da spricht. Ich bin beschwipst, ganz zu schweigen von dem hormonellen und emotionalen Durcheinander so kurz vor dem Abschied.

»Gib her«, sage ich zu Nic und strecke eine Hand aus, um seinen Kapuzenpullover entgegenzunehmen. »Ich hänge ihn für dich auf.«

Unsere Hände berühren sich, und ich bemerke, wie sich Nics Pupillen weiten, als er mir dankend zulächelt.

»*Cheers*«, sagt er und lächelt nur mit einer Seite seines Mundes, und da ist etwas, eine Andeutung, die mich glauben lässt, dass der Abend sich wirklich in eine bestimmte Richtung entwickeln kann, wenn, wie Jackson und Candice es vorgeschlagen haben, ich das will. Er sieht gut aus. Und die *kleine Ruby,* wie Jackson sie nennt, *ist* hungrig …

Ich strahle ihn weiter an, auch wenn er schüchtern wegschaut. Und als er zurückschaut, habe ich mich entschieden: Falls er dasselbe will, will ich es. Mit einer plötzlichen Klarheit stimme ich allem zu, was Jackson und Candice gesagt haben. Scheiß auf Abe, scheiß auf tränenreiche Abschiede! Ich habe es verdient, London auf einem Höhepunkt zu verlassen. Und dieser Höhepunkt könnte Nic sein.

9

♥ ♥ ♥

Nic

Wir trinken unser Bier aus, verstauen die leeren Pizzakartons, und Jackson, Candice und Ruby fangen an zu erzählen, was sie alles erlebt haben, seit sie zusammenwohnen und befreundet sind. Ich habe das Gefühl, sie finden es gut, einen relativ Fremden unter sich zu haben, denn so können sie so tun, als wären die Geschichten für mich bestimmt, während sie sich in Wirklichkeit immer wieder gegenseitig anstupsen, sich kurz umarmen oder sich in einem Anflug von Zuneigung über die Haare streichen. Eine typische emotionale Reaktion, kurz bevor eine von ihnen wegzieht.

Ich höre aufmerksam zu, lache an den richtigen Stellen und nicke verständnisvoll, wenn es angebracht ist. Nach einer Weile merke ich, dass Ruby mich anstarrt. Ich hatte schon nach dem Tanzen das Gefühl, dass sie das tut, habe mir dann aber schnell gesagt, dass ich nicht so bemitleidenswert hoffnungsvoll sein sollte. Wahrscheinlich hat sie nur auf die Uhr hinter mir geguckt. Ich erwarte, dass sie wegsieht, wenn ich jetzt in ihre Richtung schaue, aber sie tut es nicht. Sie hält meinem Blick stand, und ich bekomme beinahe einen Steifen. Ich finde sie einfach so verdammt sexy, aber auch auf eine sehr klassische Art umwerfend und lustig. Sie ist einfach alles, was man sich wünschen könnte. Ich lächle zurück. Wir verharren noch eine Weile so in diesem etwas mehr als freundschaftlichen Blickkontakt, bis Jackson vorschlägt, Tequila-Shots zu machen, und Candice dazu einspannt, ihm nebenan dabei zu helfen.

Das letzte Mal, dass ich Tequila-Shots getrunken habe, war in dem Monat nach der Trennung, als ich dachte, dass Single-Männer ausgehen und trinken und dass man so neue Leute kennenlernt: nach der Arbeit mit dem Team etwas trinken gehen und auf eine Gruppe von Leuten aus einer anderen Firma stoßen, die auch mit ihrem Team etwas trinken gehen und genau dasselbe hoffen. Ich habe mich dabei so dämlich angestellt, dass ich mich an der Bar in meine Handfläche übergeben musste. Ich hatte den Shot hinuntergekippt, hatte gespürt, wie er in meinem Rachen brannte, musste ihn sofort wieder ausspucken, wobei ich die Reste des Hühnersalats, den ich zu Mittag gegessen hatte, mit hochbrachte.

Seitdem habe ich keine Shots mehr getrunken.

Ruby sieht mich wieder an. Es gibt nur mich und sie und meine um Erbrochenes kreisenden Gedanken. Total verführerisch …

»Ich habe ein Geheimnis«, sagt sie schüchtern.

Ich ziehe fragend die Augenbrauen zusammen. Jede Zelle meines Körpers schreit: *Ihr seid gerade allein!!!* Ich darf das nicht versauen. Die Art, wie sie mich ansieht … Gleichzeitig traue ich mich nicht, irgendetwas zu tun, aus Angst, alles kaputtzumachen.

»Sprich weiter …«, sage ich und merke, dass sie errötet. Ihre Wangen könnten von den Drinks gerötet sein oder vielleicht von den Gefühlen, die unter der Oberfläche wabern. Trotz des Tanzens und Herumalberns ist es für sie ein emotional schwerer Abend.

»Ich bin nicht stolz darauf, aber …«, beginnt sie, und ich habe keine Ahnung, worauf sie hinauswill. »Wir haben dich im Internet gestalkt. Also sie haben das getan. Jackson und Candice. Und ich habe auch nachgeguckt.«

»Oh«, sage ich und fühle mich geschmeichelt. Eigentlich haben wir uns ja auf Facebook kennengelernt, auch wenn das sehr *oldschool* klingt. Dort stand ihr Sofa zum Verkauf: im Facebook Marketplace.

»Es ist wirklich unanständig. Ich musste es dir erzählen. Ich habe mich so schlecht damit gefühlt.«

»Mhm«, antworte ich. Ich weiß nicht, was ich dazu sagen soll. Ich habe Jacksons Stimme im Kopf, die mich auffordert, etwas zu sagen, damit sie weiterspricht, aber ich freue mich so über die Art, wie sie mich ansieht, als sie das Wort »unanständig« sagt, dass ich wieder zu dem stammelnden Idioten werde, der am Nachmittag an die Tür geklopft hat. »Nun. Das ist … interessant«, sage ich. *Stell ihr eine Frage,* versuche ich mich selbst zu coachen. *Bring sie mit einer Frage dazu, weiterzusprechen!* »Und was hast du über mich herausgefunden …?«

Das war eine gute Frage. Ihre Augen weiten sich merklich.

»Männerabend«, antwortet sie, ihre Stimme wird leiser, und sie hebt einen Finger zum Zählen, um den Beginn einer Liste anzuzeigen. »Getaggte Fotos von einer Freundin, die plötzlich aufhören, was laut Jackson auf eine Trennung hindeutet … das Abschlussfoto am Throwback Thursday … das Rollenspiel in Schottland …«

»Rollenspiel?«, frage ich amüsiert. Meine Stimme wird genauso leise wie ihre, sodass wir uns beide nach vorn beugen müssen, um uns zu verstehen. »Du meinst LARP? Live Action Role Playing?«

»Nennt man das so?«, fragt sie und grinst. »Du hattest ein Kettenhemd an.«

Sie flirtet. Ich bin mir neunzigprozentig sicher, dass sie flirtet. Sie neckt mich, hält Blickkontakt und lächelt. Das ist doch Flirten, oder nicht? Mein Herz schlägt schneller, mein Mund ist trocken, ich spüre dieses Prickeln auf der Haut – das ist definitiv eine Flirtreaktion.

Ich wage einen Versuch. »Ist dir die Größe meines Schwertes aufgefallen?«

Sie fängt an zu lachen. »Sehr subtil, Nic. Wirklich sehr subtil.«

Als Jackson und Candice wiedergekommen sind, habe ich es geschafft, die Shots zu umgehen, indem ich einen weiteren Versuch in Sachen Ehrlichkeit unternommen habe: Ich habe die Tequila-Geschichte erzählt, und *bäm!* – sie wurden ganz hysterisch und haben mir stattdessen noch ein Bier gegeben. Sie haben Witze darüber gemacht, dass sie den Teppich nicht reinigen lassen wollen. Jetzt sind wir alle ruhiger geworden, der Abend hat sich zu einem Crescendo aus Lachen und Geschichten gesteigert, und nun ist eine angenehme Ruhe eingekehrt. Ruby reckt und streckt sich. Sie breitet die Arme aus, verrenkt den Hals wie eine Katze und lockt mich ohne Worte. Ich glaube nicht, dass ich mir das nur einbilde. Hand aufs Herz, ich bin nicht zurückgekommen, um Sex zu haben – ich wollte nur in ihrer Nähe sein, um herauszufinden, wie sie ist. Wenn an diesem Abend in der Maple Avenue nichts weiter passiert wäre, als dass ich in ein Dodgeballteam aufgenommen worden wäre, dann wäre das mehr als in Ordnung gewesen.

Aber jetzt weiß ich, dass da mehr im Spiel ist.

Jackson, der auf dem Boden sitzt, hat sich zurückgelehnt, sodass Candice vom Sofa aus seinen Rücken kraulen und ihm über den Kopf streicheln kann. Ruby sieht mich immer wieder an, auch wenn sie mit einer anderen Person spricht. Das fällt jedoch nicht weiter auf, weil die beiden die Augen geschlossen haben.

Ich reiße das Etikett von meiner leeren Bierflasche ab, und als die kleine Uhr neben dem Fernseher Mitternacht schlägt, sagt Candice schließlich: »Meine Lieben, wenn es euch nichts ausmacht, gehe ich jetzt ins Bett. Ich habe morgen eine Vierzehn-Stunden-Schicht.«

Sie steht auf und zwingt Jackson, sich aufrecht hinzusetzen und die Augen zu öffnen, während sie zu Ruby hinübergeht und sie auf den Kopf küsst.

»Wir sehen uns morgen früh, Babe«, sagt sie verschlafen, und Ruby nickt.

»Ich fahre um neun«, antwortet Ruby. »Pünktlich.«

Jackson blickt träge zu mir und dann zu Ruby, die sich schon wieder streckt, wobei die eine Seite ihres T-Shirts weiter hochrutscht, und mir ist völlig klar, dass ihr die Wirkung auf mich sehr wohl bewusst ist.

»Ich pack's auch«, beschließt Jackson. Er sagt Ruby, dass er morgen um 8 Uhr Frühstück machen wird, und bittet mich um meine Nummer, damit er mir die Details zum Dodgeball schicken kann.

»Nic … und weiter?«

»Sheridan«, sage ich, und während ich antworte, sehe ich wieder Ruby an, weil er auf sein Handy schaut. Dieses Mal grinsen wir uns nicht an. Wir meinen es ernst. Sie spreizt ihre Lippen ein wenig und leckt sich über die Unterlippe, ihre Zunge gleitet heraus und dann langsam wieder hinein. Jackson stellt eine Frage, aber ich höre ihn nicht, obwohl er sie wiederholt.

»Ja«, sage ich und habe keine Ahnung, worum es geht. »Klingt gut.«

10

♥ ♥ ♥

Ruby

Er sitzt auf dem Sessel neben den Regalen mit den alten DVDs, die wir schon seit Ewigkeiten verschenken wollten, aber nie dazu gekommen sind. Ich sitze auf dem Sessel in der Nähe der Küchentür. Die Kerzen brennen bis auf den letzten Wachstropfen herunter, und die Lampe wirft stimmungsvolle Schatten auf uns. Als Jackson Gute Nacht sagt und die Esszimmertür zuzieht, entsteht eine zaghafte Pause. Ich sehe Nic an, Nic sieht mich an, und ich denke plötzlich, dass er sich jetzt auch verabschieden könnte. Das will ich aber nicht.

»Willst du …?«, beginnt er, während ich sage: »Mensch, es ist fast …«

Wir lachen nervös.

»Zuerst du«, sagt er. »Entschuldigung.«

»Nein, kein Problem«, sage ich. »Ich habe völlig vergessen, was ich eigentlich sagen wollte.«

»Oh.«

Sein Blick schweift durch den Raum. Die Musik spielt leise.

Ich habe nichts zu verlieren. Wenn er mich zurückweist, dann ist es halt so. Es wird mich nicht umbringen. Ich werde es überleben. Selbst mit einem angeschlagenen Ego werde ich überleben. Oder etwa nicht? Verdammt noch mal, morgen verlasse ich diese Stadt. Ich werde den Typen nie wiedersehen.

Ich versuche, tief einzuatmen.

»Hör zu«, sagt er, und mir wird ganz mulmig. Jetzt wird er sagen, dass er aufbricht.

»Ja?«, frage ich.

»Entschuldige, wenn das jetzt unverhohlen wirkt, aber ich habe gedacht … ich habe mich gefragt … Ich habe wohl verrückterweise gehofft, obwohl wir uns gerade erst kennengelernt haben und du morgen früh abreist …«

Oh, mein Gott!

Ich grinse. »Wenn du mich fragen willst, ob du mich küssen darfst …«, komme ich ihm zuvor, und er sieht mich mit einem innigen Blick an. In dieser Sekunde weiß ich mit absoluter Sicherheit, dass wir beide genau das Gleiche wollen, und ich mache eine kurze Pause, um etwas Spannung hineinzubringen. Wann, wenn nicht in einem solchen Moment sollte man romantisch, offen und wagemutig sein? Ich komme mir vor wie eine Schauspielerin in einem Film.

Seine Augenbrauen wackeln ein wenig und flehen mich an, den Satz zu beenden. Vielleicht hält er sogar den Atem an. Vielleicht halte *ich* sogar den Atem an!

»Die Antwort lautet …«, fahre ich fort und versuche, kokett durch meine Wimpern hindurchzusehen, während mein Mundwinkel auf eine hoffentlich niedliche und einladende Weise zuckt. »Ja, du darfst.«

Seine Augen funkeln schelmisch, als er, frisch wie eine Herbstbrise und selbstbewusster, als er den ganzen Abend über war, antwortet: »Ich frage nicht, ob ich dich küssen darf, Ruby.«

Ich schlucke schwer. Ich kann den Blick nicht von ihm abwenden.

»Ich frage, ob ich mit dir schlafen darf.«

Er zieht mich langsam aus, als hätte er alle Zeit der Welt, um das zu genießen, was gleich passieren wird. Als ich nackt bin, aber immer noch stehe, küsst er jede Stelle meiner Haut, die er erreichen kann, bis er sich auf die Bettkante setzt und mich an der Hand zu sich heranzieht, damit er meine Brüste küssen kann, meinen Bauch und dann immer tiefer, bis er sich nicht mehr bücken kann. Er fährt mit beiden Händen an den Außenseiten meiner Oberschenkel hinunter und an den Innenseiten wieder hinauf, er geht dabei quälend langsam hoch, bevor er dann meinen Hintern umfasst und ihn ein wenig wackeln lässt.

»Das«, sagt er frech und leise, »ist ein fantastischer Hintern.«

»Mein Hintern mag dich auch«, antworte ich, lege meine Hände leicht auf seine Schultern und verpasse ihm mit der flachen Hand einen sanften Klaps. »*Easy*, mein Lieber«, sage ich und grinse, denn das hat mir offensichtlich *nicht* nicht gefallen.

Er nimmt eine meiner Brustwarzen in den Mund, saugt ein wenig daran und lässt dann seine Zunge immer wieder langsam darum kreisen. Ich stöhne auf, fahre mit den Händen durch sein Haar und schließe die Augen, um mich von dem Gefühl tragen zu lassen.

»Das ist schön«, seufze ich, bevor er zur anderen Brust übergeht.

»Das?«, fragt er und wiederholt die saugenden und kreisenden Zungenbewegungen.

»Fester«, weise ich ihn an, und als der Druck genau richtig ist, sage ich: »Ja, genau so.«

Er ist entschlossen und sanft zugleich, und ich bin erstaunt, wie leicht es mir fällt, ihm zu sagen, was ich mag. Ich werde ihn nie wiedersehen – wen kümmert es also, wenn ich bossy bin? Offensichtlich ist er sehr gut darin, Anweisungen anzunehmen. Das macht ihn an.

»Zieh dich aus«, sage ich in einem flüsternden, aber klaren Ton. »Ich will dich sehen.«

Er löst sich von meiner Brust und schaut mir in die Augen, während er sein T-Shirt auszieht und dann ganz unelegant seine Jeans abstreift. »Socken auch«, sage ich, und für einen Moment ist er ganz Beine und Knie, beugt sich vor, um zu tun, was ich sage, und steht dann – in mehr als einer Hinsicht – in voller Pracht da.

»Sehr schön«, sage ich bewundernd und starre ihn absichtlich an, um ihm ohne Worte zu zeigen, dass auch ich nichts überstürzen werde. Dann strecke ich eine Hand aus und gehe in die Knie.

»Woah«, stöhnt er, dabei fange ich gerade erst an.

11

Nic

Der schwache Gong der Wohnzimmeruhr verrät uns, dass es 2 Uhr morgens ist. Ich weiß nicht, was über mich gekommen ist, aber ich werde mich für den Rest meines Lebens daran festhalten, dass ich den Mut aufgebracht habe, diesen Moment zu nutzen. Es ist wie ein Lottogewinn!

»Das war …«, sage ich, und sie brummt zustimmend. Aber es ist nicht gerade enthusiastisch, und sofort mache ich mir Sorgen, dass es für sie nicht so gut war wie für mich. Hat sie etwa vorgetäuscht, dass es ihr gefallen hat? Ich hoffe wirklich sehr, dass sie das nicht getan hat. Nicht wegen mir, sondern wegen ihr. Wenn sie mir nur gesagt hätte, wie ich es hätte besser machen können, wenn sie mir ein paar mehr Anweisungen gegeben hätte, dann hätte ich es schaffen können. Ich lerne schnell und gerne. Wirklich! Plötzlich merke ich, dass sie eine andere Körperhaltung angenommen hat, und meine Brust fühlt sich feucht an.

»Hey, hey …?«, frage ich und recke meinen Hals, um sie besser sehen zu können. Sie weint tatsächlich.

»Ruby«, sage ich und gerate in Panik. »Ruby? Ist alles in Ordnung? Was ist passiert? Habe ich etwas falsch gemacht? Habe ich dir wehgetan? Bitte sprich mit mir. Komm schon. Ich will nur wissen, ob es dir gut geht …«

»Mir geht es gut«, antwortet sie und wendet ihr Gesicht von mir ab. »Mir geht es gut, wirklich. Entschuldige. Ahh, das ist mir sehr peinlich.«

Meine Hand liegt auf ihrem unteren Rücken, direkt über ihrem Hintern. Ich kreise sanft mit meinem Daumen auf ihrer Haut und warte auf weitere Informationen.

»Ruby …?«

Sie hebt den Kopf und wischt sich mit dem Handrücken über die Wangen.

»Es tut mir wirklich leid«, wiederholt sie, nun wieder etwas selbstbewusster. »Ich wusste nicht, dass ich mich so fühlen würde. Es geht mir gut, wirklich. Das war gut, wirklich gut, zu gut vielleicht. Ich fühle mich …«

Ihr Stammeln macht mich wahnsinnig. Ich weiß, ich habe mich irgendwie verloren, als wir es getan haben – es fühlte sich so unglaublich gut an, es war wie eine wahr gewordene Teenager-Fantasie, aber ich wollte auf keinen Fall übersehen, wenn es ihr nicht gefällt oder ihr nicht gut geht … Und ich weiß immer noch nicht, wie sie sich fühlt. Sie hat es immer noch nicht gesagt.

»Ich weiß, dass es hier nicht um mich geht«, sage ich vorsichtig und versuche, offen zu wirken für das, was sie zu sagen hat, und keinesfalls egoistisch oder egozentrisch. »Aber ich mache mir Sorgen, dass es an mir liegen könnte, dass du weinst.«

Sie richtet sich auf, setzt sich rittlings auf mich, legt ihre Handflächen auf meine Brust, und ihre Brüste und ihr Gesicht schauen nach unten zu mir. Ich bin nicht mehr in ihr, aber ich spüre ihr Gewicht so gern auf mir, und je länger ihr Körper meinen umschlingt, desto besser kann ich mir dessen bewusst werden, dass das, was gerade passiert ist, echt war. Wenn ich sie nicht direkt auf mir sitzen hätte, könnte ich fast glauben, ich hätte feucht geträumt.

»Das ist peinlich …«, beginnt sie. »Kann ich einfach ehrlich sein?«

Sie atmet ein und atmet dann langsam wieder aus. »Ich war seit Jahren mit niemand anderem als meinem Ex zusammen.

Und die Art, wie du gerade mit mir geschlafen hast … er hat mich in all der Zeit nicht annähernd so zärtlich berührt wie du. Mein One-Night-Stand ist liebevoller mit mir umgegangen als der Mann, in den ich dachte, verliebt zu sein. Ist das nicht das Armseligste, was du je gehört hast?«

Sie rollt sich von mir ab, kauert sich wieder neben mir zusammen und stöhnt beschämt auf.

»Ich weiß gar nicht, warum ich dir das erzähle«, fährt sie fort. »Doch, ich weiß es. Vermutlich muss ich es jemandem sagen, und du bist die Person, die nackt in meinem Bett liegt. Ich bin gerade ziemlich durcheinander. Es tut mir leid. Oh, Gott, ich weiß, das ist nicht das, was du erwartet hast, sorry. Und jetzt schwafle ich auch noch. Argh.«

Ich drehe mich auf die Seite, damit ich sie sehen kann. Welcher Mann kann diese Frau in seinem Bett haben und nicht jedes Atom von ihr genießen, nicht jeden einzelnen Tropfen austrinken? Wer bringt freiwillig eine Frau dazu, sich mies zu fühlen? Sie ist das große Los!

»Sieh mich bitte nicht an«, sagt sie. »Ich weine immer noch. Das ist mir so peinlich.«

Ich lege eine Hand auf ihr Gesicht und wische ihr die Tränen weg, die wirklich noch da sind. Sie ist zwar gut gelaunt und lacht über sich selbst, weil sie so emotional ist, aber ich fühle mit ihr. Das tue ich wirklich. Denn in der ganzen Zeit, in der ich mit Millie zusammen war – wir haben sogar darüber gesprochen, zu heiraten und Kinder zu bekommen –, war es nie so, wie es gerade mit Ruby war.

»Mir geht es ähnlich«, sage ich schließlich leise. »Wenn dich das beruhigt. Es war …«

»Das war es, nicht wahr?«

»Mhm«, sage ich. »Wenn du nicht schon alle geweckt hast, dann habe ich es sicher getan. Das, was du gemacht hast, als du deinen Rücken so gewölbt hast … und die Geschwindigkeit … Ich dachte, mein Kopf explodiert.«

Sie kichert. »Halt die Klappe«, sagt sie. »Du machst dich über mich lustig.«

»Tue ich nicht«, beharre ich. »Ich meine es todernst.«

Sie drückt mir einen Kuss auf die Fingerknöchel, sagt aber nichts weiter. Vor dem Haus fährt ein Auto los, der Lärm hallt durch die Wände, die Scheinwerfer leuchten uns an. Wir sind so lange still, dass ich beinahe annehme, dass sie eingeschlafen ist. Aber dann sagt sie endlich meinen Namen.

12

Ruby

Nic?«, flüstere ich wieder und starre an die Decke. Ich weiß nicht, ob er noch wach ist.

»Mhmmm?«, antwortet er.

Ich kann einfach nicht aufhören, darüber nachzudenken. Ein Mann behandelt eine Frau nicht so, wie er mich gerade behandelt hat, wenn er nicht hundertprozentig vertrauenswürdig ist. Ich konnte Farben *riechen.* Er hat mich gehalten, als ob er Angst gehabt hätte, mich zu zerbrechen, dabei war er so präzise und gelassen mit seinen Händen ... und mit seinem Mund ... Ich glaube, bis vor fünfundvierzig Minuten habe ich nie wirklich verstanden, was es mit Sex auf sich hat. Es sollte nur ein One-Night-Stand sein, aber verrückterweise hat es sich mit Nic richtiger angefühlt als jemals zuvor.

Und jetzt entgleiten mir die Minuten, die Stunden. Ich gehe weg. Der Abspann zu diesem Londoner Leben läuft bald über die Leinwand, ich ziehe um und fange neu an. Ich gebe zu, ich bin jetzt wie versteinert. Ich war den ganzen Abend stark für Jackson und Candice, weil ich sie gebraucht habe, weil ich es gebraucht habe, dass sie für mich stark sind. Aber für Nic muss ich nicht stark sein, schon gar nicht, nachdem ich an seiner Brust geweint habe. Das ist sehr erleichternd. Und natürlich weiß er besser als jede andere Person, worauf ich mich einlasse: Ich denke an das, was wir herausgefunden haben, als wir ihn online gestalkt haben, an die Geschichten, die er heute Abend erzählt hat – ich will ihn fragen, wie er es geschafft hat, etwas Neues anzufangen. Er kann mir sagen, wie vorankommen und neu anfangen funktionieren kann – praktisch und emotional.

»Deine Trennung …?«, frage ich. »Hat sie sich getrennt oder du dich?«

Mit Abe waren es zwei Jahre voller Höhen, die so berauschend waren, dass ich kaum atmen konnte, und Tiefen, die so niederschmetternd waren, dass ich kaum noch weitermachen konnte. Es war so viel Drama und Chaos, und jetzt fühle ich mich in den Armen dieses Fremden plötzlich wohl, ruhig und beschützt. Nic ist ein sicherer Hafen nach all der Scheiße, die ich erlebt habe, und das sage ich nicht nur, weil er mich zum Orgasmus gebracht hat. Zweimal. Und total heftig.

Alles deutet darauf hin, dass er ein guter Typ ist – und, was entscheidend ist, er weiß nicht einmal, dass er es ist. Er geht davon aus, dass alle anderen Männer da draußen mit der gleichen Höflichkeit und Freundlichkeit vorgehen wie er. Das merke ich schon nach ein paar Stunden mit ihm. Er gehört einer besonders seltenen Spezies an, weil er keine Ahnung hat, wie toll er ist, und das hat mich umgehauen. Was für eine unerwartete Wendung!

»Ich war's«, antwortet er schlicht und öffnet die Augen. »Aber das macht die Sache auch nicht leichter. Es war wirklich niederschmetternd, einem anderen Menschen das Herz zu brechen. Niemand sagt dir das. Alle Songs handeln davon, wie es ist, verlassen zu werden. Aber wegzugehen ist auch verdammt schwer. Es wird einem nicht zugestanden, traurig zu sein, wenn man derjenige ist, der die Beziehung beendet, denn es war ja deine Entscheidung. Nur hatte ich nicht das Gefühl, dass ich eine Wahl hatte. Wenn ich bei ihr geblieben wäre, wäre es nicht fair gewesen. Es wäre eine Lüge gewesen. Also habe ich es ihr gesagt.«

»Und deshalb hast du Liverpool verlassen?«

»Ja und nein«, antwortet er.

Es scheint ihm zu widerstreben, darüber zu sprechen.

»Entschuldige, ich stelle zu persönliche Fragen«, sage ich, und mir rutscht das Herz in die Hose. Ich bin wie eine Elster, die zum eigenen Vorteil in seinen Wunden herumstochert und seine Sanftmut ausnutzt, um sich besser zu fühlen. »'tschuldige. Du kannst ruhig schlafen, wenn du willst. Es ist alles in Ordnung.«

Er zieht die Stirn kraus.

»Ich will dich mit der Geschichte nicht langweilen, das ist alles«, sagt er.

»Das ist das Gegenteil von langweilig«, insistiere ich. »Ich würde sie gerne hören. Es ist … hilfreich. Würdest du es mir erzählen? Alles?«

Also tut er es. Er war seit Teenagerzeiten mit Millie zusammen gewesen. Er war gut in der Schule und noch besser an der Uni. Er hatte für eine Anzahlung auf ein Haus gespart und mit dreiundzwanzig sein erstes Haus gekauft, ein winziges Reihenhaus. Die Arbeit war toll, die Familie großartig, von außen betrachtet war alles perfekt.

»Mein ganzer Lebensweg war vorgezeichnet«, erklärt er und sieht mich dabei nicht an. Er starrt auch an die Decke. Es ist manchmal einfacher, der Decke Geschichten zu erzählen als einem Menschen – das verstehe ich. »Und dann fing es an, dass ich aufwachte und mich krank fühlte. Ich wusste, dass Millie auf einen Heiratsantrag wartete, und sie hatte immer gesagt, sie will eine junge Mutter sein. Ich kannte ihre Familie, sie kannte meine, wir hatten eine Routine: Montags gab es Fajitas, dienstags spielte ich Football und kam erst spät nach Hause, mittwochs war sie mit den Mädels unterwegs, donnerstags sahen wir uns eine Serie an und bestellten Essen nach Hause, und freitags gingen wir zu unserem Date-Abend in die Stadt. An den Wochenenden war ich beim LARPen, und am Sonntag gab es entweder bei ihren oder meinen Eltern Braten, und das war's. In der nächsten Woche lief alles genauso ab und die darauffolgende Woche auch, und es war schön, aber auch schrecklich. In mir schwelte so ein Gefühl, das ich monatelang, vielleicht sogar ein Jahr lang, ignoriert habe. Wenn ich darüber nachdenke, habe ich das Gefühl vielleicht schon immer gehabt, aber ich wusste nicht, dass sich das Leben auch anders anfühlen konnte. Langsam fühlte es sich so an, als ob ich ertrinken würde. Als ob sich meine Lungen tröpfchenweise mit Wasser füllen würden, und dann fühlte es sich an, als sei ich innerlich schon tot.«

Er hält inne, als würde es ihm leidtun, dass er mir so viel erzählt.

»Na ja. Vielleicht nicht wirklich tot«, korrigiert er sich. »Aber es war einfach eine Scheißzeit.«

»Ich verstehe«, sage ich sanft, weil ich will, dass er weiterredet. Jemandem zuzuhören, der davon erzählt, wie viel Angst er vor etwas Neuem hatte, hilft zwar nur bedingt, aber so fühle ich mich weniger allein.

»Ich will nicht, dass du denkst, ich sei ein schlechter Mensch«, sagt er. »Es fühlte sich schrecklich an, zu bleiben, und ebenso schrecklich, zu gehen. Ich steckte in einer Zwickmühle. Dann fing ich an zu zittern und zu schwitzen und musste mich zu merkwürdigen Zeiten übergeben. Millie war total besorgt, sie dachte, ich könnte vielleicht Krebs haben, und sie weinte sich sogar bei mir aus und sagte, sie wolle nicht, dass ich sterbe, ich solle mich untersuchen lassen. Ich bin dann zum Hausarzt gegangen und …« Er stößt einen gequälten Seufzer aus. »Ich bin nicht stolz darauf, aber er hat mir all diese Fragen gestellt, und am Ende habe ich geweint, und er hat mich an einen Therapeuten überwiesen, aber ich bin nicht hingegangen. Sobald ich mich bei meinem Arzt ausgeweint hatte, wusste ich, was los war: Ich liebte Millie nicht mehr.«

Er sieht so traurig aus, als würde ihn die Erinnerung daran zermartern. Ich weiß, dass der Austausch von traumatischen Geschichten ein falscher Weg sein kann, um Intimität aufzubauen – zeig mir deins, und ich zeige dir meins –, aber seine Wahrheit weckt in mir den Wunsch, ihm auch von meiner Geschichte zu erzählen. Ich möchte, dass er weiß, dass wir beide keine unbeschriebenen Blätter sind.

»Mein Ex«, fange ich an. »Wir waren nie wirklich zusammen. Er hatte eine Freundin. Ich weiß, das ist schrecklich, aber er hat mir immer gesagt, dass er mit ihr nicht glücklich war, dass er nach Wegen suchte, sie zu verlassen. Er hat gesagt, dass er mit mir zusammen sein will – aber er hat deswegen nie so traurig ausgesehen wie du. Ich weiß jetzt, dass das daran lag, dass er im Grunde nie die Wahrheit gesagt hat. Er wollte einfach sein Stück Kuchen haben und es essen. Männer wie Abe sind die rücksichtslosen Feiglinge. Was du getan hast, war mutig.«

»Das klingt so, als sei er ein Idiot«, sagt Nic.

»In der Liebe sind wir alle Idioten«, seufze ich. »Sogar noch wenn ich höre, dass du ihn einen Idioten nennst, möchte ich ihn verteidigen … Aber das ist etwas, was ich mir abzugewöhnen versuche.«

»Das ist fair«, sagt er. »Ich würde es auch nicht zulassen, dass jemand über Millie lästert. Sie hat nichts falsch gemacht.«

»Was ist aus eurem Haus geworden? Habt ihr es verkauft?«

Er nickt. »Ja. Ich will hier nur zur Miete wohnen, bis ich mehr Klarheit gewonnen habe.«

»Habt ihr noch Kontakt?«, frage ich.

»Nein. Es ist zu schwierig. Ich weiß von anderen, dass es ihr gut geht. Ich will nicht sagen, dass ich wegen ihr gegangen bin – ich will nicht denken, dass ich vor etwas weggelaufen bin. Ich möchte es eher so sehen, dass ich etwas Besserem entgegenlaufe. Mein Bruder lebt seit ein paar Jahren in London, und ich habe ihn immer gerne besucht. Und … jetzt bin ich hier. Auf der Suche nach Abenteuern, nehme ich an. Um zu sehen, was außerhalb der Stadt, in der ich aufgewachsen bin, so los ist.«

Ich lächle. »Genauso versuche ich auch über meinen Umzug zu denken«, sage ich. »Ich laufe vor nichts weg, ich laufe auf etwas Neues zu.«

Ich lasse es mir nicht anmerken, aber während ich hier liege, habe ich das beunruhigende Gefühl, etwas Wunderbares zu verpassen, das gerade in London angekommen ist, während ich auf etwas Neues in Manchester zulaufe. Aber, wie absurd ist das denn? Wir kennen uns ja kaum. Und überhaupt, wenn ich nicht beschlossen hätte umzuziehen, dann wäre ich Nic gar nicht erst begegnet, also war es wohl von Anfang an so geplant. Ich musste meine Sachen verkaufen, damit er sie kaufen konnte; er musste ankommen, damit ich mich verabschieden konnte. Dieser Moment, diese Nacht, fühlt sich an, als ob die Sterne genau so stehen, dass mir jemand die Erlaubnis gibt, mich auf das einzulassen, was als Nächstes passieren wird.

Vielleicht reicht eine Nacht, vielleicht reichen zwölf Stunden, um die Dinge anders zu sehen, und das ist ein Geschenk, aus dem ich das Beste machen sollte.

Die Uhr im Wohnzimmer schlägt fünf. Es wird bald hell.

»Was denkst du?«, flüstere ich und stelle somit die postkoitale Klischeefrage. Dabei will ich nur, dass er weiterspricht. Bevor wir getrennte Wege gehen, will ich alles über ihn wissen.

Er lächelt mich an. Die Morgendämmerung fällt sanft durch die dünnen Vorhänge und wirft ein sanftes Licht auf eine seiner Wangen. Der Rest liegt im Schatten.

»Ich kann nicht glauben, dass ich dich erst vor ein paar Stunden kennengelernt habe«, sagt er, und die Art, wie er es sagt, lässt mein Herz höherschlagen.

Im Stillen bin ich froh, dass er genau das sagt, was ich fühle, aber ich will nicht zu bedürftig wirken und halte ihn lieber auf Abstand, indem ich erwidere: »Du bist sehr charmant, wenn du versuchst, nicht aufrichtig zu sein, weißt du das?«

»Ich kann nicht glauben, dass meine *erste* Nacht in der Stadt deine *letzte* Nacht in der Stadt ist, das ist alles.«

»Was wäre das Leben, wenn es uns keine Streiche spielen würde?«, frage ich, und meine Finger wandern über seine Brust.

»Wie tiefgründig!«, witzelt er.

»Ich weiß nicht, was ich sagen soll«, seufze ich. Dann füge ich hinzu: »Ich bin froh, dass ich meine letzte Nacht so verbracht habe. Danke.«

Was ich nicht sagen kann, ist: *Ich habe Angst.*

»Das geht mir auch so«, sagt er. »Vielleicht sehen wir uns in Manchester oder hier, wenn du mal zu Besuch kommst.«

Ich lasse sein Angebot einfach so stehen. Er ist nett und freundlich, und er ist genau der, den ich vor zwei Jahren anstelle von Abe gebraucht hätte. Aber ich bin nicht mehr die Frau, die ich vor zwei Jahren war.

Ich habe mich verändert. Diese Verbindung, die unbestreitbar zwischen Nic und mir besteht, bringt mich schon dazu, mich zu fragen, ob zwischen uns mehr entstehen könnte, aber wenn ich sagen würde, dass ich ihn wiedersehen werde, wäre es so, als hätte ich nichts dazugelernt. Und ist es nicht so, dass das Leben uns dazu bringt, die gleichen Fehler so lange zu wiederholen, bis wir es endlich kapiert haben? Ich kann ihn nicht wiedersehen, weil ich jetzt lernen möchte, allein zurechtzukommen. Ich will mich selbst finden und all die verschiedenen Teile meines Selbst ungehindert entfalten. Ich will entdecken, wie ich eine großartige Filmemacherin sein kann, und herausfinden, wer ich wirklich bin. Auf diesem Weg darf ich mich von niemandem ablenken lassen. Schon gar nicht von einem Mann, den ich über den Facebook

Marketplace kennengelernt habe und der sechzig Pfund für mein Sofa bezahlt hat. Ich muss ehrlich zu mir selbst sein – und zu ihm.

»Das zwischen uns kann nicht mehr sein als ein One-Night-Stand«, höre ich mich selbst sagen. »Ich habe mich bewusst dazu entschieden, zu einem ›Jahr für mich selbst‹. Ich werde meinen Abschluss machen, kreativ sein und will keine Ablenkungen. Vor allem keine – du weißt schon – Männer.«

Er braucht einen Moment, aber er antwortet: »Verstehe.«

»Tut mir leid.«

»Das muss es nicht«, sagt er. »Ist schon okay. Ich weiß, was das …« Er bricht ab. »Du gehst weg. Ich bin gerade erst angekommen. Wir haben eine Nacht.«

»Wir haben eine Nacht«, erwidere ich, erleichtert, dass er nicht weiterbohrt. Wir verstehen einander.

Ich beschließe, dass die beste Ablenkung die ist, uns daran zu erinnern, wozu wir hier sind. Denn Aschenputtel verwandelt sich immer wieder in eine ganz normale Frau, und die Realität findet immer einen Weg zurück. Ich möchte diesen Mann noch einmal genießen, mich in ihm verlieren, während wir eins werden. Stunden zuvor hatte ich beschlossen, den Körper eines Mannes zu genießen und ihn meinen genießen zu lassen, und es war so gut, dass wir es noch einmal tun sollten, bevor die Pferde wieder zu Mäusen werden und die Kutsche zu einem Kürbis. Also lasse ich meine Hand langsam auf seiner Brust hinunterwandern, und er schwillt erfreulich schnell an.

»Es gibt eine Sache, die wir tun *könnten,* wenn es dir nichts ausmacht …«, murmele ich dicht an seinem Ohr. Ich will sein Gewicht wieder auf mir spüren. Ich will fühlen und nicht denken. Ich will es noch einmal, bevor die Sonne aufgeht, der Zauber gebrochen ist und der nächste Abschnitt meines Lebens beginnt.

Ich rücke einen Zentimeter nach links und bewege meine Hand ganz leicht.

»Und was könnte das sein …?«, fragt er stakkatoartig vor Erregung.

Er nimmt die Andeutung auf und zieht meine Hand von ihm weg, verschwindet unter der Decke, bis ich seinen Atem zwischen meinen Beinen spüre. Es wirkt: Bald denken wir beide nicht mehr viel.

TEIL 2

13

♥ ♥ ♥

Ruby

Ich habe mich auf Manchester gestürzt, als würde mein Leben davon abhängen«, erzähle ich Janet, meiner Studienbetreuerin, bei einem Tee aus dem Automaten in ihrem Büro. »Und in gewisser Weise ist das auch so. Ich habe diesen gewaltigen Schritt gewagt, indem ich hergekommen bin, und ich bin fest entschlossen, alles zu tun, damit es sich auszahlt. Ich habe mir gesagt, dass ich *alles* ausprobieren muss. Und um ehrlich zu sein, mache ich das nicht schlecht. Ich bin stolz auf mich, falls das nicht zu angeberisch klingt. Ich fühle mich … oh, Gott, ich kann nicht glauben, dass ich das so sage – lebendig?«

Janet kichert aufmunternd, und die Armbänder an ihrem Handgelenk klimpern. »Nein, nein. Wir alle fühlen uns gerne *lebendig*. Lebendig ist gut! Ich freue mich, das zu hören«, antwortet sie. Sie hat sanfte Augen, trägt zarte goldene Ohrringe und klobige modische Turnschuhe. Wir haben zwanzig Minuten Zeit, um uns zu vergewissern, dass ich zufrieden bin und alles habe, was ich brauche, und ich weiß, dass sie das mit allen Studierenden so macht, ich bin nichts Besonderes. Aber ich weiß es dennoch sehr zu schätzen, dass ich mit ihr unter vier Augen sprechen kann. Ihre Vorlesungen sind genial. In den letzten sechs Wochen ist sie für mich so etwas wie ein Campus-Idol geworden – wie sie denkt und wie sie ihre Ideen formuliert, ist einfach toll. Ihr in einem Sessel gegenüberzusitzen ist das akademische Äquivalent zu einem Martini mit Beyoncé. Ich gebe mir selbst einen Punkt, weil ich sie zum Lachen gebracht habe.

»Wir mögen den Begriff psychische Gesundheit hier nicht so gern, wir bevorzugen den Begriff mentale *Fitness*«, sagt sie. »Wir möchten sicherstellen, dass alle Studierenden alles haben, was sie brauchen, um ihr Bestes zu geben. Das ist jedenfalls meine Erfahrung mit der Kreativität. Sie braucht Raum. Um künstlerisch tätig zu sein, sollte man die Kreativität nicht isolieren und nur für die Kunst aufsparen. Zumindest bei mir ist es so, dass sich die Kreativität dadurch verstärkt, dass ich sie in alle Bereiche meines Lebens einfließen lasse.«

»Wie meinen Sie das?«, frage ich. Ich versuche verzweifelt, mir etwas Schlaues zurechtzulegen, was ich erwidern kann.

»Ich meine, dass Kreativität nicht nur darin besteht, Blickwinkel, Themen und Erzählstränge auszuwählen oder im Seminar das Richtige zu sagen. Kreativität ist ein Zustand, in dem man sich befindet, während man Filme macht, aber er besteht auch darüber hinaus. Wir möchten, dass unsere Studierenden auf dem Campus sind, weil sie dort voll eintauchen können. Kreativität ist die Art, wie wir uns kleiden, die Route, die wir wählen, um über den Campus zu gehen, wie wir ein gutes Risotto kochen oder den Tisch schön decken. Kreativität ist eine Geisteshaltung, und je mehr Raum man ihr gibt, desto besser«, sagt sie. »Das ist es, was ich meine. Ein allgemeiner Flow-Zustand. Und es klingt so, als ob das der Grund ist, warum Sie so glücklich sind. Weil Sie im Flow sind.«

»Oder in meinem Element«, ergänze ich. »So nennt es Ken Robinson.«

»Ich kenne sein Werk nicht«, antwortet sie, und ich gluckse innerlich, weil sie etwas von mir lernen kann.

»Er sagt, wir sind dann in unserem Element, wenn unsere natürliche Begabung und unsere individuelle Leidenschaft zusammentreffen«, erkläre ich. »Wir brauchen die richtige Einstellung und müssen aktiv nach Entfaltungsmöglichkeiten suchen.«

»Dann verstehen Sie genau, was ich meine.« Sie nickt und lächelt. »Kreativität ist, einen Weg zu finden, um sich ständig in diesem Bereich aufzuhalten. Was wir erschaffen, kommt von diesem besonderen Ort. Es ist wie ein inneres Schwingen, das beeinflusst, wie wir die Welt sehen, wie wir mit ihr interagieren und wie die Welt uns dann behandelt.«

»Genau!«, sage ich. »Und Sie haben recht. Das fällt mir hier leichter als jemals zuvor. Es macht süchtig.«

»Ich wusste, dass ich Sie mag.« Sie grinst. »Sie sagen in den Kursen immer so kluge Sachen.«

Ah! Das geht runter wie Butter. Zwei Punkte für mich.

Diese letzten sechs Wochen waren wirklich schwindelerregend euphorisch. Bei der Einführungsveranstaltung haben die Kursleitenden erklärt, dass das Masterstudium zu zwanzig Prozent aus Kursen besteht, zu achtzig Prozent aus Selbststudium – und zu hundert Prozent aus Kursarbeiten, die bewertet werden. Meinen Geburtstag habe ich bei einer Vorführung von drei Richard-Linklater-Filmen verbracht, und ehrlich gesagt war das der beste Geburtstag, den ich je hatte. Ich finde es toll, dass ich die einzige Person bin, die bestimmen kann, wie gut ich abschneide, und dass ich nicht in eine Schublade gesteckt werde.

»Verstehen Sie mich nicht falsch«, fahre ich fort. »Meine Lektüreliste ist ellenlang, und meine *To-watch*-Liste ist sogar noch länger, aber die Art und Weise, wie Sie alle das Ganze angehen, macht mich hungrig darauf, voll einzutauchen, wie Sie es nennen. Wissen Sie, was ich meine? Ich kann mich jetzt vollkommen diesem Interesse hingeben, mich fallen lassen und muss mich nicht mehr dafür entschuldigen, dass ich im Grunde nur dafür lebe.«

»Deshalb ist mentale Fitness so wichtig«, sagt Janet. »Sie sind insgesamt nicht lange hier. Wir wollen, dass Sie sich so viel Mühe geben, wie Sie vernünftigerweise können, solange Sie es können.

Aber Sie dürfen sich dabei nicht überanstrengen. Das ist ein schmaler Grat.«

»Es war schwer, mich zu entscheiden, wo ich mitmachen möchte«, gestehe ich. »Aber ein Tag hat nur vierundzwanzig Stunden. Ich könnte hier drei Jahre lang studieren und trotzdem nicht alle Module belegen, die ich gerne belegen würde. Es ist so aufregend. Ich fühle mich wie ein leerer Krug, der jahrelang versucht hat, sich an einem tröpfelnden Wasserhahn zu füllen, und jetzt geht es mit einem Wasserschlauch mit Vollgas voran.«

Sie lacht. »Und jetzt erzählen Sie mir mal«, setzt sie an und wechselt das Thema, »haben Sie viele neue Freunde gefunden?«

Ich erzähle ihr, dass es eine Handvoll Leute im Jahrgang gibt, die ich besser kenne als die anderen, aber ich spreche mit so ziemlich jeder Person über alles – wir haben uns alle so viel zu sagen. Für die Anzahl der Credits, die ich für meinen Abschluss benötige, muss ich etwa zweihundert Stunden lernen. Ich rechne mit zwanzig Stunden pro Woche, um mich in die Theorie des Filmemachens zu vertiefen. Den Rest der Zeit sehe ich mir Filme an, spreche über Filme, kritisiere Filme und arbeite an zwei interdisziplinären Modulen, die für den Studiengang erforderlich sind. Am meisten freue ich mich auf ein individuelles Projekt, bei dem ich meinen eigenen Dokumentarfilm drehen kann. Ich habe mir Kurse zum Thema »Perspektiven« ausgesucht, um mehr über die Ideen anderer Künstlerinnen und Künstler zu erfahren. Es geht dabei um Themen wie den Körper im Film, um digitalen Kunstaktivismus und Storytelling.

Der Campus selbst ist auch großartig. Nachdem ich mich von Janet verabschiedet und mich noch einmal für unser Gespräch bedankt habe, staune ich über all die großen Glasgebäude und Atrien, während ich an luftigen Räumen mit modernster Ausstattung vorbeigehe. Das allzu Moderne wird jedoch aufgeweicht durch sehr viel Grün. Hinter den Gebäuden stehen Bäume, die älter sein müssen als der Campus, wenn man bedenkt, wie groß sie sind. Ihre Blätter sind bereits golden und bernsteinfarben, die Sonne steht tief am Himmel und wirft dramatische Schatten. Ich komme mir vor wie die Hauptfigur in einem Indie-Musikvideo, vor allem jetzt, wo es kälter ist und ich ständig einen riesigen Schal um den Hals und bis zum Kinn geschlungen habe, dessen eines Ende mir beim Gehen auf dem Rücken tanzt.

Ich fühle mich als ein Teil von etwas Größerem. Die Tatsache, dass ich hier mit den Besten der Besten zusammen bin, bedeutet, dass ich mit etwa sechs Stunden Schlaf pro Nacht auskomme, weil ich einfach *zu* glücklich bin. Das einzig Unangenehme ist, dass ich plötzlich eine Hefepilzinfektion bekommen habe, gegen die meine übliche Creme wirkungslos bleibt. Aber auch wenn mein Hintern juckt, liebe ich die Bibliothek, den Herbstanfang und die kalte Luft, die einen schönen Kontrast bildet zu der Wärme, die von der Hektik in meinem Inneren ausgeht.

Ich sehe den Kaffeewagen an der Ecke, an der sich auf dem Campus alle Hauptwege kreuzen, und sehe, dass mein neuer Freund Mick heute dort arbeitet.

»Hey, du«, grüßt er mich, als der Kunde vor mir weitergeht und er mich erkennt.

»Hey, du«, antworte ich. »Das Übliche, bitte.«

Ich liebe Mick. Man hört ihm an, dass er aus Manchester stammt, denn er benutzt Wörter wie *»sound«*, wenn er etwas gut findet, oder *»buzzing«*, wenn etwas großartig ist. Er hat sich ganz schnell meinen Namen gemerkt, und selbst wenn ich eigentlich gar keinen Kaffee möchte, gehe ich bei ihm vorbei, um etwas zu trinken, einfach weil er so sympathisch ist. Er gehört mittlerweile zu meiner Routine wie das Zähneputzen oder das Aufladen meines Druckerguthabens im Studentenwohnheim.

»Hast du deinen Oscar schon gewonnen?«, fragt er über das Geräusch der aufschäumenden Milch hinweg.

»Die Academy hat mich mal wieder übergangen«, erwidere ich und benutze mein Handy, um an seinem Kartenautomaten zu bezahlen.

»Morgen ist ein neuer Tag«, erwidert er. »Und übermorgen auch.«

»Das will ich hoffen«, sage ich und hebe meinen Becher zum Abschiedsgruß.

Auf meinem Handy geht eine Textnachricht von Mum ein, die mich fürs Wochenende zum Sonntagsessen einlädt, also suche ich nach einer Mauer, auf der ich meinen Kaffee abstellen kann, um ihr zu antworten. Ich schreibe ihr, dass ich an diesem Wochenende Kursarbeiten zu erledigen habe, aber versuchen werde, in der nächsten Woche vorbeizukommen. Ich habe leichte Schuldgefühle – sie leben nur vierzig Minuten entfernt –, aber auch nur einen Tag hier zu verpassen, kommt mir leichtsinnig und respektlos vor. Eigentlich will ich ins Museum in die Stadt, in die Ausstellung über die Ursprünge von *La Vie Bohème* im Paris der 1880er-Jahre. Ich glaube allerdings nicht, dass sie es gerne hört, dass ich lieber in eine Ausstellung gehe, statt nach Hause zu fahren. Ich bin so viel auf dem Campus, dass ich feste Tage einplanen muss, an denen ich in die Stadt fahre, was ich unbedingt tun will, weil sie so toll ist.

Manchester ist eine Mischung aus Alt und Neu, mit breiten Straßen und massiven roten Backsteingebäuden neben gläsernen Büros. Als ich hier angekommen bin, habe ich mich selbst in der Bar 20 Stories in Spinningfields, dem noblen Teil der Stadt, auf einen Cocktail eingeladen. Ich wollte mir selbst dazu gratulieren, dass ich angekommen bin. Fast alle Museen sind kostenlos, also war ich in der Manchester Art Gallery, im People's History Museum, im Science and Industry Museum und in der Whitworth Gallery, und ich habe das brillante unabhängige Kino entdeckt, wo die Eintrittskarten so billig sind, dass ich sogar mit meinem

Budget ein paarmal die Woche hingehen kann. Ich genieße es, hier zu sein. Alles fühlt sich aufgeladen und wichtig an, wie ein Hinweis darauf, was ich tun sollte – sowohl hier als auch »als Nächstes«. Ich folge meiner Intuition, wenn ich diesen einen Film sehe oder diesen Kurs besuche oder diesen Gesprächsfetzen aufschnappe, und füge alles zu einer Art geistigem Komposthaufen zusammen, in dem es arbeiten und gären kann und neue Ideen entstehen. Ich bin mir noch nicht sicher, was ich in meinem individuellen Projekt machen will oder wie es aussehen oder klingen oder sich anfühlen soll, aber ich bin mir jetzt schon sicher, dass die Entscheidung, hierherzukommen, die absolut richtige war. Mein »Jahr für mich« hat begonnen.

»Hallo«, sagt eine Stimme, während ich im Atrium sitze, in dessen Nähe die meisten Filmkurse stattfinden, und Zeitung lese. Ich war gerade bei einem Vortrag der berühmten BAFTA-Preisträgerin Veronica Latimer, die mich mit ihren Ausführungen zum Aufbau von Erzählbogen in emotionalen Geschichten umgehauen hat, und jetzt tue ich genau das, was sie vorgeschlagen hat: Ich durchforste die lokale Presse nach Geschichten über Menschen, die den besonderen Funken enthalten könnten, nach dem wir alle suchen. Ich schaue auf.

»Hallo«, antworte ich unsicher, denn ich kenne sein Gesicht, aber ich kann mich nicht an seinen Namen erinnern. Er ist groß, stämmig und bärtig und hat ein Tattoo auf den Fingerknöcheln – MAMA. Ich schaue wieder nach unten. Auf den Fingerknöcheln der anderen Hand steht NANA. In den Kursen, die wir gemeinsam besuchen, sitzt er immer ganz vorn – ich glaube, er ist in meiner Storytelling-Vorlesung. Barry? Barney? Er ist einer der wenigen, mit denen ich noch nicht in der Kneipe war. Eigentlich habe ich ihn außerhalb des Campus noch nie gesehen, nur in den Kursen.

»Harry«, sagt er und lächelt. »Ich war gerade in der Gastvorlesung. Ich saß hinter dir. Ich dachte, ich stelle mich mal richtig vor. Endlich.«

Er trägt ein Tablett mit einem Käsebaguette und einer Dose Cola. Ich deute mit einer Geste auf den Tisch und sage: »Willst du dich zu mir setzen? Ich bin Ruby.«

»Schön, dich kennenzulernen, Ruby.« Er grinst, zieht mit dem Fuß einen Stuhl unter dem Tisch hervor und setzt sich. Ich will meine Zeitung zuklappen, um nicht unhöflich zu sein, aber er unterbricht mich: »Bitte, lies weiter. Ich habe die Lokalzeitung zur Recherche nie in Betracht gezogen, bis Veronica Latimer es gerade gesagt hat. Ich glaube, ich dachte immer, sie ist zu … unbedeutend?«

»Geht mir genauso«, antworte ich und freue mich sofort, dass er Ideen hat, die er gut formulieren kann. Ich studiere seinen Gesichtsausdruck: Er hat ein breites, offenes Gesicht und eine krumme römische Nase. Mit seinem Vollbart und den breiten Schultern sieht er aus wie ein Wikinger – im positiven Sinn. »Mir hat auch sehr gut gefallen, was sie darüber gesagt hat, wie Details innerhalb einer Biografie zu einer umfassenden, universellen Wahrheit werden können, die uns alle betrifft.«

»Mir auch. Ist das nicht der Grund, warum wir uns miteinander austauschen? Damit wir voneinander lernen können?«, schwärmt er.

»Weißt du noch, als Adele ihren Song ›Someone Like You‹ rausgebracht hat?«, frage ich, weil er mich ansieht, als würde er darauf warten, dass ich meinen nächsten Gedanken mit ihm teile. Er nickt aufmunternd. »Ich erinnere mich, wie ich in meinem Zimmer auf dem Boden lag und ihn mir immer wieder angehört habe, und zwar nicht, weil mich Adeles Herzschmerz an sich interessiert hat, sondern weil …« Ich halte inne und versuche, die richtigen Worte zu finden.

»… ihre Art, ihre Gefühle auszudrücken, dir eine Sprache für deine eigenen Gefühle gegeben hat?«, schlägt Harry vor, bevor er ein großes Stück von seinem Sandwich abbeißt.

»Ja!«, rufe ich aus, erstaunt darüber, dass er wirklich ähnlich denkt und fühlt wie ich. »Das zeigt sehr schön, worum es geht: Adeles spezielle Wahrheit hat sich wie meine Wahrheit angefühlt, aber sie hat sich auch wie deine Wahrheit angefühlt und wie die von Millionen anderen Menschen. Das ist es, was den Song zu einem solchen Hit gemacht hat. Das absolut Persönliche wird zum absolut Universellen.«

Harry nickt in Richtung der Zeitung, die zwischen uns liegt. »Hast du etwas Interessantes gefunden?«

Ich bin froh, dass wir keinen Small Talk betreiben. Das tue ich zwar auch gerne, aber es macht viel mehr Spaß, mit jemandem, der wirklich etwas zu sagen hat, gleich zur Sache zu kommen und übers Storytelling zu sprechen. Das ist genau die Art von Unterhaltung, die ich mir auf diesem Campus erhofft hatte. Außerdem scheint Harry ungefähr in meinem Alter zu sein. Viele der anderen Studierenden sind jünger, einige sogar sehr jung, einundzwanzig oder zweiundzwanzig, und es ist nur natürlich, dass ich mich alt neben ihnen fühle. Wirklich. Ich bin fast ein Jahrzehnt älter als sie, und in diesem Jahrzehnt ist verdammt viel passiert. Meine ersten Bekanntschaften hier waren bisher ganz nett, aber es war nicht so unkompliziert wie jetzt, mit Harry. Er muss um die dreißig sein; wenn ich wetten müsste, würde ich auf dreiunddreißig tippen. Ich bin bereit, mit jedem zu reden, aber jemanden in meinem Alter im Kurs zu haben, macht es einfacher, und bis zu diesem Moment habe ich gar nicht gewusst, dass ich mir das gewünscht habe.

»Ich bin mir nicht sicher«, sage ich. »Ich versuche, nichts zu übersehen, und bis jetzt …« Ich blättere durch die Seiten, die ich bereits durchgeschaut habe. »Verlorene Hunde, ein Lottogewinn – aber es geht um ein paar Tausender, nicht um Millionen –, eine Verhaftung wegen Veruntreuung von Firmengeldern …«

»Was ist mit dem alten Mann?« Harry deutet auf ein kleines Farbfoto eines nicht mehr ganz jungen Mannes und fuchtelt dabei mit dem letzten Stück seines Baguettes herum. Er hat es mit weniger als vier Bissen aufgegessen.

»Oh«, sage ich. »Das habe ich mir noch gar nicht durchgelesen. Mal sehen.« Ich überfliege die Geschichte. »JP, sechsundneunzig Jahre alt … verliebte sich, als er im Zweiten Weltkrieg kämpfte, kam nach Hause und bekam vier Kinder mit seiner Frau, mit der er siebzig Jahre verheiratet war, und … oh, das ist traurig.«

»Was?«

»Seine Frau ist gestorben, aber einer seiner Söhne anscheinend auch. Er hatte eine seltene Art von Blutkrebs. Er sammelt Geld für eine Wohltätigkeitsorganisation.«

»Mit sechsundneunzig?«

»Ja«, sage ich.

Harry kaut das letzte Stück Baguette und sagt: »Klingt, als hätte er viel erlebt.«

Ich nicke. »Stimmt. Kannst du dir vorstellen, in einem Krieg zu kämpfen, nach Hause zu kommen und einfach mit dem Leben weiterzumachen?«

»Nope, das kann ich nicht«, sagt Harry. »Mein kleiner Bruder weiß nicht einmal, wann der Zweite Weltkrieg angefangen und wann er aufgehört hat. Ich erinnere mich, dass ich mich in der Schulzeit ewig lange damit beschäftigt habe, weil er noch gar nicht so lange vorbei ist. Aber ich nehme an, wenn noch mehr Zeit vergeht und immer weniger Zeitzeugen noch am Leben sind …«

»Dann wird es immer weniger Menschen geben, die uns dazu ermutigen, uns zu erinnern.«

»Das stimmt.«

»Also könnte es cool sein, mit ihm zu reden. Aber über was? Über den Krieg? Das Leben nach dem Krieg? Alles, was er in fast einem Jahrhundert erlebt hat?«

Harry zuckt mit den Schultern. »Es ist, wie Veronica es gesagt hat. Man weiß nicht, wo das Interessante ist, wenn man nicht anfängt zu graben.«

Ich bin jetzt ganz besessen von diesem Typen! Vor fünf Minuten saß ich noch mit einem weichen, mit Kresse überstreuten Ei gedankenversunken da, und jetzt ist da ein Kommilitone, der genauso denkt wie ich, der all die richtigen Dinge sagt. Und er gibt mir dieses aufregende Gefühl, dass alles möglich ist – und ich liebe dieses Gefühl. Er strahlt mich an, und meine Haut kribbelt. Er ist süß. Nicht, dass solche Feststellungen in meinem »Jahr für mich« zählen würden. Natürlich nicht. Es ist nur ein flüchtiger Gedanke, der so schnell wieder verschwindet, wie er aufgetaucht ist.

»Okay«, sage ich. »Er könnte also interessant sein. Wie sollen wir überhaupt mit ihm in Kontakt treten? Bitten wir ihn einfach um ein Gespräch und hoffen, dass er uns etwas Interessantes erzählt? Das klingt ein bisschen so, als würden wir ihn nur benutzen. Und wenn sich herausstellt, dass er langweilig ist, gehen wir dann einfach wieder?«

»Erst mal will ich drei Dinge festhalten«, sagt Harry fröhlich. »Erstens: Mir gefällt das ›Wir‹.«

Ich neige den Kopf, als wollte ich sagen: *Ja, okay, es war deine Idee.*

»Zweitens: Vielleicht können wir ja eine Art Tauschgeschäft daraus machen. Mal sehen, was er zu sagen hat, und wir können zumindest unsere Kommilitonen auf das Fundraising aufmerksam machen und eine Spende zusammenbekommen. Und drittens: Können wir ihn nicht über die Website der Wohltätigkeitsorganisation kontaktieren?«

»Also ja?«, frage ich. »Willst du, dass wir gemeinsam recherchieren?«

»Ich bin dabei, wenn du es bist«, sagt Harry. »Zwei Köpfe sind ganz sicher besser als einer. Wir wollen ja nicht gleich heiraten, sondern nur ein Gespräch führen, das uns vielleicht auf eine Spur bringt. Danach können wir immer noch entscheiden, was wir daraus machen.«

Ein Mann, der einen Plan hat – wie attraktiv ist das denn?! Sonst muss ich immer alles organisieren, aber hier ist jetzt ein Mann, der weiß, was er will und wie er es erreichen kann. Ich bin beeindruckt.

»Okay, also … warte mal«, rufe ich aus und hole mein Handy hervor. Ich sehe, dass Candice versucht hat, mich über FaceTime anzurufen, und eine Nachricht hinterlassen hat, in der einfach nur steht: »Wann passt's?«, aber ich wische die Nachricht weg und notiere mir in Gedanken, dass ich später antworten werde. Jetzt will ich meinen Webbrowser aufrufen. Ich google die Wohltätigkeitsorganisation und finde die Website, und nach drei weiteren Klicks bin ich beim Kontaktfeld, in das ich eine kurze Nachricht eintippe. Ich stelle uns als zwei junge Filmschaffende vor, die ein Gespräch mit JP vereinbaren wollen, wenn er bereit wäre, mehr über seine Geschichte und sein Leben zu erzählen. Ich gebe meine E-Mail-Adresse und meine Handynummer an.

»Erledigt«, sage ich. »Der erste Schritt wäre getan.«

»Und jetzt warten wir ab«, sagt Harry.

Wir schweigen. Mit einem Mal denke ich, dass das alles auch nur ein Vorwand gewesen sein könnte, um mit mir ins Gespräch zu kommen. Natürlich bin ich nicht Kendall Jenner oder so, aber er hat mich einfach aus heiterem Himmel angesprochen.

»Fragst du dich gerade, ob ich versuche, dich unter dem Vorwand, für den Kurs arbeiten zu wollen, anzumachen?«, liest er meine Gedanken.

»Nein!«, antworte ich viel zu vehement, was ihn zum Kichern bringt.

»Das ist nicht meine Absicht«, sagt er. »Nur um das klarzustellen: Ich bin schwul. Ich habe dich angesprochen, weil du die einzige Person in diesem Studiengang bist, die annähernd so alt ist wie ich, und weil ich aus dem, was du bisher in den Kursen gesagt hast, wusste, dass du klug bist.«

»Ein Hintergedanke ganz anderer Art also …«, necke ich ihn.

»Es hat funktioniert, oder?«

»Hat es.« Ich lächle und schaue dann auf meine Uhr – ich muss los. »Ich nehme an, du hast nicht vor, zu der Nacht der offenen Ateliers der Bachelor-Studenten zu gehen, um zu sehen, woran sie so gearbeitet haben, oder?« Ich biete es an. Ich gehe auch gern allein zu Veranstaltungen, aber ich mag Harry. Das weiß ich schon nach zehn Minuten Geplänkel. Außerdem wäre es schön, ihn besser kennenzulernen, falls wir tatsächlich zusammenarbeiten sollten. »Ich glaube nicht, dass es besonders gut wird, aber …«

»Veronica hat gesagt, selbst wenn wir Kunst konsumieren, die wir als rückständig empfinden, werden wir aus unserer Kritik daran etwas lernen«, zitiert Harry wieder die Gastdozentin.

»Sind wir zwei Streber?«, frage ich und verziehe das Gesicht. »Ich habe das Gefühl, zusammen könnten wir ihre gesamte Vorlesung wiedergeben.«

Harry winkt ab. »Ich bin nicht hier, um auch nur eine Sekunde zu verschwenden«, sagt er. »Dieser Studiengang ist meine Vorstellung vom Himmel. Ich habe drei Jahre lang in einer Bank am Schalter gearbeitet, um das Geld für diesen Abschluss zusammenzusparen. Ich sage nicht, dass ich dieses Studium brauche, um mein Leben zu ändern, aber wenn es so ist …«

»Hast du nichts dagegen«, führe ich seinen Satz zu Ende.

»Ich trage die Geek-Krone mit Stolz.« Er grinst.

»Geht mir genauso«, erkläre ich, während wir unseren Müll wegbringen.

»Dann bist du genau mein Typ Frau«, sagt Harry. »Lass uns losziehen und ein bisschen Ärger machen, Baby.«

Wir schlängeln über den Campus, der jetzt, wo es dunkel ist, ganz anders wirkt. Die Schatten, die die gläsernen Gebäude auf die glatten, breiten Wege werfen, tanzen über unsere Gesichter, und wir unterhalten uns darüber, wie wir auf den Studiengang in Manchester gekommen sind und was wir uns davon versprechen.

»Ich möchte genau das tun, was die Gastrednerin gesagt hat. Geschichten erzählen, die eine tiefere Wahrheit beinhalten. Dokumentarfilme, das wäre mein Ding. Fiktion ist toll, aber das Leben schreibt doch die interessantesten Geschichten, findest du nicht auch?«, fragt Harry.

»Absolut«, stimme ich zu und winke Mick an seinem Kaffeewagen zu, der gerade schließt.

»Hey«, grüßt er.

»Schönen Abend«, wünsche ich ihm.

Als ich mich wieder Harry zuwende, füge ich hinzu: »Und ich glaube, die Technologie hat uns so viele neue Medien beschert, dass es eine Art neuen Hunger danach gibt. Ich weiß nicht, wie das finanziell funktionieren könnte, aber selbst einminütige Videos in Social Media verbreiten sich wie ein Virus, wenn sie gut genug sind. Die Menschen lieben Mini-Einblicke in neue Welten, in andere Leben. Wie erklärt sich sonst, dass *Big Brother* und Reality-TV so erfolgreich sind?«

»Das stimmt.« Harry nickt. »Ich frage mich, ob man Social Media nutzen könnte, um die Menschen mit auf die Reise zu nehmen, während ein Dokumentarfilm entsteht. So, dass es, wenn er dann fertig ist, ein neugieriges Publikum dafür gibt.«

»Das ist interessant«, sage ich. »Ja. Es muss einen Weg geben, eine Community um den Film herum aufzubauen. Man könnte die Leute vorab für die Geschichte interessieren, die man erzählen will. Dann wird es zu einer Art kollektivem Projekt, bei dem alle in Echtzeit zusehen, wie es entsteht, und dann trotzdem auch das fertige Produkt sehen wollen. Ergibt das Sinn?«

»Das tut es«, sagt Harry. »Mir gefällt deine Art zu denken. Du hast meine Gehirnzellen in Schwung gebracht.«

»Das Gleiche kann ich von dir sagen«, erwidere ich.

Bevor wir die Kunstgalerie der Universität erreichen, macht mich der Piepton meines Handys auf den Eingang einer E-Mail aufmerksam.

»Oh«, sage ich und werfe einen Blick auf mein Display. »Das ging aber schnell. Sie haben geantwortet. Wegen des alten Mannes – obwohl, sorry, ich sollte ihn wirklich nicht so nennen.« Ich versuche es noch einmal. »Sie haben sich zurückgemeldet wegen JP, dem Mann aus der Zeitung.«

»Und?«

Ich öffne meine Mail-App und sehe, dass zwei E-Mails eingegangen sind, eine zu JP – und eine neue von Abe. Abes Mail lösche ich gleich ungelesen. Dann öffne ich die erwünschte E-Mail und überfliege die Antwort, um die wichtigsten Informationen herauszufiltern. »Aha, okay. Es ist sein Enkel, der zurückschreibt, und er sagt, dass sein Großvater sich gerne mit uns treffen würde und dass es tatsächlich etwas gibt, bei dem sie unsere Hilfe brauchen könnten.« Ich schaue zu Harry, der, beeindruckt von dieser schnellen und positiven Entwicklung, seine Augenbrauen hochgezogen hat. »Es ist also bereits von gegenseitigem Interesse«, sage ich. »Auch ohne dass wir etwas über eine mögliche Spendenaktion auf dem Campus geschrieben haben.«

»Das hört sich doch gut an …« Er strahlt. »Das ist ein guter Anfang.«

»Soll ich fragen, ob es morgen passt? Das Eisen schmieden, solange es heiß ist?«

»Nur zu«, sagt er. »Ich habe ein Auto hier, damit können wir hinfahren. Hast du seine Adresse?«

»Perfekt«, sage ich und zittere fast vor Aufregung. »Ich schreibe sofort zurück.«

Wir bestätigen die Einzelheiten des Treffens und sind beide gleichermaßen begeistert von der Vorstellung, dass sich etwas Interessantes anbahnen könnte. Für den Rest des Abends sind wir vollauf damit beschäftigt, zu diskutieren und unsere Ideen auszutauschen. Ich bekomme eine weitere Textnachricht von meiner Mutter, ein weiterer verpasster Anruf von Candice geht ein und eine Nachricht von Jackson, aber nichts davon reicht aus, um meine Gedanken vom Hier und Jetzt abzulenken, von der völligen Freude darüber, dass alles, was ich mir erhofft habe, genau so funktioniert, wie es soll.

»Okay, was hältst du von Kunst als Aktivismus?«, fragt Harry und hat damit wieder meine volle Aufmerksamkeit.

»Nun …«, beginne ich, und wir reden noch drei Stunden lang.

14

♥ ♥ ♥

Nic

Alter, komm schon! Du kannst doch nicht schon wieder pinkeln gehen! Wir haben drei Punkte Vorsprung! Wir haben das Spiel im Sack! Und du hast eine schwächere Blase als meine Oma!«

Ich winke einem wütenden Jackson auf dem Spielfeld zu. Im wirklichen Leben ist er so sanftmütig und entspannt, aber wenn er ein Schweißband trägt, legt sich ein Schalter bei ihm um. Es ist sechs Wochen her, dass er mir mit dem Sofa geholfen hat, ich über die Türschwelle des Hauses in der Maple Avenue gestolpert bin und das hatte, von dem niemand weiß, dass es mein allererster One-Night-Stand war. Wenn wir spielen, nennt er sich Jumpy Jack, denkt sich eine Strategie aus und sagt Dinge wie: *Triff sie, wo es wehtut. Der kleinen Blonden geht innerhalb von fünf Minuten die Puste aus – mach sie platt! Oder: Seht euch diesen Schrank von einem Kerl an. Er ist zwar nicht schnell, aber er wird das ganze Spiel durchhalten. Bleib beim Angriff näher dran als Fliegen an der Scheiße. Das ist ein Mann, dessen Arm nie müde wird, und das ist eine Gefahr für unsere Rangliste.*

Nach dem Spiel und wenn wir gewonnen haben – was wir, um fair zu sein, dank Jumpy Jack immer wieder tun –, legt sich der Schalter wieder um, und er schüttelt jedem die Hand und wird wieder der normale Jackson, der alle in den Pub einlädt. Das ist auch gut so, denn auf diese Weise lerne ich eine Menge Leute kennen. Und mit Leuten meine ich … Frauen. Ich hatte noch kein richtiges Date, aber ich scheine immer besser darin zu werden, mit ihnen zu reden. Das ist schön – und aufregend. Ich möchte eine andere Seite von mir kennenlernen, eine geselligere und offenere. Ich will nicht übertreiben, aber es ist, als ob ich ein bisschen was über mich selbst lerne. Ich dachte immer, ich sei schüchtern und introvertiert, aber das bin ich nicht. Nicht wirklich. Ich habe eine Menge zu erzählen, ich muss nur den richtigen Moment abpassen. Ich habe festgestellt, dass die meisten Jungs in meinem Team einander meistens nicht mal zuhören; sie warten nur darauf, dass die andere Person Luft holt, damit sie selbst anfangen können zu reden. Aber Jacksons Trick hilft mir wirklich, präsent zu sein und mich zu entspannen – ich stelle Fragen, und die Frauen sind einfach so *ehrlich*. Sie erzählen einem, dass sie eine Therapie machen oder welches Buch sie lesen, bevor sie in eine Gehaltsverhandlung gehen, und sie sind mit sich selbst in Kontakt. Dabei ist mir klar geworden, dass all die Männer, die ich für äußerst selbstbewusst gehalten habe, es in Wirklichkeit gar nicht sind – sie tun nur so. Außer Jackson. Er ist ziemlich echt. Wenn es so weitergeht, wird er zu meinem besten Kumpel hier.

Dafür, dass ich noch keine zwei Monate hier bin, fühle ich mich großartig mit meiner Entscheidung, umzuziehen. Alles fühlt sich frisch, neu und inspirierend an, auch wenn ich weiß, dass ich in Liverpool auch Dodgeball hätte spielen können. Ich meine, natürlich *hätte* ich es tun können, aber jetzt ist es so, als ob man im Urlaub ist und eine andere Facette seiner Persönlichkeit kennenlernen kann, weil die Sonne scheint. Der Londoner Nic spielt nach der Arbeit Dodgeball und geht in den Pub und unterhält sich mit allen möglichen Leuten, von denen er nie gedacht hätte, dass sie sich mit ihm unterhalten wollen. Und nein, ich weiß nicht, warum der Londoner Nic von sich selbst in der dritten Person spricht. Vielleicht kann er einfach nicht glauben, dass das alles so einfach sein kann.

Ich wusste nicht, dass so viele Leute – geschweige denn Frauen – ausgerechnet auf Dodgeball stehen. Es ist, als hätte jemand ein Memo an alle in der Stadt geschickt, in dem es heißt, dass es das sportliche Äquivalent zu einer Dating-App im echten Leben ist. Beim Dodgeball wischt man nicht nach links oder rechts, sondern lässt seinen ganzen sexuellen Frust daran aus, sich zweimal pro Woche gegenseitig Bälle zuzuschmeißen, um danach ein paar Bierchen zu trinken und ein bisschen zu plaudern. Ollie sagt, ich solle anfangen, nach Telefonnummern zu fragen, und Jackson meint, wenn ich mit genügend Frauen erste Dates übe, werde ich das erste Date, das mir wirklich wichtig ist, schon hinbekommen, also muss ich »ins Spiel kommen«. Natürlich bin ich nicht auf der Suche nach *der Richtigen*. Ich bin hier, um Spaß zu haben und mich treiben zu lassen.

Der Londoner Nic sagt eher Ja als Nein zu allem, von Drinks nach dem Dodgeball bis hin zu neuen Gerichten. (Memo an mich selbst: Ich darf mich von Jackson nicht wieder dazu überreden lassen, iranisch-mexikanische Fusion zu probieren.) Und außerdem kann ich nicht aufhören, an Ruby zu denken. Ich treffe tolle Frauen, aber bei Ruby war es wie … bei ihr hat es richtig eingeschlagen. So etwas habe ich zuvor mit keiner erlebt. Ollie oder Jackson habe ich nichts davon erzählt. Bei Ruby wusste ich, was es war, und bin direkt drauf zugelaufen. Sie soll auf keinen Fall erfahren, dass ich immer noch Trübsal blase, nachdem wir Sex hatten und ich mich verliebt habe oder was auch immer. Erwachsene können miteinander vögeln und dann zum Nächsten übergehen. Das weiß ich. Ich habe bisher nur noch niemand anderes getroffen, mit dem ich das tun möchte, das ist alles. Ganz zu schweigen von … nun, peinlicherweise habe ich gerade Probleme untenherum …

Ich berühre Zolas Schulter, um ihr zu signalisieren, dass sie meinen Platz einnehmen soll, während ich abtrete, und erwidere ihr aufreizendes Zwinkern mit einem schelmischen Grinsen – wir flirten manchmal im Pub. Sie ist nett und witzig. Sobald ich mir sicher bin, dass niemand guckt, greife ich schnell nach meiner Wasserflasche, und die Fröhlichkeit verschwindet. Ich mache es ganz schnell, denn wenn irgendjemand auf die Idee kommt, mich zu fragen, warum ich die Flasche zum Pinkeln brauche, werde ich buchstäblich sterben vor Scham.

Ich kann das Brennen bereits spüren. Das ist immer so. In der einen Minute geht es mir gut und dann … Schmerzen. Ein unvorstellbarer, schrecklicher Schmerz.

Ich fülle die Flasche am Waschbecken in der Umkleidekabine auf, der Schmerz in meiner Unterhose wird von Sekunde zu Sekunde heftiger. Die Wasserflasche ist voll, und ich bin kurz vor einem Missgeschick, als ich durch die Umkleide flitze und mich auf die Toilette setze. Während ich pinkle, schütte ich Wasser zwischen meine Beine, um das Brennen zu lindern. Es hilft. Ich weiß nicht, warum, aber es hilft. Ich wusste gar nicht, dass Pinkeln so wehtun kann. Als ich fertig bin, bleibe ich erst mal keuchend sitzen. Es muss irgendeine Infektion sein. Die Tortur hält jetzt schon seit zwei Tagen an.

»Nic, alles okay bei dir?«, brüllt Jackson durch die leere Umkleide. Ich erstarre. »Wir haben gewonnen«, fährt er fort. »Das haben wir natürlich nicht dir zu verdanken. Sie wollen alle zum Pub, aber ich hole mir erst noch einen Kebab. Ich bin am Verhungern.« Seine Stimme nähert sich. »Oh«, höre ich ihn sagen, er muss jetzt vor den Pissoirs stehen, gegenüber meiner verschlossenen Klotür. »Zeit, die Zwillinge zum Schwimmbad zu bringen, was? Entschuldige.«

Ich sage nichts. Die Wasserflasche ist jetzt leer, und es dauert normalerweise ein oder zwei Minuten, bis ich wieder zu Atem komme und der Schmerz richtig nachlässt. Ich muss zum Arzt. Das werde ich morgen tun.

»Nic?«

»Ja, super«, sage ich mit zusammengebissenen Zähnen.

Aber ich kenne Jackson, er wird nicht gehen. Wir befinden uns in einer stillen Pattsituation, während er darauf wartet, dass ich rauskomme. Ihm ist klar, dass etwas im Gange ist, über das er nicht Bescheid weiß. Er kann Geheimnisse erschnüffeln wie ein Spürhund. Ich finde mich mit dem unvermeidlich forschenden Blick ab, stelle aber keinen Augenkontakt her, als ich das Schloss aufschiebe und mir mit der leeren Wasserflasche unterm Arm die Hände wasche.

»Du bist kreidebleich«, bemerkt Jackson, und er klingt zu Recht besorgt. Ich schaue auf und sehe in den Spiegel. Ich bin wirklich leichenblass. Aber ich bin mir sicher, dass es mir gleich wieder gut gehen wird.

Ich erhasche Jacksons Blick im Spiegel. Er schaut langsam und bedächtig zur Wasserflasche hinunter und wieder zurück in mein sich spiegelndes Gesicht. Ich tue das Gleiche. Ah, er hat Fragen.

»Na, komm schon, erzähl es Onkel Jackson«, fordert er mich auf, und ich kann hören, wie einige andere in die Umkleide kommen, um sich umzuziehen. Normalerweise duschen wir nach dem Spiel nicht, um schnell etwas trinken gehen zu können. Und wenn alle stinken, ist niemand der Außenseiter. Zum Glück bedeutet das, dass niemand in den hinteren Teil der Umkleideräume mit den Duschen und Toiletten kommt, wo wir uns befinden.

Ich schüttle den Kopf.

»Brennt es?«, fragt er, aber ich kann in seiner Frage keine Wertung erkennen. Er fragt nur, sein Ton ist so neutral, als hätte er gerade gesagt: »Sind das Blumen in der Vase?«, oder: »Sind Fischküchlein zum Tee okay?«

Ich lasse den Wasserhahn wieder laufen und spritze mir etwas kaltes Wasser ins Gesicht. Das fühlt sich gut an. Als ich mich wieder aufrichte, antworte ich ihm. »Ja«, gebe ich zu.

Er nickt. »Hoden geschwollen?«

»Wie Dodgebälle.«

»Ausfluss?«

»Ich glaube nicht.«

»Chlamydien«, diagnostiziert er. »Zum ersten Mal?«

Er grinst nicht, reißt keine Witze und macht sich nicht über mich lustig, und in dem Moment, in dem er es ausspricht, fällt die Last der Scham ein klein wenig von mir ab.

»Bist du sicher?«, frage ich. »Es hat erst gestern angefangen, und ich hatte keinen Sex mehr seit …« Ich muss den Satz nicht zu Ende führen. Er weiß, dass ich damit meine, dass Ruby die letzte Frau war, mit der ich im Bett war.

»Die Symptome können sich nach einer Woche oder nach ein paar Monaten zeigen«, sagt er diplomatisch. »Es kann gut sein, dass sie jetzt, nach fünf oder sechs Wochen, auftreten.«

Ich denke mir: *Nach sechs Wochen und zwei Tagen, aber wer zählt schon mit?*

»Hattest du das auch schon mal?«, frage ich.

»Chlamydien? Oh, ja. Zweimal schon. Die meisten Leute bekommen das. Es ist nichts, worüber man sich Sorgen machen müsste.«

»Aber das Brennen …«

»Deshalb muss man bei den ersten Anzeichen gleich einen Test machen.« Er zieht eine Grimasse. »In der Nähe der Bank Station ist eine Praxis, in die du gehen kannst. Gleich morgen, okay? Vor der Arbeit. Ich schicke dir einen Link.«

»Danke«, sage ich.

»Du weißt schon, dass du Ruby Bescheid sagen musst, oder?«, sagt er geistesabwesend, während er in sein Handy tippt. Es ist das erste Mal seit ihrem Umzug, dass ihr Name fällt. Ich habe bewusst nicht nach ihr gefragt, und Jackson hat mir keinerlei Updates gegeben. Vielleicht hat er darauf gewartet, dass ich ihn darauf anspreche, um zu sehen, ob ich es wissen will.

»Sie muss mich angesteckt haben«, überlege ich laut. »Vor ihr gab es nur Millie.«

Bei den ersten beiden Malen haben wir Kondome benutzt, aber als wir es ein drittes Mal getan haben, hatten wir keine mehr, und wir waren so im Augenblick versunken, dass … na gut, okay. Es ist passiert. Wir hatten ungeschützten Sex, weil sie gesagt hat, dass sie die Pille nimmt. Ich habe nie über so etwas nachgedacht.

»Du musst sie einfach anrufen, zugeben, dass es peinlich ist, und es direkt ansprechen. Wenn sie es schon hätte, hätte sie dich bestimmt angerufen. Hier, ich schicke dir ihre Nummer. Oder hast du sie?«

»Nein«, murmele ich und zücke mein Handy. »Habe ich nicht.« Wir hatten beschlossen, nicht in Kontakt zu bleiben, auch wenn ich ein paarmal auf ihr Facebook-Profil geschaut und nach ihrem Instagram-Account gesucht habe. Immerhin bin ich ein Normalsterblicher. Wahrscheinlich ist das auch gut so – wenn ich ihre Nummer gehabt hätte, dann hätte ich ihr bestimmt schon eine Nachricht geschickt. Es war schon seltsam genug, dass ich ihr in den Tagen, nachdem wir uns kennengelernt hatten, keine Nachricht schicken konnte. Es wäre höflich gewesen, sich zu melden, aber ich konnte es ja nicht.

»Kumpel«, sagt er zu mir, so wie er es immer tut, bevor er noch mehr Weisheiten von sich gibt. Ich mache mich auf das gefasst, was auch immer er als Jackson-Ideologie anpreisen wird, und hasse es schon jetzt, dass ich weiß, dass er eine unbequeme Wahrheit aussprechen wird. »Es ist ja nicht so, dass du nicht schon seit eurem ersten Treffen in sie verliebt wärst. Wenigstens hast du jetzt eine Ausrede, um mit ihr zu sprechen. Sieh es als eine Chance.«

»Seltsamer Paradigmenwechsel«, sage ich. »Die Mitteilung *Es-brennt-wenn-ich-pinkle* als Möglichkeit zum Flirten zu nutzen.«

»Einem geschenkten Gaul schaut man nicht ins Maul.« Er grinst. »Nutze deine Chancen, wenn du sie bekommst.« Ich verziehe das Gesicht, aber die Einsicht bleibt nicht aus. »Sie hat mir übrigens erzählt, dass du ihre Storys beobachtest. Du hast Glück: Sie findet es *cute.*«

Ah. Gut gespielt, Nic. Wirklich clever.

»*Cute* Chlamydien«, murmele ich. »Klingt wie eine Kinderfernsehsendung.«

»Hoffentlich nicht«, sagt Jackson. »Das ist eher was für die Tinder-Bio, oder?«

»Oh, mein Gott«, antworte ich. »Wie furchtbar!«

Er grinst mich wieder an. »Wirklich?«, fragt er. »Mir gefällt es irgendwie.«

»Jackson«, sage ich, »ich muss dich jetzt wirklich bitten, dich zu verpissen.«

»Kein Wortspiel beabsichtigt.« Er lacht und weicht zurück. »Aber ruf sie an, okay? Sei kein Idiot.«

15

Ruby

JP wohnt am Stadtrand von Manchester, in einem kleinen Reihenhaus, das wie eine erweiterte Kulisse für die Serie *Coronation Street* wirkt. Harry und ich haben keine Ahnung, wozu er unsere Hilfe braucht, aber wir haben eine kleine Handkamera dabei und ein paar Mikrofone, nur für den Fall. Das war Harrys Idee, ich will mich nicht mit fremden Federn schmücken. Er meinte, wir sollten vorbereitet sein. Er sagt, er kann riechen, dass sich eine Story zusammenbraut, und ich kann nicht erklären, warum, aber ich glaube, ich kann es auch. Vicllcicht entwickle ich gerade eine Regienase, wie einer der Dozenten für Storytelling es beschrieben hat. Ich lerne, die Magie eines potenziellen Stoffes zu erschnuppern.

»Da ist Nummer 15«, sage ich und zeige auf das Haus, während wir uns durch die Straße, die links und rechts von Autos zugeparkt ist, schlängeln und versuchen, die Hausnummern durch die Lücken zu erkennen.

»Ungefähr hier müsste die Nummer 21 sein.« Harry nickt und hält langsam an, damit wir etwas sehen können. Ein Vorhang wird beiseitegezogen, und eine Person wird sichtbar, bevor die Haustür aufgerissen wird und ein Typ, der ein paar Jahre jünger aussieht als Harry und ich, mit der Hand winkt, um uns zu bedeuten, dass wir hier richtig sind.

»Der Enkel«, sagt Harry.

»Höchstwahrscheinlich«, antworte ich.

Wir finden einen Parkplatz um die Ecke und nehmen unsere Sachen mit. William, der Enkel von JP, begrüßt uns enthusiastisch. Er wirkt ein wenig steif und hat einen festen Händedruck, aber ein sehr breites, offenes Lächeln.

»Vielen Dank, dass ihr gekommen seid.« William grinst. »Ich weiß, wie es ist, einen Master zu machen – keine Ruhe, bis man endlich fertig ist! Ich habe gerade meinen Abschluss an der London School of Economics gemacht. Ich glaube, ich habe ein ganzes Jahr lang nicht geschlafen.«

»Beeindruckend«, sage ich. »Glückwunsch!«

»Keine Ahnung, was ich jetzt mit alldem anfangen soll. Ich habe eine Zeit lang bei Opa gewohnt, um mich erst mal zu sortieren. Aber wie ihr gleich sehen werdet, ist hier einiges los …«

Wir betreten das Haus, das mit den verschiedenen Blumenmustern, den Mid-Century-Möbeln und den Samtbezügen eine Art Shabby Chic ausstrahlt. Die Einrichtung und die Deko waren in den Fünfzigerjahren in Mode, galten dann als furchtbar veraltet und sind jetzt wieder chic – abgesehen von den Reiseuhren und winzigen Glasbären überall. In einem Sessel in der Ecke sitzt ein älterer Mann, der mit einem karierten Hemd, einer Chinohose und einer Strickweste bekleidet ist. Er trägt eine übergroße Brille, auf dem Kopf hat er nur noch ein paar graue Haarsträhnen an den Seiten.

»JP, nicht wahr?«, fragt Harry, und der alte Mann winkt ihn heran.

»Komm herein, mein Sohn«, sagt er mit einem breiten Manchester-Akzent, und seine Stimme ist kräftiger und lauter, als man es bei einem so kleinen Mann erwarten würde. »Was macht das Drehbuch?«

»Er meint: *Wie läuft's?*«, stellt William klar. »Falls ihr nicht aus der Gegend seid.«

»Ich bin aus Whaley Bridge«, sage ich. »Also nicht weit weg.«

»Und ich aus Wigan«, sagt Harry. »Quasi in Spuckweite.«

»Und ja«, nicke ich JP zu, »es geht gut, danke. Wir freuen uns, hier zu sein.«

Während William Tee kocht, beaufsichtigt JP uns aus seiner Ecke heraus (»Mach schon, ich nipple bald ab!«, klagt er, woraufhin William erwidert: »Wirst du irgendwann noch lernen, die Sprache der Queen zu sprechen?«). Als wir uns schließlich alle hinsetzen, entsteht eine erwartungsvolle Pause, als ob die große Enthüllung nun endlich erfolgen könnte. Wir sehen alle JP an und warten darauf, dass er spricht und erklärt, warum wir hier sind.

»Wie ich höre, macht ihr Filme«, beginnt er, und wir sagen ihm, dass das stimmt – beziehungsweise dass wir es lernen.

»Dokumentarfilme, sagt William«, fügt er hinzu, und wieder bestätigen wir dies.

»Wie sieht die Recherche dafür aus?«, drängt er, und ich kann mich des Eindrucks nicht erwehren, dass wir gerade für einen Job interviewt werden, für den wir uns noch nicht einmal beworben haben. Er will ziemlich viel über unsere Arbeit hören, wo er doch gestern noch nicht einmal wusste, dass es uns gibt, und wir von seiner Existenz auch noch nichts wussten.

»Das ist ganz unterschiedlich«, sage ich. »Harry und ich haben bisher noch nicht zusammengearbeitet – das ist unser erstes gemeinsames Projekt, für unseren Master. Aber ich habe schon einige Kurzfilme gedreht, sie waren bis zu einer halben Stunde lang. Ich habe die Geschichte von vier Schwimmern erzählt, die zwanzig Jahre lang unentgeltlich im Hampstead Lido gearbeitet haben, und ich habe einen Film über die Bewerbung des Freundes eines Freundes für die Eurovision gemacht. Ich drehe gerne Dokus, weil Menschen mich faszinieren. Harry und ich haben uns gerade darüber unterhalten, dass das echte Leben aufregender sein kann als all das erfundene Zeug.«

Harrys Gesichtsausdruck bestätigt, dass er unsere Meinung teilt.

»Nun, ich brauche Hilfe bei der Suche nach jemandem«, sagt JP wie aus dem Nichts heraus. »Und ich habe das Gefühl, dass ihr zwei die Richtigen für diesen Job seid.«

»Okay«, sagt Harry langsam. »Wen suchst du denn?«

»Eine Frau«, antwortet JP. »Die Liebe meines Lebens, wie es so schön heißt.« Er macht wieder eine dramatische Teepause, führt seine Tasse langsam an die Lippen und schlürft hörbar. Ich werfe einen Blick auf mein Handy. Abe. *Du solltest mich mal bei dir vorbeikommen lassen.* Ich drehe mein Handy um, damit ich nicht wieder abgelenkt werde.

In der Pause zwischen JPs Worten sagt Harry, der ganz bei der Sache ist: »JP, ist es in Ordnung, wenn wir das Gespräch aufzeichnen? Ich weiß nicht, was du erzählen wirst, aber wenn wir dir helfen können, wäre es gut, diese Aufnahme zu haben, damit wir sie uns später noch mal anhören können, wenn es dir nichts ausmacht.«

JP sieht William an, und William sagt: »Das scheint okay zu sein«, woraufhin JP nickt. Harry stellt das Diktiergerät zwischen uns, JP trinkt noch einen Schluck Tee, und es ist so still im Raum, dass man eine Stecknadel fallen hören könnte. Ich bin beeindruckt davon, dass Harry so direkt ist und das Diktiergerät einsetzt.

»Ich muss die Liebe meines Lebens finden«, sagt JP, und ich spüre, wie Harry mich siegessicher anschaut, aber ich kann meinen Blick nicht von JP abwenden. Die Liebe seines Lebens?

»Ich fange mal am Anfang an«, fährt JP fort, seine Stimme klingt altersmüde und nostalgisch. Harrys Stirn ist gerunzelt, und William sieht zuversichtlich aus, als hätte er das, was gleich folgen wird, schon mehrmals gehört. »Wenn das in Ordnung ist?«

»Nur zu«, antworte ich. »Du weißt wirklich, wie man die Aufmerksamkeit der Leute auf sich zieht.«

Und so beginnt JP mit seiner Geschichte. »Ich war kaum achtzehn, als ich in den Krieg einberufen wurde.« Ich verstehe sofort, dass er den Zweiten Weltkrieg meint. Ich habe noch nie jemanden getroffen, der im Krieg gekämpft hat. Mein Großvater war Mechaniker bei Rolls-Royce und hat Flugzeugtriebwerke repariert. Er hat nie an einer Schlacht teilgenommen. JP muss unbedingt schneller erzählen. Er hat mich schon vollkommen in seinen Bann gezogen.

»Es war zu Beginn des Frühlings, als wir nach Frankreich verschifft wurden. Mein Konvoi – wir waren etwa zwölf – lebte drei Monate lang in der Scheune einer großzügigen, netten Familie, die wirklich sehr liebenswert war. Das war in der Nähe von Limoges. Mitten im Nirgendwo. Friedlich und ruhig. Unsere Anwesenheit sollte den Menschen Sicherheit geben, sie beschützen. Und die Tochter der Familie, Amelie, nun ja … Wir verliebten uns ineinander. Ich sprach kein Wort Französisch, sie sprach kein Englisch, aber es war Liebe pur. Ich war vollkommen vernarrt in sie. Sie brachte mir morgens heimlich zusätzliches Brot, und wir machten lange Spaziergänge unten am Fluss hinter dem Dorf. Sie sah aus wie ein Filmstar. Und dann musste ich gehen. Wir wurden an die Front gerufen, und das Einzige, was ich mitnehmen konnte, war ein Foto von ihr.«

»Das habe ich hier«, wirft William ein und überreicht uns ein kleines Schwarz-Weiß-Foto, kaum größer als ein Passfoto.

»Wow«, staunt Harry. »Sie ist wunderschön.«

Ich schaue über seine Schulter. Amelie hat hohe Wangenknochen und ein großes, breites Lächeln mit Zähnen, für die die meisten Leute Geld bezahlen müssten. Ihre Augen sind sanft und aufmunternd, und sie hat etwas Süßes an sich, als wäre es ihr peinlich, den Blick des Fotografen zu halten, und sie würde jeden

Moment in ihren Schoß hinunterschauen. Sie trägt eine dunkle Bluse, die alles verdeckt, und doch ist es ganz offensichtlich, dass sie nur aus Brüsten und Hüften besteht. Um ehrlich zu sein, könnte ich mich auch in sie verlieben, allein schon wegen dieses Fotos. Der arme JP. Sein Herz muss gar nicht anders gekonnt haben.

»Und das gibt sie noch nicht einmal halb so schön wieder, wie sie in echt war«, sagt JP. »Im wirklichen Leben war sie phänomenal. Und so rücksichtsvoll und süß. Ich dachte, ich würde zu ihr zurückkehren können. Ich dachte, nach dem Krieg, wenn alles vorbei wäre, würde ich sie wiederfinden …«

»Aber du konntest sie nicht wiederfinden?«, frage ich.

»Nein«, antwortet er und schüttelt traurig den Kopf. »Und zwei Wochen nach unserer Rückkehr lernte ich Shelley kennen«, schließt er, als ob der Krieg und seine französische Liebe darauf hinauslaufen sollten. »Ich war dreiundzwanzig, sie hat in der Fabrik gearbeitet, als wir alle im Krieg waren, und um ehrlich zu sein …«

Er hält inne und schließt geschwächt die Augen. Ich warte.

»Ich darf doch ehrlich sein, oder?«, stellt er wieder klar, aber hauptsächlich für sich selbst.

Ich fühle mich gezwungen, es ihm klarzumachen: »JP, du erzählst uns nur so viel, wie du möchtest. Das ist in Ordnung. Ich weiß, wir sollen dir helfen, aber reg dich nicht auf oder so.« Ich ertappe mich dabei, dass ich unbedingt seine Geschichte hören will, aber nicht, wenn er danach völlig verzweifelt ist.

»Sie hat jemanden verloren«, sagt er schlicht und einfach. »Shelley. Ihr Jonny ist nie mehr nach Hause gekommen. Ich will damit nicht sagen, dass wir nur die Zweitbesten füreinander waren, aber wir waren beide zuvor schon einmal verliebt gewesen. Und die erste Liebe vergeht nie, oder?«

Die Abe-Geschichte blitzt in meinem Kopf auf, eine Film-Highlight-Reihe unserer besten und schlimmsten Momente.

Aber als erste Liebe … argh. Das kann keine Liebe gewesen sein! Sonst hätte es nicht so wehgetan. Mit der richtigen Liebe fühlt man sich *mehr* wie man selbst – sie nimmt einem nicht das, was man ist. Ich bin froh, dass Abe jetzt keinen Zugriff mehr auf mich hat. Dafür bin ich so stolz auf mich – dafür, dass ich weiß, was ich wert bin, und an meinen Werten festhalte. Während ich ihn aktiv aus meiner Vergangenheit vertreiben will, wie in dem Film *Vergiss mein nicht!,* denkt JP immer noch an jemanden von vor achtzig Jahren zurück. Das zeigt doch, was Liebe wirklich ist, oder?

»Habt ihr miteinander darüber gesprochen?«, frage ich so einfühlsam wie möglich. »Du und Shelley, habt ihr über Amelie und Jonny gesprochen?«

Er schüttelt den Kopf und sieht mich an, als täte ihm meine Unreife, die Torheit meiner Jugend, leid.

»Das mussten wir nicht«, erklärt er. »Aber das macht es nicht weniger wahr. Es mag dir seltsam vorkommen. Vielleicht ist es das auch. Als William das Foto von Amelie in meiner Brieftasche gefunden hat, konnte er nicht verstehen, wie ich siebzig Jahre mit seiner Großmutter verheiratet sein und trotzdem an eine andere denken konnte. Das hat ihn verletzt, glaube ich.« Er schaut zu William, während er das sagt. »Er hat Shelley so sehr geliebt, und ich glaube, er wollte sie beschützen, selbst nachdem sie gestorben war. Aber die Dinge, die wir ungesagt lassen – unvollendet –, sie verfolgen uns, nicht wahr? Das Foto von ihr, das ich in meiner Brieftasche hatte – es war das Foto eines Geistes, eine Art Erinnerung an die Person, die ich einmal war, vor …«

»Vor dem Krieg?«, schlage ich vor, als er so lange wartet, um seinen Gedanken zu Ende zu führen, dass ich befürchte, er hat vergessen, dass er ihn begonnen hat.

»So ähnlich«, stimmt er zu.

»Ich *war* empört«, stimmt William zu, als deutlich wird, dass sein Großvater nichts weiter erklären wird. »Nana Shelley war wie eine Mutter für mich, wirklich – meine eigene Mutter trinkt zu viel und hat ihre eigenen Probleme, und Dad besitzt nicht wirklich das, was man eine hohe emotionale Intelligenz nennen würde. Ich habe hier genauso viel Zeit verbracht wie im Haus meiner Eltern, nicht wahr, Opa?«

»Du bist ein guter Junge«, sagt JP.

»Opa hat mir das alles erzählt, und dann haben wir deine E-Mail bekommen, genau zwei Tage später. Opa sagt, er muss unbedingt Amelie finden, und dann melden sich zwei Filmemacher? Das ist Schicksal!«

Ich sehe Harry an. Er zieht die Augenbrauen hoch. Etwas, was der Typ, der mein Sofa gekauft hat – Nic, der Mann, mit dem ich vor meinem Umzug geschlafen habe –, gesagt hat, schleicht sich in meinen Kopf.

»Timing ist alles«, sage ich, und alle nicken. »Ihr wollt also Hilfe bei der Suche nach Amelie?«, stelle ich klar, um sicherzugehen, dass ich alles richtig verstehe.

»Glaubst du, dass ihr das könnt?«, fragt William. »Ich bin nicht mehr sauer. Opa sollte ein Happy End bekommen dürfen. Ich weiß, dass er Nana geliebt hat, aber es wäre wirklich cool, wenn er Amelie finden könnte, bevor …«

Er spricht den Satz nicht zu Ende. Ich weiß, was er meint.

»Bevor ich tot bin«, sagt JP. Als wir ihn alle entsetzt ansehen, fügt er hinzu: »Ich bin kein so junger Hüpfer mehr, nicht wahr?«

Ich habe Tränen in den Augen, die überzulaufen drohen. Sollten wir nicht alle die Chance haben, denen, die wir lieben, zu sagen, was wir wirklich fühlen? Die Liebe ist die einfachste und reinste Sache, die es gibt. Wenn man liebt, sollte es ein Menschenrecht sein, diese Liebe ausdrücken zu können.

»Oh, JP«, sage ich, und meine Stimme zittert.

»Darf ich frei sprechen?«, fragt Harry und wendet sich an uns alle. Wir nicken nacheinander.

»JP, du willst, dass wir dir helfen, Amelie zu finden, richtig?«

»Ja.«

»Und du bist einverstanden, wenn wir das dokumentieren?«

»Wenn es hilft, ja.«

»Wie bezahlen wir das alles? Wolltet ihr nicht Spenden für die Krebshilfe sammeln? Es hat uns sehr leidgetan, zu hören, dass dein Sohn gestorben ist.«

»Mein Onkel Pete«, sagt William. »Ja. Unser Ziel sind tausend Pfund, nur um das Bewusstsein dafür zu schärfen, dass Männer zur Krebsvorsorge gehen sollten. Aber darum müsst ihr euch nicht kümmern.«

»Nein«, stimmt JP zu. »Das müsst ihr nicht.«

Ich zucke zusammen, weil es so krass ist, in dieser Situation über Geld zu reden, aber Harry hat recht. Die Zeit, die wir investieren, ist quasi durch den Studiengang bezahlt, aber wenn wir irgendwohin reisen müssen – ich meine, es klingt ja so, als würden wir nach Frankreich fahren müssen! Wow! –, können wir das nicht bezahlen, wir sind Studenten.

»Nana hat mir etwas Geld hinterlassen«, sagt William. »Ich glaube, sie hätte gewollt, dass ich es dafür verwende. Ich kann alle Ausgaben decken. Vorausgesetzt, wir müssen nicht erster Klasse ans andere Ende der Welt fliegen oder so.«

Ich nicke. Harry nickt. Wir sehen uns gegenseitig an.

»Harry?«, frage ich.

»Ich möchte JP helfen, seine Französin zu finden«, sagt er.

»Das will ich auch«, füge ich hinzu.

»Ich möchte auch, dass ihr uns helft«, sagt William. »Und damit wir uns richtig verstehen, es ist nichts verboten. Ihr könnt filmen, aufnehmen, was immer ihr braucht. Es gibt keine Geheimnisse. Wir verstehen, dass ihr auch einen Job zu erledigen habt.

Opa und ich haben gestern alles besprochen, nachdem ihr angeboten habt zu kommen. Nur, was mich betrifft – überanstrengt ihn nicht. Seid einfühlsam. Das ist meine einzige Bedingung.«

Wir sehen hinüber zu JP, der die Augen leicht schließt, als wolle er das unterstreichen.

»Ist es in Ordnung, wenn wir einen Instagram-Account einrichten?«, frage ich. »Ich denke, damit sollten wir sogar anfangen. Vielleicht können uns Leute darüber helfen. Das Internet ist das mächtigste Werkzeug, das wir bei dieser Suche haben.«

»Auf jeden Fall«, sagt William.

Ich helfe, unsere Teetassen wegzuräumen, und Harry spielt mit seinem Handy herum, während JP ein Nickerchen macht. In der Küche sagt William zu mir: »Ich weiß, dass ihr sie wahrscheinlich nicht finden könnt, aber wir müssen es versuchen, verstehst du? Für Opa. Du hast ja gehört, wie er über sie spricht. Ich möchte nur, dass er eine Art von Hoffnung verspürt. Ich glaube, das hilft ihm, länger zu leben, und Gott weiß, ich brauche ihn so lange wie möglich. Er war mir mehr ein Vater als mein richtiger Vater, das ist klar.«

»Es ist sehr nett von dir, ihm zu helfen«, sage ich. »Das ist wirklich lieb. Wir werden tun, was wir können.«

»Geschafft!«, ruft Harry aus dem Wohnzimmer. Wir gehen zurück und fragen, was genau er getan hat.

»Ich habe den Account eingerichtet«, sagt er stolz. »Und ratet mal, wie ich ihn genannt habe?«

Ich zucke mit den Schultern und warte auf die Antwort.

»Finding JP*'s Girl«,* sagt er. »Und ich habe auch den Link zu eurer Spendensammlung in der Bio angegeben. Aber das Wichtigste zuerst – JP, wach auf! Wir brauchen ein Foto von dir!«

»Ich bin wach«, sagt JP, und die heisere Stimme macht deutlich, dass er gerade erst geweckt wurde. »Ich habe nur meine Augen ausgeruht.«

»Komm her«, sagt Harry. »Lass uns zusammen ein Selfie machen, dann lassen wir dich in Ruhe.«

Wir machen das Foto, laden es mit einer Bildunterschrift über unser Vorhaben hoch, markieren jeden, der uns einfällt, in den Kommentaren, und dann? Abwarten und Tee trinken.

16

♥ ♥ ♥

Nic

Ich denke nicht viel über Ruby nach. Ich meine, nicht *obsessiv.* Natürlich denke ich *gelegentlich* an jene Nacht. Und *manchmal* denke ich: *Ich wünschte, wir hätten mehr Zeit miteinander verbringen können. Manchmal* verweilt mein Finger über dem »Folgen«-Button auf ihren Social-Media-Seiten, aber ich klicke ihn nicht an. Es stört mich nicht einmal, dass sie vorhin einen großen, haarigen, bärtigen Mann in einem Post erwähnt hat. Sie hat ihn nicht getaggt, also weiß ich nicht, wer er ist. Ich habe den ganzen Tag nicht darüber nachgedacht. Vielleicht wollte sie mich mit ihrem Hinweis auf ihr Jahr für sich selbst nur abwimmeln – ich hätte mir schon gewünscht, dass sie ehrlich zu mir ist. Vielleicht hat sie in der Zwischenzeit ihre Meinung geändert. Sie können aber auch nur Freunde sein. Es geht mich ja auch nichts an, nicht wahr? Unsere gemeinsame Zeit war, nun ja, *umwerfend,* aber ehrlich gesagt, beschäftigt mich das gar nicht *so* viel.

Wie auch immer …

Die drei – vielleicht vier oder zwanzig – Mal, die sie mir durch den Kopf gegangen ist, habe ich mir überlegt, dass ich an jenem Abend in die Maple Avenue hätte gehen können, um eine Pizza zu essen, und feststellen können, dass sie weder nett noch lustig ist. Ich hätte die Erfahrung machen können, dass sie kein Deo benutzt oder andere Leute zur Zielscheibe ihrer Witze macht oder öffentlich laut furzt.

Aber sie *ist* nett und lustig. Man konnte spüren, wie sehr sie, Jackson und Candice einander mögen. Und zu sehen, wie liebevoll sie mit den Menschen umgeht, die sie mag, hat mich angetörnt. Sie ist wirklich ein guter Mensch, und dann diese Beine … Gut, okay, *selbstverständlich* denke ich an sie. Ich habe nun mal Augen im Kopf und ein schlagendes Herz. Ich bin nur ein gewöhnlicher Mann mit Blut in den Lenden. Wenn sie keinen Eindruck auf mich hinterlassen hätte, wäre das ein Hinweis darauf, dass ich tot bin. Meine Güte!, wir passen zusammen wie zwei menschliche Puzzlestücke.

Sie hatte gesagt, es sei unglaublich gewesen, gerade *weil* es nur für eine Nacht war. Zu wissen, dass wir uns nie wiedersehen würden, hat uns den Mut gegeben, so zu sein, wie wir sind. Wir haben nicht versucht, anzugeben oder uns gegenseitig zu beeindrucken. Wir hatten nichts zu verlieren. Damals habe ich ihr zugestimmt, zumindest habe ich es laut gesagt, aber insgeheim hat es sich wie ein Blitzschlag angefühlt.

Als wir uns um 6 Uhr morgens in die Küche geschlichen haben, um heiße Schokolade zu machen, nachdem wir zum dritten Mal – noch besseren – Sex gehabt hatten – diesmal idiotischerweise ohne Kondom –, trug sie mein T-Shirt. Es ist so ein Klischee: eine Frau in Männerkleidung, halb nackt und so gut aussehend wie noch nie. Aber während sie sich konzentrierte, das Kakaopulver in den Topf schüttete, einen Holzlöffel zum Umrühren fand und die Hitze niedrig hielt, damit die Milch nicht anbrannte, sah ich sie an und dachte: *Ich glaube, du bist es.*

Und so wie sie mich angesehen hat, schwöre ich, dass sie dasselbe gedacht hat. Sie denkt sicherlich nicht, dass ein solcher Funke ständig überspringt. So was ist sehr selten. So was passiert vielleicht einmal im Leben, da bin ich mir sicher.

Jedenfalls, wie ich schon gesagt habe … Ich denke so gut wie gar nicht an sie.

Am Ende des Tages bin ich zu dem Schluss gekommen, dass Ruby, wenn sie *tatsächlich* mit dem haarigen Typen, über den sie vorhin was gepostet hat, schläft, alle Fakten kennen sollte. Also schreibe ich ihr eine Textnachricht, nachdem ich das Büro verlassen habe und auf dem Weg zum Dodgeball durch die Fleet Street in Richtung Bank Station gehe. Ich stehe in einem Meer von Anzügen und Stöckelschuhen und ernst dreinblickenden Menschen, die aus Barclays und CIB herausströmen, alle mit gesenktem Kopf und am Telefon, so wie ich. Früher war es mir peinlich, in der Finanzbranche zu arbeiten – all das Gerede darüber, was für Wichser wir sind –, aber wenn ich in der City arbeite, bin ich stolz darauf, dass es bei Hoare ist. Die ganze Geschichte und die Art und Weise, wie sie in der Vergangenheit die Künste unterstützt haben … das ist kein schlechter Job. Ich würde nicht sagen, dass ich Freunde gefunden habe, aber meine Kolleginnen und Kollegen sind nett. Sehr anständig. Nüchtern ist wohl das beste Wort, um sie zu beschreiben.

Ich tippe im Gehen und beschließe, es direkt und einfach zu halten, auch wenn es mich unglaublich nervös macht, sie zu kontaktieren. Nicht, weil ich ihr sagen muss, dass sie in eine gynäkologische Praxis gehen soll – das ist okay –, sondern ich empfinde Herzklopfen, weil ich nun eine Ausrede habe, um mit ihr in Kontakt zu treten.

Ich beschließe, mich langsam vorzutasten für den Fall, dass sie sich nicht an mich erinnert, also tippe ich: *Hi, hier ist Nic, von deinem letzten Abend in London.*

Nicht, dass ich denke, dass sie ständig mit irgendwelchen Typen rummacht, aber sie hatte eine Menge um die Ohren, der Umzug, der Abschied und so.

Oh, mein Gott, wenn sie mit einem »Wer?« antwortet, werde ich schreien. Schreien! Schmeißt mich ins Meer, lasst die Strömung meinen Körper davontragen.

Und selbst wenn sie die ganze Zeit mit anderen Männern rumgemacht hat, ist das natürlich in Ordnung. Nichts liegt mir ferner, als Slutshaming betreiben zu wollen. Nicht, dass ich denke, sie sei eine Schlampe. Oh, mein Gott. Nic, konzentrier dich!

Ich hoffe, es ist okay, dass Jackson mir deine Nummer gegeben hat, schreibe ich weiter, denn es ist sicherlich besser, wenn sie das weiß. Dass Jackson an meiner Kontaktaufnahme einen Anteil hat.

Ich müsste dich kurz sprechen. Könntest du mir sagen, wann es am besten passt?

Ich kann es ihr unmöglich in einer Textnachricht mitteilen … Gut, okay, und wie verabschiede ich mich? Ich überlege Ewigkeiten, ob ich *Love* schreiben soll. Klingt das zu vertraut? Vermittelt es ihr den falschen Eindruck, warum ich anrufen muss?

Schließlich entscheide ich mich für: *Danke.*

Ich biege um die Ecke und kriege fast einen Herzinfarkt, als mein Handy eine eingehende Textnachricht meldet und ihr Name aufblitzt.

Ist jetzt okay?

Ich schnappe nach Luft. Das ging aber schnell.

»Vorsicht«, sagt ein Typ in einem eleganten Trenchcoat und weicht zur Seite aus, weil ich mitten auf dem Bürgersteig stehen geblieben bin. Ich zittere sogar. Ich mache mir vor, dass ich nur ab und zu an sie gedacht habe, aber eigentlich ist sie mir seit dem Tag, an dem wir uns kennengelernt haben, ständig durch den Kopf gegangen. Und das nicht einmal, weil der Sex gut war – was er natürlich war. Sie hat deswegen geweint … Das kriege ich nicht aus dem Kopf. Ich will nicht angeben, ich denke eher, dass ich auch hätte weinen können. All diese R'n' B-Songs aus den Neunzigern, in denen es um Liebe und ums Festhalten geht und darum, dass zwei zu einem werden – bis ich Ruby getroffen habe,

habe ich das immer für total übertrieben gehalten. Außerdem war das, was wir miteinander hatten, mehr als nur körperlich. Ich habe mir diese Verbindung nicht eingebildet. Ich weiß, dass ich das nicht habe. So gut ist meine Fantasie nicht.

Ich wähle ihre Nummer.

»Hey«, sagt sie sanft. »Nic.«

Ich atme aus. Schon der Klang ihrer Stimme bringt mich zum Lächeln. Sie spricht so leicht und unbeschwert. Ich spüre, dass sie auch lächelt. Ich kann es kaum glauben, dass ich wieder mit ihr reden kann. »Wie geht es dir?«

»Hey«, antworte ich. »Gut, danke. Habe gerade einen harten Arbeitstag hinter mir.«

»Schweißtreibende Arbeit macht die Reichen noch reicher?«, witzelt sie.

Ich lache. »Die linke Künstlerin, die sich über den kapitalistischen Banker lustig macht? Ruby, ich bin enttäuscht, dass du so unoriginell bist.«

Sie lacht auch. »Du hast recht«, sagt sie. »Ich hätte dich besser dafür aufziehen sollen, dass du dir meine Instagram-Storys anschaust, ohne mir tatsächlich zu folgen.«

Gut, dass sie mich nicht sehen kann. Ich bin schon ganz rot geworden.

»Drück einfach auf den ›Folgen‹-Button, und bring es hinter dich.« Sie kichert. »Oder hast du darauf gewartet, dass ich dir folge? Ah, warte mal …«

Ich höre, wie die Stimmen im Hintergrund lauter werden, während ich darauf warte, dass sie tut, was auch immer sie gerade tut.

»So. Du hast eine neue Follower-Anfrage.«

»Wenn ich mich recht erinnere«, kontere ich, »warst du diejenige, die zuerst auf den Cyber-Stalking-Zug aufgesprungen ist, lange bevor ich es getan habe.«

»Das stimmt«, sagt sie. »Ich habe kein Problem damit, es zuzugeben. Ich bin Frau genug.«

Ich gehe in eine der kleinen Gassen auf der anderen Seite des Bahnhofs und lege eine Hand an mein freies Ohr, um den Lärm der Baustelle auszublenden, auf der immer noch gearbeitet wird, obwohl es schon 6 Uhr abends ist.

»Das ist sehr bewundernswert von dir«, rufe ich. »Nicht viele Menschen können zugeben, dass sie ihre Wahrheit polieren.«

»Das ist genau der Grund, warum mich das Filmemachen so sehr anspricht«, sagt sie. »Deine Wahrheit ist nicht meine, meine ist nicht deine. Keine Version der eigenen Realität stimmt wirklich mit der eines anderen überein. Nicht einmal in den Geschichtsbüchern steht es richtig. Geschichte wird nur von den Siegern geschrieben.«

»Du bist zu schlau für mich«, sage ich. »Mehrere Wahrheiten, das bedeutet, dass niemand falschliegen kann? Das ist ein echtes Rätsel.«

»Wahrscheinlich bin ich zu schlau für dich – du hast recht«, antwortet sie. Dann höre ich ein Stimmengewirr im Hintergrund, schroffe Männerstimmen lachen und reden etwas lauter als zuvor. »Entschuldige den Lärm«, sagt sie. »Wir sind bei einem Vorstellungsgespräch. Nun, wir wussten nicht, dass es ein Vorstellungsgespräch werden würde, als wir hergekommen sind, aber es hat sich dazu entwickelt.«

»Klingt aufregend«, sage ich. »Live über die Story berichten, während sie sich entwickelt.«

»Breaking news«, sagt sie. »Das bin ich.«

Ich will, dass sie mir alles erzählt: wie es an der Uni ist, wen sie kennengelernt hat und vor allem, wann sie das nächste Mal in London ist.

Sie hat gesagt, dass sie keine leeren Versprechungen machen will, aber ich kann nicht anders, als Ideen und Pläne zu schmieden. Manchester ist nicht so weit von Liverpool entfernt. Wenn ich übers Wochenende nach Hause fahre, wäre es dann seltsam, sie zu fragen, ob wir uns treffen? Unser Gespräch ist bisher so toll, wie ich sie in Erinnerung habe. Warum haben wir noch mal beschlossen, nicht in Kontakt zu bleiben?

»Wir glauben, dass wir eine Idee für unser Filmprojekt gefunden haben«, fährt sie fort, bevor sie das Handy weghält und zu der Person, mit der sie gerade zusammen ist, sagt: »Kann ich diesmal bitte etwas mehr Milch haben, William? Ich will ja nicht unverschämt sein, aber für die letzten beiden Tassen hast du eine Anleitung gebraucht.«

Ich frage mich, ob William der haarige Typ ist. Er lacht, wer auch immer es ist.

»Tut mir leid, dass ich dich störe«, sage ich.

»Nein, nein«, antwortet sie. »Ich habe fünf Minuten Zeit für dich. Geht es um das Sofa?«

»Das Sofa? Oh, nein«, sage ich. »Überhaupt nicht.«

»Okay …«

»Ich komme mir wirklich blöd vor«, stoße ich hervor und schaue mich um, um zu sehen, ob jemand von der Arbeit hören kann, was ich sage.

»Nein«, beharrt sie. »Sei nicht albern. Es ist schön, von dir zu hören.«

»Ist es das?«, frage ich, und sofort weiß ich, dass ich zu eifrig klinge. Zu glücklich. Zu enthusiastisch.

»Natürlich ist es das«, sagt sie. »Ich hatte eine wirklich schöne Zeit mit dir.« Sie senkt ihre Stimme. »Eigentlich sogar mehrere sehr schöne Male. Es war definitiv ein unvergesslicher Abend.«

Wir kennen uns offensichtlich nicht gut, aber wir haben an diesem Abend genug übereinander herausgefunden, um festzustellen, dass sie wusste, wie sie mich zum Erröten bringen konnte, und es genoss. Jetzt werde ich wieder rot, mein Hals wird rot und brennt. Aber ich grinse auch dämlich. Ich kann nur noch lachen. Ich weiß jetzt, dass sie flirtet. Und das gefällt mir.

Ich höre, wie sie sich bedankt, vermutlich für ihre Tasse Tee von *William*. »Fünf Minuten«, höre ich sie sagen. »Ich habe eine Idee, wo wir zuerst suchen sollten. Und kannst du Harry bitten, den Link an die Kursliste zu mailen?«

»Ich sollte zur Sache kommen«, melde ich mich, als sie fertig ist.

»Nicht, dass es mir keinen Spaß macht, mit dir zu quatschen«, beschwichtigt sie. »Aber wenn es dir nichts ausmacht, würde ich dich darum bitten, ja. Ich möchte die anderen nicht zu lange warten lassen. Wir sind hier gerade an einer interessanten Sache dran.«

»Aha«, sage ich. »Nun, im Grunde genommen …« Ich suche nach der richtigen Formulierung. »Du musst dich untersuchen lassen. Ich habe …«

»Bin gleich da!«, sagt sie. »Tut mir leid, Nic.«

Pause.

»Du wolltest mir sagen, was du hast?«, erinnert sie mich.

»Richtig. Ja.«

Jemand ruft ihr zu: »Komm schon! Kannst du nicht später mit deinem Freund telefonieren?«

Sie antwortet: »Harry, dein Vater fragt gerade, wann er mich wiedersehen kann«, und das sorgt für weiteres Gelächter. Harry. Da sind also ein William und ein Harry, und einer von ihnen sagt: »Es ist doch nicht der Fick, den du erwähnt hast, oder? Der mit dem riesigen …«

Die Leitung ist einen Moment lang tot, als hätte sie entweder aufgelegt oder die Stummtaste gedrückt – dann ist sie wieder da.

»Tut mir leid«, sagt sie. »Ignoriere das bitte alles.«

»Habt ihr über mich geredet?«, frage ich sie.

»Wechseln wir das Thema!«, fordert sie, und mein Herz schlägt doppelt so schnell, als ich daran denke, dass sie vielleicht von mir gesprochen haben.

»Okay. Harry *und* William?«, frage ich. »Verbringst du Zeit mit der königlichen Familie?«

»Ha! Das ist mir noch gar nicht aufgefallen. William und Harry.«

Pause.

»Ich muss wirklich gleich auflegen«, sagt sie. »Tut mir leid.«

»Ja, klar«, ich schlucke. »Also …«

»Ja …?«

»Nun«, sage ich. »Einen schönen Tag dann noch. Ich hoffe, das Vorstellungsgespräch, das eigentlich gar kein Vorstellungsgespräch sein sollte, läuft gut.«

»Du hast mich angerufen, um mir einen schönen Tag zu wünschen?«, fragt sie.

»Nein«, antworte ich. »Nein, ich habe dich nicht angerufen, um dir einen schönen Tag zu wünschen. Chlamydien. Du musst dich auf Chlamydien untersuchen lassen. Ich habe sie. Du könntest sie auch haben.«

»Oh«, sagt sie. »Ich hatte tatsächlich ein bisschen juckenden Ausfluss. Ich dachte, es sei eine Pilzinfektion.«

Ich weiß nicht, was ich darauf antworten soll.

»Es tut mir wirklich leid, wenn es meine Schuld ist, dass du sie hast«, sagt sie.

»Nein, es könnte meine Schuld sein«, antworte ich.

»Oh«, sagt sie ein wenig enttäuscht. »Ja, natürlich. Ich dachte nur, wenn du gerade erst eine Trennung hinter dir hast, dass …«

Mir wird klar, was sie meint. Sie denkt, sie ist eine von vielen. »Du hast … recht«, sage ich. »Ich wollte nur nicht unhöflich klingen. Vor dir war ich nur mit Millie zusammen. Wenn du es unbedingt wissen willst.«

»Du musst mich nicht schonen. Ich schätze, ich wusste schon immer, dass mein Ex nicht nur mit mir zusammen war. Wenn er mit einer Frau fremdgegangen ist, warum dann nicht gleich mit einem ganzen Harem?«

»Tut mir leid, dass ich das anspreche, aber vielleicht solltest du es ihm auch sagen?«, schlage ich vor.

»Scheiße«, haucht sie. »Ich hasse es, dass du recht hast.«

»Es tut mir leid, dass wir jetzt über deinen Ex reden«, sage ich. »Ich wollte ihn nicht erwähnen.«

»Ist schon okay.« Sie seufzt. »Tut mir leid. Ich klinge genervt, aber es ist nicht deine Schuld. Er hat mir Nachrichten geschrieben. Ich lösche sie immer, aber wenn ich jetzt zurückschreibe, wird es so sein, als hätte er gewonnen oder so.«

»Er ist kein Gewinner, wenn er dich verloren hat«, sage ich.

Sie fängt an zu lachen. »Du solltest T-Shirts mit dieser Aufschrift entwerfen«, scherzt sie. »Verkaufe sie auf *corny.com.*«

»Ich wollte nur, dass du dich besser fühlst!«

»Es hat geklappt.«

»Das freut mich.«

Es gibt nichts mehr zu sagen.

»Ich rede gerne mit dir«, platze ich heraus.

»Ja«, sagt sie. »Ich auch.«

Es fühlt sich an, als würden wir beide lächeln, aber niemand spricht. Wenn wir uns gegenüberstünden, würde es einen Sinn ergeben. Man kann eine Person, die man mag, anstarren und wie verrückt grinsen, aber am Telefon ist der Effekt nicht derselbe.

»Also …«, sagt sie schließlich.

»Tut mir leid wegen der Chlamydien«, sage ich. »Lass mich wissen, wie dein Test ausfällt.«

»Ich schicke dir eine Nachricht«, bietet sie an, und das Versprechen reicht mir. »*Bye,* Nic.«

Ich lächle so sehr, dass ich glaube, meine Wangen fallen gleich ab. »*Bye,* Ruby.«

Wir legen auf, und ich kann mich nicht bewegen. Das war mal was anderes, wow! Es war wirklich toll, mit ihr zu sprechen. Mein Handydisplay leuchtet in meiner Hand auf.

Folge mir!

17

♥ ♥ ♥

Ruby

Was für ein Geschenk für mein »Jahr für mich«: Ich feiere den Eintritt ins Zölibat mit einer Geschlechtskrankheit. Ich gehe in die Klinik und erhalte innerhalb eines Tages die Bestätigung, dass ich sie habe. Es ist, als hätte das Universum soeben mein *Memo an mich selbst* unterstrichen, mich von Männern fernzuhalten und mich auf mich selbst und meine Arbeit zu konzentrieren – ganz zu schweigen davon, dass es beweist, dass Abe ein Idiot ist. Es muss von ihm sein. Ich würde darauf wetten, dass er es weiß, sich selbst behandeln lässt und es niemandem sonst erzählt. Ich würde eine Million darauf wetten. Wie konnte ich mich nur von so einem skrupellosen Mann verführen lassen? Ich muss Eisenmangel gehabt haben oder in einem Albtraum unterwegs gewesen sein, oder ich war völlig betrunken. Vor allem, wenn man ihn mit jemandem wie Nic vergleicht, der mich angerufen hat und mir die Nachricht auf liebevolle Weise überbracht hat.

Er war genauso einfühlsam, wie ich ihn in Erinnerung habe – er war sogar ein Gentleman, als Harry herausposaunt hat, dass ich über ihn gesprochen hätte. Ich habe ihn nur einmal ganz beiläufig erwähnt. Vielleicht zweimal. Ich habe mich gefragt, wie es ihm wohl geht in London – wie er sich einlebt und wie er Dodgeball spielt. Ich wette, er hat durch das Team schon eine Menge Freunde gefunden. Jackson lässt in unserer Gruppentext-App kaum was durchblicken, aber ich kann mich nicht beschweren, weil ich ihm in nichts nachstehe. Ich weiß aber, dass Jackson ihn beim Training sieht. Ich frage mich, ob Nic schon mal nach mir gefragt hat, bevor er jetzt meine Nummer gebraucht hat. Nicht, dass er einen bleibenden Eindruck hinterlassen hätte oder so. Ich denke absolut nicht regelmäßig daran, wie er meine Beine über seine Schultern geworfen hat, als wären sie Mehlsäcke und ich der Teig, der geknetet werden sollte, oder daran, wie er mich mit der Zunge zwischen den Beinen so verwöhnt hat, dass ich innerhalb von dreißig Sekunden gekommen bin. Ich denke auf keinen Fall daran, wie er meine Arme über meinem Kopf festgehalten hat, so, dass ich mich unter ihm gewunden habe. Nein, an all das denke ich überhaupt nicht, wenn ich allein bin und mich, kurz bevor ich einschlafe, ein wenig … nun ja, mit mir selbst beschäftige. Zur Entspannung.

Bevor ich mich stoppen kann, werfe ich noch einen Blick auf seine Social-Media-Accounts. Ich mag es, dass ich jetzt sehen kann, was er online so treibt. Das »Jahr für mich« hat ausgeschlossen, dass ich mir Nics Online-Zeug anschaue, weil es einfach sinnlos war: Ich werde ihn aus eigenem Antrieb nie wiedersehen. Aber unser Telefongespräch hat mir eine Ausrede geliefert, und ich muss sagen, dass er in seinem Businessanzug sehr gut aussieht. Trotzdem kann ich nicht umhin, zu bemerken, dass er auf den Schnappschüssen vom Dodgeball immer seine verschwitzten Arme um ein hübsches Mädchen geschlungen hat, während Jackson im Hintergrund etwas Albernes und Ausgeflipptes macht. Wenn sie ihn so kennenlernen werden, wie ich ihn kennengelernt habe, kann ich nur sagen: Viel Glück. Sie werden es nicht vergessen – ich habe es zumindest nicht getan.

Ich schließe die App und fühle mich wehmütig. Es ist schon ein paar Tage her, dass wir JP getroffen und den Account *Finding JP's Girl* an den Start gebracht haben, und ich war völlig euphorisch. Ich war rund um die Uhr beschäftigt: Es gab ständig etwas zu tun, etwas zu besprechen, und Harry und ich haben auch viel zusammen unternommen. Heute Abend, in meiner winzigen, provisorisch möblierten Einzimmerwohnung, ohne konkrete Erinnerungen, die ich mit diesen vier Wänden verbinde, trifft mich meine Einsamkeit anders. Es ist das erste Mal, dass ich mich so fühle, seit ich in Manchester angekommen bin. Eher einsam als allein. Ich denke, das liegt daran, dass ich bestimmt müde bin, oder daran, dass ich nicht zu Abend gegessen habe. Niedriger Blutzucker kann sich sehr negativ auswirken.

Zuerst versuche ich jedoch, Candice per FaceTime zu erreichen, aber sie geht nicht ran. Ich habe auch noch ein paar andere Anrufe von ihr verpasst, also schicke ich ihr eine Textnachricht, in der steht: *Hören wir uns bald?* Jackson geht auch nicht ran. Ich könnte Mum anrufen, aber ich muss ihr immer so viel über den Master und mein Leben und meine Flüssigkeitszufuhr erklären. Ich habe gerade nicht die Kraft dazu, sosehr ich sie auch liebe. Also fange ich wieder an, gedankenlos auf Instagram herumzuscrollen, schaue mir die Storys an, die ich am Tag zuvor gepostet habe, und bin maßlos enttäuscht, dass Nic sie sich nicht angeschaut hat. *Was soll's?,* sage ich mir, blättere durch meine Anrufliste, um seine Nummer von neulich zu finden, und speichere sie auf meinem Handy. Man weiß ja nie, vielleicht ändere ich ja meine Meinung. Ich behalte die Nummer, nur für den Fall.

Mein Magen knurrt protestierend, weil er nichts zu essen bekommt, also bestelle ich bei *Uber eats* eine extragroße Portion Erbsenmus und Pommes und weine *wieder,* als ich mir zum millionsten Mal unser Interview mit JP ansehe. Ich habe nur ein Glas warmen, billigen Wein aus einem Karton getrunken, der so groß ist, dass er nicht in den Kühlschrank passt, aber ich halte mich davon ab, noch mehr zu trinken, und ertappe mich dabei, wie ich eine neue Textnachricht öffne, JPs Namen als Empfänger eintippe, und im Begriff bin, ihm zu schreiben. William hat zufällig erwähnt, dass JPs Handy mit seinem sprachgesteuerten Lautsprecher verbunden ist, sodass ihm die Nachrichten vorgelesen werden, weil er sie auf dem Display nicht mehr lesen kann. Ich tippe:

Hey, JP, ich bin's, Ruby, von neulich. Ich habe mir gerade noch einmal unser Interview angesehen und wollte dir noch einmal dafür danken, dass du so großzügig warst, deine Geschichte mit uns zu teilen. Du hast mich wirklich ganz tief im Herzen berührt und mich zum Nachdenken gebracht. Das wollte ich dir unbedingt mitteilen. Ich bin wirklich gespannt, ob wir Amelie finden können!

Während ich mir das Pommesfett von den Fingern lecke, erhalte ich schon eine Antwort.

Ruby, das Vergnügen war ganz meinerseits. Es war schön, Gesellschaft und etwas Abwechslung zu haben. Schau gerne mal wieder vorbei, wenn du Zeit hast – auch wenn ich mir sicher bin, dass du etwas Besseres zu tun hast, als einen alten Knacker wie mich zu besuchen, JP.

In »meinem Jahr für mich« geht es nicht unbedingt darum, so viel wie möglich zu machen, sondern vielmehr darum, meiner Intuition zu folgen und mich auf das einzulassen, was mich anspricht. Ich könnte heute Abend einen ausgefallenen Kurs besuchen oder herausfinden, in welcher Kneipe alle aus dem Studiengang sind, oder einfach nur durch die Straßen von Manchester schlendern, wie ich es schon einige Male getan habe, um die Stimmung aufzusaugen. Aber wenn ich das täte, würde ich gegen meine eigene Regel verstoßen, Dinge nicht nur zu tun, um ein Loch zu füllen. Ich weiß, dass es wichtig ist, sich manchmal zu langweilen oder sogar ein bisschen traurig zu sein. Aber ich weiß auch, dass ich, wenn es mir in diesem Jahr darum geht, mich wirklich auf das einzulassen, was mich begeistert, mehr Zeit mit

JP verbringen sollte. Sicherlich hat man in diesem Alter Antworten auf alle Fragen. Ich frage mich, welche Ratschläge er für mich und mein Leben bereithalten könnte.

Selbst wenn ich andere Pläne hätte, schreibe ich zurück, *würde ich dein Angebot, dir Gesellschaft zu leisten, annehmen. Du bist ein cooler Mann, John-Peter!*

Gespannt warte ich auf seine Antwort. Ich glaube, ich habe gerade einen Sechsundneunzigjährigen um ein Date gebeten.

Ich war schon immer anfällig für Schmeicheleien, sagt er.

Ich muss laut lachen.

Weißt du, was die Abkürzung L-O-L bedeutet?, tippe ich.

Lots of love, lautet seine Antwort.

Es bedeutet laugh-out-loud, also laut lachen. Wenn ich LOL *schreibe, bedeutet das, dass du mich zum Lachen gebracht hast.*

Ah, so also. Von diesen Abkürzungen in Textnachrichten habe ich keine Ahnung.

Ich bringe sie dir gerne bei!

Er antwortet: *Ruby, ich bekomme zwei Textnachrichten pro Woche. Ich glaube nicht, dass es der Mühe wert wäre.*

Ich schicke ein LOL zurück.

Ich freue mich, dass du mich amüsant findest, sagt er.

Hast du das wirklich ernst gemeint, als du vorgeschlagen hast, dass ich wieder vorbeikommen soll?, frage ich. *Auch wenn es nicht wegen des Projekts ist?*

Wie wäre es am Wochenende?, fragt er, und ich sage ihm, dass das Wochenende prima passt.

Ich bringe Kuchen mit, füge ich hinzu.

Ruby, Schätzchen, erwidert er. *Wir können doch etwas Besseres als Kuchen besorgen, oder? Sagen wir, eine Dose Lagerbier mit einem Schluck Limonade.*

Ich bringe beides mit, antworte ich und staune, wie diese bloße Kontaktaufnahme bewirkt hat, dass ich mich fast augenblicklich besser fühle, was mein Leben und meine Einsamkeit betrifft – was schon eine Lektion an sich ist.

Verbundenheit ist alles.

Verbundenheit – das ist es, worum sich alles dreht.

Drei Tage später hat JP den Portwein herausgeholt und seine schicke Brille auch. Ich sollte wegen der Antibiotika eigentlich nicht trinken, aber das geht nicht: Wenn ein sechsundneunzigjähriger Mann dir seinen Portwein anbietet, nimmst du ihn an, keine Frage. Ich mache die Regeln nicht, ich befolge sie nur.

»Das Leben ist zu kurz, um beim Besten zu sparen.« Er lacht, während er zwei ziemlich große Portionen einschenkt. Er ist ein echter Gentleman der alten Schule mit einem wirklich frechen Sinn für Humor – mein Kryptonit. Ich habe Harry gesagt, dass ich zu JP fahre, aber er hat ein Date, also kommen an diesem Sonntagnachmittag Mitte Oktober nur JP und ich zusammen.

»Du hast ja so was von recht.« Ich lache und nehme den Drink an. »Nächstes Mal sollte ich im Ballkleid vorbeikommen.«

Er lacht auch. »Ich würde ja sagen, ich ziehe meinen Anzug für dich an, aber der passt seit 1982 nicht mehr.«

Wir stoßen an, und in der entspannten Pause, in der wir nippen, sehe ich mich in seinem Wohnzimmer um.

»Das ist ein wunderschönes Haus«, sage ich. »Wirklich.«

»Das muss es auch sein, solange ich mich darin aufhalte.« Er gluckst.

»Wenn du versuchst, mich zu Tränen zu rühren, JP, dann funktioniert es.« Ich grinse. »Willst du, dass ich dich hier rausho-le?«

»Will ich!«, johlt er.

»Willst du in die Karibik?«, biete ich an. »Oder bist du eher ein Mann der Wintersonne? Vielleicht in die Schweiz? Die Berge?«

»Du könntest mich in einem großen Karren durch den Schnee ziehen«, scherzt er.

»Ich bin sicher, wir könnten dich auf ein Schneemobil packen«, erwidere ich.

»Ein Schneemobil?«

Ich hole mein Handy heraus und google ein Bild, um es ihm zu zeigen.

»Ich verstehe«, sagt er und blinzelt in Richtung Display. »Ich glaube, dann haben wir einen Deal. Dann brauche ich nur noch einen Thron, um ins Flugzeug zu kommen, aber ich denke, das wird kein Problem sein. Sehr viel mehr gibt es für mich nicht mehr.«

Er hat nicht unrecht. Er ist nicht gebrechlich, nicht so, dass ein Windstoß ihn umwerfen würde, aber es lässt sich nicht leugnen, dass er nicht mehr der stramme Soldat ist, den er uns auf den Fotos gezeigt hat. Früher muss er über ein Meter achtzig groß gewesen sein und stark genug, um jeden, den er wollte, über seine Schulter zu heben. Jetzt bewegt er sich langsam – zielstrebig, aber langsam –, die meiste Zeit mit einer Gehhilfe, und selbst als er den Portwein eingeschenkt hat, hätte ich ihm fast angeboten, das für ihn zu übernehmen. Aber ich habe es nicht getan, weil ich schon wusste, dass es ihn ärgern würde. Er ist nicht weniger willensstark, weil er alt ist, und das zu Recht.

»Wie gefällt dir Manchester?«, fragt er, nachdem wir all die verschiedenen Orte aufgezählt haben, wohin wir abhauen könnten. »Es ist nicht London Town, nicht wahr? Nicht, dass ich mich jemals wirklich für London begeistert hätte. Diese ganze Hektik, dieser Trubel. Jeder braucht dort eine Kippe und ein halbes Radler, um sich zu beruhigen.«

»Ja, ich wollte das bunte Treiben genießen«, gebe ich zu. »Aber um ehrlich zu sein, war es dann doch nichts für mich. Manchester ist eher mein Ding. Meine Eltern wohnen drüben in Whaley

Bridge – habe ich das schon erzählt? –, aber das ist ein bisschen *zu ruhig* für mich. Manchester ist eine sehr angenehme Stadt. Gute Restaurants, nette Bars. Nicht, dass ich neben dem Studium viel Zeit dafür hätte. Meistens habe ich viel zu tun.«

»Shelley ist sehr gerne in ein gutes Restaurant gegangen.« Er nickt und versteht, was ich meine. »Jedes Jahr an unserem Jahrestag haben wir Spaghetti Carbonara in einem kleinen italienischen Restaurant gegessen, das sie geliebt hat. Mit Knoblauchbrot und anschließend ein Pudding, dazu ein schöner kleiner Krug Rotwein. Wir haben es so genossen.«

»Ich mag italienisches Essen auch sehr gerne«, sage ich. »Und ich will nicht angeben, aber ich kann sehr gute Spaghetti Carbonara zaubern. Ich verwende nicht einmal Sahne – nur Eier und Parmesan, ganz original italienisch. Ich könnte sie irgendwann mal für dich kochen, wenn du magst.«

Er nickt. »Mein Appetit ist nicht mehr das, was er einmal war«, gibt er zu. »Aber wenn es bedeutet, dass ich wieder deine tolle Gesellschaft habe, wie könnte ich da ablehnen?«

»Sollen wir es heute Nachmittag machen?«, biete ich an. »Zum Tee? Wann isst du normalerweise?«

Ich lache, als er 17 Uhr sagt. »Dann hast du ja den Tagesablauf eines Kleinkindes!«, ziehe ich ihn auf. »Im Morgengrauen aufstehen und um 19 Uhr ins Bett?«

»Ja, tatsächlich«, sagt er stolz. »Nach Einbruch der Dunkelheit passiert sowieso nichts Gutes mehr. Alles, was dann noch geschieht, bringt nur Ärger mit sich. Manchmal ist dieser Ärger von der guten Sorte, aber meistens ist er von der schlechten.« Er seufzt. »Wie auch immer, Ärger ist Ärger. Das weiß ich genau.«

»Oh, diese Theorie kann ich absolut bestätigen«, gluckse ich.

»Na, dann los«, fordert er mich auf. »Unterhalte diesen kleinen alten Mann mit ein oder zwei Geschichten.«

»Auf keinen Fall«, sage ich. »Ich will nicht, dass dein Bild von mir Kratzer bekommt.«

»Ach, Quatsch«, spottet er. »Komm schon, probier es aus.«

»Nun«, beginne ich seufzend. »Ich will dich nicht mit *Männerproblemen* langweilen. Wir leben in einer postfeministischen Ära: Ich möchte über etwas anderes reden können als über einen Idioten, der mir beinahe das Herz gebrochen hat.«

»Du kannst so feministisch sein, wie du willst«, kontert JP. »Du wirst immer noch ein Herz haben, das beinahe gebrochen werden kann. Weißt du, ich verstehe das, das Einfordern der gleichen Rechte und so, aber werde nicht verbissen dabei. William hatte eine Freundin – eine schreckliche Person. Sie hat sich geärgert, wenn er ihr die Tür aufgehalten hat und so was. Als ob Manieren jemals unhöflich sein könnten. So verbissen zu sein – das ist es, was eine Feministin zerbrechen lässt. Man muss stattdessen lernen, flexibel zu sein. Wie die Äste im Wind. Arbeite mit dem, was du hast, nicht dagegen.«

»JP, ich hatte nicht erwartet, mit dir über feministische Theorie zu sprechen«, sage ich.

»Nein«, räumt er ein. »Und um ehrlich zu sein, bin ich auch nicht sonderlich interessiert daran. Mir wäre es lieber, du würdest mir mehr über den Typen erzählen, der dich verletzt hat. Oder über einen, der es nicht getan hat. Wenn es dir nichts ausmacht.«

»Es macht mir nichts aus«, sage ich. »Ich bin darüber hinweg. Alte Geschichten können uns keinen Schaden mehr zufügen, oder?«

JP antwortet nicht darauf. Kaum habe ich es ausgesprochen, weiß ich, dass es nicht stimmt. Unsere Geschichte prägt unsere Gegenwart, und diese prägt unsere Zukunft. Wir *sind* unsere Geschichten – ob wir sie nun wiederholen oder korrigieren wollen.

»Wie auch immer. Es gab in meiner Vergangenheit definitiv einen Mann, der immer erst angerufen hat, wenn die Sonne untergegangen war, ja«, gebe ich zu. »Aber es wäre wahrscheinlich nicht sehr damenhaft, die Details zu verraten.«

»Hmmm, ich verstehe«, grübelt er. Und dann: »Aber was soll's. Ich werde bald tot sein. Wenn du also einen Vertrauten brauchst, wäre ich keine schlechte Wahl.«

»JP!«, rufe ich aus. »Ich habe dir schon gesagt, dass du nicht so reden sollst!«

»Ach, hör doch auf«, erwidert er. »Du klingst wie mein Enkel. Als ob das nicht unvermeidlich wäre.«

Ich setze mich mit seiner Wahrheit auseinander.

»Oh, *shit*«, sage ich schließlich, und mein Fluchen bringt ihn dazu, ein Lachen auszustoßen. »Entschuldigung«, sage ich. »Ich wollte nicht fluchen.«

»Nein, nein«, wirft er ein. »*Oh, shit* ist das Stichwort. Und wenn du mich fragst: Jeder Mann, der dich schlecht behandelt, ist überhaupt kein Mann. Ich hoffe, du weißt das.«

»Ich versuche, daran zu denken, ja.«

»Gut.« Er leert sein Glas. »Und jetzt?«, fragt er. »Gibt es da jemanden? Eine hübsche Frau wie du – ich bin mir sicher, dass du dich vor Verehrern kaum retten kannst.«

Ich schneide eine Grimasse. »Du schmeichelst mir«, sage ich, und er grinst.

»Ich wusste schon immer, wie man einer Dame schmeichelt«, sagt er schelmisch, und ich glaube ihm.

Auch ich leere mein Glas und überlege, wie viel ich ihm verraten soll.

»Ich habe eine Idee«, entscheide ich mich.

»Wie aufregend«, erwidert JP.

Ich rolle mit den Augen. »Ich werde dir jedes blutige Detail erzählen, und wenn es dir zu viel wird, kannst du einfach Toffeesoße sagen, okay?«

»Toffeesoße?«

»Toffeesoße ist lecker, aber wenn man zu viel davon isst, wird einem schlecht«, erkläre ich ihm.

Er zwinkert. »Kapiert.«

Und so erzähle ich ihm *meine* Geschichte: Die Sache mit Abe, wie wir jahrelang immer wieder zusammen waren, mein »Jahr für mich« – zölibatär, keine Dates, keine One-Night-Stands, *gar nichts*. Ich erzähle ihm von Nic, von der einen Nacht mit ihm, die ziemlich toll war. Und dann, als JP mich fragt, was mich wirklich davon abhält, mit Nic in Kontakt zu bleiben oder eine Freundschaft aufzubauen, erzähle ich ihm etwas, das sonst niemand weiß – weder Jackson noch Candice. Niemand.

»Ich hatte eine Fehlgeburt«, sage ich ganz offen. Erleichterung flutet durch meinen ganzen Körper, da ich endlich mit jemandem darüber reden kann. »Es war von Abe. Ich wusste nicht einmal, dass ich schwanger war, und dann war ich es plötzlich nicht mehr … das hat mich nachdenklich gemacht …« Ich drehe mein leeres Glas in den Händen, damit ich nach unten statt zu JP schauen kann.

»Verstehe.« Er nickt ernst, als ich zu Ende erzählt habe. »Das tut mir sehr leid. Meine Enkelin hatte auch eine Fehlgeburt. Ich weiß, wie schwer das ist.«

»Ist schon okay«, sage ich leise. »Ich bin auf jeden Fall nicht bereit für ein Baby. Und Abe war es auch nicht. Aber wenn so etwas passiert, verändert es einen. Mich jedenfalls hat es verändert. Mir ist klar geworden, dass ich dem nachgehen muss, was ich will, auch wenn ich nicht genau weiß, was es ist. Deshalb bin ich aus London weggegangen und habe mich für diesen Masterstudiengang eingeschrieben. Und deshalb habe ich Nic klargemacht, dass ich an nichts weiter interessiert bin. Ich werde nicht zulassen, dass irgendetwas diese Chance gefährdet, die ich habe, herauszufinden, wer ich wirklich bin und was ich wirklich will. Das ist mir so peinlich, aber …« Ich breche ab.

»Sprich weiter«, ermutigt mich JP.

»Die Nacht mit Nic … Wir haben dreimal miteinander geschlafen, uns aber nur zweimal geschützt.«

»Hmm …«, sagt JP.

»Ich denke nur … na ja, ist das nicht bescheuert? Ich hatte eine Fehlgeburt, und dann gehe ich bei einem One-Night-Stand ein so dummes Risiko ein? Ich nehme die Pille, aber ich kenne drei Frauen, die trotz Pille schwanger geworden sind. Also habe ich auch immer Kondome benutzt. Dann hat Abe gesagt, dass er sie nicht mag, dass es sich mit Kondom nicht so gut anfühlt wie ohne – und so haben wir keine mehr benutzt, und bäm! Zwei blaue Linien. Nach allem, was passiert ist, sollte man meinen, ich würde nie wieder das Risiko eingehen, und trotzdem habe ich es getan. Es ist erbärmlich. Da sage ich mir, dass ich zu jung bin für Kinder, dass ich wahrscheinlich gar keine will, und dann lasse ich es gleich ein weiteres Mal darauf ankommen? Habe ich wirklich so wenig Charakter, dass ich das Leben die Entscheidungen für mich treffen lasse, anstatt meine eigenen zu treffen? Das hat mir Angst gemacht. Ich bin über mich selbst erschrocken. Also habe ich mir eine Standpauke gehalten. Ich habe das Gefühl, dass mein Leben in einem alternativen Universum, in dem ich *nicht* … ganz anders verlaufen könnte.«

Ich kann es nicht noch einmal laut aussprechen. Ich atme tief durch. Gott, ich hätte nicht gedacht, dass mich das immer noch so trifft. »Damit will ich sagen«, schlussfolgere ich, »dass ich das Gefühl habe, genau dort zu sein, wo ich sein sollte. Ich finde Antworten. Ich habe die Verantwortung übernommen. Ich bin kein kleiner Risikofreak, sondern gehe mein Leben strategisch und zielgerichtet an. Ich kann mich nicht einfach von der Strömung treiben lassen.«

»Oh, Kind«, sagt JP. »Du bist nicht der erste Mensch, der Fehler beim Verhüten gemacht hat. Und du wirst auch nicht der letzte sein.«

Ich schenke ihm ein schwaches Lächeln. Er hat ja recht, aber, na ja … Das bin einfach nicht *ich*. Oder besser gesagt, das ist nicht das Ich, das ich sein will. Ein Baby würde alles ruinieren. Meine Stiefmutter, Dee, wollte nie Kinder, und ich bin mit dem Bewusstsein aufgewachsen, dass wir eine Unannehmlichkeit sind, weil sie uns nicht jedes zweite Wochenende und am Mittwochabend um sich haben wollte. Das könnte ich einem Kind niemals antun. Ich kann nicht glauben, dass mein Vater bei ihr geblieben ist, nachdem er gesehen hat, wie sie uns behandelt hat. Sie war nicht gemein oder bösartig, nur … distanziert. Abwesend. Höflich, aber nicht liebevoll. Kinder haben es verdient, in Liebe zu baden. Manchmal habe ich mich gefragt, ob Dee uns überhaupt ein Rettungsboot zugeworfen hätte.

»Interessant, dass Dokumentarfilme dein Ding sind«, sagt JP.

»Wieso das?«

»Wenn man herausfindet, wie andere Menschen leben, kann man vielleicht einen Hinweis darauf bekommen, wie man sein eigenes Leben gestalten will.«

»Oh, JP«, rufe ich aus. »Das merke ich mir!«

Er lacht.

»Hältst du mich für einen schrecklichen Menschen?«, höre ich mich plötzlich fragen. Ich kann nicht anders. Ich muss wissen, ob er jetzt weniger von mir hält – auch wegen Abes leidgeprüfter Freundin, die ich nie kennengelernt habe, über die ich mir aber Gedanken gemacht habe. Wusste sie von mir? Ihr Freund hat mich geschwängert. Ich würde mich hassen, wenn ich nicht ich selbst wäre.

»Warum in aller Welt sollte ich denken, dass du ein schrecklicher Mensch bist?«, fragt JP, und ich merke, dass er es ernst meint. »Ich glaube, du hast eine schlimme Zeit hinter dir, und ich kann verstehen, warum du dich so fühlst, wie du dich fühlst.«

»Danke«, antworte ich leise.

»Aber …«, fügt er hinzu, und mir rutscht das Herz in die Hose. Ich habe darauf gewartet, dass da noch was kommt. »Ich glaube, dass das Leben kürzer ist, als wir denken, und ich fände es traurig, wenn du etwas Besonderes verpassen würdest wegen dieses … *Versprechens,* das du dir gegeben hast … Auch wenn du deine Gründe hast.«

»Gutes Argument«, gebe ich zu.

»Als ich Shelley kennengelernt habe«, setzt er an, und ich bin neugierig, worauf er hinauswill, »und auch als ich Amelie kennengelernt habe, hat es klick gemacht. Bei beiden. Es war, als würde ich ein neues Notizbuch aufschlagen und richtig anfangen. Kannst du das nachvollziehen?«

»Ich glaube schon …«, sage ich. »Es war, als ob alles, was vor der Begegnung mit ihnen gewesen ist, in den Hintergrund getreten wäre. Als ob es nicht mehr wichtig gewesen wäre.«

»Genau. Weil mich das alles zu ihnen geführt hat.«

»Hmm«, murmele ich und bin mir nicht sicher, was ich davon halten soll. »Willst du mir gleich sagen, dass ich weiterhin daran glauben soll, dass die Liebe irgendwann jedem begegnet, dass mein Typ genau jetzt da draußen sein könnte und sich genau die gleichen Fragen stellt und dass wir einfach dazu bestimmt sind, zur gleichen Zeit am gleichen Ort zu sein, wenn ich nur lernen kann, auf die unergründlichen Wege der Welt zu vertrauen und offen zu bleiben, anstatt mich zu verschließen …?«

»Du machst dich über mich lustig«, gluckst er. »Aber ich bin nicht jemand, der sein Herz ein Jahr lang in einen Käfig einsperren will, um sich etwas *zu beweisen.* Das Herz ist ein Muskel – und wir müssen unsere Muskeln trainieren, damit sie stärker werden, sonst verkrampfen sie. Das Herz muss benutzt werden, oder wir riskieren, seine Leistungsfähigkeit zu verlieren.«

Plötzlich muss ich an Nic denken. Vielleicht gebe ich der nächsten Person, mit der ich eine nette Zeit verbringe, eine

Chance. Es kann immer noch »mein Jahr« sein, aber zum Spaß garniert mit einem zusätzlichen Flirt.

»Peng, peng, ich bin tot«, sage ich und fasse mir an die Brust, als hätte man mich gerade angeschossen. »Wenn du ein jüngerer Mann wärst, würde ich dich zum Duell herausfordern. Herrgott noch mal.«

»Das ist das Privileg der Alten.« Er nickt. »Die Dinge beim Namen zu nennen.«

»Deshalb bin ich so froh, dass du uns erlaubst, die Suche nach Amelie zu filmen. Deine Art, die Welt zu sehen … Ich hoffe, du wirst andere Menschen, jene, die den Dokumentarfilm sehen werden, auch dazu bringen, ihre eigene Welt ein bisschen besser zu verstehen.«

»Ich weiß nicht, von welchem Nutzen ich sein werde. Oder ob wir Amelie überhaupt finden werden. Ich mache das im Grunde für William, wirklich. Seit seinem Abschluss ist er ein bisschen plan- und ziellos. Der Gedanke, dass er seinen alten Opa glücklich machen kann, hat ihm schon ein wenig Sinn gegeben.«

Ich beginne, unsere leeren Gläser und schmutzigen Teller abzuräumen. Ich spüre, dass JP müde wird, aber er ist zu stolz, um es mir zu sagen. Ich muss darüber schmunzeln, dass er denkt, dass er das alles für seinen Enkel tut, aber sein Enkel denkt, er tut es für JP.

»Ich glaube, ich würde gerne mal sehen, wie das mit dem Filmen in Aktion abläuft«, sagt er, bevor ich das Tablett mit dem Geschirr hochhebe. »Wie die Wurst sozusagen gemacht wird. Das interessiert mich schon. Die Art und Weise, wie du darüber sprichst, hat mich neugierig gemacht.«

»Willst du mit auf den Campus kommen?«

»Darf ich?«, fragt er.

Ich denke kurz darüber nach. Ich wüsste nicht, was dagegensprechen sollte. Er ist ein liebenswerter Mann, der keinen Ärger macht. Wenn er an dem Filmprojekt teilnimmt, kann er überall hingehen, wo wir hingehen. Janet, die Kursleiterin, hätte sicher nichts dagegen.

»Ich werde das mit Harry abklären«, sage ich. »Aber lass bitte keine weiteren Bomben über *mein* Liebesleben platzen, okay? Deine Weitsicht ist sehr unangenehm für diejenigen von uns, die ihr beschissenes Liebesleben gerne darauf schieben würden, dass Herzensangelegenheiten kompliziert sind.«

Er lacht. »Darling, was ich damit nur sagen wollte, ist, *beinahe* zählt nicht. Diejenigen, die zählen, sind die, die *keine* Angst haben, sich an uns zu binden.«

»*Beinahe* zählt nicht? Das gefällt mir.«

»In der Weisheitsecke, aus der das kommt, gibt es noch viel mehr.« Er zwinkert schläfrig.

»Nein … im Ernst, JP … Ich glaube, du hast gerade den Nagel auf den Kopf getroffen.«

Er blinzelt und wartet, dass ich weiterspreche.

»Ich glaube, du hast uns gerade unseren Titel geschenkt! Dein ›*Beinahe* war nicht genug‹, also wirst du deine Antworten bekommen, auch wenn …« Ich breche ab. Ich will ihn nicht verletzen.

»Obwohl ich nur einen halben Schock davon entfernt bin, dass mein Herz aufhört zu schlagen«, sagt er.

»Nun, so hätte ich es nicht ausgedrückt, aber ja«, sage ich. »Die meisten Leute in deinem Alter würden nicht mehr nach Antworten suchen. Du bist etwas Besonderes.«

»*Beinahe zählt nicht,* sagst du?«

»Ja. Es funktioniert auf so vielen Ebenen. Du weigerst dich, diese sterbliche Hülle mit einem *Beinahe*-Wissen zu verlassen, und dann all das, was du zu Abe gesagt hast. Er zählt nicht, weil er ein *Beinahe* war. Es ist, als ob man, wenn jemand einem wirklich wichtig ist, wenn es wirklich sein soll, sicherstellt, dass es kein *Beinahe* gibt. Man sorgt dafür, dass es zählt. Alles andere wäre einfach nur …«

»Feigheit.«

»Genau«, stimme ich ihm zu. »*Beinahe zählt nicht.* Auch wenn es erst mal nur ein Arbeitstitel ist, ein Anker.«

»Gut. Dafür nehme ich dann eine Beteiligung von fünf Prozent. Und ich bin der ausführende Produzent. Heißt das noch so? Wie in den alten Hollywood-Tagen?«

»Abgemacht.« Ich kichere. »John-Peter Morgan, ausführender Produzent und Star des preisgekrönten Dokumentarfilms *Beinahe zählt nicht.*«

»Das klingt wirklich interessant.« Er grinst, und ich grinse auch.

18

♥ ♥ ♥

Nic

Wir flirten zaghaft über Social Media. In den drei Wochen seit unserem Telefongespräch haben wir uns gegenseitig in den Social-Media-Kanälen gelikt. Wir schreiben hin und wieder einen Kommentar, setzen ein »Cool!« oder ein »lol« unter einen Beitrag. Ich poste ein Foto, das Jackson beim Dodgeball von mir gemacht hat, und stehe dazu, dass ich ein ziemlicher Loser bin. Ich schreibe darunter: *Wörtlich heißt das Spiel Ausweich-Ball, aber was mich angeht, trifft Direkt-in-die-Eier-Ball es besser* ((Smiley mit heruntergezogenen Mundwinkeln)) Sie kommentiert mit einem Auberginen-Emoji, was sich sowohl auf die Bildunterschrift als auch auf das Foto beziehen könnte. Ich fühle mich ermutigt und setze später ein Augenpaar-Emoji unter eines ihrer Spiegel-Selfies mit frischem Haarschnitt. Darauf antwortet sie mit einem Freudentränen-Emoji. Ha!, das fühlt sich an wie ein unerklärlicher, klitzekleiner Triumph. Anzügliche Emojis unter Posts zu setzen, ist natürlich kein Äquivalent dazu, sich Liebesbriefe über die sieben Weltmeere zu schicken, aber es stimmt hoffnungsvoll.

Und dann schickt sie mir aus heiterem Himmel eine Nachricht direkt an meine Handynummer: *Hey, wenn zwei Leute Chlamydien haben, ergibt das eine gute Fischsuppe?* Der Witz ist abgedroschen, aber er bringt mich zum Lachen. Ich laufe gerade durch Soho, als die Nachricht eintrudelt, eben bin ich durch die Buchhandlung Foyles gebummelt. Als ich am Ende der Old Compton Street ankomme, muss ich Touristen mit Regenschirmen ausweichen, die sich vor dem Theater an der Ecke versammelt haben, und ich ärgere mich kurz darüber, dass sie den Bürgersteig mit ihren Tüten verstopfen, in denen sich extrem frühe Weihnachtseinkäufe befinden. Und dann fällt es mir wie Schuppen von den Augen: Ich bin keiner von ihnen. Wenn ich mich über Touristen aufrege, bedeutet das, dass ich mich nicht mehr »anders« fühle. Das ist ein gutes Gefühl – ich lebe hier! Das sind *meine* Straßen! Ich bin Londoner! Es ist vielleicht nur eine Kleinigkeit, aber ich bin stolz drauf.

Meine Infektion ist seit Langem abgeklungen, aber ich schicke ihr mehrere Lachtränen-Emojis zurück. Und dann schickt sie mir ein Foto von einer Reihe von Computern mit verschiedenen Standbildern, und ich vermute, das ist alles Zeug, das sie lernen muss. *Campusleben an einem Samstag,* schreibt sie. Ich weiß nicht, ob ich ihr auch schreiben soll, was ich vorhabe, oder ob das eine Einladung zum Chatten ist. Über Textnachrichten statt über Social Media zu kommunizieren, fühlt sich irgendwie intimer an. Vor allem, wenn es um nichts geht. Was auch immer ihre Gründe sind, mir zu schreiben, ich bin insgeheim begeistert, will aber auch nicht übereifrig wirken – oder zu verfügbar. Die Leute sagen ständig das eine und tun das andere, aber ich möchte mich nicht so verhalten, dass sie das Gefühl bekommt, ich bin ein Spielzeug in ihren Händen, das sie nach Lust und Laune nehmen und wieder weglegen kann. Es ist besser, wenn ich mich distanzierter gebe, als ich es normalerweise tun würde, und mich auf ein langsames Spiel einlasse, egal, wie sehr ich mich freue, wenn ihr Name auf meinem Display aufblitzt – vor allem, wenn man bedenkt, dass ich jetzt gleich ein Date habe. Es war eine unerwartete, aber notwendige Entwicklung. Ich bin hin- und hergerissen zwischen dem Wunsch, dass Ruby den ersten Schritt macht und ihren Entschluss, nicht in Kontakt zu bleiben, revidiert, und der Entscheidung, nicht in einer ewigen Warteposition zu verharren, denn was soll Letzteres bringen?

Wie dem auch sei: Zurückschreiben oder nicht zurückschreiben – die Entscheidung wird mir abgenommen. Ich bin bereits im Café Boheme und sehe Audrey von Bumble, mein Date, am Fenster auf mich warten. Ich stecke mein Handy in die Tasche, die Nachricht bleibt unbeantwortet. Seit über zwei Monaten wünsche ich mir, dass Ruby das, was zwischen uns besteht, real werden lässt. Jetzt kann sie auch mal einen Nachmittag lang warten.

»Und dann habe ich zu ihr gesagt«, erklärt Audrey von Bumble, nachdem wir unsere Pancakes gegessen und unseren Kaffee getrunken haben, »das ist einfach nicht cool. Okay, du kannst dich von meinen Klamotten *inspirieren* lassen, aber es ist *weird,* wenn du all das, was ich habe, nachkaufst. Ich habe wirklich hart daran gearbeitet, mir eine Garderobe aufzubauen, die ich liebe, und ich habe ihr die Fotos nur geschickt, damit sie mir sagt, ob sie die auch gut findet. Ich habe so was wie ein ›Yeah‹ oder ›Coole Outfits!‹ erwartet. Ich will nicht, dass wir bei der Arbeit wie Zwillinge rumlaufen, verstehst du? Wie auch immer, dann hat *sie* gesagt …«

Audrey von Bumble redet viel. Sie ist hübsch, aber ich habe seit etwa fünfundvierzig Minuten nichts anderes gesagt als »Mensch, wirklich?« und »Echt?«.

Mein Bruder hat mich dazu überredet, all diese Dating-Apps herunterzuladen. Er findet, ich solle jetzt Frauen *daten* und nicht nur mit ihnen reden. Aber ich soll es locker angehen. Nicht übertreiben.

»Es ist ja nicht so, dass es für jeden von uns nur eine Seelenverwandte gibt«, meinte Ollie. »Jeder kann unser Seelenverwandter sein, wenn wir uns nur genug Mühe geben.«

Ich weiß nicht, ob das die richtige Einstellung ist, aber Leute zu treffen ist eine gute Möglichkeit, mehr von London zu entdecken und meine Wochenenden zu füllen. Die Woche ist vollgepackt mit Arbeit, Fitnessstudio und Dodgeball, aber die Wochenenden können deprimierend leer sein und sich in die Länge ziehen. Ich bin gerade einunddreißig geworden! Ich *sollte* da draußen sein! Ich bin in London, um Abenteuer zu erleben, nachdem ich all die Jahre nicht sehr abenteuerlustig war! Es ist an der Zeit, mir die Hörner abzustoßen!

Nur bin ich mir ziemlich sicher, dass ich das nicht mit Audrey von Bumble machen will, und so lehne ich das Angebot ab, in die Wardour Street zu gehen, um den Pop-up-Store ihrer Freundin zu besuchen.

Kit von Tinder ist eine etwas bessere Erfahrung. Sie gibt in ihrer Bio an, dass große romantische Gesten ihre Liebessprache sind, also bin ich mutig und schlage vor, dass wir anstelle von Drinks oder Mittagessen ins Up at the O2 gehen, um das Gebäude zu erklimmen und die Aussicht zu genießen. Wir treffen uns an einem Falafel-Wagen und können von Anfang an ziemlich gut miteinander plaudern. Aber als wir oben ankommen, stellt sich heraus, dass sie sich dort mit einem anderen Typen verabredet hat, der auch ein Date hat, und so lässt sie mich unbeholfen plaudernd mit dem anderen Date zurück, und wir stehen da und sehen zu, wie zwischen ihr und dem Typen ein Feuerwerk explodiert. Man muss ihnen zugutehalten, dass die Chemie stimmt, aber verdammt noch mal, die Karten haben je dreißig Pfund gekostet!

Priya von Happn meint, wir sollten zu einer Nachtwache für vergessene Sexarbeiterinnen aus der Viktorianischen Ära auf einem Südlondoner Friedhof gehen. Ich komme mit, weil sie umwerfend ist und es mir gefällt, wenn eine Frau das Date organisiert, aber sie bringt einen Haufen Freundinnen mit, und ich habe das Gefühl, dass sie erst deren Einverständnis haben möchte, bevor sie irgendeine Art von Zuneigung zu mir entwickeln kann. Ich habe zwar nichts dagegen, aber sie sind alle in Leder gekleidet und tragen lila Lippenstift, und das Ganze hat etwas von *Der Hexenclub,* also sage ich, dass ich wegen eines Meetings früh aufstehen muss, und gehe.

Und dann ist da noch Zola, eine Frau, die ich im *real life*, in der Dodgeballmannschaft, kennengelernt habe. An dem Tag, an dem wir uns auf einen Kaffee treffen wollen, taucht Ruby in meinem Feed auf, während ich im Bus, auf dem Weg zum Date, die Zeit mit Scrollen totschlage. Ruby fordert alle auf, ihrem Arbeits-Account *Finding* JP's *Girl* zu folgen, auf dem sie über die Entstehung ihres Dokumentarfilms berichtet. Ich rufe den Account auf und schaue mir die Beiträge an. All das erinnert mich daran, wie cool sie ist. In der Bio stehen ihr Handle und @harrynotbarry. Ich klicke neugierig auf Letzteren, und das Profilbild zeigt den Mann, der seit einiger Zeit häufig in Rubys Posts auftaucht. In seiner Bio steht: *Ich hasse es hier, aber @RubyPowell_101 hat mich dazu gezwungen.* Dann folgen drei Emojis: eine Videokamera, ein Friedenszeichen und die LGBTQ+-Regenbogenflagge. Interessant.

Ich steige aus dem Bus und mache ein Foto von meinen ganz neuen Veja-Sneakers in den Straßen von Islington, um es ihr zu schicken:

Ich präsentiere stolz meine neuen Schuhe,
das lässt mir sonst keine Ruhe.
Du bist in meinem Feed aufgetaucht,
gerade als ich in den Bus abgetaucht,
daher: dir einen schönen Tag zugehaucht.

Unter meiner Nachricht taucht ein kleines »Gelesen um 12:04« auf, und drei Punkte zeigen an, dass sie tippt.

Hey, Nic,
nices Pic!
Tolle Schuhe hast du da,
aber sag ma,

nächste Woche, Candices Geburtstag,
ich dacht, ich frag mal smart:
bist du mit am Start?

Eine Party? In der Maple Avenue? Und sie kommt? Ich rufe Jackson an.

»Jumping Jack«, begrüße ich ihn mit dem Spitznamen, den er hasst. »Wie geht's?«

»*Easy*«, sagt er, »bin gerade auf dem Weg zu einem Lunch-Date. Ich hab es endlich geschafft, dass meine Arbeitskollegin mit mir ausgeht. Hab nur sechs Monate dafür gebraucht, aber was soll's!«

»Timing ist alles«, sage ich. »Das habe ich schon mal gesagt, und ich wiederhole es gern.«

»Tja«, sagt er. »Außerdem hat sie die ersten fünf Monate gedacht, ich sei ein Idiot, weil ich beim Begrüßungsmeeting einen blöden Witz gemacht habe. Ich habe die ganze Zeit versucht, es wiedergutzumachen. Aber jetzt sieht sie mich endlich im wahren Licht. Ich darf es heute nur nicht vermasseln.«

»Du wirst dich gut schlagen«, versichere ich ihm. »Du weißt, dass du ein super Typ bist.«

»Ja«, sagt er, doch ich höre einen kleinen Anflug von Selbstzweifeln in seiner Stimme. »Aber die Frage ist, ob sie das auch so sieht … Wie auch immer, wie läuft's bei dir?«

»Ich habe gerade Gerüchte aufgeschnappt, dass nächste Woche eine Party steigt. Ist meine Einladung auf dem Postweg verloren gegangen?«

»Candices Party? Ja, die ist nächstes Wochenende. Woher weißt du es?«

»Von Ruby.«

»Soso«, sagt er. »Ich wollte Ruby fragen, ob es für sie okay ist, wenn wir dich einladen – ich wusste nicht, ob sie beim großen

Wiedersehen in der Maple Avenue auch den Typen sehen will, den sie gevögelt hat. Aber wenn sie dir davon erzählt hat …«

»Ja, sie hat mir gerade getextet.«

»Getextet? Ich dachte, ihr wolltet keinen Kontakt haben.«

Ich zucke mit den Schultern, was er natürlich nicht mitbekommt. »Wir schreiben ab und zu«, sage ich und notiere im Hinterkopf, dass sie offensichtlich einem ihrer besten Freunde nichts davon erzählt hat. »Heißt das, ich bin eingeladen? Ich will mich nicht aufdrängen.«

»Natürlich bist du eingeladen! Könntest du vielleicht sogar früher kommen, um beim Aufbauen zu helfen? Ruby kommt erst spät, weil sie eine geizige Studentin ist, die das billigste Ticket kauft. Aber du könntest vielleicht Luftballons aufblasen, ein paar Drinks vorbereiten und so?«

»Klar«, sage ich. »Kann ich meinen Bruder mitbringen? Er ist eine Bereicherung für jede Party.«

»Ja, kein Problem. Triffst du dich jetzt mit Zola? Sie hat erzählt, ihr würdet euch treffen. Toll, dass du sie endlich nach einem Date gefragt hast.«

»Eigentlich war es andersherum«, erkläre ich.

»Das hätte ich von ihr auch nicht anders erwartet«, stellt Jackson fest. »Natürlich hat *sie* dich gefragt.«

»Wie meinst du das?«

»Ach, nichts, vergiss es. Das ist einfach typisch Zola. Sie kann sich durchsetzen, und sie weiß, was sie will.«

»Ist das … etwas Negatives?«, stammle ich.

»Es ist nicht an mir, darüber zu urteilen«, antwortet er. »Ich bin nicht derjenige, der ein Date mit ihr hat. Nicht, dass sie ein Auge auf dich geworfen hat, jetzt, wo du weißt, dass du Ruby in … sieben Tagen und vier Stunden wiedersiehst. Tu dir selbst einen Gefallen: Lass dir vorher die Haare schneiden. Das steht dir viel besser. Und zieh diese Veja-Sneakers an!«

»Okay, *Queer Eye*«, sage ich.

»Du kannst meinen Rat annehmen oder es bleiben lassen«, schlussfolgert er. »Aber frag dich mal: Wann hat Onkel Jackson jemals danebengelegen?«

Da hat er recht. »Schick mir den Namen deines Friseurs«, sage ich widerwillig.

»Mein Friseur macht Afro-Haar«, sagt Jackson. »Ich frage mal auf der Arbeit nach ein paar Empfehlungen.«

»Top! *Cheers,* Dicker.«

Ich lege auf und mache mich auf den Weg zu dem Coffee Shop, von dem Zola so geschwärmt hat. Das Spiel ist jedoch aus. Ich kann so viele Frauen treffen, wie ich will. Jetzt, wo ich weiß, dass es noch sieben Tage, drei Stunden und fünfundfünfzig Minuten sind, bis ich Ruby wiedersehe, interessiert mich keine mehr. Ich schreibe:

Liebe Ruby Powell,
deine Nachrichten gefallen mir well,
kommunizieren in Reimen
ist einfach genial-bescheiden!
Ich bin auch auf der Party,
in Klamotten ganz arty,
und freue mich smarty.

Ihre Antwort lautet einfach nur: *Cool!*

19

♥ ♥ ♥

Ruby

Harry findet, dass *Beinahe zählt nicht* ein großartiger Arbeitstitel für unseren Dokumentarfilm ist, auch wenn es nicht der endgültige sein wird. Bei einem improvisierten Brainstorming im Auto sprechen wir detaillierter darüber, was wir erreichen wollen, was wir bisher haben und wohin uns die Haupthandlungsstränge führen sollen.

»Wir sollten uns an unserem Anker festhalten«, sagt er mit vollem Mund, während ihm der Salat aus dem Sandwich in den Schoß fällt. Er isst mit der einen Hand, die andere hält das Lenkrad, während er von JPs Haus – wo wir ihn abgeholt haben – zurück zum Campus fährt. Wir wollen JP heute zeigen, wo wir studieren. Vielleicht bleibt er sogar für eine Vorlesung, wenn er nicht zu erschöpft ist. Er hat immer wieder nachgefragt, wann wir ihn mitnehmen, und schließlich hat William nachgegeben und gesagt, dass es in Ordnung wäre. »Wir sind uns immer noch nicht sicher, was unsere Hauptaussage ist, und ich denke, wenn wir *Beinahe zählt nicht* im Hinterkopf behalten, könnte uns das wirklich helfen.«

»Nimm die zweite Straße links«, weise ich ihn an und halte ihm mein Handy vor die Nase. Sein Auto hat kein Navi, also fährt er, und ich gebe ihm mit Google Maps Anweisungen, wo es langgeht. Der Mann mag zwar ein Auto haben, aber ohne jemanden, der ihm sagt, wohin er als Nächstes fahren muss, würden wir in Schottland landen. »Ja, du hast recht.«

»Moment. Die zweite links oder rechts?« Er gestikuliert wild mit seinem Sandwich, und ein Stück Tomate fliegt mir in den Schoß.

»Hey«, sage ich und reiche ihm eine Serviette. Er schluckt den letzten Bissen hinunter und nimmt die Serviette entgegen. »Hier links. Und ich meine: Du hast recht, was den Anker angeht. Ich finde auch, dass wir ihn brauchen.«

»Irgendetwas sagt mir, dass es dir nicht leichtfällt, das zu sagen«, scherzt JP vom Rücksitz aus, wo er sich zwischen unserer Ausrüstung angeschnallt hat. Wir hatten sie mitgenommen, um ein paar Aufnahmen von ihm in seinem Haus zu machen: JP, wie er seine Strickweste anzieht, eine Tasse Tee trinkt etc. »Füllmaterial« hat Harry es genannt, für den Fall, dass wir Bilder brauchen, die zu unseren ersten Sprachaufnahmen passen.

»Hey, JP«, sage ich, »du kennst doch den Spruch ›Bleib deinen Freunden treu‹. Also, halt die Klappe.«

JP hält seine Hände hoch. »Ich bin vielleicht alt, aber es gibt keinen Grund zu schreien«, sagt er. »Mein Hörvermögen ist immerhin noch bei stolzen fünfundvierzig Prozent.«

Er ist schon den ganzen Morgen so – frecher als sonst. Ich glaube, das liegt daran, dass er sich freut, mit uns unterwegs zu sein. Wir mussten William versprechen, dass wir ihn nie unbeaufsichtigt lassen, falls er stürzt, und dass wir ihn zum Abendessen zurückbringen. Wir haben eine Liste, auf der steht, welche Medikamente er wann einnimmt, und die Anweisung, jede Stunde ein Beweisfoto zu schicken, dass es ihm gut geht.

»Das ist das Problem mit dem Älterwerden.« JP zuckt mit den Schultern. »Man muss seinen Gaumen umstellen, damit man bescheidenen Kuchen zu schätzen weiß. Die Erwachsenen werden wie Kinder, und die Kinder haben das Sagen.«

Wir sitzen eine Weile schweigend da und lassen die Stadtlandschaft auf uns wirken.

»Was grinst du so?«, fragt Harry, als ich Google Maps wegwische, um eine Textnachricht zu lesen. »Wenn sie von diesem Nic ist, dann halte ich jetzt offiziell fest: Von wegen One-Night-Stand – du bist verknallt.«

»Das sehe ich genauso«, sagt JP, der Verräter.

»Es ist Candice«, sage ich. »Aber vielen Dank auch.«

Ich trage am Samstag Stöckelschuhe, Bodycon und Glitzer im Gesicht, also musst du es bitte auch tun. Ich kann nicht die einzige Over-the-top-Bitch auf der Party sein! Und, verdammt, antworte mir gefälligst mal, Miss Abgetaucht!

Ich schicke ihr ein »Daumen hoch«.

»Hmm«, sagt Harry. »Wenn du nur seinen Namen hörst, musst du lächeln, stimmt's?«

»Halt die Klappe«, sage ich. »Hier am Ende links, danach solltest du den Weg kennen. Das dort ist die Hauptstraße.«

»Wie schön!«, erwidert Harry. »Du hast dich verknallt! Hier?«

»Hier.«

Wir werden schneller, jetzt, wo wir auf der richtigen Straße sind und Harry beide Hände frei hat.

»Er ist witzig, das ist alles«, sage ich und fühle mich seltsam defensiv. »Nics Nachrichten sind lustig, deshalb schreibe ich ihm manchmal zurück. Nicht wie bei fucking *Abe*. Den muss ich blockieren. Jedes Mal, wenn ich ihn auf einer Plattform ignoriere, findet er einen anderen Weg, um mit mir in Kontakt zu treten. Er behauptet, er hat sich endlich von seiner Freundin getrennt und will mit mir zusammen sein. Er hat mir über Insta geschrieben, und ich habe gesehen, dass er unserem Account *Finding JP's Girl* folgt. Als ob er es einfach nicht verstehen *will*. Er hat es gemacht, gleich nachdem ich ein Foto von uns beiden gepostet habe.«

»Er denkt also, dass du jemand Neues am Start hast? Den hübschen Teufel, also *mich?*«

»Und er will sicherstellen, dass ich das nicht … Ich nehme mal an, ja.«

»All diese Textnachrichten«, sagt JP. »Er schreibt mir, ich schreibe ihm. Ihr solltet von Angesicht zu Angesicht miteinander sprechen. Es ist nicht gut, wenn ihr jungen Leute die ganze Zeit an den Handys hängt. Als ich in eurem Alter war, hieß es, dass die Technologie das Leben leichter machen wird, nicht, dass sie zu einem Vollzeitjob wird.«

»Guter Hinweis«, gebe ich zu. »Meine Bildschirmzeit ist erschreckend hoch. Soll ich eine Liste der Dinge erstellen, die ich nicht gut mache? Die ihr mir dann beide ankreiden könnt? Ich rede zu viel über Nic, ich hänge zu viel an meinem Handy … was noch? Oh, ich habe deine Bestellung im Sandwich-Laden falsch aufgegeben, Harry – soll ich das mit Bleistift oder Kugelschreiber notieren?«

Die Männer zeigen keinerlei Reaktion auf mein vorgetäuschtes Selbstmitleid. Sie wissen, dass ich versuche, das Thema zu wechseln.

»Das ist so passiv-aggressiv von euch beiden, nichts zu sagen, jetzt, wo ich sauer bin. Ihr geht mir beide auf die Nerven, wisst ihr das? JP, du solltest dich besser für mich einsetzen, sonst löse ich die Kindersicherung an deiner Tür und lasse dich in einem Graben liegen. Ein schattiger Graben, vielleicht mit einer Flasche Wasser und einer Decke, aber trotzdem ein Graben.«

»Wie wäre es mit einer dieser Apps?«, fragt JP und lenkt damit wieder einmal von meiner fehlgeleiteten Frustration ab. »Wenn du sowieso so viel mit deinem Handy rumdaddelst?« Seit ein paar Tagen bin ich ein bisschen gereizt, und ich glaube nicht, dass es hormonell bedingt ist. Ich bin frustriert, nehme ich an. Wir fügen immer neue Posts auf *Finding JP's Girl* hinzu, und Harry und ich haben zwischen den Kursen einige wichtige Punkte skizziert, die wir in unserem Storytelling, je nachdem, was bei der Suche nach Amelie herauskommt, beachten müssen. Aber das Projekt ist noch weit davon entfernt, Gestalt anzunehmen. Ich fühle mich, als hätte ich ein Puzzle begonnen, und vielleicht sind die Ränder fertig, aber ich habe noch nicht einmal die Hälfte der Teile umgedreht, um zu sehen, wohin sie gehören.

Ständig denke ich darüber nach, wie ich alles zusammenfügen kann: Ich denke von morgens bis nachts über die Doku nach. Vielleicht ist es eine Art kreatives Eintauchen, wie Janet und ich es besprochen haben, aber ich bin auch ein wenig besessen. *Beinahe zählt nicht* als Anker zu verwenden, ist großartig und bedeutet, dass wir der eigentlichen Frage, die wir zu beantworten versuchen, näherkommen. Wenn beinahe nicht zählt, wohin führt uns das? Können Menschen jemals wirklich glücklich sein, wenn sie das, was für sie bestimmt war, verpassen? Oder war es nie wirklich für sie bestimmt, wenn es an ihnen vorbeigegangen ist?

Das sind große Fragen, und manchmal muss ich dabei unerwartet an Nic denken. Er wollte mich wiedersehen, und ich habe abgelehnt, wegen meines »Jahrs für mich« – also heißt das, dass es nicht hat sein sollen? Oder stehe ich mir selbst im Weg? Vielleicht ist das der Grund, warum ich seinen Namen immer wieder erwähne – ich will JP und Harry nicht um Rat fragen, aber ich will dennoch, dass mir jemand sagt, was ich tun soll. Ich habe das Gefühl, dass ich eine Entscheidung treffen muss, wie ich vorgehen soll, wenn ich ihn sehe, und ich frage mich, was es bedeutet, dass ich mich schon so darauf freue, ihn am Wochenende zu sehen.

»Ich habe keine Zeit für Dates«, seufze ich. »Und außerdem habe ich mein einjähriges … du weißt schon.« Ich hasse es, in Gegenwart von JP über Sex zu sprechen, selbst wenn es um die Abwesenheit von Sex geht.

»Oh, ja«, sagt JP. »Das ›Jahr für mich‹.« Er spricht es aus, als würde es in Anführungszeichen stehen, als ob es albern wäre. Ehrlich gesagt, verletzt mich das. Abgesehen von letzter Woche habe ich mein Jahr für mich sehr genossen. Ich schaffe viele Dinge, treffe Leute! Ich fühle mich kreativer und innovativer als je zuvor in meinem Leben! Ich *brauche* im Moment keinen Mann. Es würde mich nur ablenken. Was gerade passiert, ist zu wichtig, um davon abgelenkt zu werden. Ich nutze mein Herz auf andere Weise, schließe Freundschaften, finde Communitys, und all das fließt in meine Kunst ein. Ich sehe, wie Harry grinsend in den Rückspiegel blickt und, wie ich annehme, einem reuelosen JP in die Augen schaut.

»Wie sieht er denn aus, dieser Nic?«, fragt Harry. »Nur so, aus Interesse.«

»Er hat ein Gesicht«, sage ich. »Zwei Augen, eine Nase und einen Mund.« Ich beschwöre in meinem Kopf ein Bild von ihm herauf. Versuche, mich an jene Nacht zu erinnern, aber es fällt mir leichter, mich an ihn zu erinnern, wie er sich in seinen Social-Media-Accounts präsentiert, auf Fotos aus einer Zeit, als wir uns noch gar nicht über den Weg gelaufen waren. »Schöne Lippen, nehme ich an. Aber egal.«

Um ehrlich zu sein, weiß ich nicht mehr, wie seine Lippen ausgesehen haben. Aber ich weiß noch, wie sie sich angefühlt haben.

»Groß?« Harry lässt nicht locker.

»Groß genug.« Ich zucke mit den Schultern. »Ein bisschen schlaksig. Schöne Hände.«

Harrys Gesicht bleibt teilnahmslos. »Schöne Lippen *und* schöne Hände.« Er nickt, um seine Wertschätzung auszudrücken. »Und dann schreibt er auch noch lustige Nachrichten!«

»Ich habe ihn mit einer Geschlechtskrankheit angesteckt«, erinnere ich ihn und wende mich an JP, um mich zu entschuldigen. »Ich hoffe, du kannst mir meine sexuelle Freizügigkeit verzeihen.«

»*Darling*«, kichert JP. »Ich war Soldat, erinnerst du dich? Was ich da alles gesehen habe …« Er zuckt komisch zusammen. Das reicht, um mich zum Lächeln zu bringen, und als Harry in den Rückspiegel schaut, spürt er, dass ich ihn anschaue, und dreht sich um, sodass wir uns anlächeln. Sie haben gewonnen. Ich bin aufgetaut.

»Apropos Abe und Geschlechtskrankheiten, hast du ihn darüber informiert?«, fragt Harry.

»Nein«, sage ich. »Ich weiß, dass ich das tun muss.«

Draußen wechselt die Szenerie von den grünen Vororten zurück zu höheren, dicht aneinandergedrängten Gebäuden, Geschäften und Computerläden, Parkplätzen und mehr Verkehr.

»Bereust du, dass du ihn abgewiesen hast?«, fragt Harry, als wir uns dem Campus nähern.

»Abe?«, frage ich. »Auf keinen Fall. Oh, Gott.«

»Ich meine Nic«, sagt er. »Denn, entschuldige, wenn ich das so sage, aber: Wenn du dieses Wochenende mit ihm knutschen willst, solltest du das unbedingt tun.«

»Oh, mein Gott«, sage ich. »Du liegst völlig falsch.« Ich schüttle meinen Kopf so heftig, dass ich das Gefühl habe, mir fallen gleich die Augäpfel heraus. »Ich meine, wenn ich nicht schon mit einem Fuß aus der Tür getreten wäre, dann wäre er *vielleicht* ein guter Kandidat für mehr gewesen.« So. Ich habe es ausgesprochen. Ich fühle mich tatsächlich ein wenig kurzatmig. »Aber vergessen wir nicht«, beharre ich und versuche, mich an die Fakten zu erinnern, »es war ein One-Night-Stand. Und so läuft das nun mal *nicht* mit One-Night-Stands. Aber ja, gut, wenn ich nicht umgezogen wäre, hätte ich ihn vielleicht nach seiner Nummer gefragt oder ihm gesagt, er soll mich zu einem Date einladen, oder ich hätte wieder Dodgeball in der Mannschaft meines Freundes Jackson gespielt, weil er da jetzt auch mitspielt. Er ist ein süßer Typ, sehr nett und einfühlsam, und er hat schöne Lippen und schöne Hände und schreibt schöne Nachrichten – und … Herrgott noch mal, seid ihr beiden jetzt zufrieden?«

Harry zuckt mit den Schultern. »Die Frage ist«, sagt er, als ob seine Arbeit jetzt getan wäre, »ob du es bist?«

»Oh, mein Gott.« Ich lache. »Nein! Ich bin nicht besonders zufrieden mit meinen einsamen Nächten, okay?! Aber ich bin froh, dass ich hier bin, und es freut mich, wenn er London genießt. Also … wahrscheinlich flirtet er einfach gern, und ich flirte auch gern. Und überhaupt … da ist jetzt nichts mehr zu machen, also lass gut sein, okay? Ich bin empfindlich!«

»Ist das ein Wunder?«, murmelt JP, als wir auf dem Campus ankommen. »Verbietest du dir so, was du wirklich willst?«

Ich antworte eine Minute lang nicht, bis ich schließlich sage: »Gut, weißt du, was? Ich gehe auf diese Party, und wenn es so aussieht, als ob das, was zwischen uns war, als ich ihn kennengelernt habe, immer noch da ist, werde ich in Erwägung ziehen, ihm einen Vertrauensvorschuss zu geben und die Regeln für dieses Jahr zu ändern. Vielleicht. Ich werde es in Betracht ziehen, okay? Ich denke, wir können einfach abwarten, was passiert.«

Harry nickt weise. »Das können wir«, sagt er, und sein Gesichtsausdruck wirkt auf mich wie der eines Mannes, der bereits weiß, was geschehen wird. Und das Seltsame ist, dass mir das nichts ausmacht.

Nach der Vorlesung schaue ich auf mein Handy, um zu sehen, wie es um den Account *Finding* JP*'s Girl* steht. Harry und ich haben unsere Familien und Freundeskreise gebeten, uns zu folgen und die Seite zu teilen, und nach drei Wochen haben wir bereits 478 Follower. Unter unserem ersten Post stehen viele Kommentare, die im Großen und Ganzen alle das Gleiche zum Ausdruck bringen: *Hey* JP, *ich kann es kaum erwarten, zu erfahren, ob du dein Mädchen gefunden hast!* Harry hat noch viele weitere Fotos hochgeladen – wir in Vorlesungen, verschiedene Kameraausrüstungen und vor allem einen Schnappschuss, auf dem er Amelies Foto in der Hand hält. Die Bildunterschrift dazu lautet: *Es ist zwar lange her, dass dieses Foto aufgenommen wurde, aber erkennt jemand diese Frau? Es war im Dorf Châteauponsac in der Region Limoges, Frankreich, Frühjahr 1940. Auf dem Foto muss sie siebzehn Jahre alt gewesen sein.* Bisher sind dazu keine Kommentare eingegangen. Heute Morgen habe ich einen Beitrag über JPs Geschichte gepostet, um das Ganze etwas emotionaler zu machen. Er hat siebzehn Likes bekommen.

»Weißt du«, sage ich und starre auf die Instagram-Seite, »wenn wir Hunderttausende Follower hätten, würde vielleicht jemand Amelie erkennen. Selbst dann wäre es ein ziemliches Wunder, aber es wäre wahrscheinlicher, nicht wahr?«

»Hast du einen Plan, wie wir ein paar Hunderttausend Follower bekommen können?«

»Nein«, sage ich langsam. »Aber ich denke, wir brauchen vielleicht ein kleineres Netz in einem kleineren Teich.«

Harry sieht mich ausdruckslos an. Dann scheint ihm eine Idee gekommen zu sein. »Militärakten?«, fragt er.

»Oh, ja. Das ist schlau! Und ich wollte gerade sagen, dass wir jemanden in diesem Dorf brauchen.«

»Kennen Sie jemanden in diesem Dorf?«

»Nein«, sage ich. »Aber wir können doch jemanden finden, oder? Vielleicht gibt es irgendwelche öffentlichen Einrichtungen, so was wie ein Museum, eine Bücherei, eine Touristeninformation oder ein Postamt. Wenn wir das Foto an diese Stellen schicken könnten und die Mitarbeitenden sich umhören würden, wäre das zielführender. Es wäre immer noch ein weiter Weg, aber zumindest wären wir dann näher dran an dem Bauernhof. Er könnte sich immer noch in Familienhand befinden.«

Harry nickt und fragt dann JP: »Du erinnerst dich immer noch nicht, wie der Nachname der Familie lautete oder der Name des Hofes? Google – oder die Kirchenbücher – könnten uns viel besser helfen, wenn du das wüsstest …«

JP schüttelt mit ernster Miene den Kopf.

»Und wenn wir dir eine Karte zeigen?«

Ich schalte meine Kartenfunktion auf »Erde« um, damit es realistischer aussieht, und gebe den Namen der Stadt in der Nähe an. JP schaut ausdruckslos drein.

»Das ist alles schon so lange her«, erklärt er und winkt ab.

»Natürlich«, sage ich. »Ich glaube auch nicht, dass ich das Haus meiner Familie, in dem ich aufgewachsen bin, erkennen könnte. Es ist verwirrend, wenn man nicht weiß, was man vor sich hat. Aber keine Sorge. Das war nicht meine beste Idee.«

»Kennen wir irgendwelche Franzosen?«, fragt Harry. »Oder zumindest Leute, die Französisch sprechen?«

»Das können wir ja unsere Follower fragen«, schlage ich vor. »Fünfhundert Leute, da wird ja wohl irgendjemand Französisch sprechen.«

»William«, sagt JP dann. »William spricht Französisch.«

»Gut, dann bringen wir dich nach Hause zu William«, sagt Harry. »Er muss jemanden für uns anrufen.«

Also steigen wir wieder ins Auto und rufen William an, um ihn zu bitten, uns bei sich zu Hause zu treffen.

20

♥ ♥ ♥

Nic

Ich bin nur hier, um meine Schritte zu machen – das ist dir klar, oder?«

Ollie verzieht neben einem der Wachen im Kensington Palace das Gesicht, beschämt darüber, mit etwas in Verbindung gebracht zu werden, das auch nur annähernd touristisch ist. Aber er macht sich über mich lustig und posiert für einen Schnappschuss.

»Mum wird das gefallen. Sei nicht so ein Jammerlappen«, sage ich und halte mein Handy hoch. Ich stelle es von Hoch- auf Querformat um, gehe einen Schritt näher heran und sage: »Ja, super! Das ist der richtige Winkel! Na, komm schon, Ollie, zeig mir deine Schokoladenseite.«

Ollie gibt mit einem Augenrollen nach und fängt an, sich in Pose zu werfen, dreht sich um und schaut über seine Schulter zurück, die Hände in die Hüften gestemmt, dreht sich dann noch mal um und wirft mir eine Kusshand zu. Ich fange alles mit der Handykamera ein.

»Da hast du's«, sage ich, wähle alle Fotos aus, die ich gerade aufgenommen habe, um sie ihm per AirDrop zu schicken, und wähle dann das lustigste, um es der Familien-WhatsApp-Gruppe zu schicken. »Da hast du einen hübschen Jungen für Mum, einen sexy Typen für deine Apps und ein ganz besonderes Foto, das du einrahmen und zu Hause über dem Kamin aufhängen kannst.«

Ollie schaut auf sein Display.

»Alter, bin ich ein sexy Bastard«, sagt er, und es ist kein Witz. »Wie ist es, einen so gut aussehenden Bruder wie mich zu haben?

Du hast den Kürzeren gezogen, als es um die Verteilung der Gene ging.«

»Ich hab die grauen Zellen abbekommen«, sage ich. »Und den Sinn für gute Manieren.«

»Manieren sind was für Langweiler.« Er grinst.

Ich habe ihn zu einem Abendspaziergang zu einigen Londoner Hotspots überredet. Seit ich weiß, dass ich Ruby treffen werde, habe ich es mit den Dates in dieser Woche etwas ruhiger angehen lassen. Es ist für alle reine Zeitverschwendung, wenn ich sowieso alle mit ihr vergleiche. Ihre Nachrichten sind kontinuierlicher geworden. Früher kamen sie in unregelmäßigen Abständen, aber jetzt meldet sie sich jeden zweiten Tag, um zu hören, wie es mir geht.

»Sie wirft dir nur kleine Krümel hin«, sagt Ollie. »Und schau dich an, du folgst ihr wie eine hungrige kleine Maus.« Er ahmt das Verhalten der Mäuse nach, indem er sich die Finger vor den Mund hält und Fressgeräusche macht.

»Sie hält mich *nicht* hin«, sage ich und schaue finster drein. »Wir chatten nur.«

»Ja, ja«, sagt Ollie. »Ihr wärmt euch auf fürs Wochenende.«

Mein Blick wird noch finsterer, und ich lese noch einmal, was sie gerade geschrieben hat.

Ist das ein Vorspiel? Okay, ja. Ich glaube, vor dem Wochenende gibt es ein wortreiches Vorspiel. Man darf die Hoffnung nicht aufgeben. Ich schreibe zurück, und sie schickt ein Foto von sich, auf dem sie ein albernes Gesicht macht – sie schielt, zieht das Kinn so an, dass ein Doppelkinn entsteht, die Zunge hängt ihr aus dem Mund.

Findest du mich hübsch?, steht da.

Ich schicke ein Foto von mir zurück, auf dem ich wie ein Soldat neben einem Wächter stehe.

Findest du mich stark und sexy?, frage ich.

Sie schickt das Augen-Emoji zurück, was ein Ausweichmanöver ist, mich aber trotzdem dämlich grinsen lässt.

»Ich kann nicht glauben, dass du tatsächlich aufgeschrieben hast, was wir uns ansehen müssen«, beschwert sich Ollie, während wir durch die Mall zum Palast schlendern. Ich stecke mein Handy zurück in die Manteltasche. »Können wir nicht einfach in den Pub gehen?«

»Nein«, sage ich. »In der *Time Out* steht, dass es romantisch ist, das hier an einem Dezemberabend zu machen, wenn abends alles beleuchtet ist.«

»Du wirst doch nicht versuchen, mich zu vögeln, oder?«, fragt er.

»Nein«, antworte ich. »Aber ich werde dir gleich eine heiße Schokolade kaufen, und dann gehen wir runter zum Fluss.«

»Okay«, sagt er und zieht den Reißverschluss seiner Jacke ein Stück weiter hoch. »Es ist echt saukalt.«

»Ich weiß, dass es dir gefallen wird«, sage ich. »Und ich weiß auch, dass du mir in einer Woche schreiben wirst, dass du diesen Spaziergang mit einem Date wiederholt hast.«

»Wahrscheinlich.« Er gluckst. »Kann gut sein. Ich muss allerdings um 8 Uhr an der South Bank sein. Vergiss das nicht.«

»Ollie, hast du irgendwann auch mal kein Date?«

»Niemals«, sagt er. »Ich höre die Bewunderung in deiner Stimme«, fügt er hinzu, wohl wissend, dass ich es so nicht gemeint habe. »Aber ich kann dir sagen, dass es manchmal sehr schwer ist. So viele Frauen, so wenig Zeit.«

»Und wie wäre es, wenn du nur mit einer ausgehen würdest?«

»Wie, nur eine allein?«

Ich rolle mit den Augen.

»Und was ist mit dir?«, fragt er. »Es ist ja schön und gut, eine Liste von Londoner Sehenswürdigkeiten abzuhaken, aber das ist nicht gerade das Allergrößte, oder?«

»Aber Vögeln wäre es?«

»Es ist der grundlegendste aller Triebe.«

»Du bist ein Höhlenmensch.«

»Ein Höhlenmensch mit einer stark ausgeprägten Libido.«

»Hmm.«

Wir erreichen den Palast und sehen die Flagge wehen.

»Sie sind also da«, sage ich und nicke in ihre Richtung.

»Was für eine archaische Einrichtung«, sagt Ollie und schüttelt den Kopf. »*Vive la révolution,* sage ich da nur.«

»Ich finde es schön«, entgegne ich. »Die königliche Familie ist eine englische Tradition. Außerdem bringen sie uns ein Vermögen im Bereich Tourismus ein.«

»Sie kosten uns auch ein Vermögen«, sagt Ollie und hält sein Handy hoch, um ein Foto von mir zu machen, bevor ich überhaupt fragen muss. Ich weiß nicht, was ich mit all diesen Fotos machen soll, aber es ist schön, sie zu haben.

»Was ich sagen will, ist …«, beginnt Ollie.

»Ich weiß, was du sagen willst!« Ich unterbreche ihn, denn er hat mich schon mit seinen Kommentaren zu Ruby genervt, und das langweilt mich jetzt. Ich weiß schon, was er denkt. »Dating! Ich hab's kapiert!«

»Aber du datest nicht, weil du glaubst, dass du dich in diese Sofafrau verliebt hast.«

Er formuliert es nicht als Frage.

»Ich *glaube* nicht, dass ich mich in sie *verliebt* habe. Ich glaube nur, dass, wenn es eine Möglichkeit gibt, zu schauen, ob mehr daraus wird, dann sollten wir das tun. Ich weiß auch nicht. Es ist cool, wenn du deinen Schwanz jede Nacht mit einer anderen feucht machen willst, aber ich bin nicht so. Überhaupt ist es seltsam, dass du dich so für mein Sexleben interessierst. Das ist schon fast unheimlich. Mach, was du willst, Bro.« Er grinst, während ich schimpfe, und das bringt mich dazu, auch ein wenig zu grinsen. Dieses Arschloch. »Außerdem heißt sie Ruby.«

»Und wir werden sie am Wochenende sehen?«, fragt er. »Auf dieser Party?«

Ich erwidere: »Was glaubst du, warum ich versuche, mich abzulenken?«

Ollie blinzelt, als würde er es nicht begreifen. »Ich habe nur ...«, sagt er. Ich warte darauf, dass der Schlag kommt. »Ich verstehe, dass Romantik schön sein kann, aber du benimmst dich wie ein hoffnungsloser Fall. Du hattest eine Nacht mit ihr. Und? Leute haben ständig One-Night-Stands.«

»Es hat einfach klick gemacht«, beharre ich. »Ich hätte es ja sein lassen, aber als sie gesagt hat, dass sie kommt, und dann die Nachrichten und überhaupt ...«

»Du bist wieder hart geworden?«

»Ollie!«

»Nic!«

Ich seufze.

»Das klingt alles nach viel harter Arbeit und ernsthafter Nabelschau, wenn du mich fragst.«

»Du verstehst das nicht.«

Wir gehen runter zum Fluss und schlängeln uns durch einige der ruhigeren Straßen, wo Ollie wehmütig auf einen Pub blickt, in dem die Feierabendtrinker trotz der Kälte draußen ein Bier trinken. Ich fordere ihn auf, mit mir über die Straße zu gehen, zu einem Lieferwagen, der in der Nähe der Westminster Abbey steht und heiße Getränke und geröstete Kastanien verkauft.

»Wie läuft die Arbeit?«, fragt er, nachdem ich die versprochene heiße Schokolade für uns beide bestellt habe. »Ich muss zugeben, dass ich es liebe, jedem zu erzählen, dass du für eine Hu...oare arbeitest.«

»Ha, ha«, sage ich. »Du bist der Erste, der *diesen* Witz macht.«

»Mein Bruder, der Banker«, sagt er. »Wir sind alle stolz auf dich.«

»Das klingt ja fast wie ein Kompliment.«

»Ist es aber nicht«, sagt er fröhlich. »Mach dir keine Sorgen.«

»Was schenkst du eigentlich Mum und Steve zu ihrem Hochzeitstag?«, frage ich. »Und hast du dir schon ein Zugticket gekauft?«

»Darüber habe ich noch gar nicht nachgedacht«, sagt er. »Weder über das Geschenk noch über die Zugfahrkarte. Darum kümmere ich mich erst an dem Tag.«

Wir stehen auf der Westminster Bridge und blicken auf die Waterloo Bridge und die Tower Bridge dahinter. Der Wind ist eisig, aber die heiße Schokolade ist warm, und all die funkelnden Lichter vor dem dunklen Himmel sind wunderschön.

»Soll ich mal schauen, was auf ihrer Amazon-Wunschliste steht? Wir können halbe-halbe machen.«

»Okay«, sagt er und betrachtet weiterhin die Aussicht. Ich folge seinem Blick.

»Ich bin froh, dass du hier bist, weißt du«, verkündet er plötzlich.

»Oh, mein kleiner Bruder wird emotional?«, sage ich. »Nicht möglich.«

»Schnauze«, erwidert er. »Ich hab nur so dahingeredet.« Er schaut wieder aufs Wasser.

»Ich bin auch froh, dass ich hier bin«, sage ich. »Es ist schön. Zusammen abzuhängen.«

»Ja«, sagt Ollie, und diesmal ist es kein Witz.

Ich weiß nicht, was die Zukunft für mich bereithält – wer ich in fünf Jahren sein werde oder in zehn, wo ich leben werde und mit wem. Doch ich weiß, dass ich hier und jetzt – ein paar Wochen vor Weihnachten, in der Kälte, mit meinem Bruder, in einer tollen Stadt – einer heißen Frau schreibe, die sich nicht entscheiden kann, was sie will, und meilenweit weg wohnt. Aber sie schreibt mir! Mir! Und es fühlt sich richtig an. So, als ob es mir gut ginge. Es ist alles gut.

»Du siehst aus, als würdest du gleich den Refrain von ›Blackbird‹ von den Beatles singen«, bemerkt Ollie.

»›Blackbird‹?«

»Du weißt schon – eine Amsel, die mitten in der Nacht singt. Irgendwas über gebrochene Flügel und fliegen.«

»*You were only waiting for this moment to arise*«, sage ich. »Ha! Ja.«

»Du machst das gut. Das weißt du doch, oder? Ich mache mich lustig und so, aber … weißt du, Millie war toll und so weiter, aber du hast das Richtige getan.«

»Danke, dass du das sagst«, antworte ich.

»Ich weiß, es war schwer. Du bist ein toller Kerl, dass du so lange durchgehalten hast. Sie ist eine gute Partie, nur nicht für dich. Nicht viele Typen würden das tun, was du getan hast. Ich hätte beruflich ein Jahr nach New York gehen können, aber ich habe abgelehnt.«

»Wirklich?«, frage ich. »Warum?«

»Ich bin neunundzwanzig. Ich will nicht mit dreißig an einem so abgefahrenen Ort sein, wenn ich niemanden dort kenne.«

»Aber New York«, sage ich. »Das ist …«

»Wie ich schon gesagt habe«, sagt Ollie abschließend. »Nicht jeder hat das Zeug dazu.«

Ich nicke. Ich hatte keine Ahnung, dass Ollie ein Amerikaangebot abgelehnt hat. Das überrascht mich. Er ist so selbstbewusst, so »Mann von Welt«. Und er hat abgelehnt.

»Danke, dass du mir das erzählt hast«, sage ich. »Über New York, meine ich.«

»Erzähl es nur nicht Mum«, sagt er. »Es ist schon schlimm genug, dass sie mir vorwirft, dass ich hier lebe. Wenn sie denken würde, ich könnte ans andere Ende der Welt gehen, würde sie durchdrehen.«

»Dein Geheimnis ist bei mir sicher«, verspreche ich ihm.

»Wie auch immer«, sagt er. »Ich weiß, ich könnte das ruhig öfter sagen, aber ich bin stolz auf dich. Es läuft bei dir. Ich beneide dich sogar ein bisschen um dein trauriges, kleines romantisches Herz. Aber nur ein bisschen.«

»Nun«, sage ich, »man weiß ja nie, vielleicht triffst du bei diesem Date die Liebe deines Lebens. Wie heißt sie eigentlich?«

»Priya«, sagt er. »Ich habe sie auf Happn kennengelernt.«

»Hast du ein Foto?«, frage ich und nutze den Moment, um ihm näher zu kommen. Er fummelt an seinem Handy herum und reicht es mir.

»Das ist sie.«

Ich schaue es mir an. Es ist dieselbe Priya, mit der ich auf den viktorianischen Friedhof gegangen bin und die all ihre Freundinnen mitgebracht hat.

»Oh, Ollie«, sage ich und lache. »Wenn ich ehrlich bin, dann wirst du das wohl eher nicht. Viel Glück ist alles, was ich sagen kann.«

»Was?«, fragt er und schnappt sich sein Handy zurück. »Was meinst du damit?«

»Nichts«, sage ich. »Viel Spaß.«

»Nein, sag es mir«, insistiert er. »Ich dachte, sie wäre ganz in Ordnung.«

»Hör zu«, sage ich, »es ist fünf vor. Du solltest gehen.«

Er kneift die Augen zusammen.

»Sehen wir uns am Samstag? Ich schicke dir die Adresse.«

»Gut«, sagt er. »Vielleicht bringe ich Priya mit.«

»Vielleicht«, sage ich und weigere mich immer noch, ihm zu sagen, was ich so lustig finde.

Als ich nach Hause komme, mache ich es mir auf Rubys ehemaligem Sofa gemütlich, um vor dem Schlafengehen noch ein bisschen fernzusehen. Die Wohnung hat für Londoner Verhältnisse eine angenehme Größe, ist komplett weiß gestrichen und hat Hartholzböden. Sie befindet sich in einem umgebauten viktorianischen Haus und hat einige tolle Originalmerkmale wie einen Kamin – der allerdings nicht benutzt wird – und interessante Gesimse. Wenn ich hier etwas kaufe, wird es wahrscheinlich zentraler liegen. Ich habe Ealing nur gewählt, weil Ollie hier wohnt. Die Wohnung liegt in einem ruhigen Wohnblock, in dem ein etwa gleichaltriges Paar über mir gelegentlich samstagabends das Bett zum Quietschen bringt, aber sonst höre ich sie nur selten. Auf der anderen Seite des Flurs ist eine Wohngemeinschaft – zwei Männer, die nie zu Hause zu sein scheinen. Und die vierte Wohnung steht leer, glaube ich, denn ich habe noch nie jemanden gesehen oder gehört. Es ist nicht schlecht. Sauber, ordentlich, gerade chic genug, aber ohne Flügeltüren zu einem begrünten Innenhof. Eines Tages kommt das noch, hoffe ich. Bald.

Ich schaue auf mein Handy, nachdem ich etwas auf Netflix ausgesucht habe, das ich jedoch vornehmlich als Hintergrundgeräusch nutze. Ruby hat nicht zurückgeschrieben. Ich scrolle durch Social Media, um zu sehen, ob sie etwas hochgeladen hat. Hat sie nicht. Ich fahre mit der Hand über den moosgrünen Samt des Sofas und erinnere mich an den Tag, an dem ich es gekauft habe.

Der Samstag kann gar nicht früh genug kommen. Ich gehe zum Kleiderschrank und hole ein Hemd, ein T-Shirt und eine Cordhose heraus. Ich lege alles auf dem Bett aus und schicke ein Foto an Jackson: *Besteht das Outfit den Queer-Eye-Test?* Ich tippe. *Für Samstag.*

Er antwortet mit einem lachenden Emoji, was ich als Ja deute.

21

♥ ♥ ♥

Ruby

Sie haben die Familie gefunden! Eine Nachricht ploppt auf meinem Display auf, während ich mit meinem Morgenkaffee von Micks Wagen über den Campus schlendere. Sie ist von William. Ich rufe ihn sofort an.

»Sag schnell!«, sage ich aufgeregt. »Weiß jemand, wo Amelie ist?«

Ich bin auf dem Weg zur Uni, in Gedanken überlege ich aber, was ich für das Wochenende einpacken muss und wie ich mich gegenüber Nic verhalten soll. Ich glaube, ich habe mich entschieden. Ich glaube, JP hat recht, und das Herz ist ein Muskel, und ich muss ihn benutzen, und wenn Nic allein da ist und kein Date mitgebracht hat und flirten will, und vielleicht wird aus dem Flirten ein Knutschen … Wieso sollte ich es nicht genießen? Wer sagt, dass es falsch ist? Das ist es nicht! Ich bin alt genug, um zu wissen, wie selten die Chemie stimmt, und jung genug, um zu sagen: Scheiß drauf! Noch einmal. Dann kann ich am nächsten Tag in den Zug nach Hause steigen und mit dem Studium, mit der Doku und meiner kreativen Entwicklung weitermachen. Tatsächlich könnte meine Kunst sogar besser werden, wenn ich ein bisschen mehr lebe, wie Janet bei unserem Treffen gesagt hat.

Eine Frau kann alles haben, nicht wahr? Solange es ihr gelingt, sich diesmal nicht wegen eines Mannes zu verlieren. Das muss ich noch üben. Ein wichtiger Teil meines »Jahres für mich« muss darin bestehen, zu lernen, dass ich mir selbst vertrauen kann, dass ich, nur weil ich mich einmal für einen schrecklichen Mann entschieden habe, es nicht immer wieder tun muss – und selbst wenn ich es tue, werde ich es überleben. Wenn ich mir Nic so ansehe – er ist der Inbegriff dessen, dass das Leben dazu da ist, um es zu leben. Und JP ergreift mit sechsundneunzig Jahren seine Chance! Ich schaffe das schon. In meinem »Jahr für mich« geht es um Spaß an *allen* Dingen. Die Zölibatsregel kann, wie JP vorgeschlagen hat, gebogen werden. Ich muss auf nichts verzichten. Ich verspreche mir selbst, dass es in Ordnung ist, wenn ich eine Vielzahl von Dingen habe.

Wie es der Zufall will, sehe ich Harry auf mich zukommen, gerade als William zu sprechen beginnt. Der Campus ist nahezu menschenleer, weil es erst kurz nach acht ist und die meisten Studierenden erst um halb zehn oder zehn eintrudeln. Es ist erschreckend, wie ähnlich Harry und ich uns sind. Er ist ebenfalls Frühaufsteher, was uns zu einem knallharten Team macht. Ich winke ihm zu.

»Ich spreche gerade mit William«, sage ich hastig und schalte auf Lautsprecher. »Sie haben Amelie gefunden!« Dann weise ich William an: »William, Harry ist jetzt hier. Also los.«

»Es war so eine gute Idee, bei der Bücherei anzurufen«, sagt William. Ich halte das Handy hoch, sodass Harry und ich zuhören und eifrigen Augenkontakt halten können. »Die Bibliothekarin hat unsere Anfrage an die Ausleihtheke gehängt, und jemand hat sie gesehen, sich danach erkundigt und vorgeschlagen, bei der Post zu fragen, weil der Ehemann der Postfilialleiterin aus einer Bauernfamilie stammt und viele Bauern sich untereinander kennen.«

»Aha«, sage ich. »Okay.«

Harry holt sein eigenes Handy heraus und drückt auf »Aufnahme«. Kluger Kerl.

»Tut mir leid, William«, sage ich. »Kannst du das alles noch einmal wiederholen? Für die Aufnahme?«

William holt tief Luft und erzählt alles ein zweites Mal.

»Also kannte die Familie jemanden? Ich meine, offensichtlich, ja. Aber wen?«

»JP hatte sich in der Wegbeschreibung geirrt – der Bauernhof lag etwa dreißig Kilometer östlich des Hauptortes.«

»Ah, JP hat nördlich gesagt.«

»Nun, glücklicherweise gab es in dem Dorf etwa dreißig Kilometer *nördlich* der Stadt eine Person, die eine Kiste mit alten Fotos besaß, und in dieser Kiste befand sich ein weiteres Foto von Amelie, in dreißig Kilometern *östlicher* Entfernung, auf einem Straßenfest, als der Krieg zu Ende war. Auf diesem Foto war ihr voller Name notiert *und* der Name des Bauernhofs, von dem sie stammt. Ehrlich gesagt, die Chancen, dass sich das alles zusammenfügt … Ich kann es kaum glauben. Gott segne die französischen Bauern mit ihrem guten Gedächtnis und ihrer Neugier.«

Harry und ich sehen uns erfreut an. Ich traue mich fast nicht zu fragen, was ich wirklich wissen will, aber das wird das Entscheidende sein. Wenn Amelie tot ist, endet die Geschichte hier.

»Und sie lebt«, sagt William und kommt mir zuvor. »Amelie ist am Leben!«

»Oh, Gott sei Dank«, sagt Harry und lächelt. »Oh, das ist ja großartig! Ich wette, JP ist ganz aus dem Häuschen!«

»Ich glaube, er ist noch dabei, es zu verarbeiten. Amelie lebt jetzt in Paris. Ihre Nichte zweiten Grades, glaube ich, ist immer noch vor Ort und war diejenige, die uns auf die Spur gebracht hat. Ich habe heute Morgen mit ihr telefoniert.«

»Unglaublich«, sage ich. »All das ist heute Morgen passiert? Es ist …«, ich schaue auf meine Uhr, »nicht einmal zehn nach acht!«

»Es war, als würde ich an einem Faden ziehen«, fährt William fort. »Und jetzt ist das ganze Geheimnis gelüftet. Das einzige Problem ist, dass wir keine Pariser Adresse haben. Es gab irgendeinen Streit in der Familie. Aber es kann doch nicht so schwer sein, Amelie Renard zu finden, oder? Wir sind ganz nah dran!«

»Hör mal«, sage ich und kaue auf der Innenseite meiner Wange, eine schreckliche Angewohnheit, wenn ich nervös bin, die ich einfach nicht ablegen kann. Das mache ich schon seit meiner Kindheit. »Wir haben heute Morgen unsere Seminare, aber habt ihr beide gegen eins Zeit? Wir kommen dann zu euch, okay?«

»Super, bis dann«, sagt William, »und beeilt euch! Das ist die aufregendste Sache, die ich je erlebt habe.«

»Für uns auch!«, sagt Harry. »Ich kann nicht glauben, dass wir sie gefunden haben!«

»Ich schon«, sage ich freudestrahlend. »Weil jeder ein Happy End verdient hat. Und niemand mehr als JP.«

Während unseres Seminars über Aktivismus und Storytelling kann ich mich kaum konzentrieren, obwohl ich normalerweise sehr aufmerksam bin, mir Notizen mache und Fragen stelle. Harry und ich haben im Atrium Kaffee getrunken und kurz besprochen, wie es weitergehen könnte, aber wir mussten auch Essays zu Ende schreiben, es gibt also noch so viel zu reden. Ich denke die ganze Zeit über JP und Amelie nach. Ich frage mich, wie es JP geht. Und ich bin aufgeregt, weil ich Nic morgen sehen werde, und es sind erst vier Monate vergangen – ganz zu schweigen davon, dass wir telefoniert und jeden zweiten Tag geschrieben haben. Ich weiß nicht, ob es das besser oder schlechter macht, aber was es heißt, mehr als siebzig Jahre zu warten, um jemanden wiederzusehen, der einem so viel bedeutet hat, wird mir immer bewusster. Ich weiß nicht, ob ich das schaffen würde. Die Hoffnung für tapfere zehn Sekunden aufrechtzuerhalten, um den Blickkontakt zu halten oder sich sogar zu einem Kuss herabzubeugen, kann eine Qual sein – aber die Hoffnung für mehr als sieben Jahrzehnte aufrechtzuerhalten? Es überrascht mich, dass JP keine körperlichen Schmerzen hat.

Könnten sie miteinander skypen, was meinst du?, tippe ich in die Notizen-App meines Handys und reiche es Harry, der neben mir sitzt. Er blickt zu Boden, um nicht unhöflich gegenüber unserem Dozenten zu wirken, nimmt das Handy und tippt zurück: *Über Neunzigjährige auf Skype? Ich glaube nicht, dass das funktioniert. Wo bleibt die Spannung?*

Stimmt, tippe ich zurück. *Aber wir können* JP *kaum nach Paris bringen, oder? Oder selbst hinfahren …*

Harry verzieht das Gesicht. Es gefällt ihm nicht, dass ich so pessimistisch bin.

»Es muss eine andere Möglichkeit geben«, erklärt er, als wir den Hörsaal verlassen und zu seinem Auto gehen. »Die Story ist zu gut. Wirklich, wirklich gut. Zwei Liebende aus dem Zweiten Weltkrieg in den 2020ern wiedervereint. Das hat Hollywood-Niveau. Das ist episch.«

Während des Seminars hat er Instagram aktualisiert und allen die neuesten Nachrichten mitgeteilt. Wir spüren beide »das Kribbeln«, wir wissen, dass wir etwas Großem auf der Spur sind. Auf der Fahrt zu William und JP muss ich Harry dreimal sagen, dass er langsamer fahren soll.

»Bring uns bitte nicht um, bevor wir diesen verdammten Dokumentarfilm fertig haben«, sage ich. »Sonst war alles umsonst.«

Als wir bei JP ankommen, trinkt er wie üblich Tee und sieht aus, als würde ihn nichts auf der Welt aus der Ruhe bringen.

»Bist du nicht aufgeregt?«, fragt Harry. »Wir haben Amelie Renard gefunden!«

»Geborene Renard«, betont JP. »Wir wissen nicht, ob sie einen neuen Namen angenommen hat, als sie geheiratet hat. Die Urenkelin oder Nichte, oder was auch immer sie ist, weiß es nicht. Atme tief durch, Junge. Wir haben noch einen weiten Weg vor uns.«

»Das stimmt«, sage ich. »Aber wir haben die Instagram-Community gefragt – wir haben jetzt achthundert Follower! Und wir haben eine Menge, was wir googeln können. Wir kommen der Sache immer näher, JP. Ich habe ein gutes Gefühl.«

»Das haben wir bereits gemacht«, sagt William. »Gegoogelt. Es ist nicht so leicht. Ich habe versucht, nach Kirchenbüchern aus der Gegend zu suchen, wie du mir geraten hast, ich habe sogar eingegeben: ›Wie führt man eine familiengeschichtliche Suche durch?‹. Lol. Das ist ganz irre. Ich kann mich kaum konzentrieren vor Aufregung. Aber jetzt, wo ihr da seid, sollten wir eine Tasse Tee trinken und dann durchatmen und ein bisschen brainstormen, okay? Wir müssen uns etwas Strategisches einfallen lassen, wie die Idee mit der Bibliothekarin, die uns überhaupt erst so weit gebracht hat.«

Als alle mich ansehen, weil das ja meine Idee war, verbeuge ich mich kurz, und dann setzen wir uns hin, Harry und William machen Tee, und JP passt auf mich auf, während ich die Filmausrüstung aufbaue.

»Ich mache das im Zeitraffer«, erkläre ich ihm. »Das heißt, wir nehmen nicht auf, was wir sagen, sondern nur unsere Bewegungen, und die werden dann stark beschleunigt.«

»Und wozu soll das gut sein?«, fragt JP. »Mehr ›Füllmaterial‹, wie du sagst?«

»Du hast es erfasst«, sage ich. »Textur. Wir können etwas darüberlegen – ein Interview – oder es als Stempel verwenden, um zu zeigen, dass die Zeit vergeht oder vieles sehr schnell passiert.«

»Da gibt es viel, worüber man nachdenken kann, nicht wahr?«, sagt er.

»Ich liebe es«, sage ich, und wir tauschen ein Lächeln aus.

»Okay«, sagt Harry, als wir alle an unseren üblichen Plätzen sitzen: JP in seinem Sessel, ich und Harry auf dem Sofa und William auf der Bank. »Ich glaube, wir müssen es ganz altmodisch machen.«

»Altmodisch?«, frage ich.

»Wir nehmen das Telefonbuch und wählen jede Nummer, bis wir sie finden.«

Williams Handy meldet den Eingang einer Nachricht. »Chalamet!«, ruft er. Wir sehen ihn an. »Ehename: Chalamet. Die Bibliothekarin hat gerade geschrieben. Mensch, ist die gut.«

»Technik«, sagt JP und schüttelt den Kopf, »die Welt liegt in deiner Hand.«

»Wir haben Glück«, sage ich. »Und was machen wir jetzt?«

»Wir werden das ganze Wochenende damit verbringen, das Telefonbuch nach Frauen mit dem Namen Amelie Chalamet zu durchforsten und jede einzelne anzurufen, bis wir sie gefunden haben. Das wäre mein Vorschlag«, sagt William.

»Ich bin dabei«, sagt Harry. »Sollen wir einfach alle von hier aus arbeiten? JP, ist das okay?«

JP winkt zustimmend. »Dann werden wir meine Party auf nächstes Wochenende verschieben müssen«, sagt er. »Aber ja, je mehr Leute, desto besser.«

Alle sind so motiviert und engagiert, dass ich mich für einen Moment mitreißen lasse und auch schon ganz aufgeregt bin, bis mir einfällt, dass ich dieses Wochenende in London sein werde.

»Du wirst nicht hier sein«, sagt Harry, der meinen Gesichtsausdruck richtig gedeutet hat. »Aber das ist okay. Ich kann mich um das Filmmaterial kümmern, das wir brauchen. Mach dir keine Sorgen, Ruby.«

»Okay«, sage ich. Kurz denke ich darüber nach, meine Pläne abzusagen. *Was wäre, wenn ich nicht auf die Party ginge?* Aber dann schimpfe ich mit mir, weil mich Schuldgefühle plagen. Natürlich muss ich auf die Party gehen. Es ist Candices Geburtstag! Wir haben in letzter Zeit nicht viel Kontakt gehabt, aber sie ist meine beste Freundin, und es kommt nicht infrage, dass ich nicht hingehe. Es ist nur … Es hat sich gerade alles so toll entwickelt. Es fühlt sich so an, als seien wir so nah dran. Ich möchte mit dabei sein, wenn sie endlich den Anruf tätigen und die Person am anderen Ende sagt: *Ja, ich bin Amelie Chalamet, und ja, ich erinnere mich an meinen Soldaten.*

»Lass uns doch mal kurz überlegen, wie wir jetzt weiter vorgehen sollten, ja?«, schlage ich vor. »Je nachdem, wie viele wir sind, kann ich dir zumindest helfen, einen Plan zu entwickeln. Ich weiß nicht einmal, ob das französische Telefonbuch im Internet steht …«

»Ich frage die Bibliothekarin«, bietet William an. »Vielleicht hat sie Zugang dazu.«

»Gute Idee«, sagt Harry.

Wir verbringen die nächsten zwei Stunden damit, die Bibliothekarin in Bessines als eine Art Vermittlerin zu nutzen, während sie über das System ihrer Bibliothek auf das Telefonbuch zugreift. Sie kopiert uns das, was wir brauchen, in ein Word-Dokument, das sie schließlich an William schickt, der sich dann mit JPs weitgehend ungenutztem und sehr altem Drucker abmühen muss, um die Liste auszudrucken. Es stehen 193 öffentliche Nummern und siebzehn Geheimnummern darauf.

»Hoffen wir, dass eine davon unsere Amelie ist«, sagt William.

Es ist 5 Uhr nachmittags, als wir alles haben, was wir brauchen, um mit den Anrufen beginnen zu können, aber JP ist schon schläfrig und mehr oder weniger bereit, sein kleines Sandwich mit Dosenlachs zu verzehren und ins Bett zu gehen, also denken wir, dass es Amelie sicher ähnlich geht.

»Fahr ruhig«, rät Harry mir, während William JP in den Treppenlift setzt und nach oben bringt, um ihm beim Umziehen zu helfen. »Genieß die Party. Alles, was wir ohne dich tun werden, ist, sie anzurufen, um herauszufinden, wo sie lebt. Ich würde es auch nur ungern verpassen, aber ich verspreche dir, dass ich dich über alles Wichtige auf dem Laufenden halten werde, und du kommst doch am Sonntag schon wieder zurück, oder? Dann sehen wir uns am Montag, gleich morgens. Ich spendiere dir sogar einen Kaffee und einen Muffin im Atrium, okay? Und ich werde dir von jedem Gespräch im Detail berichten.«

»Okay«, sage ich, merke aber, dass ich unsicher bin. Das Projekt bedeutet mir so viel, und jetzt kommen wir endlich voran.

»Und versprichst du mir auch etwas?«, fragt Harry und hält meine Schultern fest, damit er mir direkt in die Augen sehen kann.

»Was?«, frage ich.

»Kümmere dich dieses Wochenende um deine eigenen Geschichten. Ich glaube, wir lernen beide gerade, unsere Chancen dann zu nutzen, wenn sie sich uns bieten, oder?«

Ich nicke, sage aber nichts. Ich weiß, dass er recht hat.

Am nächsten Tag hole ich meine Lektüre für den Kurs auf dem Weg zum Londoner Bahnhof Euston nach. Dann steige ich in die U-Bahn nach Ealing Broadway und schminke mich während der Fahrt. Als ich aussteige, sehe ich aus wie eine Tanzschülerin, die noch in ihren Aufwärmklamotten hinter der Bühne steht: voll geschminkt und in Jogginghose, mit aus dem Rucksack quellenden Lehrbüchern. Ich bin diesen Weg schon so oft gegangen, es sind nur fünf Minuten zu Fuß. Ich atme tief durch, als ich die Sackgasse hinuntergehe, und bewundere die gepflegten Gärten von Mrs Higton, die einen solchen Gegensatz zu dem rostigen Autoteile-, Wohnwagen- und Ziegeldepot auf Mr Birkins Grundstück bilden. Auf dem Bürgersteig kleben heruntergefallene, durchnässte Blätter. Ich höre die Musik schon, noch bevor ich das Haus sehen kann – ich bin sicher, dass niemand vor 7 Uhr kommen wird, und es ist erst halb fünf. Zögernd klopfe ich an die Tür und frage mich, ob sie mich überhaupt hören können. Unruhe entsteht, jemand flucht sehr laut, und dann höre ich Schritte im Flur.

»Du bist's«, sage ich, als die Tür geöffnet wird.

Nic.

Nic sieht unglaublich gut aus. Viel besser als in meiner Erinnerung. Und er ist im Haus, guckt verschmitzt und … Moment mal! Hat er sich ein Ohrloch stechen lassen? Sein Haar ist hinten kürzer, als ob es frisch geschnitten wäre, und sein Lächeln ist breit und warm. Es entsteht eine poetische Symmetrie zu unserem ersten Treffen, als er derjenige war, der vor der Tür stand und darauf gewartet hat, dass man ihn hereinbittet.

»Hey!«, sagt er und breitet die Arme aus, um mich zu umarmen. Er riecht nach Zedernholz und Moschus, und ich löse mich aus seiner Umarmung, weil ich ihn mir unbedingt noch mal genauer anschauen möchte. Er trägt eine hochgekrempelte Cordhose, ein cremefarbenes T-Shirt und ein offenes Flanellhemd, dazu eine Mütze – und Bartstoppeln. Er sieht chic und cool aus und gar nicht mehr so betreten und unsicher wie beim letzten Mal. Wir schauen uns gegenseitig intensiv an. Es ist irgendwie hinreißend. Wir grinsen und starren uns an und wissen nicht, was wir sagen sollen. Zweifellos war das, was in meinem Bauch rumort hat, ein Zeichen. Ich habe das Gefühl, dass ich ihn küssen möchte. Ich weiß, das ist total übertrieben, aber ich will es. Es ist gar nicht so, dass es zwischen uns funkt, es ist schon viel mehr, es brennt. Ich frage mich nicht einmal, ob er das auch spürt. Es ist offensichtlich: Heute Abend werde ich wieder mit Nic Sheridan rummachen. Ich glaube, das war schon beschlossen, bevor ich es mir überhaupt eingestehen konnte.

»Darf ich dir deine Tasche abnehmen?«, fragt er mich. Er zupft am Saum seines T-Shirts, als ob ihm kalt wäre, und mir fällt ein, dass ich immer noch in der Tür stehe und es ziemlich kalt ist. Ich kehre in die Gegenwart zurück.

»Das wäre super«, antworte ich und beobachte, wie sich sein Unterarm beugt, als er nach meiner Tasche greift. Plötzlich stelle ich ihn mir in einem Anzug vor, mit lockerer Krawatte und hochgekrempelten Ärmeln, fokussiert und konzentriert. Ich wette, die Hälfte seines Büros würde gerne mit ihm schlafen. »Danke. Ich bin mir nicht sicher, wo ich übernachte. Ich glaube nicht, dass schon jemand eingezogen ist, oder? Aber ich gebe mich gerne mit dem Sofa zufrieden.«

Jackson schlendert zur Haustür und ruft dann: »Sieh mal einer an, was die Katze hereingeschleppt hat! Hier ist sie!«

Nic tritt gnädig zur Seite, damit Jackson seine Arme ausbreiten und mich umarmen kann. Er sieht so gut aus wie eh und je, mit frisch gebleichtem Kurzhaarschnitt und allem Pipapo. Er trägt einen ärmellosen, extrem kurzen Kapuzenpulli mit Reißverschluss, sodass man seine strammen Bauchmuskeln und muskulösen Arme sehen kann. Mir fällt auf, dass er Glitzer auf den Wangenknochen hat und einen Schminkpinsel in einer Hand hält, als wäre er gerade erst damit fertig geworden.

»Ich habe dich so vermisst«, sage ich mit einer durch die Umarmung gedämpften Stimme. »Zu sehr. Ich vermisse dich wie die Luft zum Atmen«, betone ich. Er nimmt etwas Abstand und sieht mich an.

»Ich dich auch, *Darling*«, antwortet er. »Ich kann kaum noch deinen Namen aussprechen, ohne dass mir die Tränen kommen.«

Ich verdrehe die Augen, weil er so dramatisch übertreibt. »Ernsthaft wie immer«, sage ich, und er bittet mich hereinzukommen.

»Ich habe keine Zeit, dich einzuweisen. Du kannst ja herausfinden, was noch zu tun ist, und es einfach tun, okay? Danke! Nic hat die Liste. Wir haben nur noch eine Stunde Zeit, bis alle hier sind, und Ihre Hoheit verteilt Anweisungen wie Partytüten.«

»Deine Abneigung gegen jegliche Autorität hat also nicht nachgelassen«, scherze ich, als Nic aus meinem ehemaligen Zimmer kommt und meine Tasche immer noch umhängen hat.

»Mir wurde gesagt, dass du bei Candice schläfst«, sagt er. »Dann trage ich die Sachen nach oben.«

Und wieder passiert es. Wir halten Blickkontakt, und in meinem Bauch brodelt es. Ich erinnere mich an die ausdauernden Blicke und das schüchterne Lächeln in der Nacht, als wir uns kennenlernten, aber das hier ist etwas anderes. Wenn die Abwesenheit das Herz wachsen lässt, dann hat die Distanz zwischen uns unsere Anziehung beflügelt. Er schiebt seine Zunge gegen die Wange und sieht dabei aus wie Ryan Gosling, als allen klar geworden ist, dass der falsche Film den Oscar bekommen hat. Selbstgefällig, aber nicht aufdringlich. Als wüsste er ganz genau, was gerade geschieht. Ich bekomme Gänsehaut.

Ich sehe ihm zu, wie er die Treppe hinaufgeht, und ich weiß, dass er weiß, dass ich ihn beobachte. Verdammt!

Ich luge um die Ecke des vorderen Zimmers, und Candice schaut aus einem Gewirr von Kabeln und Steckdosen auf, ein leeres Schnapsglas zu ihren Füßen und ein strahlendes Lächeln im Gesicht.

»Candy!!!« Ich schreie und lasse mich neben sie auf die Knie fallen, damit wir uns genauso innig umarmen können, wie Jackson und ich es getan haben. Wir halten uns eine Ewigkeit lang fest, schaukeln hin und her und geben die verschiedensten Geräusche der gegenseitigen Wertschätzung von uns.

Als wir uns voneinander lösen, streicheln wir einander – sie hat sich bereits zurechtgemacht und sieht mit ihrem Glitzer-Eyeliner und den glänzenden Lippen unglaublich gut aus. Ich sage es ihr, aber ich bekomme kein Kompliment zurück.

»Danke, Liebling. Aber … du …« Sie deutet schlaff auf mein Gesicht. »Geht es dir gut? Du siehst …«

»Abgekämpft aus?«, führe ich ihren Satz zu Ende. Ich kann einer Freundin nicht vorwerfen, dass sie ehrlich ist, auch wenn es mir lieber wäre, wenn sie mich daran erinnern würde, was für eine sexy Göttin ich bin, damit ich mich später beim Flirten mit Nic gut fühle. »Das bin ich auch, ehrlich gesagt. Ziemlich geschafft, aber ich arbeite an etwas, das mein Herz zutiefst berührt. Es ist wirklich fantastisch. Es war ganz sicher das Richtige.«

»Ich freue mich, dass du kommen konntest«, sagt sie.

»Aber natürlich! Dachtest du etwa, ich würde nicht kommen?« Ich scherze, aber da ist eine winzige Bewegung in ihrem Gesicht, die darauf hindeutet, und ich bekomme einen Anflug von Schuldgefühlen, weil ich jemals in Erwägung gezogen habe, in Manchester zu bleiben und bei der Suche nach Amelie zu helfen.

»Ich weiß nicht, wie viel Studierende zu tun haben«, sagt sie. »Ich war ja noch nie an der Uni.«

Ich trete ein paar Schritte zurück. »Ich werde nie zu viel zu tun haben, wenn es um dich geht. Das weißt du doch, oder?«

Sie sieht sich im Zimmer um, schaut, was noch zu tun ist. Es gibt kein Bett, keine Möbel, nichts.

»Ich kann gar nicht glauben, dass ihr dieses Zimmer leer stehen lasst«, sage ich. »Kostet euch das nicht ein Vermögen?«

»Lieber kostet es uns ein paar Hundert Pfund mehr im Monat, bis wir die richtige Person gefunden haben, als dass wir uns einen Psychopathen ins Haus holen. Ehrlich, es haben sich nur total seltsame Leute vorgestellt.« Candice schnaubt. »Aber wir denken, dass dieser Franzose ein guter Kandidat sein könnte, wenn Bao geht, nicht wahr, Jackson?«

»Ja«, ruft Jackson von der Tür her. »Alle anderen waren *très* öde, und wir wussten, dass wir eine große Party feiern und dafür den Raum gut gebrauchen können …«

»Also, willkommen im Tanzsaal!«, beendet Candice seinen Satz. Ich schaue mir alles genau an: Die Jalousien sind zugezogen, und von der Decke hängen überall Luftschlangen und Luftballons. Es müssen an die fünfundsiebzig, vielleicht sogar hundert Luftballons sein, in Silber, Gold und Rot. Das sieht wirklich cool aus.

»Und schau dir das an«, jubelt Candice, während sie aufsteht. »Ich hoffe, dass ich es richtig gemacht habe.« Sie schließt etwas an, und es beginnt zu leuchten und projiziert die Sterne unserer Galaxie an alle Wände. Es ist wirklich schön.

»Dieser Raum ist für Spotify-Roulette, so laut wie möglich. Zum Glück sind die Nachbarn übers Wochenende verreist. Heute Abend sollen sich alle so richtig austoben. Wir haben überlegt, die Badewanne zum Kühlen der Getränke zu nutzen, aber da es unser einziges Bad ist, haben wir uns doch dagegen entschieden, denn sonst kämen wir die meiste Zeit an den Alk nicht heran. Die Leute müssen ja ständig pinkeln, wenn sie sich einen hinter die Binde gekippt haben.« Sie macht eine Trinkgeste, um die Situation zu verdeutlichen. Ich spüre, wie sich mein Puls beschleunigt und mein Hals rot wird. Eine Nacht wie diese ist genau das, was ich brauche. Plötzlich habe ich unbändige Lust auf Glitzer und Haarspray und will mit einem Drink in der Hand die ganze Nacht durchtanzen. Manchester ist fantastisch, und ich bin dort sehr, sehr glücklich – aber erst jetzt wird mir klar, wie sehr ich eine Nacht jenseits von Selbstoptimierung und Kreativitätsdruck gebraucht habe. Eine Nacht, um einfach frei zu sein und zu tanzen.

»Wer kommt denn?«, frage ich.

»Alle«, sagt sie, als würde das schon alles erklären.

Jackson sagt, dass er die Aufgabenliste abarbeiten wird, er wollte uns nur wissen lassen, dass in der Küche Getränke auf uns warten.

Als er weg ist, deute ich auf den anderen Raum. Ich höre, wie Jackson etwas über Jack Daniel's sagt – er ist wohl für die Cocktailzubereitung zuständig.

»Also. Nic ist hier …«, sagt sie.

»Ja«, flüstere ich. »Ich meine, ich habe es dir noch nicht erzählt, weil es keine große Sache ist, aber wir haben uns tatsächlich ein paarmal geschrieben.«

Candice schnappt nach Luft und macht ein seltsames Gesicht. »Na, wenigstens antwortest du überhaupt auf Nachrichten«, sagt sie und meint es scherzhaft, denke ich mir, aber es klingt ein bisschen wütend. »Das war nur ein Scherz«, versichert sie mir, als sie meinen Gesichtsausdruck bemerkt.

»Und du gehst nicht ran, wenn ich anrufe«, verteidige ich mich. »Es liegt nicht nur an mir.«

»Du erinnerst dich vielleicht daran, dass ich ziemlich blöde Arbeitszeiten habe?«, sagt sie und winkt ab. »Egal, wir sind jetzt beisammen. Das ist alles, was zählt. Mehr Details über Nic, bitte … Ich dachte, dieses Jahr wird zölibatär?«

»Diese Regel wird gerade überdacht«, sage ich. »Aber alle anderen Grundsätze für dieses Jahr bleiben bestehen.«

»Ich verstehe«, sagt sie. »Ich wusste, dass du durch die Geschichte, an der du gerade arbeitest, eine große Erleuchtung haben würdest. Wie kann jemand versuchen, die Geliebte eines über Neunzigjährigen zu finden, ohne dass das eigene Herz schmilzt?«

Ich zucke mit den Schultern. »Eben«, sage ich. »Ich bin froh, dass du das verstehst.« Sie zwinkert mir zu. »Ah, übrigens – glaubst du, er hat sich hübsch gemacht? Bilde ich mir das nur ein, oder sieht er jetzt noch besser aus als beim letzten Mal?«

»Ha, das habe ich mich auch gefragt!«, ruft sie aus. »Der Ohrring, die Cordhose, der Haarschnitt … Bestimmt hat jemand mit ihm darüber gesprochen und ihm geraten, seine Männlichkeit zu betonen. Er sieht wirklich gut aus. Vorhin hat er mir mit dem Reißverschluss meines Kleides geholfen und gesagt, ich sähe toll aus, und ich bin tatsächlich rot geworden.«

»Stehst du jetzt also auch auf ihn?« Das klingt kindisch und überzogen, aber ich werde wütend, wenn sie es bejaht.

»Gott, nein«, sagt sie. »Aber er ist irgendwie nicht mehr derselbe Typ wie der, der dein Sofa gekauft hat. Er wirkt anders, ein bisschen selbstbewusster, ein bisschen entspannter. Das ist heiß – aber für dich, nicht für mich. Ich habe kein Interesse. Hast du seinen Bruder schon kennengelernt? Ollie. Der gefällt mir.«

»Das wird ein lustiges Quartett«, scherze ich. »Wenn wir am Ende Brüder daten.«

»Wer hat was von Daten gesagt?« Candice grinst. »So was mache ich nicht, schon vergessen?«

»Ist der Postbote heute Abend hier?«

»Ich hab mich nicht getraut, ihn einzuladen.«

»Oje!«, rufe ich aus. »Wie kann eine Frau sexuell so selbstbewusst und auf der romantischen Ebene so schüchtern sein?«

»Guckst du in den Spiegel, während du das sagst?«, neckt sie mich. »Oder …?«

»Ha, ha.«

Sie zieht den Saum ihres Kleides zurecht und schaut zufrieden durch den Raum – es ist alles so, wie sie es sich vorgestellt hat.

»Wie auch immer«, sagt sie schließlich. »Vergiss nicht: Du bist nicht wegen Nic hier. Du bist wegen mir hier. Ich bin das Geburtstagskind, und du solltest mich mit Liebe und Aufmerksamkeit überschütten.«

»Abgemacht«, sage ich.

22

♥ ♥ ♥

Nic

Wir fangen damit an, uns gegenseitig in die Augen zu schauen, egal, in welchem Raum wir uns gerade befinden. Um acht sind alle da, um neun sind sie beschwipst und entspannt genug, um mit dem Tanzen anzufangen. Um zehn knutschen zwei Paare auf dem Sofa, im Tanzsaal findet ein Limbo-Wettbewerb statt, und Ollie hat einer Frau einen Wodka aus dem Bauchnabel geschleckt. Seltsamerweise scheint sie das nicht eklig, sondern lustig zu finden. Jackson ist hier irgendwo – das Letzte, was ich gesehen habe, war, dass er in der Küche Cocktails zubereitet hat, die sein Publikum genüsslich entgegennimmt, wie es sich gehört. Ich kenne nur eine Handvoll Gesichter: Jackson, Candice, meinen Bruder und Ruby, plus zwei Mädchen vom Dodgeball, die Candice auch kennt. Ich habe mich ein wenig unterhalten, ein paar Bier getrunken und bin meiner Rolle als oberster Müllsammler gerecht geworden, indem ich immer wieder die leeren Flaschen eingesammelt habe. Das ist ein guter Weg, um mit den Leuten ins Gespräch zu kommen, denn so habe ich einen Vorwand, sie zu unterbrechen und mit ihnen zu plaudern, aber auch einen Grund, um weiterzugehen.

Aber egal, was ich tue und wo ich bin, Rubys Anziehungskraft ist ungebrochen. Wenn ich im Tanzsaal bin, weiß ich, dass sie an der Treppe lehnt und sich mit jemandem unterhält, der gerade hereingekommen ist. Wenn ich im Esszimmer bin, weiß ich, dass sie an der Tür zur Küche steht und sich zu den Klängen der Musik wiegt, die durch den Raum dringt. Und wenn ich auf dem Rückweg von der Toilette bin, ist sie auf dem Weg nach oben, sagt nichts, sondern schürzt nur aufreizend die Lippen, als ich sie vorbeilasse. Ich spüre die Wärme, die von ihrer Haut ausgeht, während sie vorbeigeht, und ihre Haarsträhnen kitzeln mein Gesicht. Wiegt sie ihre Hüften so, um mir zu gefallen? Sie ist wie Marilyn Monroe mit ihrer schmalen Taille und ihren runden Hüften und einem im besten Sinne ausladenden Hintern.

Wir umkreisen dieselben Räume, jeder ist sich der Anwesenheit des anderen bewusst, wir flirten mit den Augen und lächeln, und es fühlt sich alles so vorbestimmt an, so bereits entschieden, dass sie mir, nachdem wir dieses Spiel vier Stunden lang gespielt haben, in die Augen schaut, nickt und dann zur Hintertür hinausschlüpft. Ich weiß, dass sie mich aufgefordert hat, ihr zu folgen. Endlich.

»Hast du Spaß?«, frage ich, als ich sie entdecke. Sie sitzt auf dem Holztisch in der hinteren Ecke der Veranda.

»Jetzt schon«, antwortet sie und grinst. Es ist kalt, und sie hat die Arme um ihren Oberkörper geschlungen, um sich warm zu halten. Auf ihrer elfenbeinfarbenen Haut kann ich eine Gänsehaut erkennen. Sie sieht, dass ich es bemerke, und sagt: »Daran habe ich nicht gedacht. Es ist eiskalt.«

Ich ziehe mein Flanellhemd aus und reiche es ihr. Es ist sehr schwer – Jackson nennt es »Shackett«, von »Shirt-Jackett«. Dieser Kerl hat für alles einen besonderen Namen. Ich habe vorhin gehört, wie er einer Frau ein Kompliment über ihre »Schuhboots« gemacht hat, und ich habe ewig gebraucht, bis ich verstanden habe, was er meint.

»Ich habe nicht erwartet, dass du mir etwas *an*ziehst.« Sie kichert, als ich es ihr um die Schultern lege und es genieße, dass meine Fingerknöchel sie leicht berühren. Ich stehe hinter ihr und komme ihr gerade nah genug, um ihr das Hemd umzulegen, und sie dreht sich nicht ganz um, als sie mich bemerkt. Ihre Gesichtszüge sehen amüsiert aus.

»Soso«, flüstere ich spielerisch. »Ich verstehe.«

Ruby zuckt mit den Schultern, unverbindlich und vermeintlich unbeeindruckt, aber ich kenne diesen Blick. Ich habe ihn schon einmal gesehen. Ich habe ihn in jener Nacht gesehen.

»Kann ich einen Schluck von deinem Bier haben?«, fragt sie, und auch sie hat ihre Stimme gesenkt. Wir reden leise miteinander, als ob es eine postkoitale Unterhaltung wäre. Das macht etwas mit uns. Ich reiche ihr meine Flasche. »Danke«, haucht sie.

Sie nimmt einen großen Schluck, und ich setze mich neben sie. Ihr Gesicht glitzert, sobald Licht darauf fällt – sie trägt denselben Glitzer im Gesicht wie Candice und Jackson. Ihr Haar fällt ihr in lockeren Wellen auf den Rücken, wie bei einer Meerjungfrau, und die kurzen, eckigen Fingernägel an ihren zierlichen Händen sind rot lackiert. *Ich liebe rote Fingernägel,* denke ich, als ich sie sehe, bevor mir klar wird, dass ich sie nur mag, weil es ihre Finger sind. Bisher ist mir das in meinem ganzen Leben noch nie aufgefallen.

»Wie ist Manchester?«, frage ich. Ein Bericht über ihr neues Leben scheint ein guter Anfang zu sein.

»Es ist sogar noch besser, als ich es mir erhofft hatte«, sagt sie in Richtung Mond. »Ich meine, ich habe die meiste Zeit eine Scheißangst, weil ich ständig diese kleine Stimme im Hinterkopf habe, die mich fragt, was ich mir von alldem verspreche und was ich tun werde, wenn ich aus der Uni-Blase raus bin und so, aber im Moment fühle ich mich mehr bei mir angekommen als je zuvor. Ich denke … ich habe Angst, und gleichzeitig treibt die Angst mich an. Irgendwie so. Es ist kompliziert.«

Manchmal klingt Ruby wie eine Eiskönigin, aber dann ist sie plötzlich offenherzig und authentisch, wie gerade eben. Das ist eine teuflische Kombination, die mich auf Trab hält. Es ist schwindelerregend, welch emotionale Höhen und sarkastische Tiefen sie von einem Satz zum nächsten erreicht. Das gefällt mir. Sie ist sprunghaft, aber aufregend.

»Das klingt gefährlich nach Selbstzweifeln«, stelle ich fest und bemerke, wie sie an dem Etikett der Flasche zieht, die sie nicht zurückgegeben hat. Ist das nicht das, was die sexuell Frustrierten tun? »Lass dich davon nicht abhalten.«

»Ja«, sagt sie und schaut immer noch in den Himmel. Es ist beinahe Vollmond, und das helle Mondlicht fällt auf die Baumwipfel. »Ein paar Selbstzweifel machen mir nichts aus, solange sie mich anspornen. Frei nach dem Motto: Das Problem ist Teil der Lösung. Ich muss meine Gefühle schließlich spüren, bevor ich sie in Ordnung bringen kann, oder etwa nicht?«

»Das klingt sehr erwachsen«, sage ich, und sie kichert und bedankt sich dafür.

»Ich tue mein Bestes auf dieser spirituellen Suche nach persönlichem Wachstum, oder wie auch immer man es nennen mag«, sagt sie.

»Das ›Jahr für mich‹, nicht wahr?«, frage ich.

»Du hast ein gutes Gedächtnis«, antwortet sie beeindruckt, dreht ihren Kopf zu mir und schaut mir einen Moment lang in die Augen.

»Ich bin wie ein Elefant«, erwidere ich.

»Was hast du dir noch gemerkt?«

»Hmm, mal sehen …« Ich denke nach. »Dass du, als wir uns kennengelernt haben, keinen BH getragen hast … und dass du sehr gut aussiehst, wenn du meine Sachen trägst und heiße Schokolade machst. Oder in meinen Klamotten auf einem Holztisch auf einer Veranda sitzt«, füge ich hinzu und schaue sie von der Seite an.

»Und ich dachte schon, wir würden uns über die neue Wirtschaftspolitik der Regierung unterhalten oder über die Beweggründe für Ohrpiercings bei Männern«, scherzt sie, und dann knabbert sie an ihren Lippen, als wüsste sie, dass sie frech ist. Das ist so heiß, dass ich ein Kribbeln in meinem Becken spüre. Sie ist einfach … fucking umwerfend! »Wir gehen direkt mittenrein, oder? Ohne Scham.«

»Mittenrein in was?«, frage ich und tue ganz unschuldig. »Du hast mich gefragt, woran ich mich erinnere …«

»Und jetzt sprechen wir über unsere Gedanken rund um die Nacht, in der wir miteinander geschlafen haben.« Sie seufzt.

»Ich bin beleidigt, wenn du jemals aufgehört haben solltest, an sie zu denken.«

»Habe ich nicht.« Ich kann ihren Gesichtsausdruck nicht deuten, vielleicht findet sie das, was ich gesagt habe, völlig lächerlich. Aber egal, in welcher Stimmung sie heute ist, ich stelle mich darauf ein! Auch wenn es mir nicht leichtfällt, ist die Herausforderung berauschend.

»Da bin ich aber froh«, sage ich. »Wir wissen beide, dass wir ziemlich gut waren in dem, was wir getan haben …«

»Das stimmt, aber die Chlamydien waren eine nette Wendung.« Sie lacht leise.

»Alles wieder in Ordnung«, erwidere ich.

»Aha, das Rohr ist also gereinigt! Und was soll ich mit ihm anstellen …?«, schießt sie zurück, und ihre direkte Art macht mich sprachlos. Sie gluckst, weil sie weiß, dass sie gepunktet hat.

»Du willst also wieder, dass ich rot werde, oder?«, frage ich.

Sie nickt. »Funktioniert es?«

»Ich bin jetzt ein Mann von Welt«, sage ich und dehne meine Worte, als ob ich ganz lässig mit der Situation umgehen könnte und die schöne Frau neben mir mich nicht verunsichern würde. »Vier Monate in London haben mich clever und erfahren gemacht.«

Sie schaut mich von der Seite an. »Du kommst mir tatsächlich verändert vor.«

»Wirklich? Das sollte nur ein Scherz sein.«

»Du wirkst …« Sie sucht nach dem richtigen Wort. »Ich weiß nicht … Glücklich?«

Ich zucke mit den Schultern und überlege, was ich antworten soll. Seit dem Sommer ist so viel passiert. Ich habe meinen Weg gefunden und bin so stolz auf mich. Es scheint zwei Arten von Menschen auf der Welt zu geben – jene, die darüber reden, was sie tun wollen, und jene, die es einfach tun –, und ich fühle mich als Macher ziemlich gut.

»Manchmal fühle ich mich ein klein wenig verändert«, gebe ich selbstbewusst zu. »Ich muss es einfach *noch mal* erwähnen – in jener Nacht, in der Nacht, bevor du weggezogen bist, da hat es bei mir klick gemacht. Ich hatte einfach so viel Spaß, und mir wurde klar, dass ich weiterhin neugierig und offen sein sollte für alles, was mir begegnet. Dass das vielleicht der Sinn des Ganzen ist. Und es war cool. Ich habe neue Leute kennengelernt und die Stadt erkundet.«

Sie zieht die Wangen ein, als wolle sie sich ein Lächeln verkneifen. »Dann ist das also alles, was ich für dich war? Ein Abenteuer?«

Ich lache. »Ruby«, sage ich. »Du bist wie ein episches Gedicht der Meere.«

Sie lacht auch. »Ich weiß nicht, was das bedeuten soll, aber gut gekontert.«

»Danke.« Ich beuge mich ein wenig nach vorn.

»Jackson sagt, du hast in letzter Zeit viel Glück bei den Frauen«, sagt sie. »Das muss toll sein. Daten und das alles.«

Ich kneife die Augen zusammen. »Ruby Powell, das erscheint mir jetzt wie eine Falle!«

»Gar nicht!«, beharrt sie, aber vielleicht ist es eine. Ich kann nicht sagen, ob sie die Situation durchschaut hat und einfach nur weiter zündeln will oder ob sie mich als einen weiteren Schuft abtun will, der es nicht wert ist, seine Zeit mit ihm zu vergeuden.

»Nun, ich will trotzdem vorsichtig sein«, sage ich. »Also, ich hatte … keine Dates. Ich treffe einfach Leute. Manchmal macht es mir sogar Spaß.«

»Das klingt gut«, antwortet sie. »Du gehst aus, zeigst dich. Deshalb bist du ja hergekommen.«

Ich höre einen leichten Neid oder eine gewisse Eifersucht aus ihren scharfen Worten heraus und fahre fort: »Ich hab da diese wunderschöne Frau getroffen, kurz nachdem ich hergezogen bin. Klug, charmant, witzig, heiß … und eine tolle Gesprächspartnerin. Sie hat die Messlatte ziemlich hoch gelegt. Danach musste ich ein paar Frösche küssen, um meine Prinzessin zu finden.«

Sie macht ein Würgegeräusch. »Flirten liegt dir überhaupt nicht.«

»Vorhin hast du aber was ganz anderes gesagt …« Meine Stimme ist sanft. Ich erkunde das Terrain. Dieses Hin und Her kann so oder so ausgehen, aber genau das ist es, warum sich das Risiko lohnen könnte. Warum sonst hat sie mich gebeten herzukommen? Hat ihr Bein an meins gepresst, ihre Brust nach vorn geschoben, ihren Rücken verführerisch gebogen wie eine Katze? Vorhin, als sie vor der Tür stand, hätte ich sie beinahe geküsst. Die Art, wie ihre Jogginghose tief auf den Hüften hing, die wilde Ungezähmtheit ihrer Haare, dieses bildschöne Gesicht, von dem sie keine Ahnung hat, dass es so verdammt süß ist … Ich wusste, es wäre dumm gewesen, sie zu küssen, aber ich habe es so sehr gewollt. Man kann gegen die Chemie nicht ankämpfen. Eigentlich sollte es Gesetz sein, dass man auf jede Chemie reagieren muss, damit es keine verpassten Chancen gibt, kein Beinahe.

»Nein«, räumt sie ein. »Das habe ich nicht. Ich fand es gut, dass es meine letzte Nacht war. Das hat geholfen. Alles, was du gesagt hast, als wir … du weißt schon. Danach.«

»Nachdem wir gefickt haben?«

»Nic!« Sie rollt mit den Augen und tut so, als würde sie schimpfen.

»Was?«, frage ich, als wäre ich der unschuldigste Mensch der Welt.

Sie schüttelt den Kopf. »Du bist unmöglich.« Sie lacht. »Du weißt genau, was ich meine. Diese Nacht war angenehm und nett und schön, und außerdem hast du einen sehr schönen Penis. Ich erzähle dir nichts, was du nicht schon weißt, da bin ich mir sicher.«

»Ich habe nichts dagegen, zu hören, dass ich einen schönen Penis habe. Du kannst mir das so oft erzählen, wie du willst«, gluckse ich. »Mach ruhig weiter mit deinen Komplimenten.«

Jetzt sieht sie mich richtig an. »Im Ernst«, sagt sie. »Dieses Selbstbewusstsein! An diesem Abend schienst du … ich weiß auch nicht. Ein bisschen eingeschüchtert von mir?«

»Ich bin sicher, ich habe das nur gespielt, um dich anzumachen.« Ich grinse.

»Gegen ein bisschen Nervenkitzel ist nichts einzuwenden«, sagt sie leise. »Oder doch?«

»Keinerlei Beschwerden meinerseits«, antworte ich und hebe kapitulierend die Hände. »Und außerdem …«

»Ja?«, sagt sie.

»Machst du mir immer noch eine Heidenangst.«

Sie bricht in Gelächter aus. »Ausgezeichnet«, antwortet sie.

Ich grinse sie wieder an.

»Da sind wir also wieder«, sage ich und ergreife die Gelegenheit. »Dieses Haus. Du und ich. Kurz vor Mitternacht …«

Meine Hand bewegt sich etwa zwei Zentimeter, sodass mein kleiner Finger sanft den ihren berührt.

»Vielleicht wiederholt sich die Geschichte ein wenig …«, antwortet sie leise, und ich muss den Kopf senken, um sie zu hören.

»Stell dir das mal vor«, flüstere ich.

»Hmm.«

Wir sehen uns an, und ich beuge mich vor für den Kuss, nach dem ich mich schon den ganzen Abend gesehnt habe. Den Kuss, nach dem ich mich schon seit Wochen, nein, seit Monaten sehne.

Ich halte noch einmal inne, mein Gesicht ist nur ein paar Millimeter von ihrem entfernt, dieses letzte Verweilen, bevor ich die Lücke schließe, ist eine köstliche, neckische Pause. Das bringt sie dazu, halb zu lächeln, Nervosität und Belustigung in einem, und dann berühren sich unsere Lippen.

Sie schmeckt nach Bier. Zuerst ist es züchtig. Ein sanftes Kitzeln durch das gegenseitige Lächeln, und instinktiv strecke ich eine Hand nach ihrem Nacken aus, um sie näher an mich heranzuziehen. Jetzt ist es so weit, ich will sie so nah haben wie möglich. Ich werde hart, als sie ihre Hand nach mir ausstreckt, mit ihren roten Fingernägeln durch mein Haar streicht und mir einen Schauer über den Rücken jagt. Wir bleiben so, halten uns gegenseitig, lassen unsere Zungen sich langsam und bedächtig treffen, und dann wird es leidenschaftlicher, als ob wir die Zurückhaltung, die wir den ganzen Abend über gezeigt haben, jetzt ablegen können.

Ich setze mich auf die Bank, die direkt vor dem Tisch steht, auf dem sie sitzt. Ich drücke ihre Knie auseinander, und sie sieht mich an, als wolle sie sagen: *Nicht hier.* Aber es ist nicht so, wie sie denkt – ich greife um sie herum und hebe sie hoch, sodass sie vom Tisch in meinen Schoß rutscht, wobei sich ihr Kleid um ihre Oberschenkel schiebt und ihre Beine sich um mich schlingen.

Sie verlagert ihr Gewicht so, dass die Wärme ihres Schritts gegen den gespannten Teil meiner Hose drückt, und sie reibt sich an mir, als wären wir Teenager, die vor dem Zapfenstreich trockenficken. Wenn sie so weitermacht, komme ich in meiner Hose – ganz im Ernst –, also bewege ich meine Hände zu den Oberseiten ihrer nackten Oberschenkel und drücke sie nach unten, mein Daumen ganz nah an dem Stoff ihres Slips, der nur knapp von ihrer Kleidung verdeckt wird. Ich entferne mich von ihren Lippen, und sie sieht mich an, ihre Brust hebt und senkt sich mit tiefen, schweren Atemzügen. Ich warte, starre sie an und beobachte, wie ihr Ein- und Ausatmen immer flacher wird. Ich bewege meinen Daumen ein winziges Stück. Sie erstarrt. Ich bleibe stehen. Wir starren uns an. Ich bewege ihn noch ein klein wenig weiter, sodass er zwischen ihren Beinen liegt, über dem Stoff, der jetzt nass ist. Ich bewege ihn einmal, zweimal, dreimal, und sie neigt den Kopf zurück, reckt mir ihren Hals entgegen und stöhnt.

Ich taste mich unter ihren Slip vor, bis ich sie richtig spüren kann, und sie wirft ihren Kopf nach vorn und presst ihre Stirn gegen meine. Ich mache es schnell. Sie hält sich gerade wie eine Statue, und wie wir hier im Halbdunkel sitzen, würde aus der Ferne niemand so genau erkennen, was wir tun. Wir sehen genauso aus wie die anderen vorhin, als würden wir uns in einer ruhigen Ecke küssen, weit weg von allen anderen.

»Sieh dich an«, flüstere ich und halte nur für eine Sekunde inne.

»Sieh *dich* an«, flüstert sie zurück.

»Ich will dich in meinem Bett haben«, sage ich zu ihr. »Du wirst wohl oder übel mit mir nach Hause kommen müssen.«

Sie schüttelt den Kopf, aber nur knapp. »Ich will«, sagt sie. »Aber Candice … sie hat Geburtstag …«

»Hmm«, sage ich. »Wann fährst du zurück?«

»Morgen.« Und als ich meine Hand wegziehen will, zieht sie die Beine zusammen und sagt: »Wage es ja nicht.« Ich lächle und schaue ihr direkt in die Augen, während ich meine Finger weiterbewege. Sie gibt ein weiteres anerkennendes Geräusch von sich.

»Das«, sagt sie leise. »Das ist es, woran ich mich erinnere.«

Ich grinse.

»Ruby?«

Die Stimme kommt aus der Flügeltür der Küche, laut und klar wie eine Glocke.

»Candice«, flüstert Ruby.

»Ruby!«

Fast erwarte ich, dass Ruby die Stimme ignoriert, wenn man bedenkt, wo meine Hand ist und welche Geräusche sie gerade gemacht hat. Aber das tut sie nicht. Sie flüstert mir zu: »Entschuldigung«, und ruft dann Candices Namen.

»Auf dem Tisch«, fährt sie fort, und ich nehme meine Hände unter ihr weg, und weil ich nicht weiß, was ich sonst tun soll, setze ich mich auf sie drauf, als wollte ich vertuschen, überhaupt irgendwas mit meinen Händen getan zu haben.

Candice sieht wütend drein und murmelt belanglose Dinge darüber, wie kalt es ist.

»Oh«, sagt sie, als sie sieht, dass ich da bin. »Ich verstehe. Tut mir leid, wenn ich störe.«

Sie spricht undeutlich und sieht ziemlich mitgenommen aus. Ich schaue von Candice zu Ruby und weiß sofort, dass ich gehen muss. Als würde sie das unterstreichen wollen, starrt Candice mich so streng an, dass ich keinen Zweifel daran habe, dass sie ihren Anspruch geltend macht und mir stillschweigend mitteilt, dass ich mich verpissen soll.

»Ich geh mir mal ein neues Bier holen«, erkläre ich und verschwinde enttäuscht in die Küche. Bevor ich ins Licht eintauche, schaue ich zurück, aber ich kann sie nicht mehr sehen, die Dunkelheit hat sie verschluckt.

23

♥♥♥

Ruby

Hattest du einen schönen Abend?«, frage ich Candice heiter. »Alle scheinen wirklich gut drauf zu sein.«

»Na ja«, sagt sie. »Ich bin ein bisschen genervt, um ehrlich zu sein.«

Sie wird ja wohl nicht sauer sein, weil ich eine halbe Stunde lang mit Nic draußen war. Als ich mich hinausgeschlichen habe, hat sie mit seinem Bruder im Musikzimmer ziemlich heftig à la Dirty Dancing getanzt, sein Gesicht war in ihren Nacken gepresst, sie hatte die Augen geschlossen. Es war ein kalkulierter Schachzug – sie war mit einem Typen beschäftigt, also nutzte ich meine Chance, es auch zu sein. Den ganzen Abend war ich mit ihr drinnen gewesen. Wir haben getanzt, haben Sambuca-Shots angezündet, sind mehrmals gemeinsam auf die Toilette gegangen und haben getratscht, während eine von uns auf dem Klo saß, und wir haben Wasser gespart, indem wir erst gespült haben, nachdem wir beide fertig waren, wie beste Freundinnen es nun mal tun.

»Wie kommt's?«, frage ich. Der letzte Rest von Nics Bier steht noch neben mir auf dem Tisch, also trinke ich es aus.

»Du hast gerade das Anschneiden der Torte verpasst. Ist dir das klar?«

Das wusste ich nicht. Ich schaue noch einmal dorthin, wo Nic gerade verschwunden ist, und, ja, jetzt, wo ich darüber nachdenke, nehme ich an, dass alle anderen, die draußen waren, wieder reingegangen waren. Meine Aufmerksamkeit war ein wenig abgelenkt, weil ich auf Nics Schoß saß.

»Oh, Liebes«, sage ich. »Das tut mir leid.« Ich bin bereit, mich so überschwänglich zu entschuldigen, wie es nötig ist, aber als ich Luft hole, merke ich, dass sie mir noch viel mehr zu sagen hat.

»Um ehrlich zu sein, warst du den ganzen Abend nicht besonders präsent. Ich habe kaum mit dir gesprochen, seit du hier bist. Für eine beste Freundin hast du ziemlich nachgelassen. Jackson findet das auch, also geht es nicht nur mir so.«

Sie spricht schnell und viel, als ob sie sich das aufgespart hätte, um alles auf einmal abzufeuern. Aber ich verstehe das nicht. Ich war den ganzen Abend über mit ihr zusammen.

»Es ist deine Party!«, antworte ich verärgert. »Du warst wie ein Schmetterling, der von Blume zu Blume geflogen ist! Ich habe dich einfach machen lassen! Aber damit das klar ist: Seit ich hier bin, habe ich mich nicht mehr als einen Meter von dir entfernt, Candice. Komm schon.«

»Hmm«, lautet ihre Antwort.

»Hmm – was?«

»Nun, körperlich warst du nie mehr als einen Meter von mir entfernt, aber im Geiste bist du eigentlich mit Mr Sofa zusammen, nicht wahr? Ist das der einzige Grund, warum du hergekommen bist – wegen ihm? Du antwortest nicht einmal mehr auf meine Nachrichten, aber anscheinend schreibst du dir mit ihm hin und her, als ob dein Leben davon abhinge.«

Ich bin völlig perplex. Ich weiß, dass die Emotionen hochkochen, wenn man einiges intus hat, und natürlich ist es spät, wir sind alle müde und haben getrunken, aber sie ist etwas zu weit gegangen. Ich frage mich, ob es nicht um etwas anderes geht, aber ich weiß einfach nicht, um was.

»Es tut mir leid, wenn du verärgert bist«, sage ich, und ich weiß, dass ich schon in dem Moment, in dem die Worte aus meinem Mund kommen, abwehrend klinge, aber das hält mich nicht davon ab. »Aber ich habe doch gesagt, dass das so kommen würde. Nicht die Sache mit Nic, sondern, dass wir keine Zeit füreinander haben werden. Deshalb habe ich angeboten, schon einen Abend vorher vorbeizukommen oder auch noch einen weiteren Abend zu bleiben. Du warst es, die das abgelehnt hat, weil du zu dem Junggesellinnenabschied morgen willst. Der Junggesellinnenabschied einer Frau, die du übrigens vor meiner Abreise noch nicht einmal erwähnt hast.«

»Also ist das jetzt meine Schuld?«

»Das habe ich nicht gesagt, oder?«

»Du bist unglaublich«, sagt sie. »Gib einfach zu, dass du eine miese Freundin warst«, sagt sie. »Es ist mein Geburtstag!«

»Ich bin doch hier, oder nicht?«, sage ich.

»Gerade mal so.« Sie schmollt. »Wie ich schon gesagt habe, es ist offensichtlich, was deine Prioritäten heute Abend sind. So viel zu deinem Jahr für dich oder wie auch immer du es genannt hast. Ist es dir nicht peinlich, dass du nicht mal ein paar Monate durchhältst?«

»Autsch«, sage ich. »Okay, jetzt schießt du aus der Hüfte. Ich gehe mal davon aus, dass es um mehr als das hier geht, und gebe dir einen Vertrauensvorschuss, aber wenn du noch etwas Verletzendes sagst, ändere ich meine Meinung.«

Ich spüre, dass sie immer noch wütend auf mich sein will. Aber ich kann nicht herausfinden, warum. Es geht nicht um Nic. Das ist nicht alles. Ist es nur der Alkohol? Sie schwankt, während sie spricht, aber das, was sie sagt, scheint ihr schon seit einer Weile im Kopf herumzuschwirren. Vielleicht liegt es am Alkohol, dass sie sich endlich in der Lage fühlt, es mir zu sagen.

»Gut«, sagt sie in einem Ton, der darauf hinweist, dass es alles andere als gut ist. »Kannst du einfach kommen und tanzen und dich nicht mit einem Mann in eine Ecke verkriechen? Es ist mein Geburtstag, und ich will deine Aufmerksamkeit.«

»Ja«, sage ich und fühle mich sofort schuldig, weil ich den Freundinnenkodex für Geburtstage gebrochen habe. »Natürlich. Genau das hatte ich vor«, sage ich, aber nachdem ich angeschrien wurde, bin ich nicht mehr in Feierlaune. Ich klebe mir ein Lächeln auf und gehe trotzdem rein. Sie hat ja recht. Es ist ihr Geburtstag.

Sie zerrt mich durch die Küche an Jackson und Nic vorbei ins Wohnzimmer zum Tanzen. Ich schließe die Augen und lasse mich von den Rhythmen einer alten R'n' B-Platte mitreißen, wiege mich hin und her, und als es dann zu ABBA wechselt, drehe ich mich und bewege mich mit ausgebreiteten Armen im Kreis. Irgendwann glaube ich, Nic an der Tür stehen zu sehen, aber als ich mich wieder umdrehe, ist er weg. Ich weiß nicht, was ich tun soll – wenn ich ihn suche, wird Candice wütend, und ich weiß nicht einmal, wo mein Handy ist, um ihm zu schreiben. Beim letzten Mal hat Candice mich praktisch dazu gedrängt, mit ihm ins Bett zu gehen, und jetzt hat sie es mir quasi verboten.

Wir tanzen noch ein bisschen, bis ich merke, dass nur noch eine Handvoll Leute da ist. Ich frage mich, ob er schon weg ist. All die Wochen, in denen ich mich darauf vorbereitet habe, ihn zu sehen, all die existenziellen Ängste, als ich darüber nachgedacht habe, was es bedeuten würde, wenn ich mich mit ihm amüsieren würde – und jetzt hat mich eine Freundin ausgebremst, die meine Aufmerksamkeit will, und mein Gewissen sagt mir, dass sie recht hat. Ich bin für sie da. Aber es macht mich ganz traurig, dass ich ihm nicht einmal Gute Nacht sagen konnte. Wer weiß, ob sich eine Gelegenheit ergibt, ihn wiederzusehen?

24

♥ ♥ ♥

Nic

Sieh an, sieh an. Schön, dich hier zu sehen.«

Ich erkenne ihre Stimme, bevor ich ihr Gesicht sehe. Ich glaube sogar, mein Körper spürt ihre Anwesenheit, bevor ich ihre Stimme höre. Die Haare sträuben sich in meinem Nacken. Ich lächle schon, bevor ich mich überhaupt umgedreht habe.

»Ruby!«, rufe ich aus, als ich sie sehe. Ich kann nicht glauben, dass sie auch hier am Bahnhof Euston ist. »Das ergibt keinen Sinn. Was macht ein nettes Mädchen wie du in einem so dunklen, tristen Bahnhof?«

Ihr Haar ist hochgesteckt, und unter den Augen hat sie schwarze Schminkflecken. Sie sieht müde aus trotz ihres breiten Lächelns. Ich sehe wahrscheinlich noch schlimmer aus. Ich habe kaum geschlafen. Als ich nach Hause gekommen bin, habe ich an die Schlafzimmerdecke gestarrt und darüber nachgedacht, was ich als Nächstes tun könnte. Sie ist in Manchester, ich in London – eine Fernbeziehung ist an sich schon schwierig, aber wir kennen uns ja nicht einmal. Man muss erst mal eine Beziehung haben, um eine Fernbeziehung führen zu können, oder? Aber wie kann man eine Beziehung über eine Distanz hinweg aufbauen? Die einzelnen Puzzleteile sind da, sie passen nur nicht zusammen – und das verwirrt mich.

»Ich muss zurück nach Manchester«, sagt sie und deutet mit dem Daumen auf die Züge. »Ich glaube, ich habe dir gestern Abend erzählt, dass ich am Morgen zurückfahre, oder?«

»Oh, ja«, antworte ich. »Ich meine, ich weiß, dass Jackson und Candice dich so sehr vermisst haben, und ich dachte, du würdest vielleicht für ein paar Tage bleiben. Aber du hast recht, du hast es erwähnt. Candice wollte zu einem Junggesellinnenabschied, oder? Ich war abgelenkt …«

Sie grinst, aber sie wird rot. »Ja«, sagt sie. »Tut mir leid wegen der Unterbrechung gestern Abend.«

»Mir tut es noch viel mehr leid«, antworte ich. »Ich wollte dir noch schreiben. War am Ende alles in Ordnung mit Candice? Sie schien …«

»Verärgert? Ja, das war sie«, räumt Ruby ein. Ich könnte schwören, dass sie Tränen in den Augen hat, aber die Bahnhofsbeleuchtung ist so schlecht, dass ich mich auch täuschen kann. Vielleicht sind es auch Tränen in meinen Augen, weil ich zu wenig geschlafen habe. Wenn ich noch Zeit habe, sollte ich mir Augentropfen und Schlaftabletten besorgen, damit ich auf der Reise besser einschlafen kann. Ich kann nicht riskieren, dass mich jemand so sieht – ich meine, jemand anderes. Ich muss mich in Ordnung bringen, bevor ich auf Mums und Steves Hochzeitstagsfeier aufkreuze.

»Nun«, sage ich und versuche, das Gespräch in eine andere Richtung zu lenken. »Bald ist Weihnachten. Vielleicht könnt ihr euch dann alle treffen?«

Sie nickt feierlich. »Ja.«

»Bist du dann wieder da?«, frage ich hoffnungsvoll. Wenn sie da ist, gehe ich mit ihr aus.

»Nein, eigentlich nicht.« Sie zuckt mit den Schultern. Irgendwie ist sie nicht ganz sie selbst, irgendetwas stimmt nicht mit ihr. »Ich fahre zu meiner Mutter und meinem Stiefvater, oben in Whaley Bridge.«

Verdammt noch mal.

Wie schweigen beide eine Weile. Sie ist im Kopf ganz woanders, und das bereitet mir Bauchschmerzen. Ich sollte ihr wohl besser einen schönen Tag wünschen und zur Apotheke gehen, wenn sie lieber allein sein möchte. Ich habe das Gefühl, dass sie das will. Aber vor weniger als zwölf Stunden hat ihre Zunge in meinem Mund gesteckt, und meine Hand war in ihrem Slip. Es ist ein bisschen wie Yin und Yang. Ein bisschen wie: »Oh, bei Licht betrachtet, ist das aber seltsam.«

»Warum bist du überhaupt hier?«, fragt sie und kommt wieder zu sich. Ich bin erleichtert, dass sie sich die Mühe macht, mit mir zu reden. Wir sind beide verkatert, aber das ist mir egal. Das ist ein Bonus, den wir bekommen. Ich will ihn nicht vergeuden.

»Familienfeier«, sage ich. »Mum und Dad – also eigentlich ist er unser Stiefvater, aber für uns war er immer Dad – feiern fünfundzwanzig gemeinsame Jahre. Ollie müsste auch hier sein, aber wie ich ihn kenne, liegt er irgendwo in einem Graben. Hey – hat er was mit Candice angefangen?«

»Wenn ja, dann braucht er nicht viel Platz im Bett. Ich habe letzte Nacht neben ihr geschlafen.«

»Oh«, sage ich. »Das ist doch gut. Ein Vierer wäre komisch gewesen! Stell dir vor, du und ich und er und Candice.« Sie verzieht das Gesicht zu einem Ausdruck, den ich nicht deuten kann, also wechsle ich das Thema. »Hey – auf meiner Strecke gibt es einen Schienenersatzverkehr wegen Bauarbeiten. Du fährst nicht zufällig mit dem Zug um 10:03 Uhr, oder?«

»Eigentlich schon«, sagt sie und blickt auf die Abfahrtstafel. »Ja! Oh, das ist ja seltsam. Wie hoch waren die Chancen?«

»Das sollte der Slogan für unsere ganze Beziehung sein«, witzle ich und bereue sofort, dass ich *unsere Beziehung* gesagt habe. Ich weiß, dass wir so etwas nicht haben. Ich meine nur, sie und ich. Ich und sie. Wir sind kein »wir«, aber nach der letzten Nacht sind wir zweifellos ein »etwas«, auch wenn dieses »etwas« nur aus zwei Leuten besteht, die heiß aufeinander sind und miteinander knutschen, wenn sie zufällig am selben Ort sind.

»Beruhige dich.« Sie kichert. »Die letzte Nacht war … schön.«

»Ein Gentleman brüstet sich nicht mit seinen Küssen«, sage ich und grinse. Wie kommen wir nur jedes Mal so ins Schwärmen? Ich muss schmunzeln, wenn ich daran denke, wie viel Angst ich am ersten Tag vor ihr hatte. Die ist jetzt komplett verflogen. Sobald wir uns wieder unterhalten, sind alle meine Zweifel weg. Sie ist so *umwerfend.*

Ruby verzieht das Gesicht, und ich lache.

»Steigst du jetzt ein?«

»Ich wollte erst noch ein paar Snacks holen«, sage ich. Ich schaue auf meine Uhr. »Außer … Oh, ich habe wahrscheinlich keine Zeit mehr. Verdammt noch mal. Ich bin am Verhungern.«

Sie öffnet eine Papiertüte, die sie bei sich hat, und sagt: »Du hast Glück, ich habe mehr als genug dabei. Schau mal.«

Ihre Tüte ist voll mit belegten Broten, Süßigkeiten, Getränken und …

»Sind das Augentropfen?«, frage ich, fast schon enthusiastisch.

Sie zieht die Augenbrauen hoch. »Ja …«

»Oh! Wie großartig! Ich könnte dich küssen«, rufe ich aus. »Meine Augen fühlen sich an wie Sandpapier!«

Sie weicht einen Schritt von mir zurück und verzieht wieder das Gesicht. »Bitte küss mich nicht«, sagt sie. »Ich weiß nicht mal mehr, ob ich mir die Zähne geputzt habe. Es ist mir peinlich, dass du mich so siehst, um ehrlich zu sein.«

Ich lache wieder und muss mich sehr zusammenreißen, um meinen Arm nicht über ihre Schulter zu legen und sie an mich zu drücken, während wir zum Zug gehen.

»Ich finde, du siehst wunderschön aus«, sage ich, und sie gibt einen würgenden Laut von sich, obwohl sie lächelt.

Sie hat Snacks, Augentropfen, Kopfschmerztabletten *und* Sonntagszeitungen dabei – obwohl ich, als wir sie auf dem Tisch zwischen uns ausbreiten, nur hoffen kann, dass wir nicht schweigend lesen, sondern uns unterhalten werden. Aber dann klingelt ihr Handy, und nachdem ich Ollie eine Nachricht geschickt habe, um mich zu vergewissern, dass er noch lebt, nehme ich eine Zeitung zur Hand, während sie den Anruf ihrer Mutter entgegennimmt, damit ich sie nicht einfach nur anstarre – sosehr ich es auch möchte. (Dieses Gesicht! Ich will mir einfach nur dieses Gesicht anschauen!)

»Dieser Film ist wirklich gut«, sagt sie, nachdem sie aufgelegt hat und sieht, dass ich den Kulturteil lese. »Ich kann ihn sehr empfehlen.«

»Dieser Kritiker behauptet, er verfehle sein Ziel und weitaus erfahrenere Drehbuchautoren hätten die gleichen Themen nuancenreicher und souveräner behandelt.«

»Was?!«, ruft sie aus. »Darf ich mal sehen?«

Ich reiche ihr die Zeitung, und wenn ich sie jetzt anstarre, dann ist es eher angebracht. Sie verzieht das Gesicht, während sie die Rezension liest, und am Ende schüttelt sie den Kopf und sagt: »Was für ein Idiot. Er urteilt nur deshalb so hart, weil sie eine Frau ist und weil der Film sogar schon für einen Oscar nominiert war. Warum müssen mittelalte Männer junge Frauen, die gerade erst in den Beruf einsteigen, kritischer bewerten als ihre gleichaltrigen Kollegen? Das macht mich absolut wahnsinnig!«

»Aus Angst und Sorge, würde ich sagen«, antworte ich. »Niemand mag die Vorstellung, dass er irrelevant sein könnte. Vor allem nicht der Teil der Gesellschaft, dem man sein ganzes Leben lang erzählt hat, die Welt drehe sich nur um ihn.«

Ruby blinzelt langsam und sieht mich an, als wäre ich ein Hund, der gerade angefangen hat, die Relativitätstheorie zu erklären.

»Das klingt sehr klug«, sagt sie.

»Ich wäre weniger beleidigt, wenn du nicht so überrascht klingen würdest, wenn du das sagst«, schieße ich zurück.

»Touché! 'tschuldigung.« Sie nickt und hält ihre Hände hoch.

»Ha!«, sage ich. »›'tschuldigung‹? Das war überhaupt keine Entschuldigung.«

Sie kneift die Augen zusammen, und schließlich fährt der Zug los. »Doch, das war es«, beharrt sie.

»Die Leute sagen nur dann, ›'tschuldigung‹, wenn sie es nicht wirklich ernst meinen. Wenn uns etwas wirklich leidtut, sagen wir: ›Es tut mir leid.‹«

Sie rollt mit den Augen. »Dann tut es mir leid!«, erwidert sie, aber sie sagt es humorvoll. »Meine Güte!«

Das Licht ist eher orange als gelb, eher zaghaft und hinter den Baumkronen mit ihren letzten bernsteinfarbenen Blättern versteckt. Es lugt durch die Lücken zwischen den Gebäuden, die anfangs hoch und dicht gedrängt stehen, dann langsam spärlicher werden und schließlich von Wohnungen zu Reihenhäusern und dann zu weitläufigen Grundstücken wechseln.

»Ich hasse den Bahnhof Euston«, sage ich und beobachte, wie die Welt vorbeizieht. »Aber ich liebe diese Strecke, die aus dem Bahnhof herausführt. Ich finde es toll, dass man bis in die Gärten der Leute sehen kann und manchmal sogar bis in ihre Häuser.«

Sie folgt meinem Blick und nickt.

»Ja«, stimmt sie zu. »Ich verstehe, was du meinst. All diese Leben, von denen wir sonst keine Ahnung hätten.«

»Da wird mir ganz schwindlig«, sage ich. »Wie kann jeder einzelne Mensch auf dieser Erde die Hauptrolle in seinem eigenen Leben spielen? Wie ist es möglich, dass jeder einzelne Mensch eine Frühstücksroutine hat und einen Geburtstag und Pläne fürs Wochenende und unerfüllte Wünsche?«

»Hmm«, sagt sie und denkt darüber nach. »Hast du das auch?«

Ich schaue sie an. »Tja … Das ist mein Punkt.«

»Wie sehen deine Routinen aus?«

»Ähm«, sage ich und versuche mich zu erinnern, was ich gerade aufgezählt habe. »Frühstück ist ein Spinat-Sellerie-

Smoothie …« Sie rümpft die Nase. »Mein Geburtstag ist im Oktober, ich bin gerade einunddreißig geworden und habe beim Dodgeball gefeiert, und meine Pläne fürs Wochenende sind noch unklar, es ist ja gerade Wochenende. Ah, und … unerfüllte Wünsche? Hab ich nicht. Nicht mehr.«

»Wegen des Umzugs?«, fragt sie. Sie hat etwas Lippenbalsam aus ihrer Tasche geholt und streicht sich mit dem kleinen Finger über den Mund. Ihre Lippen sehen jetzt ganz prall und feucht aus.

»Habe ich nicht alles eingerieben?«, fragt sie, legt verlegen die Hand wieder auf ihr Gesicht und betrachtet ihr Spiegelbild im Fensterglas, als sie meinen Blick bemerkt.

»Doch, doch, hast du«, sage ich. »Entschuldigung. Ich wollte nicht … du weißt schon … hinschauen. Auf deinen Mund.«

Sie lächelt mit halbem Gesicht auf eine Art, von der ich langsam weiß, dass sie mich in den Wahnsinn treibt, weil sie so verführerisch ist.

»Du wolltest sagen …«, fordert sie mich auf, und ich überlege, ob ich mich auf ihre Seite des Tisches setzen soll. Ich wäge ab: Wenn ich neben ihr säße, könnte ich sie nicht ansehen, aber ich *könnte* sie berühren … Aber ich kann mich nicht dafür entscheiden und bleibe, wo ich bin.

»Ich erzähle dir nichts Neues«, fahre ich fort, »wenn ich dir sage, dass Liverpool zu verlassen das Beste war, was ich je gemacht habe, vor allem, weil es mir nicht *passiert* ist, sondern ich selbst dafür gesorgt habe, dass es passiert. Wenn ich diesen Schritt nicht gewagt hätte, dann hätte ich unerfüllte Wünsche.«

»Und was sind deine Zukunftspläne?«

»Lassen wir es ruhig angehen, so verkatert und übermüdet, wie wir sind, oder?«

»Ich bin neugierig!«, sagt sie. »Ich möchte gerne mehr über dich erfahren.«

Verdammt. Ich wünschte, ich könnte aufnehmen, wie sie das sagt. *Ich möchte gerne mehr über dich erfahren.*

»Ich will, dass meine Zukunft so aussieht, wie alle es sich wünschen! Glückliche Ehe, Kinder, ein schönes Haus. Obwohl, na ja, eher so in der fernen Zukunft. In zehn, fünfzehn Jahren. Zurzeit habe ich alles, was ich brauche. Ich genieße das Leben. Es ist schwieriger, als es klingt, aber das ist es mir wert. Ich bin glücklich.«

»Das sieht man«, sagt sie. »Das ist sehr attraktiv.«

Und wir flirten schon wieder, als hinge unser Leben davon ab.

»Und was sind deine Träume?«, frage ich sie.

Sie überlegt kurz. »Ich plane nicht so viel«, sagt sie schließlich. »Das alles – der Studiengang, meine ich – öffnet meiner Kreativität Türen, von denen ich nicht einmal wusste, dass es sie gibt. Ich denke also, ich muss offen bleiben, was mir bisher nicht besonders gut gelungen ist.«

»Die Welt ist deine Auster.«

»Eine oberflächliche Redewendung für eine echte Tatsache«, erwidert sie.

»Ich bewundere deine Sicht der Dinge«, sage ich. »Ich glaube, wir haben den gleichen Ehrgeiz.«

»Ja«, sagt sie und kaut wieder auf ihrer Lippe. »Da kann ich dir nur zustimmen. Das haben wir tatsächlich.«

»Es ist schön, das zu wissen«, sage ich neckisch.

Sie rollt spöttisch mit den Augen. »Was soll ich dazu sagen?« Sie kichert.

»Du musst gar nichts sagen«, erwidere ich. »Dich zum Lachen zu bringen, reicht mir schon.«

»Du bist schrecklich«, sagt sie.

»Zum Glück bist du auch nicht besser«, sage ich, und sie bewirft mich mit einem Gummibärchen.

25

♥ ♥ ♥

Ruby

In diesen zwei Stunden lerne ich eine Menge über ihn. Wir sitzen da, schauen aus dem Fenster und plaudern.

»Machst du immer noch bei diesem Live-Action-Rollenspiel mit?«, frage ich in dem Versuch, unser Gespräch auf ein neutraleres Terrain zu lenken. Ich erinnere mich an seine LARP-Aktivitäten von dem Foto, das Candy und ich online entdeckt hatten, bevor wir uns kennengelernt haben. »In Liverpool hast du das oft gemacht, oder?«

Er denkt über meine Frage nach. »Ja, das ist gerade die längste Zeit, die ich ohne LARP verbracht habe, seit ich ein Teenager war. Ich liebe es, aber ich schätze, ich habe einfach andere Dinge gemacht.«

»Tourist gespielt?«

»Ist das eine Vermutung oder wieder einmal Cyber-Stalking?«

»Kein Kommentar.«

»Ich habe auch manchmal auf deine Seite geschaut. Und ich folge dem Account *Finding* JP*'s Girl.*«

Mein Herz schlug höher, als ich gesehen hatte, dass er dem Account folgt. Ich bin gerührt, dass er sich dafür interessiert.

»Wenn ich so darüber nachdenke … Ich könnte mir vorstellen, dass das Filmemachen das gleiche Gefühl auslöst, das ich beim LARPen habe.«

»Wie meinst du das?«

»Du weißt schon, eine andere Rolle ausprobieren, eine Geschichte benutzen, um etwas über sich selbst zu lernen …«

»Ich hatte zuvor noch nie davon gehört. Es scheint ziemlich

cool zu sein. Es hat schon was, wenn man ein echtes Hobby oder eine Leidenschaft findet und sich wirklich darauf einlässt, nicht wahr? Das ist der Unterschied zwischen ab und zu mal zu einem Fußballspiel zu gehen und sein Schlafzimmer in den Vereinsfarben zu tapezieren oder die Aufstellungen zu recherchieren, die Transfers zu verfolgen oder was auch immer.«

»Das klingt ja so, als hätte man die *Sportschau* eingeschaltet!«

»Halt die Klappe«, sage ich. »Wir können nicht alle Alan Shearer sein.«

»Um fair zu sein«, antwortet er, »muss ich dir sagen, dass ich vor meinem Umzug ein bisschen Fußball gespielt habe, aber es war nicht gerade eine Leidenschaft von mir. Es war einfach das, was alle anderen auch taten, und ich war irgendwie beschäftigt. Ich würde lieber Gewichte stemmen oder auf dem Laufband einen Podcast hören, um mich fit zu halten.«

»Was du offensichtlich tust.« Ich grinse.

»Ich versuche, mich fit zu halten, ja«, sagt er und schwingt einen Arm wie Johnny Bravo.

Es war schrecklich, dass ich mich gestern Abend aus seinen Armen lösen musste. Er sieht mich jetzt ständig an und denkt, er mache es unauffällig und ich würde es nicht bemerken, aber das tue ich. Ich meine, ich sehe furchtbar aus. Ich fühle mich, als hätte ich seit zehn Jahren nicht geschlafen, und ich bin wirklich sauer auf mich, weil ich mich gestern Abend nicht abgeschminkt und heute Morgen nicht gewaschen habe. Candice war schon weg, als ich aufgewacht bin, und so habe ich mehrmals die Snooze-Taste gedrückt und bin erst im letzten Moment aus dem Bett gesprungen. Ich hatte nicht erwartet, jemandem zu begegnen, den ich kenne, aber natürlich, das ist ein ungeschriebenes Gesetz, läuft man gerade dann allen über den Weg, die man kennt, wenn man aussieht wie eine Untote. Normalerweise habe ich keine Probleme mit dem Aufstehen, aber heute habe ich mich matt und träge gefühlt. Ich bin wohl ein bisschen traurig. Candice und ich haben uns schon öfter gestritten – wir hatten alberne Meinungsverschiedenheiten und große, laute Streitigkeiten, aber sie haben sich nicht so angefühlt wie diesmal. Die Energie in diesem Streit ist anders. Sie ist … dunkler.

Als ich auf die U-Bahn gewartet habe, hat sie mir eine Nachricht geschickt: ein langer Text, so lang, dass sie als Anhang ankam. Darin stand noch mal, wie sauer sie auf mich war, weil ich mit Nic nach draußen verschwunden bin. Sie schrieb, es sei toll, dass ich meinen Master machen wolle, aber ich hätte sie alle zurückgelassen und dürfe mich nicht darüber ärgern, dass sie neue Freundschaften geknüpft und ihre freie Zeit für sie und nicht für mich aufgespart habe. Ich konnte keinerlei Wärme in diesen Zeilen entdecken, und auf dem Weg zum Bahnhof wurde mir übel, als ich sie wieder und wieder las. Mir ging's richtig mies, und als ich Nic in der Bahnhofshalle in Euston gesehen habe, hätte ich ihn beinahe nicht mal gegrüßt. Ich dachte, sobald ich anfangen würde zu sprechen, müsste ich weinen, und ich wusste, dass er das bemerken würde, weil er verdammt gut in solchen Sachen ist. Er ist ein so guter Mensch. Seine Freundlichkeit ist demütigend.

Nach dem Alkohol, dem Flirten und Knutschen und nach diesem großen Streit mit Candice habe ich Angst, dass mir selbst die kleinste menschliche Regung extrem zusetzen würde. Mich umschmeißen. Natürlich kitzelt Nic schließlich aus mir heraus, was los ist, weniger als eine halbe Stunde nachdem der Zug losgefahren ist, und vielleicht wusste ich die ganze Zeit über, dass er das tun würde. Irgendwie gibt er mir das Gefühl, es ihm sagen zu können. Wie kann es sein, dass er so gut drauf ist, mich küsst, als ob er es ernst meint, *und* mir genauso gut zuhört, wie er redet?

»Es klingt, als würde sie dich wirklich vermissen.« Er sitzt mir gegenüber am Tisch, an einem Viererplatz. Wir haben zwar kein Ticket für die erste Klasse, aber im Zug ist kein Schaffner zu sehen, und er ist so leer, dass es niemanden stört, wenn wir uns ein gemütliches Plätzchen suchen, wo wir uns ausbreiten und unterhalten können.

»Ich vermisse sie auch«, sage ich, während die von der Wintersonne beleuchteten Felder an mir vorbeiziehen und meine Hände damit beschäftigt sind, Saure Schlangen auseinanderzuziehen. Es ist mir nicht mal peinlich, wie viel Zeug ich eingekauft habe: Saure Schlangen, Eiersandwiches, Schinkensandwiches, Gummibärchen, Schokoriegel, Wasser, Limonade, kleine Wurstrollen und Äpfel. »Ja, aber sie ist sauer, weil ich gegangen bin. Sie fühlt sich von mir verlassen und … na ja, ich habe sie verlassen, nicht wahr? Drei Jahre lang waren wir unzertrennlich, und jetzt sieht sie es so, dass ich wegen eines Mannes gegangen bin.«

»Wegen eines Mannes?«

»Abe.« Ich hasse es, auch nur seinen Namen auszusprechen.

»Ah«, sagt Nic. »Ich verstehe. Aber war er nicht nur der Auslöser? Du wolltest doch schon seit Ewigkeiten deinen Master machen, oder nicht?«

»Ja. Ich meine … ich hätte mich auch in London oder sogar in Brighton bewerben können.«

Er greift nach einer Sauren Schlange. »Warum dann Manchester?«

»Dort gibt es den besten Studiengang, aber selbst wenn es nicht so wäre, wollte ich näher bei meiner Familie sein«, sage ich. »Dort komme ich her. Zu wissen, dass meine Familie in der Nähe ist, auch wenn ich sie nicht sehe – das ist irgendwie beruhigend.« Plötzlich verstehe ich, was Candice meint. »Ich glaube, sie denkt, ich hätte sie irgendwie … benutzt. Sie war meine Familie, als ich in London gewesen bin, und jetzt bin ich wieder in die Nähe meiner eigentlichen Familie zurückgekehrt, was für sie scheiße ist, weil sie so etwas nicht hat. Sie haben sich völlig voneinander entfremdet.«

»Das belastet dich, nicht wahr?«, bemerkt er.

»Ja«, sage ich leise und tröste mich mit einem Schokoriegel und einer Limo.

»Sollen wir uns das Eiersandwich teilen?«, fragt er. Wir essen in geselligem Schweigen, und etwas Richtiges zu essen, das nicht nur aus Zucker besteht, hilft mir, mich geerdeter zu fühlen. Zentrierter. Wir teilen uns auch das Schinkensandwich, und als ich eine Flasche Wasser getrunken und einen Apfel gegessen habe, sind wir schon eine halbe Stunde von Manchester entfernt, und es fühlt sich nicht mehr so an, als würde die Welt untergehen. Ich kann die Sache mit Candice wieder in Ordnung bringen. Freunde dürfen sich übereinander aufregen und wütend aufeinander sein. Ich habe ihr gestern Abend wirklich viel Aufmerksamkeit geschenkt, und ich verstehe, warum es sie stört, wenn ich Nic auch etwas Aufmerksamkeit schenke, aber da müssen wir uns wohl darauf einigen, dass wir uns nicht einig sind. In ein paar Tagen werden wir sicher wieder vernünftig miteinander reden können.

»Es ist okay, wenn du dich zugleich glücklich *und* traurig fühlst«, sagt Nic. »Ich will nicht den Seelenklempner spielen, aber es ist normal, dass man sich zwiegespalten fühlt. Ich scheine überglücklich über mein neues Leben in London zu sein, aber wie ich schon gesagt habe, ist mir die Entscheidung sehr schwergefallen. Ich fahre zwar nicht oft genug zu Besuch nach Hause – aber ich bin ja auch nicht weggegangen, um jedes Wochenende im Zug zu verbringen und die Leute dort zu besuchen.« Er sieht sich im Waggon um. »Alle Beweise für das Gegenteil ausgeschlossen.« Er lächelt.

»Hast du dir die Woche freigenommen?«, frage ich. »Wann fährst du wieder zurück?« Mir ist eingefallen, dass er ja gar nicht so weit entfernt ist und dies die Gelegenheit wäre, etwas Zeit miteinander zu verbringen. Ich weiß, dass es eine Verbindung zwischen uns gibt, aber auch, dass die Umstände, in denen wir uns gerade befinden, es schwer machen, sie zu erkunden. Aber wenn das Glück auf unserer Seite wäre und er ein paar Tage in der Nähe wäre, würde ich meine »Regeln« für dieses Jahr anpassen.

»Morgen früh«, sagt er. »Ich bin noch nicht so lange in meinem neuen Job und traue mich deshalb noch nicht, um Urlaub zu bitten.«

Mir wird ganz flau im Magen. »Ah, das verstehe ich«, sage ich.

»Morgen früh werde ich vorgeben, ›Homeoffice‹ zu machen, falls jemand nachfragt.« Er öffnet den Mund, als wolle er etwas sagen, schließt ihn dann aber wieder und überlegt eine Sekunde lang, was er als Nächstes sagen soll.

Die Landschaft wird immer städtischer, und schon bald fahren wir in den Bahnhof von Manchester ein, und unsere gemeinsame Zeit ist vorbei.

»Was machst du jetzt?«, frage ich.

»Warten«, antwortet er schlicht. »Mein Anschlusszug nach Liverpool kommt erst in einer Weile. Und um ehrlich zu sein, habe ich es nicht eilig. Meine Familie wird bis in die frühen Morgenstunden feiern, auch wenn sie schon mittags damit anfangen. Ich sage nicht, dass sie alle funktionierende Alkoholiker sind, aber wenn du sie sehen würdest, würdest du dich bestimmt fragen, wo genau die zehn Pints hingehen.«

Ich weiß nicht, ob ich mich aufdränge, wenn ich ihn bitte, mit mir zusammen zu warten. Er hat genau die richtigen Worte über die Sache mit Candice gesagt, und zu Hause wartet nichts auf mich. Ich habe nur deshalb den Zehn-Uhr-Zug genommen, weil es das billigste Ticket war. Ich glaube, es wäre nicht sehr attraktiv, zuzugeben, dass ich einen leeren Terminkalender habe. Die Leute mögen Menschen, die gefragt, beliebt und begehrt sind. Natürlich brauche ich es nicht, dass dieser Mann denkt, ich sei auch nur eins davon, denn das bin ich dieses Jahr sowieso nicht, und … und … was auch immer. Wenn er eine Frau wäre, würde ich mir nicht so viele Gedanken machen. Candice und ich etwa haben uns bei einer Veranstaltung im Raucherbereich kennengelernt, und später haben wir zusammengewohnt. Das sollte bei Nic nicht anders sein, nur weil er ein Mann ist. Ich kann mich doch darüber freuen, dass ich mehr Zeit mit ihm verbringen möchte. Sonst stehe ich mir selbst im Weg.

»Ich nehme mal an, dass du nicht noch einen Kaffee trinken gehen willst, bevor du weiterfährst?«, fragt er dann und liest meine Gedanken, während wir unsere Sachen zusammensuchen und den Müll in den Mülleimer werfen. Mit einem schelmischen Grinsen fügt er hinzu: »Ich lade dich ein.«

Ich versuche, nicht zu verzweifelt zu klingen, als ich antworte: »Oh, ja, das wäre schön.«

Er lässt eine Frau mit zwei kleinen Kindern an ihm vorbei zu den Türen durchgehen.

»Ich kann gerne den Buggy für Sie holen«, bietet er ihr an.

Sie nickt dankbar, weil sie so das weinende Kind in den Arm nehmen und das andere Kind an der Hand halten kann. Sie geht sehr liebevoll mit ihren beiden Kindern um.

»Ich hole ihre Tasche«, sage ich zu seinem Rücken und kann nicht umhin, ihm dabei auf den Hintern zu starren.

Ich gönne mir genau fünf Sekunden, dann wende ich meinen Blick ab und folge ihm aus dem Zug.

Die Sonne steht tief, und die Straßen am Bahnhof sind überraschend belebt. Menschen mit Einkaufs- und Fast-Food-Tüten beladen kommen und gehen.

»Ich glaube wirklich, dass ein Big Mac meine Wunsch-Henkersmahlzeit wäre«, erklärt Nic, während uns der salzige Duft von nährstofffreiem Fleisch in die Nasenlöcher strömt. »Tatsächlich …«, beginnt er, und ich glaube zu wissen, worauf er hinauswill.

»Filet-o-Fish mit einer großen Tüte Pommes und ein Vanille-Milchshake«, stimme ich zu. »Mein Essen in der Todeszelle.«

»Dann also McDonald's.« Er nickt.

Wir reihen uns in die Schlange ein, und als er mir anbietet zu bezahlen, nehme ich das Angebot gerne an. Schließlich ist er derjenige, der einen Job hat. Ich bin nur eine Studentin. Wir suchen uns eine Bank in der zaghaft scheinenden Sonne und kauen und schlürfen und beobachten die Leute. Nach all den Zug-Snacks ist es ein Wunder, dass ich überhaupt noch etwas essen kann.

»Eiswagenfahrer bei Tag, Hundezüchter bei Nacht«, sagt Nic und nickt in Richtung eines Mannes, der mit einem Eisbecher auf dem T-Shirt vorbeiläuft, während vor ihm eine Reihe flauschiger Finnischer Lapphunde wie kleine Geishas trabt.

»Das war zu einfach.« Ich kichere und schaue mich um, um jemanden zu finden, womit ich ihn übertrumpfen kann. Ich entdecke eine ältere Frau mit verschmiertem Lippenstift und einer bienenstockähnlichen Frisur, die sich eine Zigarette nach der anderen anzündet, und flüstere: »Die Entwicklerin des ersten nicht brennbaren Haarfestigers in Großbritannien«, und er lacht vergnügt.

»Perfekt«, sagt er und sieht mich direkt an, während ich die letzte Handvoll Pommes in meinen Mund schaufle wie eine Anakonda, die einen Bison verschluckt.

»Die Verrenkung des Kiefers ist besonders sexy«, bemerkt er und verschlingt seine eigenen Pommes. »Zehn von zehn Punkten dafür.«

Ich antworte ihm absichtlich mit vollem Mund. »Der Sinn meines Lebens liegt nicht darin, dass Männer mich sexy finden«, sage ich, während das Essen überallhin spritzt.

»Und dennoch«, bemerkt er, und während ich mein Essen hinunterschlucke und mir selbstbewusst mit dem Handrücken das Salz von den Lippen wische, gibt es einen Moment, in dem wir uns küssen könnten. Mir wird ganz flau, als wir uns ansehen, und er schluckt, und dann verliere ich die Nerven, und es ist zu hell, viel zu hell, um ihn anzustarren – vor allem, wenn ich verkatert bin und mir nicht einmal die Zähne geputzt habe.

Aber ich will es.

»Sieh mal«, sagt er, und zuerst denke ich, er wolle mir irgendetwas zeigen, aber dann redet er weiter, und mir wird klar, dass er nur meine Aufmerksamkeit haben wollte. »Das hier …«

»Das«, wiederhole ich und verstehe, dass er mit mir über etwas sprechen will.

»Das ist doch schön, oder?«

»Fettiges Essen auf einen Kater ist ein göttliches Heilmittel, ja«, sage ich absichtlich stumpfsinnig.

Er schüttelt den Kopf. »Warum habe ich das Gefühl, dass, wenn du deine drei liebsten Hobbys aufzählen müsstest, ›Nic Sheridan quälen‹ ganz oben auf deiner Liste stehen würde?«, fragt er.

»Weil Nic Sheridan manchmal von sich selbst in der dritten Person spricht«, sage ich. »Nic Sheridan hat es verdient.«

Ich tue es schon wieder – ich werde albern und sarkastisch, damit ich nicht ehrlich und aufrichtig sein muss. Ich kann es nicht verhindern. Ich könnte nicht damit aufhören, selbst wenn ich es wollte. Aber das hier fühlt sich gefährlich an.

»Wir werden miteinander ausgehen«, sagt er. »Das weißt du doch, oder?«

»Ich date nicht, denk dran.«

»Das ›Jahr für dich‹«, klagt er.

»Ja«, sage ich. »Ein Jahr lang keine Männer. Nur ich und meine Wenigkeit in einer Beziehung mit dem Filmemachen.«

»Welch eine Schande.«

Beinahe werde ich schwach. Gestern Abend, heute … Was wäre, wenn ich mich mit ihm verabreden würde? Die Gesichter von JP und Harry kommen mir in den Sinn. Ich weiß, dass sie mein »Jahr für mich« albern finden, aber ich fühle mich so glücklich, so erfüllt. Ein Date mit Nic wäre ein großes Risiko.

In meiner Tasche vibriert es.

»Das Handy ist deine Rettung«, sagt er, als ich es hervorhole. Es ist Harry, und ich überfliege seine Nachricht.

»Heilige Scheiße!«, rufe ich. »Sie glauben, sie haben JP*s Girl* gefunden! Sie haben es geschafft!«

»Oh, wow, das ist unglaublich! Wenigstens einer bekommt sein Mädchen«, scherzt Nic und macht einen Fake-Schmollmund.

»Hör zu. Ich schulde dir noch eine Antwort, oder?«

»Du schuldest mir gar nichts«, sagt Nic und zuckt mit den Schultern. »Aber ich würde mich trotzdem darüber freuen.«

»Ich dachte, es ginge nur um Sex«, sage ich. »Aber ein Date wäre … was anderes.«

»Ja«, stimmt er zu. »Das wäre es.«

»Genau …«, sage ich.

Er sieht mich an, große braune Augen wie die eines Welpen, weit aufgerissen und feucht und verführerisch süß.

»Ruby, ich will nicht nur mit dir schlafen. Ich möchte mit dir ausgehen, ein richtiges Date haben, denn ich weiß, dass wir im Bett großartig zusammenpassen, aber ich denke, es ist offensichtlich, dass wir auch sonst großartig zusammenpassen würden.«

Ich atme tief durch. »Zehn von zehn Punkten für deine Ehrlichkeit«, sage ich. »Das hatte ich nicht erwartet.«

»Dann bist du doof.«

»Ich liebe es, wenn du so fies zu mir bist.«

»Dort, wo das herkommt, gibt es noch viel mehr.«

Er wartet auf meine Antwort. Ich weiß nicht, was ich sagen soll. Ich hatte darüber nachgedacht, mit ihm zu flirten, mit ihm zu knutschen und vielleicht sogar wieder mit ihm zu schlafen. Aber nicht, mit ihm auszugehen. Doch dann denke ich daran, dass Candice sich geweigert hat, die Sache mit dem Briefträger ernst zu nehmen, und wie albern ich das fand, und an das, was JP zu mir gesagt hat, dass man in Herzensangelegenheiten offen sein soll.

»Darf ich darüber nachdenken?«, frage ich. »Du kennst meine Geschichte, du kennst mein Angebot. Wenn ich Ja sage, will ich es auch so meinen. Ich werde dich nicht verarschen.«

»Nimm dir so viel Zeit, wie du brauchst«, entscheidet er. »Denn dann habe ich noch länger Zeit, etwas zu planen, das deiner würdig ist.«

Seine Worte schwirren vierundzwanzig Stunden lang in meinem Kopf herum, bis ich endlich mit jemandem darüber reden muss.

»Houston«, sage ich zu JP und Harry, »wir haben ein Problem: Ich stehe total auf Nic. Wir haben uns geküsst – na ja, ein bisschen mehr als geküsst, um ehrlich zu sein –, und jetzt will er mit mir ausgehen, und ich habe Angst.«

Wir bereiten uns im Studio auf ein offizielles Interview mit JP vor, damit wir seine Meinung zu allem, was bisher passiert ist, hören können. Wir müssen ihn fragen, wie es sich anfühlt, Amelie jetzt gefunden zu haben, und was er sich für die Zukunft erhofft. Möchte er mit ihr skypen, sie besuchen, oder ist er einfach nur froh, dass sie noch lebt? Vielleicht will er auch gar nichts tun oder sich mit einem Brief begnügen. Um es besonders authentisch zu gestalten, haben wir ihn nichts von alledem vorab gefragt, damit wir ungeprobtes Material bekommen.

Harry und ich richten die Scheinwerfer aus und legen die Winkel fest, während JP die Kameraführung übernimmt. Ich schicke William eine kurze Nachricht, um ihn wissen zu lassen, dass es seinem Großvater gut geht.

Als wir Tische und Stühle umgestellt und die Beleuchtung angebracht haben, hat Harry nur beiläufig gefragt, wie mein Wochenende war, aber da ich nicht wusste, wem ich es sonst erzählen sollte – Candice spricht nicht mehr mit mir, Jackson ist jetzt auch Nics Freund –, war ich fast gezwungen, den Klatsch und Tratsch aus meinem Leben preiszugeben. Nicht über Nic zu reden, ist eine Qual. Seit Tagen denke ich an nichts anderes mehr als an ihn, und ich kann mich nicht länger selbst belügen: Ich bin verknallt. Ich bin total verknallt, und ich muss darüber reden.

JP jubelt: »Na endlich! Licht am Ende des Tunnels!«

Ich rolle mit den Augen. »Sei nicht schadenfroh«, warne ich ihn und erhebe meinen Zeigefinger. »Das passt nicht zu dir.«

»Meine Frau hat das auch immer gesagt«, antwortet JP.

»Shelley war eine kluge Frau, die mich im Zaum gehalten hat.« Ich lächle. Er gackert anerkennend über meine Antwort. Ausreden zu finden, um die Person zu erwähnen, mit der man siebzig Jahre lang verheiratet war, ist genauso aufregend wie das Erwähnen eines neuen Schwarms. Er versteht mich. Ich verstehe ihn. Ich zwinkere ihm zu.

Harry und ich bauen das Mikrofon auf und beschließen, dass eine Weitwinkelaufnahme von einem Ende des Besprechungsraums zum anderen am besten funktioniert, mit der Glaswand hinter dem Interviewten und dem Rest des Co-Working-Spaces im Hintergrund.

William schreibt zurück und bittet darum, dass wir darauf achten, dass JP etwas getrunken, einen Snack gegessen und seine Herzmedikamente genommen hat.

»Hey, JP, wo sind deine Tabletten?«, frage ich. Er deutet auf seine Tasche, und ich hole sie heraus. Harry wirft durch den Sucher der Kamera einen letzten Blick auf unser Set-up und entscheidet, dass er zufrieden ist.

»Okay«, sagt Harry. »Bist du bereit, JP?«

»So gut wie möglich«, bestätigt JP, und ich helfe ihm, aus der Ecke aufzustehen und sich in den Sessel zu setzen, in dem wir ihn filmen wollen.

Wir entscheiden, dass die Beleuchtung, der Winkel und der Ton gut sind, und ich mache es mir bequem, um mit JP zu sprechen. Er sitzt direkt vor der Kamera, ich dahinter, sodass er nach rechts in die Linse schaut, wenn er mich anschauen will. Wir wissen noch nicht, ob wir meine Fragen drinlassen oder herausschneiden, damit es so wirkt, als würde JP alles von sich aus erzählen. Ich muss darauf achten, zwischen einer Antwort von JP und meiner nächsten Frage eine kleine Pause entstehen zu lassen, damit das Schneiden später einfacher wird.

»JP«, beginne ich, sobald ich weiß, dass es losgeht. »Du hast uns gebeten, dir zu helfen, Amelie zu finden, eine Frau, die du vor achtundsiebzig Jahren kanntest und seitdem nicht mehr gesehen hast. Das haben wir getan. Könntest du uns ein wenig darüber erzählen, wie du dich jetzt fühlst?«

JP nickt, ein Zeichen dafür, dass er versteht, worum ich ihn bitte.

»Ich wusste, dass wir sie finden würden«, sagt JP, und er sieht mich dabei unverwandt an. »Als du uns gemailt hast, war das wie ein Zeichen des Himmels. Zwei junge Filmemacher haben Fragen zu mir und meinem Leben? Passender hätte man sich das nicht wünschen können! Und als ihr dann zu uns nach Hause gekommen seid, wusste ich, dass die Suche erfolgreich sein würde. Ich bin ein alter Mann, und William – mein Enkel …« Sein Blick bewegt sich um einen Zentimeter, und er sieht direkt in die Kamera, als wolle er sicherstellen, dass das imaginäre Publikum weiß, wer wer ist. »Es ist wirklich liebenswert. Charmant. Er ist in vielerlei Hinsicht mein bester Kumpel, aber er wusste nicht, wo er anfangen sollte. Er ist bücherschlau, nicht straßenschlau. Aber er wusste, dass er euch einladen musste, also muss ich ihm ein Lob aussprechen.«

Ich lächle.

»Es war eine gute Idee von dir, die Bibliothekarin vor Ort zu kontaktieren, und das Wochenende, an dem wir jede Amelie Chalamet aus dem Telefonbuch angerufen haben, war das aufregendste meines Lebens – und ich habe fünf Kinder und war im Krieg.« Er erlaubt sich ein kleines Lachen. »Ihre Haushälterin ging ran. Das Telefon war auf Lautsprecher gestellt, damit wir alle mithören konnten, aber ich konnte natürlich kein Wort verstehen. Man sollte meinen, ich hätte die ganze Zeit damit verbracht, Französisch zu lernen, aber ich und Amelie, wir haben noch nie Worte gebraucht. Warum jetzt damit anfangen?«

»Und was hat die Haushälterin gesagt?«

»Sie hat gesagt, dass es Amelie nicht gut geht. Lungenkrebs.«

Wir lassen diese Information erst mal so stehen.

»Sie hat nicht einmal geraucht, das ist mir ein Rätsel«, fügt er hinzu.

»Es tut mir so leid«, sage ich. »Kennen Sie die Prognose?«

»Sie hat nicht mehr lange zu leben, sagen sie.«

»Weiß sie, dass du angerufen hast?«

»Ich glaube schon.«

»Und was hat sie gesagt?«

»Sie hat gesagt, wir sollen schnell hinkommen.«

Ich erstarre. »Und …« Ich weiß ehrlich gesagt nicht, wie er darauf antworten soll. »Was denkst du?«

»Ich denke, wir sollten den Eurostar nehmen.« Er grinst, und in seinen Augen glitzern hoffnungsvolle Tränen. »Ich möchte sie sehen«, fügt er hinzu. »Endlich.«

Danach sagt niemand mehr etwas. Schließlich sagt Harry leise: »Und Schnitt«, und beendet damit das Interview. Ich schaue ihn an. Sein Mund ist fest verschlossen, aber seine Augen strahlen vor Glück.

»Wusstest du das?«, frage ich ihn. »Wusstest du, dass JP nach Paris fahren will?«

»Ja, das wusste ich«, gibt er zu.

»Also fahren wir?«

Ich sehe JP an, er nickt. »William ist gerade dabei, meinen Pass zu suchen und die Tickets zu buchen. Harry hat gesagt, wir sollen einfach loslegen und uns um alles kümmern.«

Und das tun wir auch.

Auf dem Heimweg, während mir unsere bevorstehende – und von der Universität genehmigte, wie Harry mir versichert – Reise nach Paris im Kopf herumspukt, denke ich auch an Nic, an ein Date und daran, wie schön die Liebe ist, als mein Telefon klingelt. Es ist eine unterdrückte Nummer, und normalerweise würde ich solch einen Anruf ignorieren, aber es könnte irgendetwas mit Paris oder JP oder der Reise zu tun haben, also gehe ich ran.

»Hallo?«

»Ruby«, sagt seine Stimme, ich erkenne sie sofort. »Ich bin's.«

Es ist typisch für ihn, dass er seinen Namen nicht nennt. Meine Kehle schnürt sich zusammen, und als ich spreche, klinge ich hart und rau.

»Ich will nicht mit dir sprechen, Abe. Ich denke, das weißt du, sonst hättest du deine Nummer nicht unterdrückt.«

»Leg nicht auf«, fleht er. »Bitte leg nicht auf. Hör einfach zu, bitte.«

Unwillkürlich bleibe ich stehen und zögere. Ich spreche nicht – aber ich lege auch nicht auf.

»Wir haben zusammen ein Baby gemacht, Ruby. Und dann bist du gegangen und hast mich verlassen, und das ist nicht fair. Ich liebe dich. Das Baby hat es nicht geschafft, aber wir … wir sollten zusammen sein. Wir sind beide chaotisch, verkorkst und verrückt, und ich weiß, dass du mich auch liebst, auf deine Art und Weise. Es geht um dich und mich, Ruby. Du weißt, dass es so ist. Sprich mit mir. Komm schon.«

»Soll das ein Witz sein?«, erwidere ich, während ich irgendwo in der Nähe von Micks Kaffeewagen auf dem Campus stehe. Es ist schon fast dunkel, obwohl es erst Nachmittag ist. »Soll das wirklich ein Witz sein?«

»Nein …«, antwortet er unsicher.

»Abe, du hast dich mir gegenüber verdammt schrecklich verhalten. Du hast mich in die Höhe gehoben und wieder fallen gelassen und mir ein paar Bröckchen deiner Aufmerksamkeit und Zuneigung gegeben. Von den Chlamydien ganz zu schweigen.«

»Wenn du auf eine meiner Nachrichten geantwortet hättest, hätte ich dir das erzählt«, sagt er.

»Wie überaus stilvoll«, schnauze ich ihn an. »Mir die Schuld zu geben, dass ich es nicht wusste. Wirklich charmant.«

»Sei nicht sauer, Liebling«, sagt er. »Bitte. Ich habe Carly verlassen. Es ist vorbei. Ich habe ihr gesagt, dass ich mit dir zusammen sein will.«

»Ich will nicht mit dir zusammen sein, Abe. Manchmal kann ich gar nicht glauben, dass wir überhaupt jemals zusammen waren. Weißt du das?«

»Wir haben ein Baby gezeugt!«, schreit er. »Wie kann man jemanden verlassen, mit dem man ein Baby gezeugt hat?«

»Ein Baby, das wir verloren haben«, schreie ich zurück, und ein Mädchen, das an mir vorbeigeht und an ihrem Handy herumfummelt, sieht auf, sodass ich ihn leiser anzische. »Und wo warst du, als ich damals auf der Toilette im Büro das Blut in meiner Hose entdeckt habe? Wo warst du, als ich dir geschrieben habe, dass ich dich brauche? Wo warst du, als ich zum Arzt gehen musste und dann nach Hause, um *es einfach geschehen* zu lassen, ohne dass jemand auf der Welt mir die Hand hielt? Wo warst du da, Abe?«

»Jetzt bin ich hier«, sagt er. »Es tut mir leid.«

»Nein«, schreie ich wieder. Das war alles, was ich ihm jemals sagen wollte, bevor ich entschieden habe, dass er den Atemzug nicht wert ist. Nun, da er mich dazu gebracht hat, doch mit ihm zu reden, kann er auch alles hören. Es ist mir egal. »Es tut dir nicht leid. Du wirst nicht von deiner Schuld befreit. Ich *vergebe dir nicht.* Hör mir jetzt sehr genau zu«, zische ich. »Denn anschließend werden wir nie wieder miteinander sprechen. Verstanden? Keine Textnachrichten. Keine E-Mails. Keine Kommentare auf Insta, und rufe mich bloß nicht mehr an. Vergiss, dass du mich kennst. Ich habe bereits vergessen, dass ich dich kenne.«

Und damit lege ich auf.

Erst da merke ich, dass ich weine. Die Tränen fließen lautlos über mein Gesicht, und ein Typ, der vorbeigeht, streckt eine Hand nach meinem Arm aus und fragt: »Hey, alles in Ordnung?«

»Ja«, antworte ich und wische mir das Gesicht ab. »Ja, wirklich, alles in Ordnung. Aber danke«, sage ich zu ihm. Er runzelt die Stirn, sagt: »Okay«, und geht weiter. Ich ziehe meinen Schal enger um den Hals, schüttle den Kopf und gehe weiter nach Hause, den Blick auf den Bürgersteig gerichtet.

Von Abe verlassen zu werden, während ich eine Fehlgeburt hatte, war das einsamste und schlimmste Gefühl, das ich je hatte. Aber Gott sei Dank habe ich kein Kind von ihm bekommen. Zum Glück bin ich nicht auf unbestimmte Zeit an ihn gebunden, und unsere Leben sind nicht für immer untrennbar miteinander verbunden. Ich wusste, schon eine Woche bevor es passiert ist, dass ich schwanger war, und ich hatte es ihm nicht einmal gesagt. Ich wusste nicht, was ich tun sollte, was ich denken und fühlen sollte. Und dann ging ich pinkeln, und schon war das Blut da, und es war alles vorbei, bevor ich mich entschieden hatte, was ich tun sollte – und *ich war erleichtert.* Ich lag ein ganzes Wochenende lang im Bett – Jackson war weg und Candice hat zwei Zwölf-Stunden-Schichten gearbeitet – und spürte, dass ich nicht nur dankbar war, kein Baby von Abe zu bekommen, sondern auch dankbar, überhaupt kein Baby zu bekommen. Ich will keine Kinder. Und ich will mich nicht schlecht fühlen, weil ich keine Kinder habe. Ich will meine Freiheit und beabsichtige, sie zu nutzen, jetzt, wo ich so kurz davor war, sie zu verlieren.

Und dann fällt es mir plötzlich wie Schuppen von den Augen.

Bei Abe wusste ich nicht, wie ich auf meinen eigenen Füßen stehen sollte. Aber mit Nic ist das anders.

Du kannst ihm vertrauen, denke ich mir, als ich an der Haustür ankomme. *Du kannst Nic vertrauen. Er ist nicht Abe.*

Ich denke darüber nach. Ich habe versprochen, dass ich ihn nicht verarschen werde. Aber … es geht mir jetzt gut. Ich bin so stark und glücklich, wie ich es noch nie zuvor war. Ich muss ernsthaft die Möglichkeit in Betracht ziehen, dass Nic tatsächlich etwas Positives in meinem Leben sein könnte, statt mir darüber Gedanken zu machen, dass es ein negatives Erlebnis werden könnte. Er könnte eine Bereicherung sein. Jemanden in mein Leben zu lassen, könnte sogar *gut* sein.

Ich will nicht die Geisel der Person sein, die ich einmal war.

Ich verändere mich.

Ich glaube, ich habe diese letzte Aussprache mit Abe gebraucht, um zu verstehen, wie anders das ist, was vor mir liegt. Ich brauche keinen Mann, aber wenn ein großartiger Mann mit mir ausgehen will, ist es dumm, das abzulehnen, nur weil der letzte schrecklich war. Ich möchte meine Haltung ändern; es muss nicht darum gehen, wie schwer die Liebe ist – oder sein kann. Alles andere an meinem »Jahr für mich« bleibt bestehen, aber zusätzlich gibt es noch eine romantische Begegnung.

Ich habe es mir überlegt, schreibe ich Nic, sobald ich in der Wohnung bin. *Lass uns ausgehen.*

Er schickt mir ein Bild von einem kleinen Kind, das vor Freude auf und ab hüpft.

Oder, schreibt er dann, *sollte ich sagen »ausgezeichnet«? Ich will nicht zu enthusiastisch wirken, aber wie wäre es mit diesem Freitag?*

Dieser Freitag ist perfekt, antworte ich, *denn ich fliege am Samstag nach Paris. Wir waren erfolgreich in Sachen* JP's Girl!, und ich weine nicht mehr. Es fühlt sich sicher an, glücklich zu sein.

Ich lasse das auf mich wirken.

Es fühlt sich sicher an, glücklich zu sein.

26

♥ ♥ ♥

Nic

Verkack es einfach nicht«, ist Ollies ganz besonders diplomatischer und für alle hörbarer Kommentar zu der Neuigkeit, dass ich morgen ein Date mit Ruby habe. Er ist kaum außer Atem, als wir zum Aufwärmen von einem Ende des Dodgeballfeldes zum anderen flitzen. Seit der Party, auf der er alle kennengelernt hat, ist er dreimal zum Spielen mitgekommen. Es scheint ihm sehr gut zu gefallen. Ich hätte nie gedacht, dass es sein Ding sein würde – aber es gibt hier ja auch viele Frauen. Diesen Aspekt hatte ich übersehen.

»Hast du jemals eine Karriere als Motivationsredner in Betracht gezogen?«, fragt Jackson, als wir die Endlinie erreichen und wieder die Richtung wechseln. Ich bin mir nicht sicher, aber ich glaube, er misst sich mit Ollie, um ihm zu zeigen, wer der Boss ist.

»Was ich sagen will«, setzt Ollie an, duckt sich, um die Linie zu berühren, kurz bevor Jackson es tut, und springt hoch. Über seine Schulter fährt er fort: »Du hast lange darauf hingearbeitet, und wenn du jetzt endlich bekommst, was du wolltest, kann dich das nervös machen. Und nervöse Menschen verlieren den Ball.«

Wir hören auf, Runden zu drehen, und beginnen, unsere Oberschenkel- und Armmuskulatur zu dehnen. Ich will Jackson nicht ansehen, während Ollie redet, aber ich tue es. Er runzelt die Stirn. Ihm ist gerade genau das passiert: Die Arbeitskollegin, die er verführen wollte, hat ihm unmissverständlich gesagt, dass sie nicht auf ihn steht. Normalerweise ist er so optimistisch, aber in den letzten zwei Wochen war er ziemlich niedergeschlagen. Er behauptet, es sei eher sein gekränktes Ego und kein gebrochenes Herz, aber er ist nun schon ziemlich lange damit beschäftigt, seine Wunden zu lecken.

»Ich werde den Ball nicht verlieren«, sage ich und berühre meine Zehen. »Ihr habt mir beide sehr hilfreiche Tipps gegeben, als ich sie gebraucht habe, und dafür bin ich euch dankbar. Aber jetzt ist der Schüler bereit, ein Meister zu werden. Du bist Single«, sage ich und deute auf Ollie, während ich wieder aufstehe. »Und es tut mir leid, Jackson, aber du bist es auch.« Er drückt sich übertrieben dramatisch eine Handfläche aufs Herz. »Und ich bin derjenige, der vor *Monaten* eine Frau kennengelernt, einen guten Eindruck hinterlassen und ihr Freiraum gegeben hat, und jetzt hat sie mich nach einem richtigen Date gefragt. Wir haben uns nur sehr langsam angenähert, aber das ist okay. Außerdem haben wir schon miteinander geschlafen, also wissen wir, dass das funktioniert. Und wir haben auf der Party und im Zug zusammen abgehangen, also wissen wir, dass es mehr als nur etwas Körperliches ist. Jungs, ich sag's euch: Ich habe das im Griff. Kümmert euch um eure eigenen Probleme.«

Ollie bewirft mich mit seinem Schweißband, und Jackson murmelt düster: »Hochmut kommt vor dem Fall«, aber er lächelt halb, also weiß ich, dass er ein bisschen beeindruckt ist. Ich will nicht prahlen oder großspurig sein, ich sehe nur keinen Grund, so zu tun, als könnte es schiefgehen. Die Hindernisse wurden nach und nach aus dem Weg geräumt. Was ist falsch daran, vom Besten auszugehen, anstatt das Schlimmste zu befürchten?

»Okay«, verkündet Zola, unsere Co-Kapitänin neben Jackson. Nach unserem Kaffee-Date, das nicht so gut gelaufen ist, sieht sie mir nicht mehr in die Augen. Sie hat gesagt, sie sei mir nicht böse, aber wir konnten nicht wieder an früher anknüpfen, als wir uns gegenseitig mit kleinen Bemerkungen und Sticheleien aufgezogen haben. Sie geht mir jetzt weitgehend aus dem Weg. »Heute Abend spielen nur wir, es ist kein anderes Team da, also werden wir uns aufteilen und drei Spiele spielen. Jackson als Mannschaftskapitän für die Roten und Ollie für die Gelben.« Sie hält ihnen die Trikots hin, und sie stellen sich neben sie, mit dem Gesicht zum Rest von uns. »Ich werfe eine Münze, wer zuerst wählen darf«, fährt Zola fort. »Also, Jackson, Kopf oder Zahl?«

»Kopf«, ruft Jackson.

Die Münze fällt auf Zahl, und Ollie wählt Zola, sodass Jackson mich wählen muss.

»Man sollte meinen, dass Blut dicker ist als Wasser«, sage ich zu Ollie, während ich mich dem gegnerischen Team anschließe. Er grinst. »Du bist erledigt.«

Wir spielen hart und schnell, unser Team gewinnt das erste Spiel, Ollies Team das zweite. Auch im dritten Spiel ist es ein Kopf-an-Kopf-Rennen, und am Ende verpassen wir den Sieg nur knapp – aber es ist so knapp, dass es Jackson nicht einmal zu stören scheint. Ollie macht einen Handstand und eine Art Handstandüberschlag, schreit und johlt und macht sich ganz allgemein zum Idioten, der alle Aufmerksamkeit auf sich zieht.

»Dein Bruder ist ein Arschloch«, sagt Jackson, aber seine Gesichtszüge sind freundlich, und er schüttelt leicht den Kopf, wie eine Mutter, die ihren aufmüpfigen Sohn nicht in den Griff bekommt, ihn aber dennoch liebt. »Ein absolutes Arschloch.«

»Ja«, stimme ich ihm zu. »Aber er wird wahrscheinlich auch die erste Runde gewinnen.«

»Hey! Sheridan!«, brüllt Jackson zu ihm rüber. »Kommst du mit in den Pub?«

Ollie zieht sein Trikot aus und joggt mit freiem Oberkörper zu uns rüber. Er hat einen durchtrainierten Körper, und das weiß er auch. Jacksons Blick sieht man an, dass er das Gleiche denkt. »Klar komme ich mit«, sagt Ollie und joggt auf der Stelle. Als er sich in Richtung der Spinde bewegt, fügt er galant hinzu: »Ich werde sogar das ›erste Blut‹ trinken. So nennst du das doch, nicht wahr, Jackson?«

»Ja, genau«, sagt Jackson, und wir sehen beide zu, wie Ollie losstürmt.

»Ein Arschloch«, wiederholt Jackson noch einmal. »Aber ein charmantes.«

»Das ist frustrierend, nicht wahr?«, antworte ich, froh darüber, dass er erkennt, womit ich mich mein ganzes Leben lang herumschlagen musste.

Ich bleibe nicht lange im Pub, wo Jackson und Ollie über das Finale der Serie *24* streiten und alle anderen trinken und lachen – sogar Zola, die mich zum ersten Mal über den Tresen hinweg wieder angelächelt hat, als wir beide gleichzeitig bestellt haben. Ich beschließe, ein bisschen durch die Stadt zu spazieren, schlängle mich durch Shoreditch hinunter nach Clerkenwell und lande schließlich in der Tottenham Court Road, wo sich die Stadt von Hipsterville über Möbeldesignstudios bis hin zum West End verändert, wo an den Theatern blinkende Lichter leuchten und die Klamottenläden selbst um 9 Uhr abends noch Popmusik spielen. Im Vorbeigehen achte ich gar nicht auf die Musik, ich will einfach nur die Stadt bewundern, in der ich lebe.

Meine Gedanken drehen sich um den morgigen Tag und mein Date mit Ruby: Ich habe einen Plan, was wir machen können, und bin aufgeregt. Ich frage mich, wie es wohl wäre, wenn ich sie nicht getroffen hätte. Unsere gemeinsame Nacht hat mir den Mut gegeben, mich mit anderen Frauen zu verabreden, und jedes Date hat mich selbstbewusster gemacht, ich wusste immer genauer, was ich will. Durch Ruby habe ich Jackson und das Dodgeballteam kennengelernt, und das macht die Hälfte meines Soziallebens aus. Als ich Ollie von den Dates und dem Team erzählt habe, haben wir eine neue gemeinsame Basis gefunden. Ich sehe ihn nicht mehr nur sporadisch ein paarmal im Jahr, sondern – vor allem seit er auch mitspielt – zweimal pro Woche oder öfter. Dass ich an meinem zweiten Tag in dieser Stadt Rubys Sofa gekauft habe, hatte so viele Auswirkungen, und es fühlt sich an, als schließe sich nun der Kreis.

Wenn ich sie nicht getroffen hätte, wäre ich dann einfach nur ein weiterer einsamer Loser gewesen? Ein Millennial-Mann, der sich nur für seinen Job und alles, was damit zusammenhängt, interessiert? So nimmt die Arbeit nur wenig Platz in meinem Leben ein. Es ist reich und voll und mehr, als ich mir erhofft hatte. Ich habe zuvor mein ganzes Leben lang in oder in der Nähe von Liverpool gelebt, aber erst in letzter Zeit habe ich es wirklich gespürt: das Gefühl, zu Hause zu sein.

Als ich nach Hause komme, höre ich das glucksende Geräusch aus der Wohnung über mir. Ich glaube, sie geben eine Dinnerparty, denn ab und zu hört man das Scharren von Stühlen und den Geruch von Zigarettenrauch am hinteren Fenster. Ich schalte den Fernseher ein und gehe lange und heiß duschen, um mir den Tag von der Seele zu waschen. Ich habe Ruby gesagt, dass ich meine Familie besuchen fahre, aber das stimmt nicht ganz – ich wusste einfach, dass ich nicht warten kann. Sie ist diese besondere Reise wert.

Ich habe meine Tasche mit der gesamten Ausrüstung, die wir brauchen werden, gepackt, aber ich lege auch eine saubere Hose und Socken, meine weite Cordhose mit den Bündchen an den Knöcheln, ein paar bunte Socken und ein langärmeliges T-Shirt heraus, das ich unter ein dickes Flanellhemd anziehen kann. Ich packe einen dünnen Body Warmer ein, den ich unter meiner Jacke tragen kann, wenn es besonders kalt sein sollte, und auch meine Mütze, meinen Schal und meine Handschuhe. Vielleicht brauche ich sie nicht, aber Ruby vielleicht schon.

Als ich fertig bin, setze ich mich aufs Sofa, scrolle durch einige Arbeits-E-Mails und überlege, ob ich ihr schreiben soll. Ich beschließe, dass ich das als erwachsener Mann mit ganz bestimmten Absichten tun darf. *Ich habe unsere Ausrüstung eingepackt,* schreibe ich. *Falls du an einem kleinen Hinweis, wohin es morgen geht, interessiert bist.*

Sie schickt ein einziges Fragezeichen zurück. Gelassen wie eh und je, die Frau.

Denk nur daran, mehrere Klamottenschichten zu tragen, antworte ich ihr dann. *Damit dir nicht kalt wird.*

Sie antwortet sofort: *Wir gehen also spazieren?*

Einen Fuß vor den anderen zu setzen, wird dazugehören, ja, antworte ich.

Du bist unausstehlich, schreibt sie.

Eine schreckliche Angewohnheit, ich weiß, antworte ich.

Ich bekomme das Augenroll-Emoji zurück.

Okay, gut. Ich will dich nur dazu bringen, dass du mir weiterschreibst, tippe ich. *Bin wohl verknallt.*

Ich würde es Verliebtheit nennen, erwidert sie. *Klingt erwachsener.*

Leichte Verliebtheit, antworte ich. *Für mein Ego.*

Dann wäre das geklärt, schreibt sie. *Leichte Verliebtheit.*

Und dann: *Du weißt, dass ich der Ruby aus deiner Vorstellung nie gerecht werden kann, oder?*

Wie furchtbar selbstkritisch, antworte ich.

Ich bin nicht so toll, wie du es dir vorstellst, schreibt sie.

Nur weil meine Fantasie nicht so gut ist.

Touché, antwortet sie. *Und, ja, ich werde mich auf jeden Fall warm anziehen.*

Ich kann's kaum erwarten, tippe ich.

Ich auch, antwortet sie.

27

♥ ♥ ♥

Ruby

Nic schickt mir vierundzwanzig Stunden lang Andeutungen darüber, was er mit mir vorhat, aber er weigert sich, das Geheimnis wirklich zu lüften. Das macht mich wahnsinnig. Ich möchte vorbereitet sein, gut aussehen und das Ganze einfach als das betrachten, was es ist. Ich bin nicht ängstlich oder so, es ist mir einfach wichtig. Es hat eine Weile gedauert, bis ich mich darauf einlassen konnte, und jetzt, wo ich so weit bin, möchte ich es genießen. Ich bin stolz auf mich, dass ich die Chance ergriffen und ihm einen romantischen Vertrauensvorschuss gegeben habe. JP hat auf mich abgefärbt. Das möchte ich wertschätzen.

Außerdem: Ich werde diese Tatsache nicht an die große Glocke hängen, aber ich hatte noch nie ein richtiges Date. In der Schule war ich immer zur gleichen Zeit am gleichen Ort mit Jungs, und an der Uni ging es meistens darum, sich zu betrinken und in der Studentenvereinigung so oft mit jemandem zu knutschen, dass es irgendwann selbstverständlich war, dass man »zusammen« war, egal, wie lange es gedauert hat, bis es wieder von vorn losging. Und als ich dann nach London gezogen bin, hatte ich ein paar One-Night-Stands, es lief ein bisschen was mit Typen von der Arbeit, und dann kam Abe. Er hat mich immer zu Hause besucht, ab und zu hat er für einen Sonntagabend ein Mittelklassehotel gebucht, wenn wir uns nach einer weiteren Pause wiedersahen. Ich habe es in Filmen gesehen: sich in Schale werfen, von einem lächelnden Liebhaber mit Blumen an der Haustür abgeholt werden, etwas ganz Besonderes planen und den Abend mit einem Kuss beenden. Ich habe es nur noch nie erlebt. Ich schreibe ihm eine Nachricht:

Mein lieber Nic, ich hoffe, du weißt,
dass dieses Date keine große Show werden muss,
Drinks und ein Abendessen sind völlig okay.
Wir flirten und trinken.
Was ich nicht weiß:
*Was soll ich *genau* anziehen?*
Bist du so nett, mir wenigstens das zu sagen?
Wenn du das nicht tust – sieh dich vor!

Ich füge noch ein Messer-Emoji dazu, als kleine Drohung. Ich will nur wissen, ob ich mit hohen oder flachen Schuhen, einem Pullover oder einem Trägertop erscheinen soll. Ich weiß nicht, was er unter »Klamottenschichten« versteht.

»Bist du aufgeregt?«, fragt Harry und zeigt auf mein Handy, auf dem er Nics Namen erkennen kann. Wir warten auf den Kurs »Perspektiven« und sitzen beide mit der Lektüre vor uns, die mit verschiedenfarbigen Post-it-Zetteln gekennzeichnet ist, und mit dicken Ordnern, die neben uns auf unseren Stühlen liegen und in denen sich Notizen befinden, die sich als relevant erweisen könnten. Unsere Laptops liegen auf den winzigen Einzeltischen vor uns.

»Aufgeregt?«, überlege ich. »Nein, eigentlich nicht. Nicht wirklich. Natürlich möchte ich, dass es schön wird und gut läuft, aber ich bin nicht aufgeregt. Es ist nicht wie ein Internet-Date oder ein Blind Date oder so ein peinliches Folgetreffen, bei dem man jemanden begrüßen muss, mit dem man beim letzten Mal im Bett war. Ich treffe Nic. Nach dem Wochenende, besonders nach der Zugfahrt, fühle ich mich einfach …«

»Ja, das steht dir ins Gesicht geschrieben.« Harry lacht.

Ich ziehe eine Grimasse. »Was denn?«, rufe ich abwehrend.

Er sieht mich mit einem Blick an, der sagt: *Ich bin nicht dämlich.*

»Du bist in *loooove*«, neckt er mich und spricht das *love* besonders dramatisch aus.

»Wohl kaum«, sage ich und versuche mir keinerlei Emotionen anmerken zu lassen. Wenn ich zu stark reagiere, wird er nur Öl ins Feuer gießen. Das geht ein bisschen zu weit.

»Sei nicht so schüchtern«, beharrt er. »Ich finde es schön. Sogar inspirierend. Wenn ich sehe, wie eine andere Person schwärmt, fällt es mir leichter, mich meinen eigenen Schwärmereien hinzugeben.«

»Inspirierend? Bist du auch verliebt?«

Harrys Gesichtsausdruck hellt sich auf. »*Auch* verliebt? Ich wusste es!«

Ich werfe ihm einen bösen Blick zu. »Du weißt, was ich sagen wollte«, sage ich finster. »Ich wollte sagen …«, und ich muss mich beruhigen, denn das wollte ich nicht sagen, und es hat mich überrascht, und es ist furchtbar, dass Harry das mitbekommen hat. Meine Güte! Ich bin nicht *verliebt.* »Triffst du dich zurzeit mit jemandem?«

Harry verzieht das Gesicht, seine Lippen werden schmal, und er schaut unschlüssig von einer Seite zur anderen.

»Möglicherweise«, sagt er.

»Wie kann man jemanden *möglicherweise* treffen? Ah, besser du antwortest nicht darauf.« Ohne Vorwarnung blitzt Abe in meinem Kopf auf. Ich habe ihm gesagt, dass er sich verpissen soll, aber es ist wie bei einem Heroin- oder Zuckerentzug. Ich bekomme Abe-Schweißausbrüche, als er endlich aus meinem Leben verschwindet und mich in Ruhe lässt. Ich kann nicht glauben, dass ich ihm endlich sagen konnte, was ich von ihm halte. »Und warum höre ich jetzt zum ersten Mal davon?«

»Du weißt doch, wie das ist, wenn etwas neu ist. Es ist heikel.«

»Bekomme ich wenigstens die Eckdaten?«, frage ich. »Das ist nur fair … Wie lange geht das schon so?«

»Einen Monat oder so«, sagt er schüchtern, denn ein Monat ist eine wirklich lange Zeit, um ein Geheimnis zu bewahren, und das weiß er. »Er heißt Beau. Ist achtundzwanzig. Promoviert gerade in Anglistik. In seiner Doktorarbeit untersucht er, ob Poesie Gefühle zum Ausdruck bringen oder hervorrufen kann. Ende der Kurzinfo.«

»Ist er auch hier?«, frage ich.

»Ich hab ja gesagt, Ende der Information.«

Ich hebe kapitulierend die Hände. »Die Grenze ist gesetzt und wird respektiert«, sage ich. »Aber bevor wir diesen Geheimnisaustausch beenden, möchte ich noch sagen: Ich freue mich sehr für dich. Und ich freue mich darauf, entweder mehr Informationen zu erhalten, wann immer dir danach ist, *oder* ihn vielleicht eines Tages zu treffen … Bald. Auf dem Campus. Wenn er schon hier ist.«

»Dein Typ hat geantwortet«, wechselt Harry mit einem Grinsen das Thema und deutet auf mein Handy. Er hat recht. Das Display leuchtet.

Okay, ich verstehe,
das Outfit ist immer ein Problem.
Mein Rat: Halte es bequem,
flache Schuhe, Outdoorklamotten, Taschentücher.
Hab keine Angst
und sei nicht eingeschüchtert,
du erfährst ja bald, wo es hingeht.
Für den Moment habe ich genug verraten.

»Klar wie Kloßbrühe«, murmele ich und stecke mein Handy weg, als der Dozent eintritt.

Als er in der Wohnung ankommt, um mich abzuholen, hält er ein Schwert in der Hand.

»Wir gehen zum LARPen, stimmt's?«, frage ich, der Groschen ist gefallen. Ich erinnere mich an die Fotos von ihm und seinem Schwert, als Jackson, Candice und ich ihn in seinen Social-Media-Accounts gestalkt haben. Er nimmt mich mit zu diesem Live-Rollen-Spiel. Ich weiß nicht, ob ich gerührt bin, dass er das mit mir teilen will, oder ob ich Angst davor habe. Schön für ihn, wenn er seine Zeit gerne auf diese Weise verbringt, aber erwartet er wirklich von mir, dass ich da mitmache? Vielleicht kann ich auch nur zuschauen. LARPen scheint eine ziemlich ernsthafte Angelegenheit zu sein.

»Ding, ding, ding! Der Gewinnerpreis geht an dich!« Er grinst. »Jep, das machen wir! Guck nicht so. Das wird wie eine Einstiegsdroge, es wird dir total gut gefallen. Und ich bin ja da und erklär dir alles.«

Wir umarmen uns, und er küsst mich kurz auf die Wange, bevor er mich wieder ansieht.

»Wirklich, Ruby, das wird dir gefallen.«

Auf der fünfundvierzigminütigen Fahrt zu dem geheimen Ort – »Eigentlich nur ein Wald auf halbem Weg zwischen hier und Liverpool«, informiert mich Nic, »direkt an der M62« – tauschen wir Neuigkeiten aus und unterhalten uns über die Landschaft.

Er fragt nach Candice, und ich sage ihm, dass ich immer noch nichts von ihr gehört habe, obwohl ich ihr mehrere flehende Nachrichten hinterlassen habe. Unser Gespräch fühlt sich überhaupt nicht gezwungen oder förmlich an. Es ist einfach nur nett. Als wären wir zwei Menschen, die zusammen abhängen und Spaß haben.

Und dann, als wir anfangen, durch den Wald zu fahren, wird mir wieder einmal klar, dass ich wirklich nicht weiß, was ich von dieser ganzen LARP-Sache halten soll, und ich kann nicht so tun, als ob es anders wäre. Ich bin es gewohnt, Regie zu führen und nicht selbst zu spielen. Wie läuft das ab? Schauspielern wir? Schlüpfen wir in die Rolle der eigentlichen Figur? Wie weiß man, ob jemand er selbst ist oder eine Rolle spielt?

»Ich bin aufgeregt«, gebe ich zu, als wir um eine Ecke biegen. Ein paar Leute laufen bereits in Kostümen herum. Nic parkt rückwärts auf einem Platz am anderen Ende des gekiesten Feldes, das am Rande des Waldes liegt, wo wir, wie er sagt, spielen werden. Nachdem er die Handbremse angezogen und den Motor abgestellt hat, sagt er: »Es ist keine *bierernste* Angelegenheit.« Er schnallt sich ab, um mich besser ansehen zu können. »Es ist wirklich eine tolle Sache. Man muss in seiner Rolle bleiben und seine Hemmungen ablegen, damit es funktioniert und Spaß macht, das ist die einzige Regel. Es ist wie beim Sex: Je mehr man sich von seinen Gefühlen mitreißen lässt, desto besser ist es.«

»Das ist ja alles schön und gut«, sage ich und zeige aus dem Fenster, »aber der Mann da trägt ein echtes Bärenfell.«

Nic folgt meinem Blick. Der Mann trägt einen Kilt und Stiefel, kein Oberteil (bei diesem Wetter!) und etwas, das wie ein echter Pelz aussieht.

»Ich hätte dich warnen sollen«, sagt er und genießt den herrlichen Anblick. »Entweder man lässt sich richtig darauf ein, oder man lässt es bleiben.«

»Warum mache ich mir plötzlich Sorgen um das Outfit, das im Kofferraum auf mich wartet?«

»Weil du langsam begreifst, dass du diese Sache nicht kontrollieren kannst und sie dich bereits mitgerissen hat«, schießt er zurück. »Wie wäre es mit dem Vertrauen darauf, dass etwas Neues toll sein kann, liebe Miss Ich-will-in-diesem-Jahr-alles-für-mich-mitnehmen-was-das-Leben-zu bieten-hat?«

»Autsch.« Ich lache. »Ist da die Polizei? Ich möchte eine Anzeige wegen Rufmordes erstatten.«

»Lol.«

»Argh. Du hast gerade unironisch lol gesagt. Ich hoffe, der Bärenmann kriegt dich.«

»Komm schon.«

Wir steigen aus, er öffnet den Kofferraum und holt erst mal eine Thermoskanne mit warmem Tee heraus. Wir sitzen halb im Kofferraum, haben eine Decke über den Knien und beobachten, wie sich IT-Nerds und vierfache Mütter in Spielfiguren verwandeln. Die Leute begrüßen sich mit Winken und Umarmungen, und ich bekomme Gesprächsfetzen von Leuten mit, die als Hexen und Huren, Krieger und Geistliche verkleidet sind, über alles Mögliche, von Kryptowährungen bis hin zu Tipps zur Hundeerziehung, und beiläufige Kommentare über eine bevorstehende Orgie für die Schwiegereltern, die ihr fünfundsiebzigjähriges Jubiläum feiern. Es sind die verschiedensten Leute aus allen Gesellschaftsschichten, die alle durch dieses seltsame Hobby vereint sind.

»Bist du bereit für dein Kostüm?«, fragt er, nachdem wir unsere Kekse eingetunkt und unseren Tee ausgetrunken und alle und alles belauscht haben.

»So gut wie«, sage ich. »Darf ich noch einmal betonen, dass ich dir vertraue?«

»Darf ich noch einmal betonen, dass das eine Ehre ist, die ich sehr zu schätzen weiß?«

Er gibt mir die Tasche mit den Sachen, die er für mich mitgebracht hat, und ich verschwinde in der Toilette, wo sich auch die anderen umgezogen haben. Sie ist leer, also gehe ich nicht einmal in eine Kabine, sondern bleibe bei den Waschbecken und begutachte mein Kostüm. Nic hat für mich eine Bauernbluse mit einem Korsett, das unter den Brüsten geschnürt wird, und einen langen, fließenden Rock ausgesucht. Ich trage Turnschuhe, was das Gesamtbild etwas stört, aber der Rock ist lang und fließend genug, um sie die meiste Zeit zu verbergen. Ich habe auch ein Tuch, das ich mir zum Wärmen um die Schultern lege.

»Das ist eigentlich für deinen Kopf«, sagt er zu mir, als ich zu ihm zurückkomme. Er nimmt es mir ab. Behutsam schlingt er es über meinen Scheitel und befestigt es hinter meinem Nacken, sodass es wie ein loses Kopftuch über meinen Rücken fließt.

Er lächelt. »Du siehst gut aus«, sagt er. »Mittelalterlich und hübsch.«

»Ich hasse es, dass du irgendwie recht hast«, sage ich und streiche alles glatt. »Ich fühle mich seltsam weiblich. Es gefällt mir ganz gut. Sogar das Korsett.«

Er zwinkert mir zu. »Es bringt deine besten Vorzüge zur Geltung«, sagt er und deutet anerkennend auf meine Brüste. »Das ist deine Rolle«, fügt er hinzu und gibt mir ein Informationspaket, das einer der umherlaufenden Leute ausgeteilt hat. »Die NPCs spielen nicht mit, sondern unterstützen uns beim Spielen. Wenn du etwas brauchst, kannst du dich an sie wenden, okay?«

»Du redest ständig über das Spiel«, sage ich. »Aber was *ist* das Spiel? Das ist der Teil, den ich nicht verstehe.«

»Das ist es ja gerade«, antwortet er. »Wir erfinden es, während wir es spielen. Deine Figur benutzt Magie, und es gibt bestimmte Dinge, die du tun kannst und die du nicht tun kannst – das steht alles auf dem Papier –, aber du musst dich einfach treiben lassen, Baby.«

Ich reiße die Augen weit auf: Es gibt keinen klaren Handlungsstrang? Keine Geschichte? Keinen Anfang, Mittelteil und kein Ende?

»Wenn du das schon beängstigend findest«, sagt er und holt seinen Schild vom Rücksitz, »dann lass dir sagen, dass ich meine Waffe beim Sicherheitspolizisten überprüfen lassen muss. Ich werde nämlich kämpfen müssen.«

»Das tust du nicht!« Ich schnaufe. »Du kämpfst wirklich? Wirst du gegen den Bärenmann antreten?«

»Wenn ich das tue«, sagt er und grinst, »dann möge die holde Maid wissen, dass es ein Beweis für ihren Zauber ist, dass ich sowohl kämpfen als auch den Sieg über diejenigen erringen kann, die besiegt werden müssen.« Er plustert sich auf und spricht mit einer albernen Stimme. »Und dafür soll die holde Maid belohnt werden«, fügt er hinzu, und ich muss lachen.

»Ehrlich gesagt dachte ich, wir gehen eine Pizza essen und dann in den Pub«, sage ich. »*Damit* hatte ich nicht gerechnet.«

»Ich weiß«, antwortet er frech.

»Darf ich euch führen, meine Lieben?« Am Waldrand steht ein Benediktinermönch und spricht uns an. Ich schaue zu Nic.

»Gerne«, sagt Nic. »Wir folgen dir.«

Offenbar hat das Spiel begonnen.

Wir schlängeln uns an hohen Bäumen entlang und passen auf, dass wir nicht über Wurzeln stolpern, während sich uns das ganze Setting nach und nach offenbart.

Andere Gestalten ziehen an uns vorbei, aber mir fällt auch etwas auf, das ich als »Gegenstände am Set« bezeichnen würde: hin und wieder kleine Lagerfeuer in den Lichtungen, alte Schüsseln und andere Utensilien und Holzbauten, die als kleine Hütten dienen. Wir laufen etwa zehn, vielleicht fünfzehn Minuten – lange genug, um in einen meditativen Trancezustand zu gelangen, als würden wir immer weiter in einem Märchenbuch vordringen. Als wir die große Lichtung erreichen, fühlt es sich ganz magisch an.

»Wow«, sage ich und bin damit nicht ganz in der Rolle einer ortsansässigen Heilerin aus alten Zeiten, aber es ist meine instinktive Reaktion, und wenn Authentizität gefragt ist, dann geht es nicht noch authentischer.

Was sich vor uns ausbreitet, sieht aus wie ein mittelalterliches Dorf. Überall um uns herum kümmern sich Männer in Rüstungen – von Kettenhemden bis hin zur Vollmontur mit Helmen und Schulterplatten – um ihre Waffen. Nic versichert mir, dass sie unecht sind und nur so echt wie möglich aussehen sollen. Er hat mir auch erklärt, dass es für ihn als Krieger wichtig ist, in die Schlacht zu ziehen, aber die Spielregeln besagen, dass es keinen echten Waffenkontakt gibt. Sollte ich gefangen genommen werden, soll ich mich still und leise verhalten und wissen, dass meine Grenzen immer respektiert werden. Das Spiel stellt nichts nach, es ist nur Fantasie.

Das ist das Verrückteste, was ich je in meinem Leben gemacht habe. Während wir durch den Wald gehen, wird klar, dass wir wahnsinnig viele sind – einige in Kostümen und einige ohne, das sind offenbar die Führer. Nic hat mir geraten, mich einfach treiben zu lassen, mit dem Strom zu schwimmen. Als er sich verabschiedet, weil er sich mit den Männern treffen muss, um ihre Waren zu besprechen, sehe ich ihm nach und lasse das ganze Setting noch einmal auf mich wirken.

»Setz dich, meine Liebe«, sagt eine Frau in einem Kostüm, das dem meinen ähnelt. »Sie werden heute sicher gewinnen. Vieles hängt davon ab, aber lass uns trotzdem einen Glückszauber sprechen, der ihnen helfen und sie beschützen soll.«

Ich wundere mich über mich selbst, dass ich … dass ich einfach mitmache. Ich helfe bei der Zubereitung des Zaubertranks, den wir dann ins Feuer spritzen, ich gebe einigen Elfen Anweisungen und werde Zeugin eines Streits zwischen zwei Ladenbesitzern, die sich über den Grund und Boden vor ihren Läden zanken. Ich verliere mich in alldem und verkörpere die Geschichte dieser seltsamen neuen Welt, in der wir zusammenarbeiten und uns gegenseitig helfen müssen und in der jeder von uns zu der neuen Realität beiträgt, die wir kreieren. Es ist ein vollständiges Eintauchen in eine Fantasiewelt, die von etwa hundert Leuten im Team und vor Ort geschaffen wurde. Es ist wie Theater, nur ohne Drehbuch.

»Das ist genau richtig«, flüstert Nic mir zu, als wir kurz den Bereich verlassen, in dem sich die Figuren aufhalten. Anscheinend gibt es beim LARPen nichts Schlimmeres, als mitten im Geschehen aus der Rolle zu fallen, denn das verdirbt allen anderen das Spiel. Und das kann ich gut verstehen. Wir gießen uns noch mehr heißen Tee ein, schnappen nach Luft und achten darauf, leise zu sein.

»Siehst du den Kerl da?« Nic deutet auf eine wandelnde Rüstung. »Er ist Grundschullehrer und hat extra einen Schweißkurs absolviert, um zu lernen, wie er seine eigene Ausrüstung herstellen kann. Ich glaube, sein richtiger Name ist Paul.«

»Mein Gott«, staune ich. »Die hat er selbst gemacht?« Ehrlich gesagt sieht die Rüstung aus wie ein beeindruckendes Museumsstück.

»Ich verstoße gegen die Regeln, wenn ich dir sage, wer die Leute außerhalb ihrer Rollen sind«, sagt Nic. »Wir sollen einander nicht wirklich kennen.«

»Faszinierend«, sage ich. »All diese Kreativität, und das alles nicht für Geld oder Ruhm oder was auch immer. Alle haben sich zusammengetan, um diese Fantasiewelt mit echter Kunstfertigkeit zu weben.«

»Deshalb mag ich es auch«, sagt Nic. »Es ist so viel Hingabe dabei.«

»Hingabe, ja«, erwidere ich. »Es ist wunderschön. Wie denkt sich denn jeder seine Figur aus?«, frage ich. »Mithilfe von Büchern?«

»Auf keinen Fall«, sagt er. »Wir dürfen keine Figur verkörpern, die es schon gibt – obwohl das nach dem ersten *Herr der Ringe*-Film eine Zeit lang nicht mehr galt. Das war ein Skandal innerhalb der Gemeinschaft.«

Ich muss grinsen.

»Man kann sich von Büchern oder Filmen oder was auch immer inspirieren lassen, aber es geht mehr darum, Seiten an sich auszuprobieren, die man im wirklichen Leben nicht zeigen kann oder will, und etwas völlig Neues zu erfinden.«

Ich nicke anerkennend.

»Und alle Figuren haben diesen mittelalterlichen Touch? Soldaten und Krieger und so?«

»Oh, nein«, sagt er. »Es gibt Zombie-LARPs, *Army of Steel*-LARPs und so weiter. Du solltest mal nach Kroatien oder Deutschland fahren. Das hier erscheint dir vielleicht beeindruckend, aber das, was sie dort veranstalten, ist eine völlig andere Welt. Es ist wie eine Mischung aus einer Filmkulisse und deinen seltsamsten Träumen, wenn du vorm Schlafengehen zu viel gegessen hast. Aber es ist ziemlich teuer.«

Wir trinken unseren Tee aus, und Nic steckt die Tassen und die Kanne zurück in die Picknicktasche mit seinen Initialen.

»Hey«, sage ich. »Wenn deine Figur also Sachen symbolisieren soll, die du im wirklichen Leben nicht ausdrücken kannst oder willst, was ist es dann?«

Er grinst. »Wenn man bedenkt, dass ich diese Figur schon seit meiner Schulzeit entwickelt habe …«, sagt er. »Es ist der Wunsch, ein Draufgänger zu sein und meine Ziele zu verfolgen.«

»Das passt«, sage ich. »Und bei mir?«

Er verzieht das Gesicht. »Na ja …«, beginnt er, und ich merke, dass er denkt, dass er gleich Probleme bekommt. »Bei deiner Figur geht es um Hingabe: Sie kann nichts kontrollieren, sie kann nur bedacht auf das reagieren, was passiert.«

»Das passt nicht zu meinem wahren Ich. Ich bin ein absoluter Kontrollfreak«, sage ich langsam.

Er zieht seinen Helm auf und zischt durch das Mundstück: »Das hast du gesagt, meine Liebe. Nicht ich.«

Und dann geht das Spiel weiter, und ich lasse mich noch mehr darauf ein als zuvor.

28

♥ ♥ ♥

Nic

Das war großartig«, sagt Ruby, als wir gegen 6 Uhr abends wieder ins Auto steigen. Wir haben sechs Stunden lang gespielt, und jedes Mal, wenn ich zu ihr gesehen habe, schien sie wirklich mit Interesse dabei zu sein. Ich war sogar derjenige, der gesagt hat, dass es an der Zeit ist, zu gehen. Wir haben den heutigen Tag genossen, aber wir haben nicht viel Zeit zu zweit verbracht, was ich jetzt unbedingt nachholen möchte.

»Ich kann dir gar nicht sagen, wie schön ich es finde, dass du dich darauf eingelassen hast«, sage ich, und sie sieht mich mit großen Augen an, während sie sich anschnallt. Ich beuge mich vor und küsse sie.

»Mmmh«, sagt sie. »Ich habe mich schon gefragt, wann du das tun würdest.«

»Gerade jetzt auch?«, frage ich, und sie grinst.

»Was machen wir als Nächstes?«

»Ja, also …«, antworte ich. »Wir sind ganz in der Nähe eines anderen Ortes, den ich sehr gerne mag, und wenn du das volle Nic-Sheridan-Programm haben willst …«

»Natürlich will ich das«, sagt sie. »Zeig mir alles, was du gerne magst, bitte.«

Ich schnalle mich auch an.

»*Yes, Madam*«, antworte ich.

Ich bringe sie ins Brettspiel-Café.

»Wenn du wissen willst, was mich wirklich begeistert«, sage ich, als wir dort ankommen, »dann sind das nach einem harten LARP-Tag Malzmilchshakes und eine Runde Cluedo.«

»Ich kann gar nicht glauben, dass es ein Café gibt, in dem sich alles um Brettspiele dreht«, sagt sie. »Das ist ja genial.«

»Nicht wahr?«, schwärme ich. »Ich komme schon seit vielen Jahren hierher. Vielleicht seit ich dreizehn war. Ich wette, es gibt hier ein paar Spiele, die so alt sind wie wir, vielleicht sogar noch älter.«

»Oh«, sagt sie. »Der kleine Teenager Nic!«

»Ich sah wirklich schlimm aus damals«, gebe ich zu, während wir durch den schummrig beleuchteten Hauptteil des Cafés in den hinteren Bereich gehen, wo man so lange bleiben kann, wie man will, solange man Essen und Getränke bestellt. Wir suchen uns eine Ecke aus mit zwei kleinen Sofas, die sich gegenüberstehen, und einem niedrigen Holztisch dazwischen. Ich mache eine Geste, die besagt: *Nach dir.* Sie zieht ihren Mantel aus, reicht ihn mir und sagt: »Wenn du den da drüben hinlegst, kannst du dich hier hinsetzen.«

Ich folge ihrem Vorschlag.

Wir bestellen gegrillte Käsetoasties und Malzmilchshakes und schauen uns die Spiele an, die unter unserem Tisch liegen: Scrabble, Cluedo, Monopoly, Backgammon und die *Friends*-Version von Trivial Pursuit.

»Dann erzähl mal«, sagt sie. »Wie warst du, als du dreizehn warst und an den Wochenenden hierhergekommen bist?«

Ich denke darüber nach. »Zahnspange«, sage ich, und sie antwortet: »Natürlich. Hatte ich auch.«

»Ich hatte Freunde in der Schule und so, zu einigen habe ich auch heute noch Kontakt. Ich war kein Einzelgänger, aber ich habe mich auch nicht besonders hervorgetan. Ich bin mit dem Strom geschwommen, habe mich bedeckt gehalten, bin nie besonders aufgefallen und habe nie im Rampenlicht gestanden. Ich habe in aller Stille gute Noten bekommen und bin dann an die Uni gegangen.«

»Ist das gut oder schlecht?«, fragt sie.

Ich denke darüber nach. »Wahrscheinlich insgesamt gut«, sage ich. »Ich glaube, die Schulzeit kann einen traumatisieren, oder? Entweder, weil man nie wieder diese schwindelerregenden Höhen der Beliebtheit erreicht, oder, weil man gemobbt wird und das sein Leben lang nie wirklich vergessen kann.«

»Die Schule war für mich ein Zufluchtsort«, erzählt sie. »Als sich unsere Eltern getrennt haben, ging es ihnen eine Zeit lang ziemlich schlecht, und so fanden meine Schwester und ich ständig Gründe, um nicht zu Hause zu sein: Schule, Frühstücksklub, Hockey, Schach, Theater – was auch immer. Am Ende waren wir die Mädchen mit den meisten außerschulischen Aktivitäten in der Geschichte der Schule, so viel haben wir gemacht.«

Ich neige den Kopf und sehe sie an. Sie lacht. »Das ist ziemlich traurig«, sage ich und stupse sie an. »Das Gefühl zu haben, nicht nach Hause gehen zu wollen. Das würde ich niemandem wünschen.«

»Ich auch nicht«, sagt sie. »Es wurde ein bisschen besser, als Mum wieder geheiratet hat, aber dann hat Dad Dee geheiratet. Sie sind immer noch zusammen, Gott weiß, warum. Sie scheinen sich nicht einmal besonders zu mögen. Und Dee hasst uns. Wir machen Witze darüber, aber das ist schon so, seit ich mich erinnern kann. Ich bin mir ziemlich sicher, dass sie versucht hat, eigene Kinder mit Dad zu bekommen, aber das hat nicht geklappt. Deshalb ist ihre Abneigung uns gegenüber noch größer geworden. Schließlich haben wir aufgehört, sie zu besuchen, als wir alt genug waren, um uns durchzusetzen.«

»Siehst du deinen Dad jetzt manchmal?«, frage ich, hebe mein Malzmilchshakeglas und rühre mit dem durchweichten Papierstrohhalm im Bodensatz. Es war einfacher, als ich noch ein Teenager war und wir Plastikstrohhalme hatten, die sich nicht aufgelöst haben, auch wenn ich natürlich einen Planeten bevorzuge, der nicht in Plastik erstickt.

»Ab und zu«, sagt sie. »Ich versuche, hinzugehen, wenn ich weiß, dass Dee nicht da ist. Er macht nicht viel. Meistens sieht er fern.«

»Und deine Mutter und dein Stiefvater?«

»Die sehe ich öfter«, sagt sie. »Ja. Obwohl ich ein bisschen unartig war und nicht so oft hingefahren bin, wie ich es hätte tun sollen, seit ich hierhergezogen bin. Das Studium hat mich zu sehr in Anspruch genommen. Ich weiß, dass es egoistisch ist, aber ich wollte nichts verpassen.«

»Ich bin mir sicher, dass sie das verstehen. Vor allem, weil sie wissen, dass du glücklich bist.«

»Das bin ich auch«, sagt sie. »Und jetzt, wo wir Amelie gefunden haben, ich meine – das ist doch der Wahnsinn! Wir fahren morgen nach Paris, um sie zu treffen! Dafür lohnt es sich, das Sonntagsessen zu verpassen – auch wenn Mamas Yorkshire-Puddings so groß sind wie mein Kopf.«

Während sie das sagt, streckt sie ihre Hand nach mir aus, berührt meinen Unterarm, und ich möchte, dass sie ihre Hand dort lässt. Wir haben noch nicht einmal ein Spiel ausgesucht, wir haben es uns einfach nur gemütlich gemacht und angefangen zu plaudern, und jetzt hören wir nicht mehr auf. Wenn die Bedienung nicht ab und zu fragen würde, ob wir noch etwas brauchen, wären wir komplett in unserer eigenen Welt abgetaucht.

»Instagram ist schon toll«, sage ich. »Aber die ganze Geschichte als Doku zu sehen, wird noch besser.«

»Danke, ja. Die Fakultät unterstützt uns und unsere Mitstudierenden sogar auch. Ich dachte, es würde Unmut geben, von wegen Konkurrenz und so. Aber durch Social Media scheinen die Leute mehr an JP interessiert zu sein als daran, was das für meine und Harrys Karriere bedeutet.«

Sie spricht »Karriere« in Anführungsstrichen aus.

»Wir fahren morgen mit dem Zug nach London und dann mit dem Eurostar nach Paris, zum Gare du Nord. Wir werden alles filmen, und dann haben wir hoffentlich unsere Geschichte. Wie auch immer … Entschuldigung, ich rede zu viel.«

»Bitte entschuldige dich nicht«, sage ich nachdrücklich. »Es ist wirklich faszinierend. Früher habe ich meine Arbeit geliebt und war verdammt stolz darauf. So von wegen chic im Anzug und meine Bankgeschäfte machen und so. Reiche Leute noch reicher zu machen, wie du mal gesagt hast.«

Sie verzieht entschuldigend das Gesicht.

»Nein, du hast recht«, fahre ich fort. »Das ist es, was ich tue. Und ich dachte, wenn ich für Hoare arbeite, würde ich mich noch besser fühlen, aber um ehrlich zu sein, bin ich nur wegen der Stadt umgezogen, nicht wegen des Jobs. Er ist toll, aber eigentlich geht es mir um all das andere in London. Ich würde Sandwiches servieren oder versuchen, als Werbetexter oder Pantomime zu arbeiten, Hauptsache, ich kann in London leben.«

»Siehst du, so habe ich mich einfach nicht gefühlt«, sagt sie. »Ich habe es versucht, aber …« Sie schüttelt den Kopf.

»Das ist wie Marmite, nicht wahr? Entweder man mag es, oder man hasst es.«

»Candice und Jackson lieben die Stadt, aber die meisten der ausländischen Studierenden, die bei uns gewohnt haben, schienen es einfach nur in Kauf zu nehmen. Ich weiß also, dass es nicht nur an mir liegt.«

»Ich verstehe das total, London ist eine harte Nuss. Und ich glaube, man ist entweder dafür gemacht oder nicht.«

»Ja!«, sagt sie, und als sie diesmal meinen Arm berührt, lässt sie ihre Hand dort, ihre Finger tanzen leicht auf der Unterseite meines Unterarms. »Das stimmt! Ich weiß nicht, ob ich in Manchester bleiben werde, aber ich bin mir ziemlich sicher, dass ich nicht nach London zurückkehren werde. Mir fehlt der Kampfgeist. Und das Geld natürlich auch.«

Ich erlaube mir, sie anzuschauen.

»Was ist los?«, fragt sie und fasst sich instinktiv ins Gesicht, als glaube sie, ich wolle ihr sagen, dass sie Milch am Kinn hat.

»Es ist schade, dass ich erst angekommen bin, als du gegangen bist«, sage ich.

Sie zeigt mir ihre Grübchen. »Du bist da … Ich bin hier …«, sagt sie. »Wenigstens kommst du mal in die Gegend und besuchst deine Familie.«

Ich schaue verlegen. »Na ja …«, gebe ich zu. »Ich hatte eigentlich keinen Grund, sie dieses Wochenende zu besuchen. Ich wollte nur nicht noch länger warten, bis ich dich sehen kann.«

»Sollte ich mir deswegen Sorgen machen, oder finde ich das süß …?«

»Oh«, sage ich und lehne mich ein wenig vor, und sie lehnt sich auch ein wenig vor. »Du findest es definitiv süß.«

»Ist das so …?«, murmelt sie, und dann küssen wir uns wieder, diesmal inniger und leidenschaftlicher.

Ich liebe es, wie sie sich anfühlt. Ihre Lippen sind weiche, pralle Kissen, und fast immer lächelt sie einen Moment lang, wenn unsere Lippen sich treffen, bevor sie plötzlich ernst wird, als müsse sie die Entscheidung treffen, sich gehen zu lassen. Und dann seufzt sie, ein tiefer, gutturaler Laut der Hingabe.

»Ich küsse dich gerne«, flüstert sie.

»Ich küsse dich auch gerne«, antworte ich.

Wir knutschen ein bisschen und halten ab und zu inne, um unsere Köpfe selig aneinanderzudrücken oder ein langes, träges Lächeln auszutauschen.

»Darf ich euch beiden noch etwas bringen?«, fragt die Bedienung irgendwann wieder. Ich schaue auf und stelle fest, dass sonst niemand mehr im Café ist. »Wir schließen in zwanzig Minuten«, sagt er.

»Alles klar«, sage ich und wende mich an Ruby. »Also …«

»Nun«, antwortet sie. Dann grinst sie. »Ich will ja nicht zu draufgängerisch sein«, gurrt sie. »Aber möchtest du mit zu mir nach Hause kommen?«

Auf dem Weg zum Auto halten wir uns an den Händen. Als wir beim Wagen ankommen, halte ich ihr die Tür auf, und sie belohnt mich mit einem weiteren Kuss. Während ich fahre, lehnt meine linke Hand an ihrem Sitz, oder ich lege sie kurz auf ihr Knie, und sie drückt mir ab und zu einen Kuss auf die Fingerknöchel. Wir sprechen nicht viel. Das Radio läuft, der Himmel über uns ist dunkel, nur die vorbeiziehenden Gebäude leuchten ab und zu auf.

»Hier entlang?«, frage ich, als die ersten Schilder Richtung Campus auftauchen. Ich hatte vorhin mein Navi eingeschaltet, aber mein männlicher Stolz verbietet es mir, jetzt darauf zurückzugreifen.

»Und dann die zweite rechts«, sagt sie. »Das Hochhaus dort. Du müsstest direkt vor der Tür parken können.«

Wir gehen hinein, hängen unsere Mäntel auf und ziehen unsere Schuhe aus. Es ist eine kleine Einzimmerwohnung. Vom Flur aus geht es rechts ins Bad, links ins Schlafzimmer und geradeaus in die Wohnküche. Die Wände sind weiß, aber es fühlt sich sehr nach Ruby an: Über den Möbeln hängen gerahmte Filmplakate, und überall verstreut stehen kleinere Bilder mit Freundinnen, Freunden und Familie. Als ich mit Millie zusammengelebt habe, war alles in Beigetönen gehalten, alles sehr neutral. Hier liegt ein gewebter Teppich auf dem Wohnküchenboden, und in den offenen Regalen über der Spüle stapelt sich buntes Geschirr. Es überrascht mich, dass ein Poster des Albums *The Miseducation of Lauryn Hill* den Ehrenplatz einnimmt.

»Ich habe das Album auch geliebt«, sage ich und zeige darauf. »Damals, als es noch CDs gab.«

Sie sieht auf. »Ja«, sagt sie. »Ich glaube, das war das erste Album, das ich als Gesamtkunstwerk wahrgenommen habe. Ich war erst zehn oder so, als es herauskam, aber ich muss ein Teenager gewesen sein, als ich in einem Secondhandladen eine Kopie davon ergattert habe. Das Cover hat mir so gut gefallen, aber es war auch eine Offenbarung. Davor habe ich CDs gekauft und mich nur für die Songs interessiert, die neu herauskamen, aber mit diesem Album hat Lauryn Hill die ganze Geschichte erzählt, hat über ihren Liebeskummer, ihre Wünsche und Sehnsüchte gesungen. Ich war wie besessen von ihrer Beziehung zu Wyclef Jean – wie er sie verführt hat, wie sie sich leidenschaftlich gestritten haben, was schließlich dazu geführt hat, dass sich die Fugees aufgelöst haben. Trotzdem ist sie zu seiner Hochzeit gegangen, als er eine andere geheiratet hat. Ich dachte nur: Das ist eine Hammerfrau, die alles gibt. Sie lebt mit ganzem Herzen.«

»Wow«, sage ich. »Ich mochte das Album nur, weil Ollie es auch mochte, und er ist cooler als ich.«

Sie grinst. »Tee?«, fragt sie. »Ich habe auch Bier da, falls du ein Bier willst. Oder warme Milch?«

»Machst du mir eine heiße Schokolade?«, frage ich. »So wie du es damals …«

»In jener Nacht?«, sagt sie und lächelt. »Klar, mach ich.«

Ich beobachte sie, wie ich sie beim letzten Mal beobachtet habe. Sie ist barfuß und in Leggings, zieht dann ihren Pullover aus, weil ihr zu warm wird, und hat nur noch Lycra und ein weißes T-Shirt an. Ich kann nicht anders. Ich trete hinter sie, schlinge meine Arme um sie und beuge mich vor, um ihren Hals zu küssen.

»Es war wunderschön heute«, sage ich, nachdem sie mich geküsst und dann weggeschoben hat, damit die Milch nicht anbrennt. Sie gießt sie in zwei Tassen, und wir lehnen an der Arbeitsplatte und pusten in den aufsteigenden Dampf.

»Ich fand es auch sehr schön.« Sie lächelt.

»Ich kann nicht glauben, dass du dachtest, ich sei nur auf Sex aus«, stichle ich. »Was für eine schmutzige Fantasie du hast.«

»Wir hatten einen One-Night-Stand, Nic. Natürlich war es nur Sex.«

»Bis es nicht mehr nur Sex war.«

»Bis es nicht mehr nur Sex war.«

»Und jetzt – das ist wunderschön«, sage ich. »Du. Ich. Wir.«

Sie lächelt. »Also, was ist der Plan?«, wagt sie zu fragen. »Ich will nicht wie ein Mädchen klingen oder so. Oder doch, ich will genau wie ein Mädchen klingen. Ich bin doch alt genug, um diese Frage zu stellen und gleich zur Sache zu kommen, oder?«

»Das bist du.« Ich nicke. »Und ich auch. Ich will das nicht vermasseln, also einigen wir uns jetzt einfach darauf. Wir stellen keine Vermutungen an, sondern wir fragen, was wir fragen müssen.«

»Das ist sehr gesund und erwachsen«, sagt sie und nimmt einen Schluck von ihrem Getränk. »Also … Ich gehe nicht einfach so davon aus, dass du hier übernachtest, sondern ich frage: Nic, möchtest du hier übernachten?«

Ich stelle meine Tasse ab. Sie stellt ihre ab. Ich hebe sie hoch und antworte: »Wenn ich Sie in Ihr Schlafzimmer führen dürfte, *Madam,* könnte ich Ihnen die Antwort darauf bestätigen.«

Diesmal ist es sanfter, nicht so wild. Als wir das erste Mal miteinander geschlafen haben, wussten wir unausgesprochen, dass wir nur eine Nacht hatten, und deshalb war alles erlaubt. Diesmal fühlt es sich nicht wie etwas Endgültiges an, sondern wie ein Anfang, und so lasse ich mir Zeit. Wir liegen uns in ihrem Bett gegenüber, beide nackt, wir berühren, streicheln und liebkosen uns.

Ich sage ihr, dass sie schön ist. Sie sagt mir, dass ich heiß bin. Sie macht Witze über mein Schwert, darüber, dass sie mich den ganzen Tag lang beobachtet hat. Wir sprechen im Flüsterton, und so klingt alles, was wir sagen, intim und wie ein Geständnis. Wenn wir lauter sprechen würden, würden wir die Dinge, die wir einander sagen, nicht sagen, aber so, nur wir beide unter einer Bettdecke, fühlen wir uns sicher, um alles auszusprechen, was uns durch den Kopf geht.

Ich ziehe sie an mich heran. Sie liegt auf dem Rücken, ich habe einen Arm unter sie gelegt, und ihr Kopf ruht auf meiner Brust. Dann beginnen wir uns zu küssen. Mit der anderen Hand schiebe ich ihre Beine auseinander und lasse meine Finger wandern. Sie windet sich und sagt, dass es kitzelt, aber ich schiebe ihre Beine wieder auseinander und sage mit Nachdruck: »Nicht bewegen.«

Sie liegt still und kichert, während ich sie mit meinen Fingerspitzen necke und einen Rhythmus finde, der sie schwerer atmen und dann fast keuchen lässt. Wir küssen uns, bis sie so sehr mit mir verschmilzt, dass es nicht einmal mehr das ist – sie atmet in meinen Mund, während ich sie berühre, ein bisschen schneller und dann ein bisschen langsamer, bis ihre Beine nachgeben und strampeln, dann zittert sie und stöhnt in meinen Mund: »Ja. Ja.«

Ich ziehe ein Kondom über, drehe mich auf sie und schiebe mich zwischen ihre glatten Beine. Wir sehen uns in die Augen, bis sie ihren Kopf mit einem tiefen Stöhnen hoch und nach hinten drückt, während ich in sie eindringe. Sie schlingt ihre Beine um meine Taille und zieht mich in sich hinein, immer und immer wieder, und es dauert nicht lange, bis auch ich stöhnend loslasse. Ich bleibe auf ihr liegen, schnappe nach Luft und schrumpfe in ihr. Und dann lacht sie, was mich auch zum Lachen bringt.

»Warum lachen wir?«, frage ich. »Ich weiß, dass ich auch lache, aber warum?«

»Ich lache, weil ich glücklich bin«, sagt sie.

»Das gefällt mir«, sage ich. »Ich mache dich gerne glücklich.«

Sie grinst.

»Darf ich dich wiedersehen, wenn du aus Paris zurückkommst?«, frage ich. »Wenn du über den Bahnhof St Pancras in London fährst, könnte ich dich vom Zug abholen. Und wir gehen was essen oder trinken. Irgendwie so.«

»Gerne«, flüstert sie. »Ja. Wir sehen uns, wenn ich aus Paris zurück bin.«

29

♥ ♥ ♥

Ruby

»Hey«, sagt Harry, als ich in sein Auto steige. Harry fährt uns zum Bahnhof in Manchester, wo wir den Vierzehn-Uhr-Zug nach London Euston nehmen. William und JP treffen wir am Bahnhof. Der Eurostar fährt dann am Londoner Bahnhof St Pancras ab, also übernachten wir heute im Hotel gegenüber von St Pancras, und morgen fahren wir nach Frankreich. In vierundzwanzig Stunden werden wir bei Amelie sein, und JP wird nach all den Jahren und der ganzen Aufregung endlich »sein Mädchen« sehen.

Ich stehe etwas neben mir und bin ein bisschen erschöpft. Nic und ich haben letzte Nacht nicht viel geschlafen. Es war ein so spannendes, lustiges Date, wir haben uns so gut unterhalten, hatten die ganze Nacht Sex … Ich bin ganz offiziell verknallt. Absolut, zweihundertprozentig, ohne Wenn und Aber verknallt. Ich glaube wieder an die Liebe! Nic und ich! JP und Amelie! Harry und sein heimlicher Geliebter Beau! Die Brise fühlt sich nun etwas sanfter an. Die Sonne scheint sexyer. Die Gerüche sind stärker.

Das Leben ist schön, und das Glück kann echt sein. Hätte ich mich auf Nic eingelassen, wenn JP mich nicht auf meine Ängste aufmerksam gemacht hätte? Ehrlich gesagt, glaube ich das nicht. Deshalb finde ich es so schön, dass wir ihn und seine weisen Worte so vielen Menschen wie möglich nahebringen können. Ich schnalle mich an und nehme den Kaffee entgegen, den Harry mir mitgebracht hat. Hat Kaffee immer schon so gut geschmeckt? Ahhhh.

Wir fahren in kameradschaftlichem Schweigen, das Radio läuft, und ich lese mir zum zehnten Mal die Nachricht durch, die Nic heute Morgen nach seiner Abreise geschickt hat.

Fuck yeah, Ruby,
letzte Nacht war exquisit,
deine Brüste, dein Arsch, dein Mund.
Aber es ist mehr als das,
ich mag alles an dir,
deine Freundlichkeit, deinen Humor, dein Lachen.
Ich hoffe, Paris wird toll,
und JPs Geschichte bekommt ein Happy End.
Aber was dich und mich angeht, Baby,
wir stehen erst am Anfang!

»Mein Gott«, stichelt Harry, als der Verkehr zunimmt. »Ich kann praktisch an dir riechen, dass ihr gevögelt habt. War es so gut?«

»Ich will nicht angeben«, sage ich, »aber der ganze Tag war so gut. Sich zu verlieben … ach, es gibt kein besseres Gefühl.«

»Du wirst die ganze Reise über unausstehlich sein, richtig?«

»Höchstwahrscheinlich«, trällere ich vor mich hin. »Wenn ich ehrlich sein soll, ja.«

Ich nehme mir vor, so lange wie möglich in diesem verträumt-euphorischen Zustand zu verweilen. Das echte Leben kann sehr hart sein, und wenn dann aber etwas Magisches passiert, ist es meine Pflicht, es voll auszukosten. Ich werde das alles genüsslich auskosten.

Wir treffen JP und William am Bahnhof und steigen in den Zug nach London. Wir haben beschlossen, dass Harry alles filmen wird, was wir für wichtig halten, und so werde ich wahrscheinlich auch mal vor der Linse auftauchen, während sich die Gespräche über den Zweck der Reise natürlich immer wieder abwechseln. Vorsichtshalber überprüfe ich mein Spiegelbild in meinem Handy. Ich habe ein leicht gerötetes Gesicht, aber meine Augen leuchten, auch wenn ich müde aussehe. Ich trage getönten Lipgloss auf und reibe etwas davon auf meine Wangen. Das muss reichen.

Alle aus unserer Gruppe sind nervös, trommeln mit den Fingern oder schlagen abwechselnd die Beine übereinander, weil wir uns nicht beruhigen können. Außer JP, der neben mir eingenickt ist. Ich nehme immer wieder mein Handy in die Hand, auch wenn ich weiß, dass Nic mir nicht geantwortet hat, weil ich ihm ja auch noch nicht geantwortet habe. Ich wusste nicht, was ich schreiben sollte. Wir haben uns gestern Abend schon alles gesagt. Und heute Morgen. Am Ende entscheide ich mich für: *Ich stehe wirklich auf dich.* Das war's. Kein Kuss, sondern klare Fakten. Ich kann sofort sehen, dass er die Nachricht gelesen hat, es taucht ein *Gelesen: 14:01* auf. Er schickt ein lächelndes Emoji zurück.

Beiläufig checke ich meine E-Mails, und mein Herz macht einen Sprung, als ich sehe, dass unsere Supervisorin geschrieben hat.

»Hat Janet dir auch eine E-Mail geschickt?«, frage ich Harry, ohne von meinem Display aufzuschauen.

»Hmm?«, brummt er. Er scrollt auf seinem Handy, ohne mich wirklich zu hören.

Ich überfliege schnell den Inhalt der Mail, und meine Frage beantwortet sich von selbst, als ich sehe, dass Harry im cc steht.

»Alles klar«, sage ich. »Die Mail ist an uns beide gerichtet.« Endlich sieht Harry auf. Ich lese laut vor. *»Liebe Ruby, lieber Harry, ich schreibe Ihnen, weil man sich im Kollegium sehr positiv über Sie geäußert hat. Ich wollte Ihnen nur mitteilen, dass der Einsatz, mit dem Sie Ihr Studium betreiben, bewundernswert ist und wir alle sehr stolz darauf sind, Sie in unserer Abteilung zu haben. Viel Glück in Paris! Janet.«*

»Oh«, sagt Harry und winkt den Speisewägelchenfahrer heran, um ein Getränk und etwas zu knabbern zu kaufen. »Das ist ja nett. Damit hätte ich nicht gerechnet.«

»Ja«, sage ich. »Ich frage mich allerdings, was sie über uns gesagt haben.«

Er überlegt. »Ich meine, wir sind ja überall engagiert dabei. Die meisten Lehrenden scheinen sich wirklich zu freuen, dass wir in ihren Seminaren sitzen. Wir lesen, was auf der Lektüreliste steht, liefern interessante Beiträge …«

»Oje, glaubst du, die anderen hassen uns?«

»Und wenn schon. Ich will hier etwas lernen und bin nicht gekommen, um an einem Beliebtheitswettbewerb teilzunehmen.«

»Das stimmt.«

»In diesem Sinne – ich werde jetzt anfangen zu filmen. Ich weiß, wir wollen allgemein nicht so viel sprechen, aber vielleicht können wir kurz schildern, wo wir sind, was als Nächstes passieren wird und wie wir uns alle fühlen. JP, ist das okay?«

»Es ist lange her, dass ich meine allernächste Umgebung verlassen habe«, antwortet JP, als er aus dem Schlaf erwacht. »Paris. Unglaublich!«

»Via London«, erinnere ich ihn.

»Zwei Hauptstädte auf einer Reise«, staunt er, und jetzt, wo er wach ist, ist er gut in Form. »Gut, dass wir das alles aufnehmen. Sonst könnte ich es nicht glauben.«

Harry setzt sich wieder hin, die Kamera in der Hand.

»Mach dir keine Sorgen. Ich werde euch einfach dabei filmen, wie ihr euch ganz natürlich unterhaltet. Vielleicht verwenden wir den Ton später nicht einmal, sondern nur die Reisebilder, und überlagern sie mit einer anderen Tonspur.«

»Füllmaterial«, bemerkt JP und zwinkert mir zu. Ich habe ihm das alles schon erklärt.

William macht große Augen, und JP lacht.

»Ich hätte nie gedacht, dass du kamerascheu bist«, sagt er zu seinem Enkel.

»Ich hatte bisher noch nie die Gelegenheit, das herauszufinden«, sagt William, und ich schwöre, er schwitzt sogar ein bisschen. Wenn ich gefilmt werde, sage ich mir, dass ich ja schließlich diejenige bin, die das Material später schneidet, also werden wir nichts verwenden, was mir nicht gefällt. Ich schätze, wenn man weiß, dass man keinen wirklichen Einfluss auf die Aufnahmen hat, ist es schwieriger, sich zu entspannen.

»Lass uns einfach plaudern, wann immer uns danach ist. So fühlt es sich natürlich an, wie Harry schon sagt«, schlage ich vor. »Und keine Sorge wegen der Kamera. Ähm … also, was habt ihr denn heute Morgen so gemacht?«

Weder JP noch William sprechen.

»Okay«, sage ich. »Nun …« Ich will die Spannung lösen. »Deine Geschichte hat mich so ermutigt, JP, dass ich mich gestern mit Nic verabredet habe, den ich, wie du weißt, schon einmal zurückgewiesen habe, obwohl ich mit ihm geschlafen habe. Ich hatte mein Herz in einen großen alten Käfig eingesperrt, weil ich dachte, so kann ich mich am besten schützen.«

William nickt und ist dankbar, dass ich die Stille unterbreche.

»Aber unsere Gespräche und die Arbeit mit dir an diesem Projekt haben mir die Augen geöffnet. Ich habe mein Herz nur scheinbar geschützt, es so wegzusperren, kann in Wirklichkeit mehr Schmerz verursachen. Wie auch immer … Langer Rede kurzer Sinn, ich habe es gewagt. Nic ist unglaublich, und wir haben die ganze Nacht gevögelt, Ende.«

Ein voller Erfolg! William lacht, und JP schüttelt lächelnd den Kopf. Das Eis ist gebrochen. Schon bald plaudern wir, tauschen Geschichten aus und vergessen die Kamera. Wir sind ein bunter Haufen: JP, klein und schmächtig in seinem Rollstuhl; William, der in seinen Klamotten aussieht, als wolle er den Labrador im

Volvo zum Tierarzt bringen; der bärtige Harry ist riesig wie ein Baum mit einem Herzen wie ein Marshmallow; und ich, ich trage Nics Pullover und bin mir zu neunzig Prozent sicher, dass er ihn nicht aus Versehen zurückgelassen hat, jedenfalls habe ich ihn mir sofort geschnappt.

Danach vergeht die Zeit schnell.

»Die nächste Station ist London Euston. Bitte vergewissern Sie sich, dass Sie nichts im Zug vergessen haben«, dröhnt die Ansage durch eine wackelige Leitung.

»Das Spiel beginnt«, sagt Harry und steht auf, um seinen Rucksack zu schultern und uns dabei zu filmen, wie wir unsere Sachen zusammenpacken. Es ist, als würden wir von einem Paparazzo beobachtet werden.

»Ich habe darüber nachgedacht, Last-Minute-Tickets für eine Show für heute Abend zu besorgen«, sagt Harry zu mir, während wir auf die Rollstuhlrampe warten, sobald die Türen geöffnet sind. »Hättest du Lust mitzukommen? Oder hast du schon was vor?«

»Ich habe meiner Freundin Candice eine Nachricht geschickt, aber sie hat keine Zeit«, sage ich, und das ist nur die halbe Wahrheit. Die ganze Wahrheit ist, dass sie nicht einmal geantwortet hat. Ich bin immer noch im Beste-Freundinnen-Fegefeuer. Jackson sagt, ich soll mir keine Sorgen machen, sie braucht nur Zeit, aber das gefällt mir nicht. Ich bin in London, ohne sie zu sehen – das fühlt sich irgendwie falsch an.

»Ihr Verlust ist mein Gewinn.« Harry lächelt, und ich lächle zurück. Allerdings fühle ich mich plötzlich sehr traurig.

»Oder hättest du Lust auf einen Filmabend?«, frage ich. »Um unsere Energiereserven zu schonen? Wir könnten unsere Laptops an den Fernseher anschließen, Essen bestellen und einen Film gucken. Vielleicht sogar im Pyjama.«

»Filmstudierende, die einen Filmabend machen.« Harry gluckst. »Wie originell.«

»Trautes Heim, Glück allein.« Ich zucke mit den Schultern, und er legt liebevoll den Arm um mich.

»Das wird schon wieder«, sagt er. »Mit Candice. Ich weiß, dass es sich jetzt beschissen anfühlt, aber dein Freund Jackson hat recht. Sie wird sich wieder melden, wenn sie so weit ist.«

»Hmmm« ist alles, was ich darauf antworten kann.

Als wir ankommen, raubt mir Paris den Atem.

»Wow«, staune ich nach unserer unspektakulären, aber zügigen Eurostar-Fahrt durch den Ärmelkanal. Wir sind aus einer großen, mit Teppich ausgelegten Metallkiste herausgetreten und haben eine lebendig gewordene Postkarte betreten. Der Bahnhof Gare du Nord ist wie eine riesige Londoner Markthalle auf Steroiden. Laut William nennt man den Architekturstil neoklassisch. Es ist ein Kopfbahnhof, in der zentralen Halle befinden sich alle Bahnsteige. Wir erhaschen einen guten Blick darauf, als wir mit dem Aufzug von der Endstation des Eurostars herunterfahren. Dünne grüne Eisenstützen säumen zwei Seiten eines Schieferglasdachs, darüber hängen dicke graue, vom drohenden Regen schwere Wolken. Überall stehen kleine Kioske, an denen Crêpes, Croissants und Kaffee verkauft werden – der feuchte Traum eines jeden Frankophilen. Die Menschen scheinen sich alle auf dem Weg irgendwohin zu befinden, was natürlich überall auf der Welt an Bahnhöfen so ist, aber es hat etwas Magisches, dass die meisten hier *Franzosen* sind. Sie bewegen sich anders – unbekümmert und lässig. Und auf der Skala der Eleganz erreichen sie elf von zehn Punkten.

»Bist du das erste Mal in Paris?«, fragt Harry.

»Ja«, antworte ich. »Und jetzt kann ich es kaum glauben. Mir war nicht klar, dass es kaum mehr als zwei Stunden entfernt ist.«

»Großartig, nicht wahr?«, mischt sich JP von seinem Rollstuhl aus ein. Harry und William amüsieren sich über unsere kindliche

Begeisterung. Ich hätte nie gedacht, dass mein Masterabschluss mich hierherführen würde.

Draußen suchen wir den Fahrer, der Williams Namen auf einer kleinen Tafel hochhält: Wegen JP hat er beschlossen, ein Taxi vorab zu buchen. Ein Mann mit weißen Handschuhen und einer Fahrermütze begrüßt uns mit einem Grunzen, und wir sind meist still, während das Taxi in Richtung Westen nach Chaillot fährt, dem Viertel, in dem Amelie lebt. Nach einem Gespräch mit der Haushälterin und einigen E-Mails, die wir mit Amelies Enkelin ausgetauscht haben, wissen wir nun, dass Amelie in Paris lebt, weil ihre Kinder sie hier, in ihrer Nähe, haben wollten, als ihr Mann krank war und es absehbar war, dass sie bald Witwe sein würde. Als wir vom Arc de Triomphe in eine Wohngegend abbiegen, wird deutlich, dass es sich um eine wohlhabende Gegend handelt.

»Das ist hier nicht wie auf dem Bauernhof«, bemerkt JP, der, wie alle anderen, große Augen macht.

Die Straßen sind breit und ruhig, gesäumt von Autos, die die Dellen wie Ehrenabzeichen einzusammeln scheinen. Die meisten Gebäude sind zwei- oder dreistöckig, mit großen Erkern, Säuleneingängen und kleinen, hübschen goldenen Plaketten neben den Klingeln, die darauf hinweisen, dass die einstmals illustren Häuser mittlerweile in Wohnungen aufgeteilt wurden, die nicht weniger illuster sind. Je weiter wir in dieses Viertel vordringen, desto ruhiger wird es, vereinzelte Hundespaziergänger und umherschlendernde Paare wirken wie Schauspielerinnen und Schauspieler auf einem Filmset.

»Wissen wir, was Amelies Kinder machen?«, frage ich und sehe, dass man zwischen den Gebäuden einen freien Blick auf den Eiffelturm hat. Er scheint gar nicht so weit weg zu sein, denn er ist riesig. Kleine Läden, Cafés, Bäckereien – das wirkt alles so surreal. Ist das wirklich ein Ort, an dem Menschen leben? Wie kann das real sein? Die weißgrauen Steinfassaden sind mit schmiedeeisernen Balkonen und Geländern geschmückt. Und die Menschen tragen tatsächlich Baskenmützen und Trenchcoats! Hätten wir das Drehbuch zu einem Spielfilm statt einem Dokumentarfilm geschrieben, dann hätten wir keinen malerischeren und romantischeren Ort wählen können, an dem die Liebenden endlich wieder zusammenkommen. Nun verstehe ich, was es mit der ganzen Parisbegeisterung auf sich hat.

»*Nous sommes arrivés*«, sagt der Fahrer, als er vor dem kleinen Hotel um die Ecke von Amelies Haus vorfährt.

»Lasst uns unsere Sachen auf unsere Zimmer bringen«, schlägt William vor, als wir auf dem Bürgersteig stehen. »Wir ruhen uns eine Stunde oder so aus und treffen uns dann um kurz vor drei in der Lobby. Laut Google Maps sind wir nur sechs Minuten Fußweg von Amelies Wohnung entfernt.«

»Perfekt«, rufen Harry und ich unisono aus.

»Wie schätzt du die Chancen auf einen anständigen Tee ein?«, fragt JP. »Ich bin so müde.«

»Ich kenne niemanden, der so viel Tee trinken kann wie du«, scherzt Harry. »Du solltest dich in einer Teekanne begraben lassen.«

»Das ist keine schlechte Idee.« JP grinst. »Der Himmel bedeutet für mich entweder eine schöne heiße Tasse Tee oder ein halber Shandy, aber ich glaube, in einer Teekanne wäre mehr Platz.«

Da wir in den Dreißigern und nicht in den Neunzigern sind, haben Harry und ich nicht das Bedürfnis, uns auszuruhen, und so beschließen wir, nachdem wir unser Gepäck in unserem gemeinsamen Zweibettzimmer abgelegt haben, in ein Café an der Ecke zu gehen, um echte Pariser Patisseriekunst und einen Kaffee zu genießen. Wir setzen uns nebeneinander mit Blick auf die Straße, und ohne dass wir auch nur einen Ton gesagt hätten, bringt der Kellner uns eine englischsprachige Touristenkarte.

»Ich habe gehört, dass die Franzosen *un petit peu* passiv-aggressiv sein können.« Harry grinst, nachdem ich ein kleines *Merci* mit einem hoffentlich nicht zu demütigenden Akzent gehaucht habe.

»Ich kann nicht glauben, dass wir so weit gekommen sind«, fährt er fort, nachdem wir bestellt haben. »Vor drei Monaten kannten wir uns noch nicht einmal, und jetzt stecken wir knietief in diesem Projekt, sind in einem anderen Land und bekommen E-Mails von unserer Dozentin, die uns viel Glück wünscht. Ich bin ziemlich stolz auf uns.«

»Ich bin auch stolz auf uns«, sage ich. »Und es ist für mich wie eine Bestätigung. Ich hatte einen Plan, habe mir etwas vorgenommen, und es zahlt sich aus.«

»Das stimmt«, sagt Harry. »Oh, hey, lass uns die Insta-Seite aktualisieren«, fügt er hinzu und holt sein Handy heraus, um ein Selfie von uns zu machen. Während er die Bildunterschrift tippt, spricht er sie laut aus: »*Hier sind wir. In Paris! In anderthalb Stunden werden wir* JP *mit seiner Freundin wiedervereinen. Paris ist wunderschön, wenn auch verregnet, und wir können es kaum erwarten, euch zu zeigen, wie kriegsversehrte Teenager nach mehr als siebzig Jahren aussehen, in denen sie sich nacheinander verzehrt haben. Wer sagt, dass es die wahre Liebe nicht mehr gibt? Für* JP *und Amelie hat sie die Jahrzehnte und die Entfernung überlebt.*«

»Schön«, sage ich. »Und wir haben jetzt schon fünfzehnhundert Follower? Das ist so cool.«

»Ich habe die Hashtags *soulmates* und *to be continued* hinzugefügt«, sagt Harry und postet das Foto. »Und ja, fünfzehnhundert. Und es sind auch ein paar sehr coole Leute dabei, Filmleute.«

Wir scrollen durch die Follower-Liste und stellen fest, dass uns auch einige Kunstförderer und Kulturorganisationen folgen. Und dann entdecke ich Nics Namen.

»Das ist er«, sage ich und zeige auf ihn. »Nic.«

»Oooh, dann lass mich mal einen Blick auf ihn werfen«, sagt Harry und klickt auf Nics Avatar, so wie es Candice und Jackson Ende des Sommers getan haben. »Gut aussehend. Geekchic.« Harry nickt anerkennend. »Sieht aus, als würde er das Londoner Leben genießen. Mein Gott, ich möchte auch so leben wie er!«

»Ja«, sage ich. »Er hat im Grunde dasselbe gemacht wie wir: Er wollte eine Veränderung und hat den Sprung gewagt, sein Leben zum Besseren zu wenden. Er sollte auch stolz auf sich sein.«

»Ihr wollt also eine Fernbeziehung führen?«, fragt Harry.

»Ich denke schon«, antworte ich. »Wir haben noch nicht über Details gesprochen, dafür ist es zu früh. Solange es meinem Abschluss nicht entgegensteht, lasse ich mich treiben. Das ist es doch, was JP uns beiden geraten hat, oder nicht? Dass wir uns amüsieren und wissen sollen, dass es sich lohnt, den Dingen Raum zu geben, wenn es sich richtig anfühlt.«

»Beau und ich sehen das auch so«, sagt Harry. »Und ja«, fügt er hinzu, als er meinen faszinierten Gesichtsausdruck bemerkt, »ich gebe freiwillig mehr Informationen über mein Liebesleben preis. Ich glaube, ich könnte dem Glück gefährlich nahe sein.«

»Ha!«, krächze ich, woraufhin der strenge Kellner mir einen abschätzigen Blick zuwirft. »Das könnte der Titel eines Romans sein.«

»Meine Memoiren werden *Ich habe etwas getan und bereue es bereits* heißen.«

Ich kichere. »Meine werden *Sorry, mein innerer Monolog war so laut, ich konnte nichts hören* heißen.«

»Denken wir zu viel?«, fragt Harry belustigt. »Wir? Niemals!«

»Wir denken zu viel darüber nach, wie wir das Happy End bekommen, das wir verdienen«, sage ich. »Damit meine ich das von JP, nicht unser eigenes.«

»Ja, das wollen wir nicht verbocken«, sagt Harry und bekreuzigt sich. »Lieber Gott, lass mein Glück – und damit meine ich das von JP – nicht zerbrechen. Amen.«

»Herr, bitte schenk uns ein paar tolle Aufnahmen für unsere Doku, danke.«

»Ja«, sagt Harry und blickt zum Himmel. »Wir sind große Fans deiner Arbeit, Herr. Wir wissen, dass du uns nicht im Stich lassen wirst.«

»Ich bin so froh, dass du mich damals im Atrium angesprochen hast«, sage ich, öffne ein Zuckertütchen und gieße den Inhalt in meine leere Tasse. »Ich habe viel darüber nachgedacht, wie die Gespräche mit JP meine Sichtweise verändert haben, aber das war alles erst möglich, weil du mich ermutigt hast. Dafür bin ich dir dankbar.«

»Oh, Ruby!«, ruft Harry aus. »Willst du mich zum Weinen bringen?«

»Vielleicht.« Ich zwinkere. »Wie nah bist du dran?«

»Um ehrlich zu sein, bin ich sehr nah dran«, sagt er. »Zu sehen, dass du auch so glücklich bist, und zu wissen, dass wir gerade die gleiche Luft einatmen wie Amelie …«

»Ich weiß. Ich werde schon ungeduldig, wenn mein Essen im Restaurant zu lange auf sich warten lässt. Und jetzt stell dir vor, du müsstest die Geduld aufbringen, viele Jahre auf das Wiedersehen mit einer alten Liebe zu warten.«

»Ich weiß nicht einmal, ob ich so alt werden möchte«, sagt Harry. »JP genießt sein Leben, aber die Lachssandwiches und die endlosen Nickerchen …? Das wäre nichts für mich. Schieß mir eine Kugel in den Kopf, wenn ich siebzig bin.«

»Mein Stiefvater ist fast siebzig, und es steckt noch einiges an

Leben in ihm«, entgegne ich. »Ich denke, es muss schön sein, endlich alles langsamer angehen zu lassen und Bilanz zu ziehen.«

»Hmmmm.« Harry sieht sich den Insta-Beitrag an, den er gerade gepostet hat. »Viele aufgeregte Leute«, bemerkt er und wechselt das Thema. Und dann: »Heilige Scheiße, Ruby. Rate mal, wer uns folgt?«

Ich habe keine Ahnung.

»Der Papst?«, biete ich an.

»Veronica *Bloody* Latimer«, sagt er.

»Die BAFTA-preisgekrönte BBC-Produzentin?«, frage ich und nehme ihm das Handy aus der Hand. »Nein. Unmöglich!«

Ich schaue auf das Display, und da ist sie. Sie hat unter unseren Post geschrieben: *Das ist so cool!*

»Mein Gott«, sage ich. »Das fühlt sich an wie … ganz viel Druck! Fühlst du dich jetzt auch noch mehr unter Druck?«

»Sagen wir mal so«, klagt Harry, zieht seine Handschuhe wieder an und macht sich daran, aufzustehen, »ich gehe jetzt mal besser überprüfen, ob ich noch genug Reservebatterien habe und ob unsere Ausrüstung einsatzbereit ist«, sagt er.

»Ja«, stimme ich ihm zu. »Wir dürfen das jetzt wirklich nicht vermasseln.«

Zurück in der Lobby, trägt JP eine leuchtend rote Strickweste unter seinem Wintermantel und einen Schal aus kariertem Schottenstoff, den William gut zusammengebunden hat. Er soll JP vor Luftzügen schützen. Mit den Fingern der einen Hand tippt er langsam auf sein Knie, in der anderen Hand hält er das Foto von Amelie. Ich kann spüren, wie er sich fühlt: beschwingt und glücklich, gespannt und ängstlich.

Harry lässt die Kamera bereits laufen, und so frage ich JP, wie er sich fühlt.

»Bereit«, sagt er mit einem Nicken, und ein zaghaftes Lächeln umspielt seine Lippen.

»Bevor es losgeht, will ich dich noch Folgendes fragen: Was möchtest du, dass die Menschen über die Liebe wissen? Wenn du über deine Reise nachdenkst, über das, was hinter dir liegt, welche Lektion hast du gelernt? Was könnte man sich sparen, wenn man nicht den ganz harten Weg gehen will?«

JP denkt über seine Antwort nach. »Ich glaube, es ist ganz einfach«, sagt er nach einer Pause. »Nicht zu wissen, was als Nächstes passieren könnte, bedeutet, dass alles möglich ist. Haltet die Liebe mit beiden Händen fest, wenn sie auftaucht. Nehmt sie nicht als selbstverständlich hin. Dass ich eine zweite Chance bekomme, Amelie zu sehen, ist eine große Ausnahme. Seid nicht so dumm.« Er grinst. Und dann machen wir uns auf den Weg.

Wir erreichen die Adresse, die William in Google Maps gespeichert hat, und suchen Amelies Nachnamen auf den glänzenden, eingravierten Plaketten neben den Klingelknöpfen. Eine junge Stimme meldet sich mit: *»Oui?«*

William kündigt uns in fließendem Französisch an, und es entsteht eine Pause, die danach klingt, als sei die Person am anderen Ende verärgert. Dann wechselt sie in perfektes Englisch und sagt: »Warten Sie bitte. Ich werde zu Ihnen herunterkommen.«

Während wir warten, merken wir, dass es immer kälter und bald wieder regnen wird. JP schaut suchend durch die schmalen Glasstreifen in der wuchtigen Holztür, und dann erscheint eine Frau, die fast genauso aussieht wie jene auf seinem Foto. Ihre Wangen und Augen sind gerötet, als ob sie geweint hätte. Ich bin überrascht, dass ich selbst noch nicht geweint habe; es ist für uns alle ein sehr emotionaler Tag. Zweifellos werde ich es tun.

Sie öffnet die Tür, steht da und sieht JP an. Sie muss nicht einmal etwas sagen, damit sich mein Herz zusammenzieht. Es ist nur dieser eine Moment, sie wartet ein bisschen zu lange, und dadurch verschiebt sich etwas. In einer halben Sekunde ziehen sich meine Augenbrauen zusammen, und meine Stirn legt sich in

Falten, denn irgendetwas stimmt hier nicht. Ich habe ein unheilvolles Gefühl. Die junge Frau sieht JP traurig an, dann blickt sie zu uns anderen. Sie schüttelt den Kopf.

»Ich bin Sophie«, sagt sie mit einem Akzent, der unheimlich glamourös klingt. »Amelies Enkelin.«

Wir geben alle ein gedämpftes *Oh!* und *Schön, Sie kennenzulernen!* von uns, aber sie lächelt nicht. Je länger ich sie ansehe, desto deutlicher wird es. Sie sieht niedergeschmettert aus.

»Es tut mir so leid«, sagt sie in die erwartungsvolle Stille hinein. Und es ist seltsam, aber ich weiß, was sie sagen wird, noch bevor sie es ausspricht. Wir sind zu spät.

»Meine Großmutter ist heute Morgen gestorben«, bestätigt sie. »Sie haben sie verpasst.«

30

♥ ♥ ♥

Nic

Entschuldige«, sagt Jackson, während er sein Bierglas ganz nah an den Lippen hält. »Was sagst du?«

»Millie ist schwanger«, wiederhole ich. »Sie bekommt ein Baby.«

Er stellt sein Glas ab.

»Millie, deine Ex Millie?«, fragt er ungläubig.

»Millie, meine Ex.«

»Und … äh, sorry, aber ich glaube, ich verstehe nicht recht«, sagt er. »Ist es deins?«

»Ja«, sage ich. Das reicht, um mich dazu zu bringen, nach meinem Bier zu greifen und zwei Drittel davon auf einmal zu trinken. Jackson sieht mir zu, wie ich es in mich hineinschütte. Ich winke dem Barkeeper und deute zwei weitere Bier an. Beide werden wohl für mich sein müssen.

»Halleluja«, sagt Jackson. »Du wirst …« Er spricht das Wort nicht aus.

»Vater«, sage ich. »Jep.«

Jetzt ist er an der Reihe mit Trinken. Wir setzen uns an einen Tisch.

»Ich habe mir gleich gedacht, dass es seltsam ist, dass sie mir schreibt, und noch seltsamer war es, dass sie wusste, dass ich wach war«, sage ich. Ich zittere, und meine Stimme klingt etwas schrill und angestrengt. Ich reibe mich immer wieder unter einem Auge, als hätte ich jetzt ein neuen, durch den Schock verursachten Tick. »Es hat sich herausgestellt, dass Mum sie angesprochen hat, nachdem sie sie mit einem Kugelbauch im Supermarkt gesehen hat. Millie hat nichts bestätigt, aber du kennst ja Mütter, sie haben einen sechsten Sinn. Also ...«

»Also ist es bald so weit? Wenn man schon eine Kugel sieht ...«

»Sie ist im fünften Monat«, sage ich. Und dann: »Oh, Gott, was soll ich nur tun, Jackson? Ich bin nicht bereit für so was. Schon gar nicht mit ihr.«

»Aber du hast gesagt, dass sie keine Erwartungen an dich hat«, bestätigt er.

Ich nicke. »Das hat sie gesagt. Aber, ich meine, ich kann sie doch nicht einfach im Stich lassen. Sie ist zwar schon mit einem anderen Typen zusammen, aber der wird doch sicher nicht bei ihr bleiben. Es ist alles sehr verworren, um ehrlich zu sein. Ich bin zu ihr gefahren, in ihre neue Wohnung, und sie hat Kaffee gekocht, und ich habe ihr ein Kompliment für ihre Tapete gemacht, und dann hat sie gesagt, dass sie sich mit ihrem Zyklus vertan hatte, als wir das letzte Mal Sex hatten, bevor ich gegangen bin. Wir haben immer auf natürliche Weise verhütet – sie hat morgens ihre Temperatur gemessen und sie in eine App eingegeben, und die hat ihr angezeigt, wann sie ihren Eisprung hatte. Das hat die ganze Zeit, die wir zusammen waren, funktioniert. Es hat nie irgendein Problem damit gegeben. Und dann, bevor ich nach London gezogen bin, bin ich zu ihr gegangen, um eine Kiste mit meinen Sachen zu holen, die sie versehentlich mitgenommen hatte, und in dem allerwildesten, spontansten Akt der Zuneigung, den wir je miteinander erlebt haben, wollte ich ihr einen Abschiedskuss auf die Wange geben, habe aber ihren Mund getroffen, und dann haben wir direkt dort miteinander geschlafen, im Flur. Es hat weniger als zehn Minuten gedauert. Wir haben danach nicht einmal darüber geredet – wir haben uns nur verabschiedet und uns viel Glück gewünscht. Ich hatte sogar vergessen, dass es passiert ist, es hat nichts anderes bedeutet, als dass wir einen Schlussstrich gezogen haben.«

»Und jetzt sind aus dem Schlussstrich Auslassungspunkte geworden …«

»Ha, ha, ha.«

»Tut mir leid«, sagt Jackson. »Ich sollte in einem solchen Moment keine Witze machen.«

»Das Ganze ist ein Witz«, sage ich. Der Barkeeper stellt uns unser Bier an das Ende der Bar, und Jackson geht es holen. Als er sich wieder hinsetzt, sage ich verzweifelt: »Weißt du, als ich hergekommen bin, habe ich mein Spiegelbild in einem Schaufenster gesehen und gedacht: Wer bin ich? Die neuen Schuhe und die Art, wie ich meine Haare gestylt habe – war das alles nur eine Show, ein großes Verkleidungsspiel? Alles, was ich Ruby und dir erzählt habe, war wahr: wie es sich angefühlt hat, ein Risiko einzugehen und darauf zu vertrauen, dass ich hier Erfolg haben könnte. Ich war so stolz auf mich. Und jetzt habe ich all diese Gedanken im Kopf, und keiner davon ist angenehm.«

»Was zum Beispiel?«, fragt Jackson.

»Zum Beispiel, dass Männer wie ich es an Orten wie diesem nicht schaffen können. Ich habe mich selbst überschätzt. Wer bin ich, dass ich denke, ich könnte allem entkommen? Wer bin ich, dass ich mir einbilde, ich hätte ein Abenteuer verdient, einen Neuanfang, alles, was mein Herz begehrt?«

»Kumpel«, beginnt Jackson. »So darfst du nicht denken.«

»Das hat alles ruiniert«, sage ich. »Das hat mein ganzes Leben ruiniert. Ich bin am Arsch. Ich kann kein Vater sein. Oder kann ich es doch …?«

Jackson schweigt für einen Moment, in dem wir einfach weitertrinken. Schließlich sagt er: »Es war richtig, dass du mir geschrieben hast.«

»Du warst mir ein guter Freund«, sage ich. Und dann breche ich in Tränen aus. »Uff, es tut mir leid«, sage ich und wische sie, so schnell ich kann, weg. »Es ist nur – es ist alles so gut gelaufen. Ich habe es dir noch gar nicht erzählt – es hat sich irgendwie seltsam angefühlt, darüber zu sprechen –, aber Ruby und ich, wir haben wieder miteinander geschlafen. Nach unserem Date. Ich hatte etwa drei Stunden Zeit, um darüber nachzudenken, dass das alles ein Anfang sein könnte, und dann – *Bäm!*«

»Mach dir keine Sorgen wegen Ruby«, sagt Jackson beharrlich. »Sie kann warten. Das mit ihr ist ein anderes Thema. Lass uns erst einmal das mit der Schwangerschaft klären. Und ich hole uns mal ein bisschen Wasser.«

»Ich weiß, Selbstmitleid ist langweilig«, sage ich. »Ich habe mir das nur nicht so vorgestellt, verstehst du? Mir hat es in London sehr gut gefallen. Es ist schwer, Freunde zu finden, und es ist anstrengend, mit der U-Bahn zur Arbeit zu fahren, und um ehrlich zu sein, habe ich mein altes Büro vorgezogen, aber hier herrscht eine Atmosphäre, die nirgendwo sonst auf der Welt zu finden ist, und ich *fühle* mich anders. Ich fühle mich so viel näher an dem dran, wie ich mich immer fühlen wollte. Das hört sich vielleicht bescheuert an, aber ich hatte ja auch zwei Pints nach einem ziemlichen Schock, also … ich mach dann einfach mal weiter und lass all meine Gefühle raus, okay?«

»Genau das ist der Punkt«, sagt Jackson. »Wir können auch noch ein drittes Bier trinken, wenn du es brauchst. Ich sehe, dass es dir hilft.«

Ich erhebe mein fast leeres Glas und stoße mit ihm an.

»Es fühlt sich ungerecht an«, sage ich. »Also nach einer Entscheidung, die nicht in meinen Händen liegt. Ich will damit nicht sagen, dass sie das Baby nicht bekommen soll, das meine ich nicht. Das Baby wird kommen, gut. Aber, mein Gott … Ich hätte nicht gedacht, dass es in solch einer Situation kommen würde, verstehst du? Ich fühle mich jetzt so hilflos, und dabei hatte ich gerade erst angefangen, mich *nicht mehr* so zu fühlen. Es ist, als hätte ich einen Schritt vorwärts gemacht – und zwei Schritte zurück.«

»Es hat dich viel Kraft gekostet, hierherzuziehen, das weiß ich. Der Typ, der Rubys Sofa gekauft hat, ist Welten entfernt von demjenigen, der jetzt vor mir sitzt. Du bist verdammt noch mal *aufgeblüht!* Wie eine Blume.«

Ich schaue mit Tränen in den Augen zu ihm auf. Genauso fühlt es sich an.

»Bin ich das?«, frage ich, und wir merken beide, dass meine Stimme zittert.

»Ja«, sagt er.

»Ich will keine Verantwortung«, sage ich traurig. »Ich wollte jetzt für eine Zeit lang einfach nur *sein.* Ich wollte eine dieser Filmmontagen von verrückten Nächten erleben, in denen Leute Wodka aus dem Bauchnabel eines geschmeidigen Models in Unterwäsche trinken und sich auf Brücken um Stangen schwingen, während die Lichter der Stadt hinter ihnen funkeln. Ich wollte mit einem Haufen Kumpels hinten in einem Taxi sitzen und hysterisch lachen, während wir anhalten müssen, damit sich einer von uns am Straßenrand übergibt. Ich wollte eine Kneipenrechnung erhalten, die höher ist als meine Monatsmiete, und die Zeche prellen – nur ein einziges Mal. Ich wollte mich mit meinem Tischnachbarn im Pub anfreunden und auf einer Lagerhausparty landen, in einem Teil Londons, wo die U-Bahn erst am nächsten Morgen wieder fährt. Und ich wollte mich bei der Arbeit krankmelden, während ich in Wirklichkeit auf der Isle of Man bin und keine Ahnung habe, wie ich dort hingekommen bin.«

»Du willst im Grunde deine Zwanziger zurück.«

»Ja. Die Zwanziger, die ich nie hatte. Ich war damals so vernünftig. Es ist ein schreckliches Gefühl, zu wissen, dass ich sie vergeudet habe. Ich habe nicht einmal ein Last-Minute-Flugticket gebucht, und es hat mich nie eine Frau auf der Straße geohrfeigt, weil ich nicht angerufen habe, wie ich es ihr versprochen hatte. Ich wollte einfach nur Spaß haben und mich frei fühlen. Unbeschwert. Richtig Spaß haben und mich nicht so belastet fühlen von dem, was ich bin, und von all der Verantwortung, die ich empfinde, und unter der andere Menschen – Ollie, du, die Jungs beim Dodgeball – nicht zu leiden scheinen. Warum bin ich nur so?«

»Du bist verdammt toll, Kumpel. Du bist ein richtig guter Typ. Mach dich nicht so schlecht.«

»Das waren jetzt vier Monate, in denen ich glaubte, meinen Weg gefunden zu haben, in denen ich dachte, dass ich vielleicht doch ein bisschen lockerer werden könnte, und jetzt habe ich das Gefühl, dass das alles nur ein Traum war. Die Vorstellung, ich könnte mich grundlegend ändern, nur weil ich woanders lebe, erscheint mir jetzt lächerlich.«

»Du hast dich bereits verändert«, sagt er. »Egal, was als Nächstes geschieht.«

»Ja«, jammere ich.

»Nichts ist vorbei. Du hast die Wahl.«

»Es fühlt sich aber nicht so an.«

»Du stehst jetzt unter Schock, das ist völlig normal«, sagt er. »Ich werde dir helfen, einverstanden? Wenn wir nüchtern sind, machen wir eine Liste und gehen alle Möglichkeiten durch, die du hast. Und wir geraten *nicht* in Panik, okay? Angst war noch nie ein guter Ratgeber.«

»Okay«, sage ich mürrisch.

»Aber erst einmal – mehr Bier.« Er nickt in Richtung des dritten Glases, das ich geleert habe. »Und Pommes. Wenn du schon so viel trinkst, braucht dein Magen eine Grundlage.«

»Kannst du das nicht einfach alles ungeschehen machen?«, frage ich traurig.

»Leider nicht, Kumpel«, antwortet er. »Aber ich kann mit dir am Kneipentisch sitzen und dich wissen lassen, dass du nicht allein bist, und das ist eine Menge wert.«

»Du hast recht«, sage ich. »Das ist es. Danke.«

31

Ruby

JP ist still. Sophie hat uns eingeladen, mit nach oben in die Wohnung ihrer Großmutter zu kommen. Das fühlt sich einerseits aufdringlich an, und doch verstehen wir alle, dass es im Sinne der gerade verstorbenen Frau sowie im Sinne des alten Mannes ist, den Sophie gerade erst kennengelernt hat. Es ist der richtige Schritt. JP sieht verzweifelt aus. Ich kann nicht glauben, dass wir noch vor fünf Minuten gelacht, gescherzt und *gefilmt* haben. Wir haben diese Geschichte als etwas Großes behandelt, nicht als eine Fantasiegeschichte. Es geht hier um das Leben von *Menschen*. Ich schäme mich. Wir fahren mit dem Aufzug in Amelies Stockwerk und sprechen dabei kein Wort. Sophies Mutter und ihr Mann sind auch da, förmlich und elegant gekleidet, als kämen sie direkt von der Arbeit.

»Hallo«, begrüßt uns die Frau, »ich bin Brigitte, Amelies Tochter. Das ist mein Mann, Claude.«

Wir schütteln Hände, bekunden unser Beileid, nehmen das Angebot an, Kaffee und Tee zu trinken, und setzen uns. Die Wohnung ist hell und luftig, mit Hartholzböden im Fischgrätmuster und kunstvoll gestalteten Stuckdecken. An den Wänden hängen schlichte Kunstwerke. Vom Stil her ist die Wohnung weit entfernt von JPs Haus in Manchester, sie ist europäisch und chic. JPs Haus fühlt sich mehr wie ein Zuhause an, aber Amelies Wohnung strahlt eine gewisse Gelassenheit aus. Das bringt mich dazu, mich zu fragen, wie sie wohl ist. Wie sie *war*. Oh, Gott.

»Wir haben schon so viel von Ihnen gehört«, sagt Brigitte sanft, als wir alle etwas getrunken haben. »Der Engländer, der ihr

Herz erobert hat. Ich weiß von Ihnen, seit ich ein kleines Mädchen war.«

JP lächelt, und es scheint echt zu sein. Ich denke, es muss ein Trost sein, von einem der Menschen, die ihr auf der Welt am nächsten stehen, über sie zu hören. »Ich hoffe, nur Gutes.« Seine Stimme klingt schwach und dünn. Müde. Plötzlich kommt mir ein Gedanke: *Hoffentlich bringt ihn das nicht um.* Ich versuche, ihn abzuschütteln.

»Es war eine Art Legende in unserer Familie«, fährt Brigitte fort. »Ich glaube, es ist unmöglich, sich das Leben seiner Eltern vor seiner Geburt vorzustellen – wir Kinder sind so egozentrisch, nicht wahr? Aber bei Maman war es anders. Sie hat das Leben geliebt, war so entspannt und mit sich selbst im Reinen. Sie hatte ein Lächeln, als hätte sie ein Geheimnis, und ich dachte immer, wenn sie in einen ihrer Tagträume abdriftete, dann, um Zeit mit Ihnen zu verbringen, besonders, seit sie herausgefunden hatte, dass Sie sie gesucht haben. Das hat sie so glücklich gemacht.«

»Hat sie jemals davon gesprochen, ihn auch zu suchen?«, fragt William.

»Nein«, sagt Brigitte diplomatisch. »Sie war eine praktisch denkende Frau. Einen Soldaten namens JP in ganz England zu suchen – sie hat mir einmal gesagt, dass sie sich nicht einmal sicher war, ob Sie noch leben. Ich glaube, ihre Erinnerungen waren da sicherer. Aber meine Güte, als wir herausgefunden haben, dass Sie am Leben sind und nach ihr gesucht haben – ich habe sie noch nie so glücklich gesehen! Es ging ihr schon lange nicht mehr gut, aber seit sie wusste, dass Sie kommen, ging es ihr besser, nicht wahr, Claude? Sie blieb länger wach und fing an, ihre kleinen Lieder zu summen, so wie ich es aus meiner Kindheit kannte.«

Aus Respekt filmen wir nicht, aber unser Diktiergerät blinkt interessiert, während sie uns das alles erzählt. Es ist schrecklich, über das Projekt nachzudenken, während JP so untröstlich ist, aber Harry hat mir beim Verlassen des Aufzugs zugeflüstert, dass wir zwar JPs Freunde sind, aber auch wegen der Arbeit hier sind, und die Arbeit besteht darin, diese Reise für alle zu dokumentieren, die uns bis hierher gefolgt sind. Ich habe nicht geantwortet, aber ich weiß, dass mein Schweigen mich quasi daran mitschuldig macht, dass wir weiterhin unsere »Inhalte« sammeln. Ich schäme mich ein bisschen deswegen.

»Es hat einen Wert, auch diesen Teil zu erzählen«, hatte Harry geflüstert. Ich weiß nicht, was ich darüber denken soll.

»Würden Sie sie gerne sehen, JP?«, fragt Sophie dann. »Sie ist im Schlafzimmer. Vielleicht möchten Sie ihr nach all der Zeit noch einmal Hallo sagen, bevor Sie sich verabschieden?«

Verflixt. Ich wusste nicht, dass sie noch in der Wohnung ist. Ich weiß nicht, was ich gedacht habe. Ich wusste, dass sie im Schlaf gestorben war, aber ich dachte, die Leiche wäre schon abgeholt worden. Macht man das sonst nicht so? Ich habe keine Erfahrung mit dem Tod. Alle meine Großeltern sind noch am Leben. Ich möchte keinen toten Körper sehen müssen. Die Härchen auf meinen Armen stellen sich auf und signalisieren, dass ich mich wirklich unwohl fühle.

»Sie wird bis heute Abend hierbleiben, dann kann der Rest der Familie noch kommen, um sich zu verabschieden«, erklärt Claude. Ich frage mich, ob jemand mit ihr in der Wohnung schlafen wird.

»Ja«, sagt JP, nachdem er über die Frage nachgedacht hat. »Ich würde sie gerne sehen.«

Wir lassen ihm seine Privatsphäre, William hilft ihm bis zur Schlafzimmertür, lässt ihn aber die letzten Schritte allein gehen und stellt sicher, dass er sich in den Stuhl setzt, den Brigitte neben das Bett gestellt hat.

»Das ist eine wunderschöne Wohnung«, sage ich, um die Stille zu füllen, die niemanden zu stören scheint. Mich allerdings schon. Es ist niederschmetternd, nur Stunden zu spät hier zu sein. Wäre sie überhaupt gestorben, wenn wir gestern gekommen wären, anstatt eine Pause einzulegen, oder wenn wir einen früheren Zug genommen hätten? Wäre sie noch am Leben, wenn ihr Herz sich wieder mit Freude gefüllt hätte? Oder ist das zu viel der Hoffnung? Ich weiß nicht, ob ich dumm oder romantisch bin. Ich hasse mich dafür, dass ich mir wünsche, Nic wäre hier, aber ich tue es. Ich möchte jemanden umarmen oder umarmt werden.

»Sie liebt diese Wohnung«, sagt Sophie. »Sie hat sie geliebt«, korrigiert sie sich dann. Wir tauschen traurige Blicke aus. »Es tut mir so leid«, sagt sie den Tränen nahe.

»Wart ihr euch sehr nah?«, fragt William sie, und sie blickt dankbar auf, froh, dass er gefragt hat.

»Sehr sogar«, sagt Sophie, und sie schauen einander mitfühlend an.

»Mein Großvater bedeutet mir sehr viel«, sagt William, und Sophie nickt.

»Sie hat sich immer im gleichen Tempo bewegt wie ich. Wie sagt man? Wir waren im *Gleichschritt*.«

»Darüber gibt es ein Gedicht.« William nickt. »Es geht darum, dass Kinder ihre Großeltern brauchen, weil Großeltern sich langsam bewegen und nicht so viel herumhetzen wie Eltern. Kleine Menschen und alte Menschen haben viel gemeinsam.«

»Ja!«, stimmt Sophie zu und gestikuliert vor Freude darüber, dass sie verstanden wird. Dann scheint sie sich dabei zu ertappen und sich daran zu erinnern, dass dies ein trauriger Tag ist. »Entschuldigung«, sagt sie. »Aber genau das habe ich auch immer gedacht. Dass du es sagst, macht mich sehr froh.«

William lächelt sie wieder an, und sie nickt.

Als JP wieder auftaucht, drehen wir uns alle zu ihm um und warten auf seine Anweisungen. Er verkündet: »Ich denke, wir sollten der Familie nun ihre Privatsphäre lassen.«

Wir gehen.

JP und Amelies Familie tun mir leid, aber am nächsten Morgen ist es ein kleiner Trost zu wissen, dass Nic mich vom Zug abholen wird. Ich habe ihm gestern Abend eine Nachricht geschickt, in der ich ihm mitgeteilt habe, dass wir Amelie um einige Stunden verpasst haben, und er hat mir eine unverständliche Sprachnachricht hinterlassen, in der er sagt, er sei mit Jackson unterwegs und unglaublich betrunken, aber sehr traurig, diese Nachricht zu hören. Das hat mich zum Lächeln gebracht. Er klang nicht betrunken, nur ein bisschen lallend, und zum Schluss hat er gesagt: *Wie auch immer, wir sehen uns morgen. Ich liebe dich. Nein, ich liebe dich nicht, du weißt schon, was ich meine. Shit. Okay. Bye.* Ich wusste, was er meinte.

Wir kommen in St Pancras an, und die anderen gehen zum Bahnhof Euston, um direkt nach Manchester weiterzufahren, aber ich biege rechts ab. Er wartet direkt am Ausgang und hält ein Schild in der Hand, auf dem steht: »RUBY«, und daneben ist ein Herz mit einem Pfeil.

»Hey, du«, sagt er, als ich näher komme.

»Hey, du«, antworte ich und kuschle mich an seinen Hals. Ich bleibe einfach so stehen, schwebe in der Zeit und genieße seine Präsenz, die Tatsache, dass er gesagt hat, er würde kommen, und es auch getan hat. Und dann fühle ich mich sicher, zu weinen, auf eine Art, die sich in Paris, vor JP, falsch und unangemessen angefühlt hätte.

»War es schlimm?«, fragt er. »Das ist so traurig.«

»Es ist furchtbar«, sage ich. »Er hat sie um einen Tag verpasst. Mehr als siebzig Jahre haben sie gewartet, und dann waren wir einen Tag zu spät. Das ist einfach nicht fair. Es ist überhaupt nicht fair.«

Er streichelt mir übers Haar.

»Ruby«, sagt er dann, und sein Ton hat sich verändert. »Meinst du, wir könnten uns irgendwo hinsetzen? Ich weiß, du bist gerade wütend, aber ich muss dir etwas sagen. Und es kann nicht warten.«

Ich ziehe mich zurück. »Machst du mit mir Schluss?«, frage ich. »Ich weiß, wir sind noch gar nicht offiziell zusammen, aber sag es einfach …«

»Setzen wir uns«, beharrt er.

»Sag es einfach«, erwidere ich. »Sag es.«

»Es geht um Millie«, sagt er, hier am Bahnhof, während sich Hunderte Menschen in alle möglichen Richtungen um uns herum bewegen. »Meine Ex. Sie ist schwanger. Von mir. Aber … können wir darüber reden? Denn ich hoffe wirklich, dass das nichts ändert.«

»Nichts ändert?«, frage ich. »Nic.« Ich kann nicht glauben, was ich da höre. Gedanken an Tränen, Krämpfe, Blut und Einsamkeit überkommen mich. *Ich will keine Kinder.* »Das ändert alles.«

32

♥ ♥ ♥

Nic

Ruby blinzelt schnell. Das erinnert mich an das kleine Rädchen, das auf meinem Computerbildschirm auftaucht, wenn ich dem Rechner zu viel zugemutet habe und er Zeit zum Nachdenken braucht. Ich frage mich, ob ich auch so ausgesehen habe, als Millie die Bombe platzen ließ. Wenn ja, muss ich mit Ruby genauso behutsam umgehen und ihr Zeit lassen, so wie Millie es mit mir getan hat.

»Komm, setzen wir uns dorthin«, sage ich und zeige auf eine leere Bank neben dem Klavier, das hier im Bahnhof steht. Ich greife nach ihrem Handgelenk. Sie blinzelt immer noch. Ich versuche, ihre Gedanken zu lesen, Anhaltspunkte dafür zu finden, was in ihr vorgeht. Ich muss mich an die Hoffnung klammern, dass alles gut werden kann.

»Ich wollte keine Sekunde länger warten, bis ich es dir sage«, erkläre ich. »Ich habe nichts davon gewusst. Es ist im Sommer passiert. Wir hatten uns getrennt, aber …« Ich will nicht zu sehr ins Detail gehen. Sie muss nicht das Datum und die Uhrzeit und die Stellung wissen. »Es ist kurz vor meinem Umzug nach London passiert«, ergänze ich und bleibe absichtlich vage. Die Details dürften auch nicht so wichtig sein. Tatsache ist: Ein Baby ist unterwegs, und es hat meine DNA.

Ruby kneift die Augen zusammen, zieht die Stirn in Falten. Sie ist wunderschön. Ich möchte sie umarmen und mit nach Hause nehmen. Ich will ihr das alles nicht sagen müssen. Oder zumindest will ich den schockierenden Teil überspringen und gleich zu dem Teil kommen, wo es unangenehm ist, wir aber einen Weg finden. Sie hat so hart daran gearbeitet, glücklich zu sein. Das weiß ich. Ich hoffe, dass das Ganze nun trotzdem dazu führt, dass sie glücklich wird.

»Ich weiß, es ist nicht ideal«, sage ich. »Aber ich will nicht, dass sich dadurch etwas ändert. Millie ist schon wieder mit jemandem zusammen und will nichts von mir. Ich habe noch keine Details geklärt oder so, aber selbst wenn ich nebenan wohnen würde, wäre es nur ein Co-Parenting-Modell. Ich kann mein eigenes Leben leben, verstehst du?«

»Du ziehst ganz in ihre Nähe?«, fragt Ruby und kommt zu sich.

Ich schüttle den Kopf. »Nein, das meinte ich nicht …« Ich breche ab. »Es gibt noch keinen Plan. Ich meinte nur, selbst wenn ich einen hätte, würde ich hoffen, dass wir das immer noch … dass das mit uns …«

»Hmm«, sinniert Ruby. Ihr Gesichtsausdruck ist teilnahmslos. Ich kann ihn nicht lesen. Ruby meint, man sehe mir jedes Gefühl an, das mich überkommt, aber bei ihr ist es das genaue Gegenteil. Ich habe nicht die geringste Ahnung, was sie denkt und fühlt. Aber ich habe sie noch nie so weggetreten erlebt. Es ist nicht ideal, dass ich ihr das alles erzähle, kurz nach dem, was in Paris passiert ist.

»Ich weiß, dass du wahrscheinlich Zeit brauchst, um das alles zu verarbeiten«, sage ich. »Ich habe es vor zwei Tagen erfahren und fühle mich immer noch wie … puh …«

Ich versuche, irgendeine Reaktion zu bekommen. Ein Lächeln wäre schön. Es wäre ein Trost.

»Ich meine«, sagt sie und schließt kurz die Augen. »Ich … ich reagiere sehr stark auf das, was du mir gerade erzählt hast. Ähm …«

Ich sage nichts. Ich warte darauf, dass sie in Worte fasst, was sie fühlt.

»Nic, ich will keine Kinder«, sagt sie klar und deutlich.

»Nein …?«, frage ich. »Nun, das ist okay. Du musst ja nicht gleich die Stiefmutter werden oder so. Das würde ich nicht von dir verlangen.«

»Aber das *solltest* du«, antwortet sie. »Das ist genau das, was ein Vater von seiner Partnerin verlangen sollte. Du solltest wollen, dass ich mich einbringe und deine Kinder so liebe, wie du sie liebst.«

»Okay«, stimme ich zu. »Es ist nur so, dass wir noch nicht einmal richtig zusammen sind, also möchte ich dich nicht zu etwas verpflichten, von dem ich nicht einmal weiß, was es ist. Aber ja, ich nehme an, du hast recht. Dieses Mädchen wird ein gutes Team brauchen. Wenn du meinst …«

»Mädchen?«

»Ja. Millie sagt, es wird ein Mädchen.«

»Wann ist es so weit?«

»Im Mai.«

»Wow.«

»Ja. Das ist schon bald.«

Ruby verzieht das Gesicht und guckt dann traurig. Jedes Mal, wenn ich davon ausgehe, dass sie sich dafür entscheiden wird, etwas nicht so schlimm zu finden, kommt plötzlich der Moment, in dem ich mir nicht mehr so sicher bin. Sie muss sich nicht einbringen. Ich kann Kirche und Staat trennen. Aber wenn sie sich einbringen will, ist das auch in Ordnung. Es wäre eine große Leistung, aber warum sollte es nicht möglich sein? Es gibt sehr viele Menschen, die in ungewöhnlichen und seltsamen Konstellationen zusammenleben. Wer sagt denn, dass ich nicht in der Lage bin, ein Vater zu sein und gleichzeitig eine neue Beziehung einzugehen? Wir leben in den 2020ern. Alles ist möglich.

»Meine Stiefmutter hat mich und meine Schwester nie wirklich gemocht«, erklärt Ruby. »Und wir wussten das. Ich habe Dad dafür gehasst, dass er eine Frau geheiratet hat, die uns nicht um sich haben wollte. Als es darauf ankam, als er sich für eine Seite entscheiden musste, hat er sie gewählt und nicht uns. Und das war ein wirklich beschissenes Gefühl.«

Ich sage nichts darauf.

»Du bist ein guter Kerl, Nic«, sagt sie. »Und du wirst nie eine beschissene Entscheidung treffen, das weiß ich.«

»Ruby …«, beginne ich, aber ich weiß gar nicht, was ich sagen will.

»Weißt du, was mich in dieses ›Jahr für mich‹ katapultiert hat?«, fragt sie und hebt eine Hand, um mir zu signalisieren, dass ich sie ausreden lassen soll. »Das Ende meiner Beziehung mit Abe, ja, aber der Grund, warum ich schließlich die Kraft gefunden habe, mit ihm Schluss zu machen, war, dass ich eine Fehlgeburt hatte.«

»Oh, Ruby«, sage ich. »Das tut mir so leid.«

Sie starrt auf eine Stelle auf dem Boden, gleich unterhalb unserer Knie. Sie sieht nicht zu mir auf.

»Ich habe mich monatelang gehasst. Aber nicht, weil ich das Kind verloren hatte – ich habe mich monatelang gehasst, weil ich insgeheim froh war, dass ich keine Entscheidung hatte treffen müssen. Ich wusste, dass ich nur halbwegs so gelebt hatte, wie es meinen Möglichkeiten entsprach, ich habe meine Zwanziger ausgekostet, habe Spaß gehabt, habe einfach das getan, was man tut, wenn man in London lebt, in einer großen Stadt, mit seinem Freundeskreis, und sich betrinkt und dummes Zeug anstellt. Aber dann, kurz vor meinem dreißigsten Geburtstag, eine Fehlgeburt zu haben und festzustellen, dass es verdammt knapp war … Das war schrecklich«, sagt sie. »Es war ein Schock, es war, als würde mir jemand sagen: *Wach auf! Geh, und mach etwas aus deinen wilden und kostbaren Jahren!* Mir wurde klar, dass ich Kunst machen und nach meinen eigenen Vorstellungen leben will. Ich musste noch nicht einmal mit einem Partner über die

Zukunftsgestaltung sprechen, weil ich noch nie einen Partner hatte, mit dem ich etwas zusammen aufbauen wollte. Wenn ich jetzt vor der Frage stünde, würde ich sagen: Ich will keine Kinder, ich weiß nicht einmal, ob ich an die Ehe glaube. Aber ich glaube an mich und an die Geschichten, die ich erzählen will, und dass die Entscheidung, mich selbst und meine Träume ernst zu nehmen, die wichtigste war, die ich je getroffen habe. Was gestern in Paris passiert ist, also auch davor, JP zu treffen und seine Geschichte zu erzählen. Das hat mir noch mehr Sicherheit gegeben. Dadurch fühle ich mich lebendiger als durch alles andere auf der Welt.«

»Aber es würde ja gar nichts daran verändern«, wage ich zu argumentieren. »Es ist nicht *dein* Baby. Ich bitte dich nicht darum, zu Hause zu bleiben, meine Pantoffeln am Feuer zu wärmen und mein Abendessen zu kochen. So bin ich nicht.«

»Du hörst ja gar nicht zu«, entgegnet sie.

»Doch, das tue ich!«, sage ich. »Du willst keine Kinder! Das ist in Ordnung. Ich weiß nicht einmal, ob ich Kinder will!«

»Aber du *bekommst* eins«, sagt sie freundlich. Sie ist nicht wütend. »Und du wirst ein großartiger Vater sein. Du wirst rücksichtsvoll und geduldig sein und ein Leben aufbauen, das für euch beide funktioniert. Da kann ich nicht dabei sein. Ich werde mit einer Videokamera und einem Mikrofon irgendwo in einem Wald unterwegs sein oder an den Stränden in der Nähe von Sevilla oder auf einer Bohrinsel im Atlantik. Und selbst wenn ich das nicht bin, selbst wenn ich Manchester nie wieder verlasse, weiß ich, dass ich, wenn ich dich sehen werde …«

»Wird es nicht auf dem Spielplatz oder am Planschbecken sein.«

»Nein«, sagt sie. »Es gab zwei Wege im Wald«, flüstert sie, »und jeder von uns nahm einen anderen.«

»Du sagst, dass du dich durch den gestrigen Tag mit JP noch mehr mit dem Geschichtenerzählen verbunden fühlst als zuvor, aber was ist mit dem echten Leben? Hat der gestrige Tag nicht bewiesen, dass man sich durch nichts aus der Ruhe bringen lässt, wenn man seinen Lebensmenschen gefunden hat?«

»JP hatte ein schönes Leben«, sagt Ruby. »Amelie wiederzusehen, wäre das Sahnehäubchen gewesen.«

»Bin ich nur ein Sahnehäubchen?«

»Nein«, sagt sie. »Du bist wunderbar. Aber auch wenn du wunderbar bist, kann es trotzdem nicht richtig sein. Ich werde dich nicht zwingen, dich zwischen mir und deiner Tochter zu entscheiden. Mein eigener Vater hat das getan und die falsche Wahl getroffen.«

Ich denke über das nach, was sie sagt. Kurz frage ich mich, wie es wohl wäre, wenn ich mich überhaupt nicht um mein Kind kümmern würde. Wenn ich Millie und ihren Freund damit alleinlassen würde. Aber ich weiß sehr schnell, dass ich das nicht möchte. Eine Zukunft, die ich nicht geplant habe, kommt auf mich zu, aber es ist eine Zukunft, vor der ich nicht weglaufen werde.

»Ich will dich nicht daran hindern, alles zu haben, was du dir wünschst«, sage ich.

»Ich will dich auch nicht aufhalten«, antwortet sie, und wir sehen uns traurig an.

»Es tut mir wirklich leid, was dir passiert ist. Die Fehlgeburt.«

»Danke«, sagt sie. »Ich habe mich damit abgefunden. Es geht mir gut.«

Sie greift nach meiner Hand und küsst meine Fingerknöchel, so wie sie es immer tut. Ich vermisse es jetzt schon.

»Dann war's das also?«, frage ich. »Es ist so ungerecht. Ich habe das alles nicht gewollt. Ich habe quasi zehn Minuten lang Zeit gehabt, zu erfahren, wie es ist, sich in jemand absolut Geniales zu verlieben, ein Gefühl wie das, das in all den Songs besungen wird, und jetzt müssen wir wegen etwas, das passiert ist, bevor wir uns überhaupt kennengelernt haben, Schluss machen? Muss ich mich wirklich entscheiden?«

»Ja«, antwortet sie traurig. »Ich denke schon. Und du darfst ruhig wissen, dass ich am Boden zerstört bin. Ich werde gleich in einen Zug steigen, und sobald ich zu Hause bin, werde ich sehr heftig weinen, und zwar sehr lange.«

»Oh, na ja …«, sage ich und lächle unglücklich. »Also wenn du sechs Monate oder ein Jahr lang nicht über mich hinwegkommst, vielleicht auch zwei Jahre … Es wird mir helfen, wenn ich weiß, dass du dich nach mir sehnst.«

Sie kichert bittersüß. »Bei jeder Filmpremiere werde ich an dich denken«, sagt sie. »Ich werde in deinem Google-Suchverlauf auftauchen, wenn ich gute Presse hatte.«

»*Du* bist die Cyber-Stalkerin«, erinnere ich sie. »Und, oje, ich werde dich jetzt entfolgen müssen. Ich kann dein Gesicht nicht jeden Tag sehen. Ich kann es einfach nicht.«

»Nein«, stimmt sie zu. »Das ist verständlich. Geht mir genauso.«

Wir sitzen einfach nur da.

»Verdammt«, sage ich.

Sie schüttelt den Kopf. »Wir haben wirklich unser Bestes getan, um das schlechte Timing wettzumachen«, bedauert sie. »Aber anscheinend weiß das Schicksal, was es tut.«

»Verflixtes Schicksal«, spucke ich aus.

»Seit wir uns kennen, wächst also in Millies Bauch ein Baby heran?«

»Ja«, sage ich.

»Und du hast es wirklich nicht gewusst?«

»Ich hatte nicht die leiseste Ahnung davon.«

»Das ist verrückt«, sagt sie.

»Filmreif«, sage ich, und sie rümpft die Nase.

Ich gehe mit ihr durch die Abenddämmerung zum Bahnhof Euston, damit sie den Zug nach Manchester nehmen kann. Als ein Polizeiauto an uns vorbeifährt und eine Gruppe schwangerer Frauen in High Heels etwas über die Penthouse-Suite im St.-Pancras-Hotel schreit, fragt sie: »Wirst du hierbleiben?«

Ich atme tief durch. »Ich weiß nicht«, sage ich. »Ich bin so gerne hier. Ich habe das Gefühl, dass ich gerade erst angefangen habe, mich zurechtzufinden.«

»Du wirst es schon schaffen«, sagt sie. »Du bist ein kluges Kerlchen.«

»Aber nicht so schlau wie du«, gebe ich zu und spiele auf einen früheren Witz an, in dem es darum ging, dass ihre intellektuellen Fähigkeiten die meinen übertreffen.

»Ich weiß nicht«, sagt sie, bleibt stehen, sieht mich an und streckt eine Hand nach meiner Wange aus. Ich ergreife sie und ziehe sie an meine Lippen, um ihr einen Kuss auf die Handinnenfläche zu drücken. »Du kriegst das schon hin.«

»Viel Glück mit allem«, wünsche ich ihr.

»Dir auch«, sagt sie.

Und dann ist sie weg.

33

♥ ♥ ♥

Ruby

Ich wünschte, du hättest mir von der Fehlgeburt erzählt, als es passiert ist«, klagt Jackson über FaceTime. »Jetzt erklärt sich einiges. Wir konnten damals nicht richtig nachvollziehen, warum das mit Abe so einschneidend für dich war. Nein, entschuldige, einschneidend ist das falsche Wort … Candice und ich konnten nicht verstehen, warum der Abe-Liebeskummer so viel schlimmer war als jeder andere. Aber jetzt … Es tut mir so leid, dass du das alles durchmachen musstest, Ruby. Ich wünschte, wir hätten dir mehr helfen können.« Er macht einen Gesichtsausdruck, der seine Aussage unterstreicht, und ich kann sein Mitgefühl spüren.

»Ist schon okay«, sage ich und atme tief durch. Ich glaube nicht, dass ich damals die richtigen Worte dafür gefunden hätte. Ich kann das niemandem empfehlen, sich damit so zu verstecken. Es war hart. Aber ich wollte einfach neu anfangen und die Dinge für mich richtig machen. Und es hat funktioniert, würde ich sagen. Ich fühle mich wie ein neuer Mensch. Ich bin glücklich. Deshalb kann ich das mit Nic nicht machen. Wenn es nur um ihn und mich gegangen wäre, wäre ich das Risiko eingegangen, aber so … Der Weg, den er gehen wird, ist keiner, den ich gehen will. Ich denke, es ist besser, wenn wir uns beide jetzt darüber im Klaren sind und nicht erst, wenn ein kleines Wesen mit im Spiel ist.«

»Das stimmt«, sagt Jackson. »Aber … bist du dir sicher?«

Ich seufze traurig. »Nein«, sage ich. »Allerdings nur, weil es wehtut. Aber seien wir mal ehrlich, unser Timing hat die ganze

Zeit über nicht gestimmt. Es ist okay. Beziehungsweise es wird okay sein.« Ich schaue auf die Uhranzeige in der rechten Ecke meines Bildschirms.

»Musst du jetzt zur Vorführung?«, fragt Jackson, als er merkt, dass ich plötzlich abgelenkt bin.

»Ja, ich muss los«, sage ich und setze eine alberne Stimme auf. »Ah! Meine Güte, bin ich nervös! Gott sei Dank hatte ich Probleme, die mich abgelenkt haben.«

»Lol«, sagt Jackson. »Das klingt wie Liebeskummer, der sich selbst rechtfertigt.«

»Worauf willst du hinaus?«

Er winkt ab. »Nichts«, sagt er. »Ich habe nichts weiter hinzuzufügen.«

Ich rolle mit den Augen. »Wünsch uns Glück«, bitte ich ihn.

»Das braucht ihr nicht.« Er zwinkert. »Und außerdem: Ich werde doch wohl bald was sehen dürfen, oder? Bitte!«

»Erst wenn es perfekt ist«, beharre ich. »Hab Geduld.«

»Alles klar.« Er lächelt. »Ich liebe dich, Ruby. Und ich bin stolz auf dich.«

»Danke«, sage ich. »Ich bin auch stolz auf mich. Glaube ich.«

Ich erzähle Harry alles über die Trennung von Nic, verschweige ihm aber die Fehlgeburt. Ich habe ihm in den letzten Tagen noch nichts erzählt, weil wir nur damit beschäftigt waren, den ersten Entwurf der Doku fertigzustellen, aber jetzt erzähle ich ihm, dass Nic Vater wird und ich keine Kinder in meinem Leben haben will, jedenfalls nicht auf diese Art, und dass wir deshalb beschlossen haben, den Pauseknopf zu drücken.

»Es tut mir leid, das zu hören«, sagt er, während wir vor dem Vorführraum warten. »Ich weiß, dass der Vertrauensvorschuss eine große Sache für dich war.«

»Ja«, sage ich. »Aber, *c'est la vie*.«

»Es gibt mehr als eine Art, eine Beziehung zu führen«, erklärt er.

»Sagt der Mann, der glücklich verheiratet ist«, erwidere ich.

Er zuckt mit den Schultern und tut so, als sei er schüchtern. »Ich weiß. Es gibt nichts Schlimmeres, als jemanden glücklich zu sehen, wenn man selbst …« Er schweift ab.

»Es ist okay«, sage ich. »Du kannst es ruhig erzählen.«

Als wir aus Paris zurückgekommen sind, hat Harry Beau gefragt, ob er sein Partner sein will, wahrscheinlich genau in dem Moment, als mir klar wurde, dass Nic nicht mein Partner sein kann.

»Die gute Nachricht ist, dass du ihn endlich kennenlernen kannst«, sagt Harry. »Ich werde ihn nicht mehr wie ein schmutziges kleines Geheimnis verstecken. Nicht nach dem, was JP passiert ist.«

»Das könnte ein Hashtag sein, der voll einschlägt«, witzle ich. »Hashtag JP *hat mich dazu gebracht*.«

»Das ist eine ziemlich gute Idee«, räumt Harry ein. »Lass uns das auf die Liste setzen. Ich finde, wir sollten ernsthaft darüber nachdenken, einminütige Ausschnitte aus den Interviews für den Instagram-Account zusammenzuschneiden. Kleine Perlen der Weisheit, die man teilen kann.«

»Super Idee«, sage ich und nicke. »Einverstanden.« Und dann spüre ich wieder dieses Glucksen in meinem Magen, das sich schon den ganzen Morgen über bemerkbar macht. Ich kann nicht sagen, ob es an meinem Herzschmerz liegt oder an der bevorstehenden Präsentation. Wahrscheinlich ist es beides.

»Bist du nervös?«, frage ich und nicke in Richtung des Raumes, in dem wir auf unser erstes Publikum treffen werden. »Mein Magen sagt mir, dass ich nervös bin.«

Wir wissen, dass das, was wir haben, noch bearbeitet werden muss. Wir haben unser Bestes gegeben, aber wir können nicht wirklich vorankommen, bevor unser Material nicht von anderen gesehen wurde – deshalb zeigen wir unseren Kommilitonen, was wir haben. Wir sind mittlerweile zu sehr involviert. JP wollte ein wenig Abstand von alldem, was verständlich ist, also hat er die aktuelle Fassung nicht gesehen, und er und William haben auch keine weiteren Ideen dazu beigetragen. Wir haben aus Respekt Abstand gehalten, seit wir aus Paris zurückgekehrt sind, und William per SMS wissen lassen, dass wir an JP denken und ihn gerne bald wiedersehen würden. William hat geantwortet, dass es JP gut gehe, er sei nur ziemlich still. Wir haben die Nachricht, dass Amelie gestorben ist, noch nicht über Social Media verbreitet, weil das einen zentralen Punkt der Doku verraten würde. Deshalb ist es eine gute Idee, einige mehrminütige Schnipsel auf Instagram zu veröffentlichen – so können wir Teile der Geschichte zeigen, ohne das Ende zu verraten. Zumindest so lange, bis wir alles fertig haben.

Unsere Mitstudierenden und wir stehen herum und warten darauf, in den Vorführungsraum gebeten zu werden. Wir sind die Dritten auf einer Liste von sechs Präsentationen. Ich weiß, dass alle sehr aufgeregt sein müssen, obwohl ich bezweifle, dass die Kursleiterin Janet allen eine E-Mail geschickt hat, in der steht, dass sie vielversprechend sind und eine Bereicherung für die Abteilung. Ich habe das Gefühl, dass die Messlatte für Harry und mich ein kleines bisschen höher liegt als für alle anderen.

»Betrachte es doch so«, schlägt Harry ganz ruhig vor. »Das alles soll nur dazu dienen, dass wir besser werden. Jeder fühlt das Gleiche, denn jeder will es auf Anhieb schaffen, aber du weißt genauso gut wie ich, dass das nicht Teil des Prozesses ist. Der Prozess besteht darin, unsicher zu sein, Dinge zusammenzuschustern und sich dafür zu schämen, bis ein frisches Paar Augen die Punkte erkennt, die wir nicht erkannt haben. Und wir sollten nicht vergessen: Du und ich mögen talentiert sein, aber alle anderen in diesem Raum sind es auch. Wahrscheinlich werden wir uns am Ende bedanken. Du weißt schon. Sobald wir darüber hinweg sind, dass unsere Gefühle verletzt wurden.«

»Du kannst so viel mehr einstecken als ich.« Ich seufze und schaue auf mein Handy.

Ein bisschen Klatsch und Tratsch, um dich aufzuheitern: Ich glaube, Candice schläft mit unserem neuen französischen Mitbewohner. Eine Nachricht von Jackson. *Vielleicht hat sie sich deshalb nicht bei dir gemeldet. Weitere Details folgen …*

Er versteht auch nicht, warum sie sich immer noch nicht bei mir gemeldet hat. Anscheinend war sie viel unterwegs, hat lange geschlafen, und in ihren Geschichten war viel von heruntergekippten Drinks und Twerking in Klubs die Rede, was in Ordnung ist, abgesehen von der Tatsache, dass sie früher nie der Klub-Typ war. Sie ist ab und an in die Kneipe gegangen oder in eine laute Bar mit einer winzigen Tanzfläche – aber das mit den Klubs ist neu. Außerdem hatten wir in der Maple Avenue eine Regel: Scheiß nicht, wo du isst. Wenn Candice mit einem Mitbewohner schläft, wird Jackson nicht erfreut sein. Ich hoffe für alle, dass er sich irrt. Noch klingt er belustigt, aber es wird garantiert Ärger geben.

»Na dann, wollen Sie alle reinkommen?«, fragt Janet, während sie ihren Kopf durch die Tür des Vorführraums steckt. »Dann fangen wir an.«

Wir schlurfen in den winzigen kinoähnlichen Raum, und ich ziehe Harry am Ärmel, um ihn zu zwei Randplätzen in der zweiten Reihe von vorn zu lotsen.

»Ich möchte die Reaktionen der anderen nicht sehen«, erkläre ich.

Er rollt mit den Augen. Sein Fell ist wirklich viel dicker als meins.

Janet begrüßt uns und gibt uns Anweisungen für das Ausfüllen der Formulare, die vor uns liegen. Sie erinnert uns daran, dass wir alle in einem Boot säßen, und sagt, dass wir, auch wenn es sich vielleicht so anfühle, nicht wirklich in Konkurrenz zueinander stünden. Der Sinn dieser Vorführung sei es, jeder Arbeit konstruktives Feedback zu geben, auf welcher Stufe sie sich zu diesem Zeitpunkt auch immer befinde. Gleichzeitig helfe uns das Feedbackgeben dabei, unsere eigenen Projekte kritischer zu reflektieren.

»Seien Sie nicht zögerlich, was Hilfestellungen für Ihr Kollegium und Ihre Mitstreitenden angeht«, warnt Janet, »denn so helfen Sie auch sich selbst nicht weiter. Wenn Sie sich so detaillierte Notizen wie möglich machen, ist das im Grunde purer Egoismus, denn es zwingt Sie dazu, auch die Sicht des Publikums auf Ihre eigenen Projekte einzunehmen.«

Das ist ein gutes Argument, und als wir uns all die Schnitte und Bearbeitungen der anderen ansehen, wird schnell klar, dass es absolut wahr ist. Das, was ich an den Arbeiten der anderen kritisiere, ist genau das, was mir an meiner eigenen Arbeit Sorge bereitet.

Ich bin mir nicht sicher, ob der Input reicht – ich möchte mich dafür interessieren, aber es fällt mir schwer.

Wo ist das Herz? Die Wärme? Das Leben ist hart genug, ich würde gerne etwas mehr Trost verspüren.

Mir kommt es so vor, als würdet ihr um den springenden Punkt herumtanzen, auf den ihr eigentlich hinauswollt. Gibt es eine zentrale Frage, der ihr ausweicht? Ich sage das nur, weil wir die gleichen Diskussionen geführt haben, was unser Projekt angeht.

Es ist also keine Überraschung, als wir die anonym ausgefüllten Rückmeldungen zu unserem Projekt bekommen und die Wahrheit schwarz auf weiß daraufsteht. Harry sieht das Ganze gelassener als ich.

»Feedback ist nichts Persönliches«, erinnert er mich. »Wir sind nicht unsere Kunst. Die Kunst ist die Kunst. Wenn sie denken, dass wir es besser machen können, dann können wir das wahrscheinlich auch. Das ist doch eigentlich ein Kompliment – oder nicht?«

»Wie kannst du *Macht es besser* als ein Kompliment auffassen?!« Ich ärgere mich darüber, dass wir allen einen Rohschnitt mit so vielen Lücken gezeigt haben, vor allem, weil ich wusste, dass diese Lücken da waren, und keine Lösung finden konnte.

»Sie glauben, dass wir es besser machen können, das ist der Punkt«, sagt er. »Es gibt hier einige wirklich praktikable Lösungsvorschläge.«

Im Grunde geht es in den Notizen darum, dass wir mehr Input geben müssen, damit sich die Zuschauer wirklich für JPs Reise interessieren. Wenn wir das tun, würden die Leute verstehen, dass sie ihre eigene Reise widerspiegelt. Es gibt ein paar Vorschläge, mehr Hintergrundinformationen über Amelie einzubauen, weitere Familienmitglieder von JP zu interviewen oder vielleicht andere Interviewpartner über ihr Liebesleben zu befragen. Ich kann verstehen, warum all diese Vorschläge gemacht wurden, aber keiner davon fühlt sich wie die ultimative Lösung an. *Beinahe zählt nicht.* Hmmmm. Ich frage mich, was es dazu noch zu sagen gibt, und fühle, wie mir das Herz in die Hose rutscht, wenn ich an mein Beinahe mit Nic denke. Ich seufze. Einen Film über die Liebe zu machen, ist nicht damit zu vergleichen, Zwölf-Stunden-Schichten im Bergwerk zu schieben, aber es ist trotzdem hart und fordernd und verlangt mir viel ab. Es war zwar eine gute Möglichkeit, mich in dieser Woche von Nic abzulenken, aber es zwingt mich auch dazu, tief in meiner Gefühlswelt zu graben, und das ist schwer, vor allem, wenn ich Herzschmerz habe.

»Lass uns einen Spaziergang machen«, schlägt Harry vor, dem meine Stimmung nicht entgangen ist. »Wir schnappen ein bisschen frische Luft, und ich erzähle dir von meiner Idee.«

Wir schlendern zwischen den Betonbauten der Universität entlang, holen uns an Micks Kaffeewagen heiße Schokolade und machen uns auf den Weg zum Kanal, da Harry der Ansicht ist, dass es kein Problem gibt, das man nicht durch einen Blick auf ein Gewässer lösen kann.

»Welthunger zum Beispiel«, fange ich an aufzuzählen. »Oder die Frage, wie man Milliardäre dazu zwingen kann, die Klimaproblematik zu lösen, anstatt den Weltraum zu erforschen. Oder die Mückenplage«, sage ich. »Die Aussage ›Es gibt kein Problem, das man nicht durch einen Blick auf ein Gewässer lösen kann‹ mag poetisch klingen, aber sie hält nicht einmal der einfachsten Hinterfragung stand.«

Harry bleibt zuversichtlich. »Genieße es einfach, verdammt noch mal«, sagt er und weigert sich, meinem Zynismus nachzugeben. »Dein Problem ist, dass du so klug und wortgewandt bist, dass du dich in die Verachtung hineinreden kannst, als wäre es ein Ehrenabzeichen. Du setzt deine Kräfte für das Böse ein statt für das Gute. Geh einfach, und atme und staune.«

»Okay, Mr Buddha.«

Ich seufze, aber ich schenke ihm den winzigen Hauch eines Lächelns. Er ist ein guter Projektpartner.

Als Harry denkt, dass ich mich beruhigt habe und ihm tatsächlich zuhören kann, anstatt das, was er sagt, zu etwas zu verdrehen, über das ich mich lustig machen kann, fragt er schließlich: »Können wir hier stehen bleiben? Und kann ich mein iPhone hier hinstellen und auf Aufnahme drücken, für mein Hinter-den-Kulissen-Material?«

Wir stehen an einer großen Steinmauer, und die Atmosphäre ist stimmungsvoll. Es ist hier schön ruhig und entspannend.

»Ich verstehe zwar nicht, warum«, ich fuchtele mit den Armen herum, »aber wenn du denkst, du musst es tun.«

»Ja, das muss ich.«

Während ich dastehe und darauf warte, dass Harry sein Handy positioniert, prüft, ob der Ton in Ordnung ist, und dann auf Aufnahme drückt, wobei er selbst jenseits der Kamera steht, wird mir ein bisschen kalt.

»Ich werde dir jetzt ein paar Fragen stellen, und du musst ehrlich antworten, okay? Keine Witze machen, nicht zu bescheiden oder albern sein – einfach ehrlich.«

Ich verziehe das Gesicht, um mich zu beruhigen, und Harry wartet geduldig, bis meine Gesichtszüge wieder neutral werden und wir fortfahren können. Ich registriere, wie er eine »Ich bin ganz bewusst freundlich und tolerant«-Haltung einnimmt, als wäre ich eine Vierjährige, die sich nicht die Zähne putzen will, einfach weil sie es nicht mag, dass man ihr sagt, sie solle sich die Zähne putzen. Ich wehre mich gegen ihn, weil ich weiß, dass er recht haben wird; auch wenn ich nicht weiß, was er gleich fragen wird, weiß ich doch, dass er schon seit Ewigkeiten darauf hingearbeitet hat. Es ist klar, dass es auf meine Art nicht funktioniert, und deshalb muss ich nun, den Regeln unserer Zusammenarbeit folgend, alles, was er vorschlägt, zumindest versuchen, damit wir sagen können, dass wir nichts unversucht gelassen haben.

»Ich verspreche, die Sache ernst zu nehmen und deine Fragen entsprechend zu beantworten«, sage ich, nachdem ich ein paarmal tief durchgeatmet habe. Meine Handflächen sind feucht vor Aufregung. Warum ist mir leicht schwindlig und übel? Es ist doch nur Harry. Es ist nur ein Film. Es ist nur ein Projekt, das möglicherweise über den Rest meiner gesamten Karriere entscheidet.

Er sieht mich an.

»Was ist, wenn *beinahe* zählt?«, fragt er schließlich.

»Aha«, antworte ich mit zusammengekniffenen Augen. »Rede weiter.« Wie kann *beinahe* zählen? Die Definition von *beinahe* ist ja, dass es *nicht ganz* reicht.

»Du hast hier neu angefangen, nach einer schlimmen Trennung. Stimmt's?«

Ich werde defensiv. »Ich habe neu angefangen, um neu anzufangen«, antworte ich in einem rauen Ton.

»Du bist nicht vor etwas weggelaufen, du bist auf eine Chance zugelaufen, ja, ja, ich weiß«, erwidert Harry. »Aber im Grunde war Abe der Auslöser. Habe ich recht?«

Widerwillig stimme ich zu. Ich werde nicht mehr Details in die Kamera sprechen als nötig, also lasse ich es dabei bewenden.

»Ich glaube, *du* bist die Geschichte, Ruby«, sagt er dann.

»Ich?«, sage ich abwehrend.

»Ja.«

Ich warte darauf, dass er mir das erklärt, und als nichts kommt, füge ich hinzu: »Ist das der Grund, weshalb du so viel hinter den Kulissen gefilmt hast? Hast du das schon länger im Hinterkopf?«

»Um ehrlich zu sein, ja.« Er nickt. »Mir war nur nicht klar, wie richtig ich damit liege.«

Ich warte auf eine weitere Erklärung. Ein Pärchen, das Händchen hält, biegt in unserer Nähe um die Ecke. Sie blickt ihm bewundernd in die Augen, und sie lachen, sagen aber nichts, was entweder bedeutet, dass es sich um einen Insider-Scherz handelt, und sie wollen nicht, dass wir ihn hören, oder sie sind so verliebt, dass schon die bloße Anwesenheit des anderen ein überschwängliches, schallendes Lachen auslöst. Ich sehe ihnen in die Augen, als sie »Entschuldigung« und »Vielen Dank« und »Ein guter Tag dafür, nicht wahr?« murmeln.

»Also, was sagst du?«, insistiert Harry. »Verstehst du, worauf ich hinauswill?«

»Ähm …« Ich zögere und werde mir plötzlich der Kamera bewusst. Ich bin mir sicher, dass er mich gerade dabei erwischt hat, wie ich gegafft habe. Ich als Geschichte? Aber wie?

»Ich glaube, du stellst mich viel größer dar, als ich wirklich bin«, beginne ich. »Ich glaube nicht, dass ich hier die Interessante bin …«

»Es ist interessant für mich – das Streben nach Liebe nach einem *Beinahe*. Das hat etwas mit Mut zu tun. JP ist großartig, aber die Wirkung von JP *auf dich* ist noch besser. Du könntest mich auch interviewen, denn JP hat bewirkt, dass ich mich auch für die Liebe geöffnet habe. Aber noch interessanter ist: Du und Nic, ihr habt beschlossen, nicht zusammen zu sein, obwohl es dich so viel Mut gekostet hat, es zu versuchen. Ich verstehe immer noch nicht, was passiert ist – ich weiß, dass es etwas gibt, das du mir verschweigst, und das ist okay. Aber die Vorstellung, dass JP Amelie so knapp verpasst hat, ich eine Beziehung angefangen habe und du es versucht hast, aber …«

»Ich aber gescheitert bin«, sage ich.

»Nicht auf eine schreckliche Art. Mir wäre es viel lieber, du wärst glücklich. Es tut mir leid, dass du es noch nicht bist.«

Ich spotte, und meine Wangen werden rot. »Du hast Mitleid mit mir?«, frage ich.

»Im Gegenteil«, beharrt Harry mit sanfter Stimme. »Dass du dir eingestehst, was du für Nic empfindest, ist bemerkenswert, nach dem Liebeskummer, den du hattest …«

»Ja, und sieh dir an, wie es ausgegangen ist«, sage ich.

»Fühlst du dich jetzt trotzdem mutiger in der Liebe? Auch wenn es nicht geklappt hat? Hat JP dir gezeigt, dass es das Risiko wert war, obwohl …?« Harry schweift ab, aber es ist eine gute Anregung. Ich bin versucht, ihm mit einem prägnanten Einzeiler zu antworten, aber als ich den Mund öffne, merke ich, dass ich es nicht kann. Oh, Gott. Es ist so verdammt beängstigend. Es entzieht sich so sehr meiner *Kontrolle*. Ich denke an das, wozu ich mich durchgerungen habe – dass es in Ordnung ist, die Regeln des »Jahres für mich« zu brechen und einem neuen Mann eine Chance zu geben. Und trotzdem weiß ich jetzt, da Millie schwanger ist und Nic bald Vater wird, dass es absolut nicht das Richtige für mich ist, ihn auf dieser Reise zu begleiten … Es ist nicht so gelaufen, wie ich es mir erhofft habe, aber seltsamerweise, trotz des Liebeskummers, hat die Tatsache, dass ich zu meiner eigenen Wahrheit gestanden habe, dazu geführt, dass ich mich mehr als je zuvor als ich selbst gefühlt habe. Fühle ich mich mutig in der Liebe?

»Ja«, sage ich, nicke und lasse das Gefühl, stolz auf mich zu sein, zu. »Ich habe etwas riskiert, aber es hat mich nicht gebrochen. Ich erinnere mich an das, was JP zu mir gesagt hat, als ich auf ein Gläschen Portwein zu ihm gefahren bin. »Das Herz ist ein Muskel, und wir müssen ihn benutzen.« Ich beginne zu lächeln, und peinlicherweise steigen mir auch Tränen in die Augen. »Es war ziemlich krass, dass ich das getan habe, auch wenn es letztlich nicht geklappt hat.«

»Bingo«, sagt Harry. »Also zählt das *Beinahe* eben doch.«

»Heilige Scheiße«, sage ich. »*Beinahe* ist der ganze verdammte Dreh- und Angelpunkt.«

Harry nickt. »Genau.«

34

♥ ♥ ♥

Nic

Ich träume. Ich habe das Sofa noch. Manchmal sitzt Millie darauf, hält ein Baby im Arm und lächelt. Ich aber halte es nie im Arm. Ich beobachte nur. Ich beobachte, wie Millie es wiegt, ihm vorsingt, ihm zärtlich und liebevoll über die Wange streichelt. Ruby steht hinter ihr und beobachtet sie ebenfalls. Manchmal streckt sie eine Hand nach mir aus und bittet mich mit großen, weit aufgerissenen Augen: *Komm mit, Nic. Komm mit.* Im Traum weint das Baby, und ich weiß nicht, was ich tun soll, wie ich helfen kann. Millie sieht mich an und sagt, dass sie mich nicht braucht, sie hat alles unter Kontrolle. *Nimm doch ein Bad*, schlägt sie vor, sieht mich dabei aber nicht an. Sie kann ihre Augen nicht von dem Baby abwenden. Da erscheint meine Mutter, und Millie übergibt ihr unser in eine Decke gewickeltes Kind. Dann geht sie mit offenem Morgenmantel auf Ruby zu. Sie küssen sich, und dann öffnet Millie ihren Mund so weit, dass Rubys Kopf in ihrem Rachen verschwindet.

Millies Bauch wird von Tag zu Tag größer.

»Tee?«, fragt sie, als ich unbeholfen in ihrem neuen Haus stehe, gleich um die Ecke von dort, wo wir zusammen gewohnt haben. Es ist eine kleine Doppelhaushälfte, gegenüber vom Park, mit einem schönen Garten auf der Rückseite und einer offenen Wohnküche. Es ist ruhig. Sicher. Familienfreundlich.

»Wasser?«, fährt sie fort. »Ich habe Sprudelwasser da. Ich weiß, dass du das lieber magst.«

Das muss Millie extra gekauft haben, denn ich habe noch nie erlebt, dass sie etwas anderes trinkt als Leitungswasser und gelegentlich, zu besonderen Anlässen, Champagner. Millie mag es nicht, die Kontrolle zu verlieren, und Trinken führt fast immer dazu, dass man seine Hemmungen verliert. Millie behält gerne einen klaren Kopf und einen gut organisierten Geist. Dampf ablassen oder sich auch nur einen Fehler eingestehen – das passt nicht in ihr Konzept. Sie ist eine Planerin. Eine Typ-A-Persönlichkeit, sie handelt logisch und vernünftig und so praktisch wie nur möglich.

Also theoretisch. In Wirklichkeit macht sie *gelegentlich* einen Fehler, siehe der aktuelle Zustand. Nicht, dass das Baby ein Fehler wäre, aber es war nicht geplant.

»Wasser wäre toll, danke«, antworte ich. »Egal was für welches.«

Sie nimmt ein Glas und schneidet eine Zitrone in Scheiben.

»Du musst nicht so … seltsam herumstehen«, sagt sie und holt eine Glasflasche aus dem Kühlschrank. »Du bist hier willkommen. Sei nicht so verkrampft. Ich bin's nur, ich beiße nicht.«

Ich setze mich auf einen Hocker an der Frühstückstheke, und sie schiebt mir mein Glas hinüber.

»Willst du einen Toast oder ein Sandwich?«, fragt sie. »Ich habe etwas Käse da, wenn du einen Käsetoast möchtest.«

Mein Magen knurrt bei dieser Aussicht.

»Ich sehe, dass du Hunger hast«, drängt sie und lächelt. Sie tut alles, was sie kann, um mir zu helfen, mich zu entspannen. An ihrem Entgegenkommen merke ich, dass sie weiß, dass ich das alles noch nicht verarbeitet habe.

»Ich mach mir selbst etwas«, sage ich und stehe auf. »Setz du dich hin.«

»Nein, nein«, beharrt sie und winkt mit der Hand, um mir zu signalisieren, dass ich mich wieder hinsetzen soll. »Ich mache das schon.«

Ich trinke mein Wasser und beobachte sie, während sie den Toast vorbereitet, und sie beobachtet mich, während ich esse. Sie lehnt sich gegen die Arbeitsplatte und trinkt ihren Pfefferminztee. Schließlich nehmen wir Blickkontakt auf, und ich spreche zum ersten Mal, seit ich da bin, wirklich mit ihr.

»Es ist also Realität«, sage ich und zeige auf ihren Bauch.

Sie streicht mit einer Hand darüber und lächelt.

»Ich freue mich darauf, Nic. Es sind zwar nicht die besten Umstände, aber du weißt ja, dass meine Mutter es nicht leicht hatte, schwanger zu werden, und dass sie dummerweise sehr früh in die Wechseljahre kam – ich habe immer befürchtet, dass es mir genauso ergehen würde. Deshalb wollte ich es jetzt in Angriff nehmen.«

»Ich weiß«, sage ich. »Und es tut mir leid, dass ich ein bisschen von der Bildfläche verschwunden bin, nachdem du es mir gesagt hast. Ich musste erst einmal darüber nachdenken.«

»Das weiß ich«, sagt sie. »Wie ich neulich schon gesagt habe: Es ist okay. Ich verstehe, dass es nicht das ist, was *du* wolltest. Nicht so. Und das darf auch so sein, zeitgleich dazu, dass … es passiert. Es ist alles in Bewegung.«

»Ich kann nicht gegen die offensichtlichen Fakten ankämpfen«, sage ich.

»Und ich will es nicht«, antwortet sie schlicht. »Ich hatte den Eindruck, dass du bisher die Details nicht aufnehmen konntest, also entschuldige, wenn ich mich wiederhole … Offensichtlich habe ich mich mit meinem Zyklus verkalkuliert. Die einzige Erklärung, die ich dafür gefunden habe, ist, dass ich aus irgendeinem Grund einen späten Eisprung gehabt haben muss. Aber, wie gesagt, meine Mutter kam mit Anfang dreißig in die Wechseljahre, also …«

Sie braucht die Lücken nicht auszufüllen. Sie muss mir nicht erklären, warum sie das Baby bekommt. Es gibt ein Baby, und es wird kommen, und damit basta.

»Es tut mir leid, dass ich es dir nicht schon früher gesagt habe. Ich saß zwischen allen Stühlen – du warst schon nach London gezogen. Und ich wusste, wenn ich es dir sagen würde, würde eine Art Bombe in deinem Leben platzen, und so habe ich gewartet, und dann war plötzlich so viel Zeit vergangen und …«

»Ist schon gut«, sage ich, und das ist es auch. Ich könnte wütend werden, wenn ich wollte, aber es wäre sinnlos. »Ich glaube, ich bin auf eine seltsame Weise dankbar, dass ich eine gute Zeit haben durfte«, füge ich hinzu. »In seliger Unwissenheit.«

»Wir können es als einen altruistischen Zug meinerseits hinstellen, wenn es das erleichtert, was ich sonst noch zu sagen habe«, antwortet sie, und während ich die letzten Bissen meines Toasts esse und dann den Teller wegschiebe, runzle ich fragend die Stirn.

»Ist das der Moment, in dem du mir sagst, dass es Zwillinge sind?«, scherze ich.

»Das ist der Moment, in dem ich dir erzähle, dass ich jemanden kennengelernt habe«, antwortet sie. »Ich habe es bereits erwähnt, als du das letzte Mal hier warst, aber du schienst so überwältigt von meiner Schwangerschaft zu sein, dass ich dachte, das sei schon genug, was du verdauen musst.«

»Ich erinnere mich«, sage ich. »Weiß er es?«

»Er weiß es und will mit einbezogen werden.«

Ich blinzle.

»Du hast jemanden kennengelernt, der auch nach der Geburt des Babys weiterhin an dir interessiert ist?«

»Ich weiß, das klingt seltsam«, sagt sie mit einem schiefen Lächeln. »Es ist Sandeep, von der Arbeit. Du bist ihm auf ein paar Partys begegnet, erinnerst du dich? Wir haben uns einfach immer gut verstanden, und er war so nett zu mir, nachdem du weg warst, und dann wusste ich schon ziemlich früh, dass ich schwanger war, weil ich jeden Morgen meine Temperatur messe, und dadurch habe ich gemerkt, dass etwas anders war.«

»Sandeep von der Arbeit wusste es vor mir?«, frage ich. »Und er will mit dir zusammenbleiben, wenn das Baby da ist?«

Ich werde überschwemmt von Neidgefühlen. Ruby will wegen des Babys keine Beziehung, aber Millie hat einen neuen Freund gefunden? Es ist nicht fair von mir, so zu denken, aber ich tue es.

»Wie ich schon gesagt habe, es klingt erst mal alles ziemlich merkwürdig. Aber ja, im Grunde genommen will er das. Er war unglaublich toll, und es ist ja nicht so, dass ich ihn gerade erst kennengelernt habe. Wir kennen uns schon so lange, dass es sich, als mehr daraus wurde, nicht überstürzt oder zu früh oder so angefühlt hat. Es hat sich einfach normal angefühlt, wirklich.«

»Okay«, sage ich. Ich weiß nicht, was ich sonst antworten soll.

»Ich habe mir gedacht, dass er irgendwann mal vorbeikommen könnte, wenn du hier bist, damit du ihn kennenlernst. Er wird zum Leben des Babys dazugehören. Das wollen wir beide.«

»Als Vater?«, frage ich, und diese Frage platzt völlig unkontrolliert aus mir heraus.

Sie zuckt mit den Schultern, aber nicht abwertend, sondern freundlich. Ich kenne sie gut genug, um zu verstehen, dass sie versucht, den Schlag abzumildern. Es gibt keinen Grund, warum sie nicht alles bekommen sollte, was sie will. Ich wünschte nur, es wäre bei mir genauso.

»Er hat mich gefragt, ob ich ihn heiraten will, und ich habe Ja gesagt. Du wärst aus dem Schneider, wenn du es willst«, erklärt sie. »Du bist zu absolut nichts verpflichtet. Mir geht es gut. Für dich ist das nicht gerade ideal, und ich werde nicht versuchen, dich in eine Falle zu locken. Ich erwarte nichts von dir.«

Ich möchte ihr sagen, dass sie alles von mir erwarten kann, aber ich tue es nicht. Ich wische meine Hände an einem Küchentuch ab und nicke, während ich ihr zuhöre. Schließlich entscheide ich mich dafür, das Einzige zu sagen, was ich jetzt mit Sicherheit sagen kann.

»Ich würde Sandeep auch gerne kennenlernen«, sage ich. Dann füge ich hinzu: »Dann sehen wir weiter.«

»Aber du bist doch gerade erst nach London gezogen«, sagt meine Mutter, während sie meinen Teller abräumt. Sie hat mir ein komplettes englisches Frühstück und eine Tasse Tee in einem riesigen *Sports Direct*-Becher serviert. Ich glaube, sie hat mir seit meiner Teenagerzeit keine solche Mahlzeit mehr zubereitet, aber heute, nachdem ich angekündigt habe, dass ich Neuigkeiten habe, hat sie sich mächtig ins Zeug gelegt.

Ich nehme meine Tasse in die Hand und trinke einen großen Schluck, denn jetzt hat der Tee die richtige Temperatur. Das verschafft mir auch etwas Zeit. Ich habe mich nicht gerade gefreut auf das, was jetzt kommt.

»Nun«, beginne ich. »Wie es der Zufall so will, werde ich unerwartet ein bisschen Verantwortung übernehmen.«

Meine Mutter sieht meinen Stiefvater eindringlich an und sagt dann klar und deutlich: »Geht es um Millie und das Baby?«

Ich runzle die Stirn. »Du weißt von dem Baby?«

»Ich habe sie im Supermarkt gesehen«, sagt Mum. »Von vorn hat man es nicht gesehen, aber man hat es am Gang gemerkt.«

»Und sie hat dir gesagt …«, ich zögere, »also … dass ich der Vater bin?«

»Mütterliche Intuition.«

»Natürlich«, sage ich. Ich dachte, es würde Diskussionen geben oder zumindest eine Standpauke. Aber alle sind so bemerkenswert ruhig. Das sage ich auch laut.

Meine Mutter zuckt mit den Schultern, meinen schmutzigen Teller immer noch in der Hand. »Niemand kann wegen eines Babys wütend sein, oder?«, sagt sie schlicht.

Den folgenden Satz wollte ich nicht sagen, aber er rutscht mir heraus: »Ich war ziemlich sauer, als ich es erfahren habe.« Als Steve und Mum mich ansehen, als wäre ich der Teufel, erkläre ich: »Es war der Schock. Es ist ja nicht gerade die perfekte Familienkonstellation.«

»Lass mich das erst mal wegbringen«, sagt Mum und deutet auf die Essensreste. Ich warte darauf, dass Steve in ihrer Abwesenheit etwas sagt, aber das tut er nicht. Er hat mich großgezogen – er ist nicht mein *Stiefvater*, er ist eigentlich mein *Vater* –, aber er wartet oft auf ein Zeichen von Mama, bevor er seine Meinung sagt. Als seien Ollie und ich in erster Linie ihre Jungs und erst in zweiter Linie seine. Ich frage mich, ob alle Mütter so mit ihren Kindern umgehen. Ich selbst habe keine Vergleichsmöglichkeiten. Ich kenne weder meinen biologischen Vater noch seine zweite Familie.

»Du denkst also, dass du wieder zurückziehen musst, oder?«, fragt Mum, während sie ein Tablett mit Digestifs hinstellt, die kreisförmig auf einem Spitzendeckchen angeordnet sind.

»Ich meine«, sage ich, »Millie bekommt ein Baby von mir. Irgendwie muss ich das doch, oder?«

Mum zieht die Augen zusammen. »Und dieser andere Kerl – dieser Sandeep. Meinst du nicht, dass er euch im Weg sein könnte, während ihr auf glückliche Familie macht?«

»Willst du damit sagen, dass ich mich *nicht* in die Erziehung meines eigenen Kindes einmischen soll?«, frage ich in gemäßigtem Ton. »Ihr werdet Großeltern. Ich dachte, ihr würdet euch freuen!«

Meine Mutter tauscht einen Blick mit Steve aus und gibt ihm damit die stille Erlaubnis zu sprechen. »Niemand würde es dir verdenken, wenn du es nicht tust«, sagt er. »Theoretisch solltest du natürlich wieder zurückziehen und am Leben deines Kindes teilhaben. Aber nach dem, was deine Mutter von Sally-Anne gehört hat …«

»Die sich jeden Sonntagabend mit Jeanette zum Dartspielen trifft«, unterbricht Mum und meint damit Millies Mutter.

»Das mit Sandeep ist wirklich etwas Ernstes. Ihr seid zwar nicht meine biologischen Kinder, du und Ollie, aber ich würde alles für euch tun. Wenn sie diesen Mann heiratet, dann wird es …«

Er sieht zu Mum.

»… nicht so leicht für dich werden, das ist alles«, beendet Mum seufzend und setzt sich neben mich auf das Sofa. »Wir wissen, dass das zwischen dir und Millie nie das Richtige war – wir wissen, dass du unglücklich warst, besonders gegen Ende.«

»Und alles, was wir meinen, ist«, sagt Steve und lehnt sich vor, um eine Handfläche auf mein Knie zu legen, »dass sich schon jemand um das Baby kümmern wird. Und auch um Millie. Unsere eigenen Erwartungen an das Großelterndasein haben wir im Griff. Wenn du mit Millie zusammen wärst, würdet ihr beide sicher ständig vorbeikommen, aber wenn Jeanette und Clive da sind und dann auch noch Sandeeps Eltern, werden wir auf der Liste ziemlich weit unten stehen.«

»Ich soll sie also einfach machen lassen? Mein Kind von einem anderen Mann großziehen lassen?«

Jetzt fällt der Groschen, und ich kann die Wut, von der ich ziemlich sicher bin, dass sie zweihundertprozentig gerechtfertigt ist, abrufen. Eltern zu haben bedeutet, dass sie uns kennen, lieben und schätzen, dass sie uns großgezogen haben und uns daher am besten kennen sollten. Es ist leicht, der Meinung unserer Eltern zu folgen, denn wenn man ein Kind ist, dann ist das, was sie sagen, Gesetz. Deshalb ist es für mich nicht selbstverständlich, ihnen zu sagen, dass sie gerade totalen Bullshit reden.

»Mum, das kann nicht dein Ernst sein. Ich meine, Steve war alles für uns, aber du kannst doch nicht sagen, dass das die bessere Wahl ist, oder?«

»Hast du dich jemals nicht von ihm geliebt gefühlt?«, fragt Mum, und ich gebe zu, dass ich das nicht getan habe. Dad ist abgehauen, und Steve ist eingesprungen, und einmal, leicht angetrunken auf der Hochzeit meiner Cousine Flora, hat sie mir gesagt, dass es sie schaudert, wenn sie daran denkt, wie anders alles hätte sein können, dass Dads Weggang das Beste war, was je passiert ist. Plötzlich erinnere ich mich glasklar daran.

»Glaubst du, das Baby wäre bei Sandeep besser aufgehoben als bei mir? Denkst du, ich bin so schlecht wie Dad?«, dränge ich.

»Nein, nein, mein Lieber, natürlich nicht.« Sie legt ihren Arm um mich. »Ich meine nur, dass du Optionen hast, und wir unterstützen diese Optionen. Hierher zurückzuziehen, wo du doch so aufgeblüht bist, seit du in London lebst – das würde niemand von dir erwarten. Du kannst jedes zweite Wochenende für einen Tag herkommen, Zeit mit dem Baby verbringen und sehen, wie sich alles entwickelt. Wenn Millie dich öfter braucht, kannst du über einen Umzug nachdenken. Aber wir machen uns einfach Sorgen, dass sich die Dinge anders entwickeln – dass sie dich eigentlich gar nicht so sehr braucht.«

Ich kann nicht glauben, was ich da höre. Millie sagt mir, dass ich mich nicht einbringen muss, meine Eltern sagen mir, dass ich mich nicht einbringen muss … das fühlt sich vollkommen verrückt an. Ich habe ein Kind mit einer Frau gemacht, die ich einmal geliebt habe, aber ich fühle mich wie der Protagonist in einer griechischen Tragödie, der Chor sagt mir in Surround-Sound, dass das keine Rolle spielt und ich so tun kann, als ob es nicht passiert wäre, wenn ich will. Es ist alles höchst seltsam.

Nach einer weiteren unangenehmen Stunde, in der ich über meine Verantwortung für alles nachgedacht habe, gehe ich endlich ins Bett. Als ich nicht einschlafen kann, nehme ich mir mein Handy und google *Vater-Kind-Bindung.*

Im Grunde steht das Kuscheln an erster Stelle. Väter müssen viel mit ihrem Kind kuscheln. Das bedeutet natürlich, dass ich physisch anwesend sein muss – über FaceTime kann man sich nicht umarmen, oder? In einem Forum für alleinerziehende Väter hat jemand gepostet, dass man auch Haut-zu-Haut-Kontakt haben sollte.

Ja, es klingt verrückt, aber du musst der Hebamme sagen, dass du das willst!!! Das kleine Baby, das gerade geboren wurde, muss deinen Herzschlag spüren und wissen, wie du riechst. Das passiert mit der Mama beim Stillen, aber der Papa muss auch was davon abgekommen! Ernsthaft!

Ehrlich gesagt, habe ich mich meinem Sohn am nächsten gefühlt, als er noch nicht geboren war. Ich hatte solche Angst davor, nicht zu wissen, wie ich mit ihm umgehen sollte, oder dass er mich nicht mögen würde oder dass wir keine Bindung zueinander aufbauen könnten, weil er fast ein Jahr lang nicht in meinem Körper herangewachsen ist. Es heißt, Frauen werden zu Müttern, sobald sie wissen, dass sie schwanger sind, aber Männer werden erst zu Vätern, wenn das Kind auf der Welt ist. Ich wollte keine Sekunde verpassen. Ich habe gelesen, dass ein Fötus schon mit etwa vier Monaten hören kann, also habe ich die ganze Zeit mit ihrem Bauch gesprochen, ihm im Bett Bücher vorgelesen und morgens Aufwachlieder gesungen. Ich habe ihm fast jeden Tag alle Songs des ersten Albums von Frank Ocean vorgesungen, und ich schwöre, wenn wir das in seinem Zimmer auflegen (er ist jetzt fast ein Jahr alt), beruhigt er sich sofort. Ist das ein Zufall? Ich glaube nicht!!!

Berührungen sind so wichtig! Auch wenn sie älter werden – und man sie nicht mehr ständig auf dem Arm tragen will –, kann man das Gesicht berühren, die Hand oder die Zehen kitzeln … Es klingt so unbedeutend, aber ich mache das ständig, und ich spüre, wie die Bindung stärker wird.

Bei uns zu Hause bin ich der Babyflüsterer. Unsere Tochter will fast immer die Mama – außer wenn sie sich über etwas aufregt, dann kann nur Papa es in Ordnung bringen. Meine Freundin hasst das!! Ich darf also nicht laut sagen, wie sehr ich mich dadurch gebraucht fühle, weil es sie aufregt, aber ich tue es. Unsere Tochter ist fast drei und ruft immer noch nach mir, wenn sie ein Wehwehchen hat, und am liebsten hält sie sich an beiden Seiten meines hässlichen alten bärtigen Gesichts fest und drückt ihre Stirn an meine. Das bringt mein Herz jedes Mal zum Schmelzen. Ich stelle sie mir bei ihrer Hochzeit vor. Ich weiß, es ist so altmodisch, und Heiraten wird vermutlich gar nicht mehr in sein, wenn sie alt genug dafür ist, aber ich stelle mir vor, wie ich sie im Arm halte, auch noch wenn sie erwachsen ist, wie ich sie in einem weißen Kleid auf der Tanzfläche herumwirble und meine Stirn an ihre drücke, um ihr zu sagen, dass ich immer ihr Vater sein werde.

Shit. Ein dicker, fetter Spritzer von irgendetwas reißt mich aus dem Internetforum und zurück in das Einzelbett, in dem ich in Steves »Büro« liege. Ich weine. Der Spritzer ist eine Träne. Dann kommt noch eine und noch eine.

Ich wische sie mit den Fingern weg, und in diesem Moment wird mir klar, was ich will und wie es weitergehen soll. Alle anderen liegen falsch. Ich werde am Leben dieses Kindes teilhaben. Ich werde zurück nach Liverpool ziehen. Ich werde London verlassen und mich meiner Verantwortung stellen. Daran gibt es keinen Zweifel.

Ich rufe Millie an.

»Hallo«, sagt sie, offensichtlich verwirrt darüber, dass ich aus heiterem Himmel anrufe, statt eine Nachricht zu schreiben. Sie ist aber zu höflich, um das zu sagen. »Geht es dir gut?«

»Millie«, sage ich eindringlich. »Ich will fifty-fifty, von Anfang an, okay? Ich will, dass das Baby mich Daddy nennt, und für Sandeep müsst ihr euch einen anderen Namen ausdenken, okay? Ich bin Daddy. Ich.«

»Okay«, sagt sie schlicht.

»Ich bin Daddy«, wiederhole ich und warte wohl darauf, dass sie mir widerspricht. Ich höre, wie sie sich über den Lärm des Fernsehers entschuldigt und Sandeep sagt, dass sie gleich wieder da ist, und wie sie eine Tür hinter sich schließt.

»Hör zu«, sagt sie, und ich lasse sie fast nicht zu Wort kommen, weil ich nicht will, dass sie versucht, mich von etwas anderem zu überzeugen als dem, was ich beschlossen habe. Aber als ich ihren Tonfall wahrnehme – sie spricht leise –, zwinge ich mich dazu, sie ausreden zu lassen.

»Ich bin so froh«, sagt sie. »Ich hätte das nie von dir verlangen können, und ich wollte es auch nicht verlangen. Ich liebe dich. Nicht so wie früher. Jetzt ist es anders. Aber es ist Liebe, und sie wird nie vergehen, und sie ist da, weil du ein guter Mensch bist, Nic. Und ich wäre völlig bescheuert, wenn ich dich nicht dabeihaben wollte, um diesem kleinen Mädchen zu zeigen, was Liebe ist.«

»Aber …«, sage ich, »warum hast du mir das nicht gleich gesagt?«

»Du hast es verdient, in London zu sein«, sagt sie freundlich, »und das Leben zu führen, das du dir gewünscht hast. Wenn es eine Möglichkeit für uns gäbe, in London zu leben, würde ich das in Betracht ziehen, aber das geht leider nicht. Ich möchte in der Nähe meiner Mutter, meiner Freunde sein. Sie sind mein Unterstützernetzwerk. Aber wenn du gerne hierher zurückziehen möchtest, werde ich mich deswegen nicht schuldig fühlen. Du bist ein großer Junge. Ein Mann. Es ist deine Entscheidung. Ich habe dir eine Ausstiegsklausel angeboten.«

»Ich glaube nicht, dass ich sie jemals annehmen würde.«

»Ich weiß«, sagt Millie. »Wie ich schon gesagt habe: Du gehörst zu den Guten.«

Ich will nicht ins Abseits geraten. Ich werde Vater. Und ich werde ein großartiger Vater sein – ganz in der Nähe. Es tut mir weh, aber ich ziehe wieder nach Hause.

35

♥ ♥ ♥

Ruby

Oh, Liebes«, sagt JP bei einer Tasse Tee in seinem Wohnzimmer. »Ich weiß nicht, was ich dir sagen soll. Was für eine schwere Entscheidung!«

»Danke, JP«, sage ich. »Es geht mir schon besser.« Ich sehe William an, als er sein Handy weglegt, auf dem er mit einem Lächeln etwas getippt hat.

»Entschuldigung«, sagt er. »Ich habe zugehört, wirklich.«

»Mach dir keine Sorgen«, betone ich. »Es geht mir gut. Der springende Punkt ist«, sage ich mit einer Geste in Richtung JP, »dass du mir Mut gemacht hast, mich zu trauen und mich zu öffnen, und das ist doch das Wichtigste, oder? Also … es geht mir gut. Ich wollte nur vorbeikommen und mich vergewissern, dass es *dir* gut geht. Wir haben uns solche Sorgen gemacht. Paris war überhaupt nicht so, wie wir erwartet haben. Es tut uns leid, wenn wir dir Kummer bereitet haben.«

Seit ich angekommen bin, hat JP mich mit Fragen bombardiert. Er hat über William von meiner Trennung von Nic erfahren, und die Nachricht kam von Harry. Zuerst kam ich mir egoistisch vor, nur über mich zu reden, aber ich glaube, er war dankbar für die Ablenkung. Ich muss aber wissen, dass es ihm gut geht – oder so gut, wie es eben möglich ist.

»Nein, nein. Du musst überhaupt keine Verantwortung übernehmen. Ich habe dich gebeten, mich nach Paris zu bringen. Mir geht es dabei wie dir in der Geschichte mit Nic.« JP lächelt. »Es war den Versuch wert. Nur dass es einem schwerer fällt, es so zu sehen, wenn es einem schlecht geht.«

Ich lächle traurig. »Ich kann mir gar nicht vorstellen, was in dir vorgegangen sein muss«, sage ich ihm. »Es ist nicht fair, was passiert ist.«

»Nein«, sagt JP. »Aber wir haben es versucht. Wir haben es versucht.«

»Das haben wir«, stimme ich zu. »Ich wünschte nur …«

JP zuckt mit den Schultern. »Ich auch«, sagt er. »Aber wünschen bringt nichts, nicht wahr?«

Er sieht mir in die Augen und verzieht das Gesicht.

»Hat Opa dir von der Spendenaktion erzählt?«, fragt William dann plötzlich und wechselt das Thema. Ich schüttle den Kopf. »Fünf Riesen für die Krebshilfe, für meinen Onkel. Unser Ziel war nur einer, und wir haben fünf bekommen! Wegen des Instagram-Accounts!«

»Wirklich?!«, rufe ich aus. Ich schnappe mir mein Handy und rufe den Account auf. Harry und ich haben eine Reihe von kurzen Clips geschnitten, die aus dem Zusammenhang gerissen sind, aber alle lustig und weise klingen. Das ist alles ziemlich aufregend. Wir haben inzwischen sechstausend Follower, also fügen wir jeden Tag einen neuen Clip hinzu und versuchen, mehr Follower zu bekommen. Harry und ich haben uns viele Gedanken darüber gemacht, wie wir all die Hinweise, die wir bei der ersten Vorführung erhalten haben, umsetzen können. In der Zwischenzeit haben wir beschlossen, mehr auf dem *Finding JP's Girl*-Account zu posten, um ein Publikum für das Projekt zu gewinnen, wenn es fertig ist. Außerdem zeigen wir so Verantwortung.

Ich klicke auf den Link, den wir immer noch in der Bio für die Spendenaktion hinterlassen haben, und sehe die Summe.

»Fünfeinhalb«, rufe ich aus. »Oh, mein Gott!«

»Eine ordentliche Summe«, bemerkt JP. »Er wird sich freuen.«

»Das ist echt cool«, sage ich. »Das habe ich alles dir zu verdanken, JP. Du bist ein Geschenk für diese Welt. Das bist du wirklich.«

Er schüttelt den Kopf, lächelt aber auch und nimmt das Kompliment so gut an, wie es ihm möglich ist.

»Vorwärts«, sagt er. Und dann zu William: »Mit einer weiteren Tasse Tee, nehme ich an.«

William geht in die Küche und murrt halbherzig, er sei wie der hauseigene Butler, und JP nutzt die Gelegenheit, um mir zuzuflüstern: »Kannst du ein Geheimnis bewahren?«

Ich versichere ihm, dass ich das kann.

»Ich vermute, er macht der Enkelin von Amelie den Hof. Ich höre ihn am Telefon flüstern, auf Französisch. Ich bin sicher, dass er den Namen *Sophie* ausgesprochen hat.«

Mir fällt die Kinnlade runter. »Wirklich?«, frage ich. »Er hat immer noch Kontakt zu ihr?«

»Ich bin mir ziemlich sicher«, sagt er und zwinkert mir zu. »Täglich, seit wir zurück sind.«

»Das sind zwei Wochen«, bemerke ich. »Er hat zwei Wochen lang jeden Tag mit ihr telefoniert?«

William steckt den Kopf durch die Tür. »Bleibst du zum Mittagessen?«, fragt er fröhlich. »Es gibt Sandwiches mit Thunfischpaste, unser aller Lieblingsessen!«

Harry und ich haben um 4 Uhr ein Seminar mit Janet, aber bis dahin habe ich Zeit.

»Klar«, sage ich. »Das wäre wunderbar. Danke.«

Als er wieder weg ist, hält JP begeistert einen Daumen hoch, während er sich über das freut, was er gerade erzählt hat, und ich verkneife mir ein Lachen. Es ist schön, ihn wieder wohlauf zu sehen. Es ist beruhigend zu wissen, dass für uns beide das Leben weitergehen wird.

In dem Modul, bei dem Harry und ich assistieren sollen, geht es um Dokumentarfilme. Es ist mit einer kleinen Vergütung verbunden, aber vor allem beweist es, dass die Abteilungsleitung wirklich an unser Potenzial glaubt und uns wertschätzt. Es ist eine Ehre, gefragt zu werden. Wir müssen nicht allzu viel tun – im Unterricht anwesend sein, drei Sprechstunden pro Woche abhalten, um allen zu helfen, die Fragen haben oder eine Anleitung zu den gestellten Fragen brauchen, und zu Ostern müssen wir einige Aufsätze benoten, die fünfzig Prozent der Note ausmachen. Es gibt einen festen Lehrplan, an dem wir uns orientieren müssen, mit Hinweisen von früheren Studierenden, die das schon vor uns gemacht haben. Es geht also weniger darum, welche Informationen wir vermitteln, sondern eher darum, wie wir es tun – nämlich enthusiastisch und freundlich –, das war Janets Anweisung.

»Das war ziemlich cool, oder?«, fragt Harry hinterher, als wir zusehen, wie die etwa hundert Studierenden den Seminarraum verlassen und die Dozentin sich bei uns bedankt und sagt, dass wir uns nächste Woche wiedersehen.

»Ja«, sage ich. »Ich wusste gar nicht, dass der Film und das Kino des späten 19. Jahrhunderts zu einer neuen Vielfalt des Schreibens inspiriert haben.«

»Mein Lieblingsgeek.« Harry lächelt.

»Für immer und ewig.« Ich lächle zurück. »Also …«, sage ich und werfe einen Blick auf die Hörsaaluhr. »Es ist halb sechs. Sollen wir in die Studentenvereinigung gehen und uns bei einem Getränk weiterunterhalten, oder trinken wir doch noch einen Kaffee und setzen uns ins Atrium?«

»Atrium«, sagt Harry. »Ich will, dass du einen klaren Kopf hast.«

Es dauert dreißig Sekunden, nachdem wir uns mit unseren koffeinfreien Milchkaffees hingesetzt haben, bis ich verstanden habe, warum.

»Das bin ja ich. Das ist Filmmaterial von mir«, sage ich und schaue auf seinen Laptop, auf dem er das Rohmaterial von zwei Monaten zusammengetragen hat. »Es gibt so viel Material von mir«, füge ich hinzu und bewege mit meiner rechten Hand die Maus, um zu überprüfen, ob ich richtigliege, »dass du einen eigenen Ordner mit meinem Namen angelegt hast.«

»Richtig«, sagt Harry. »Und ich sage dir: Das ist die Lösung.«

»Ich meine …«, beginne ich. »Ich könnte jetzt so tun, als bräuchte es große Überredungskünste, aber ganz ehrlich, ich bin mit allem einverstanden, was die Doku besser macht … Ich bin zu allem bereit, was nötig ist.«

»Okay, großartig«, sagt Harry. »Fühlst du dich jetzt bereit, dich vor die Kamera zu stellen? Für ein formelles Gespräch?«

»Jetzt?«

»Du siehst toll aus.«

»Gut, okay. Dann lass es uns tun, bevor ich meine Meinung ändere.«

»Großartige Neuigkeiten. Ich habe einen Aufnahmeraum gebucht, nur für den Fall.«

Wir filmen etwa eine Stunde lang. Harry stellt mir Fragen, wobei ich nicht in der Bildmitte sitze, sondern links der Mitte, so wie wir es bei JP auch gemacht haben.

»Das ist jetzt also die Kurzfassung«, sage ich und fasse mein Liebesleben zusammen. »Ich bin aus einer wirklich beschissenen Nicht-Beziehung mit einem Mann raus, mit dem ich nie hätte zusammen sein sollen, und habe beschlossen, mich selbst ernst zu nehmen. Ich hatte einen One-Night-Stand, dem ich immer wieder über den Weg gelaufen bin, und es war JP, der mich darauf hingewiesen hat, dass ich, egal, wie sehr ich glaube, mein Herz schützen zu müssen, entschlossener, offener und lockerer in Liebesdingen werden muss. Als würde ich die Widerstandsfähigkeit meines Herzens erhöhen. Wenn wir so tun, als wären unsere

Liebe und unsere Zuneigung etwas Besonderes, das man sich mühsam erkämpfen muss und das endlich ist, dann macht uns das unglücklicher, als wenn wir einfach die Chance ergreifen und sie frei verschenken. Das habe ich getan. Aber dann hat sich die Situation verändert, weil ein Baby unterwegs ist. Es ist okay. Mir geht's gut. Na ja, also … es wird mir gut gehen. Ich finde es auch toll, dass JP stolz auf mich ist. *Beinahe zählt nicht?* Ich weiß nicht. Ich glaube, alles zählt. Ich lerne ständig hinzu.«

»Okay, Schnitt«, sagt Harry, als ich geendet habe.

»Hast du jemals *Harry und Sally* gesehen?«, frage ich. Im Laufe des Gesprächs habe ich meine eigene Idee davon entwickelt, was diesen Dokumentarfilm wirklich perfekt machen könnte. Harry wirft mir einen Blick zu. »Ja, klar, selbstverständlich hast du ihn gesehen. Entschuldige«, sage ich. »Du hast großartige Filmkenntnisse.« Harry nickt, unterbricht mich aber nicht. Er ist jetzt ganz bei der Sache – er ist begeistert davon, wie wir JPs Geschichte mit einem Kommentar über mein eigenes Liebesleben abschließen, aber ich will noch einen draufsetzen.

»Sie spicken die Geschichte mit Schnipseln aus den Liebesgeschichten anderer Leute. Vielleicht brauchen wir so etwas.« Harry zieht seine Augen zusammen. »Oder die Vorbehalte anderer Leute gegenüber der Liebe«, füge ich hinzu. »Das gibt dem, was wir zu tun versuchen, einen Kontext. Ein paar zusätzliche Stimmen und Sichtweisen. Die Leute könnten sogar kleine Videos von sich selbst über Instagram schicken – wir haben ja bereits ein interessiertes Publikum –, oder sie könnten ihre Geschichten schriftlich einsenden, und wir können sie einblenden oder vertonen. Das könnte einfacher sein, wenn man bedenkt, wie wenig Zeit wir noch haben. Was wäre, wenn wir den Erzählbogen so aufbauen: Viele von uns schützen ihr Herz, weil wir denken, dass es uns davor bewahrt, verletzt zu werden. Dann komme ich ins Spiel, deren Geschichte wir erzählen können, wenn sie wirklich interessant genug ist … Mal sehen, wie sich das beim Schneiden anlässt. Wir kommen jetzt in die heiße Phase. Neben meiner Zurückhaltung, Nic in mein Leben zu lassen – oder überhaupt jemanden –, muss ich mich fragen, warum ich mich davor in einen Mann verliebt habe, der eine Freundin hatte. Habe ich mir Abe gerade deshalb ausgesucht, weil es mit ihm nie wirklich ernst werden konnte? Oje …« Meine Worte prallen jetzt aufeinander. »Das ist wie eine Therapie! Shit! Okay. Wo war ich stehengeblieben?«

»Nebeneinanderstellung mehrerer Stimmen.«

»Okay, richtig, ja, also ein Haufen Leute, die sagen, dass sie ihr Herz schützen, ich, die ich mein Herz beschütze, und wie sich meine Gedanken darüber ändern, als ich JP treffe. Wir zeigen JPs Reise: Er erzählt uns von Amelie, wie suchen nach ihr, und dann kommt das herzzerreißende Ende der Suche in Paris. Dann die Aufnahmen von mir und JP, wie wir uns über das Leben, die Liebe und den Sinn des Lebens unterhalten, etwas Erbauliches über JP, der sich dafür entscheidet, sein Leben so offen wie immer zu leben, obwohl er des Einzigen beraubt wurde, was er sich fast sein ganzes Leben lang gewünscht hat …«

»Und: Bäm! Indem wir uns auf die kleineren Geschichten von euch beiden konzentrieren, sprechen wir ein breiteres, universelleres Publikum an, genau wie wir es uns erhofft haben! Und wir haben eine kraftvolle, authentische, inspirierende Doku …«, sagt Harry.

»Darüber, dass man in der Liebe mutig sein soll. Bei ihrem Streben nach Glück sollen Menschen zerschlagen, blutig und verletzt werden«, sage ich. »Ende.«

»Ich glaube, das ist es«, sagt Harry. »Wir haben alles, was wir brauchen. Wir müssen nichts mehr aufnehmen.«

36

♥ ♥ ♥

Nic

Genau so«, sagt Jackson. »Befolge meine Anweisungen aufs Genaueste, okay? Das ist eine Kunst für sich.«

»*Aye, aye, Captain*«, sage ich und entkerne die Paprika, die er mir gegeben hat, während er die Zwiebeln in der Pfanne anschwitzt. Wir bereiten sein Chili zu, auf das er so stolz ist.

Wir hacken und kochen in kameradschaftlichem Schweigen, im Hintergrund läuft Musik, und wir konzentrieren uns auf unsere Aufgaben. Dann sagt Jackson: »Sag mal, jetzt, nachdem das Ganze sich ein wenig gesetzt hat … wie geht es dir? Also wie geht's dir wirklich?«

Seit die Bombe geplatzt ist, sind drei Wochen vergangen.

»Mir geht's … Ich weiß nicht so recht. Ich bin noch dabei, alles zu verarbeiten. Ich muss mit meinem Chef reden und sehen, welche Möglichkeiten ich habe. Der Job ist eigentlich das Uninteressanteste an meinem Leben in London, also wird es mir am wenigsten schwerfallen, mich von ihm zu trennen. Soll ich meinen ehemaligen Chef fragen, ob ich wieder in meinen alten Job zurückkann?«

»Würdest du das gerne tun?«, fragt er und öffnet die Tüte mit dem Hackfleisch, das wir beim Metzger gekauft haben, und gibt es zu den Zwiebeln. Ich fülle die Paprikawürfel in eine Schüssel und schneide die Zucchini so dünn wie möglich, wobei ich aufpassen muss, mir nicht in die Finger zu schneiden.

»Zurückgehen? Überhaupt nicht«, antworte ich. »Ich denke nur die ganze Zeit, dass es doch einen Weg geben muss, der sich wie ein Schritt nach vorn anfühlt und nicht wie ein gewaltiger Sprung zurück.«

Er zeigt mit dem Löffel auf mich. »Da hast du's«, sagt Jackson. »Ich wollte gerade dasselbe sagen. Es hat dir hier so gut gefallen, weil du neue Dinge ausprobieren konntest, neue Facetten deiner Persönlichkeit entdecken, und du hast sogar versucht, dich ein bisschen anders zu stylen.«

»Ja«, sage ich langsam, weil es sich im ersten Moment wie ein Vorwurf anfühlt. »Ich versuche aber nicht, jemand zu sein, der ich nicht bin.«

»Das weiß ich«, sagt Jackson und heizt eine weitere Pfanne an, um das Gemüse anzubraten, das ich für ihn vorbereitet habe. »Kannst du sagen, was es war? Was hat dazu geführt, dass du dich verändert hast?«

Meine Wangen brennen heiß.

»Du weißt, dass es mit Ruby angefangen hat«, sage ich. »Und – um fair zu sein – mit dir, in jener Nacht mit dem Sofa, als du mich zu euch eingeladen hast. Da habe ich meinen ersten Freund in London gefunden, und es hat sich so einfach angefühlt. In Liverpool waren alle in einer Beziehung, und ich habe mich nach der Trennung in meiner eigenen Freundesgruppe wie ein Außenseiter gefühlt. In London ist es normaler, ein nicht mehr ganz junger Single zu sein.«

»Und die Jungs in deinem alten Job?«

»Ja, einige von ihnen waren cool, aber ich bin nicht mehr fünfundzwanzig. Ich arbeite jetzt im Management, und da ist es verpönt, die Grenzen nicht zu wahren.«

»Das verstehe ich«, sagt Jackson. »Es ist das genaue Gegenteil zu meinem Job, bei dem wir die ganze Zeit mit angehenden Stars unterwegs sind und fast so tun müssen, als ob wir ihre besten Freunde wären. Das kann sich sehr künstlich anfühlen …«

»Macht es trotzdem Spaß?«

»Man verdient gutes Geld«, sagt Jackson. »Und ich kann in gewisser Weise mitgestalten, was kulturell passiert. Ich weiß, das hört sich abgedroschen an, aber diese neue Generation von Influencerinnen und Influencer verkauft nicht nur Handtaschen und Cremes, sie sind politisch aktiv und stehen für etwas. Eine unserer Klientinnen steht mit ihrem Buch über die Gendertheorie seit fast einem halben Jahr auf der Bestsellerliste, und eine andere ist gerade mit einem TED Talk über die Unterstützung von Müttern beim Wiedereinstieg ins Berufsleben bekannt geworden.«

»Okay, ja – das ist ziemlich krass.«

Er nimmt das Gemüse vom Herd, bringt das Wasser zum Kochen und holt eine Kanne und ein paar Brühwürfel heraus.

»Musst du zurück nach Liverpool ziehen?«, fragt er. »Ich meine, musst du London wirklich verlassen? Liverpool ist doch nur eine kurze Zugfahrt entfernt.«

»Ich weiß ganz sicher, dass ich kein Teilzeitvater sein will«, sage ich. »Ich möchte eine kurze Autofahrt entfernt sein, aber keine Zugfahrt.«

»Dann solltest du vielleicht mit einem Headhunter sprechen, nicht mit deinem alten Chef …«

Ich nicke. Das, was er sagt, gefällt mir.

»Das kann ich machen«, sage ich. »Ja. Das ergibt absolut Sinn.«

»Siehst du mal, ich habe nicht nur ein hübsches Gesicht.« Er lächelt.

»Oh«, erwidere ich. »Ich dachte, die Leute sagen, du hast *nicht mal* ein hübsches Gesicht.«

»Ha, ha.«

Das Chili braucht Zeit, um zu köcheln, also schaltet Jackson den Fernseher ein, und ich google auf meinem Handy nach Personalvermittlern, denn das ist wirklich eine gute Idee. Es ist wichtig, sich daran zu erinnern, dass ich nicht in mein altes Leben zurückgehen *muss.* Ich kann mir einen neuen Job suchen und nach einem Dodgeballteam in Liverpool Ausschau halten.

Ich könnte sogar in einer schönen Wohnung am Wasser wohnen und die Wochenenden und vielleicht einige Nächte unter der Woche mit dem Baby verbringen. Ich muss es noch genauer mit Millie besprechen, aber ich gehe davon aus, dass wir eine vernünftige Fifty-fifty-Vereinbarung treffen können. Ich habe Sandeep über FaceTime kennengelernt und mache mir keine Sorgen darüber, dass er mich ausbooten könnte.

Je mehr ich darüber spreche und je mehr Zeit vergeht, desto mehr kann ich mir vorstellen, dass alles gut laufen wird. Ich fühle mich jetzt nicht mehr so hoffnungslos.

Nachdem wir unser Chili gegessen haben und ich Jackson mehrere unverhohlene Komplimente gemacht habe, um zu bestätigen, dass es wirklich großartig und Weltklasse ist und in ein Kochbuch gehört, vielleicht in eines von Jamie Oliver oder zumindest von Gordon Ramsay, gehen wir los. Millie sagt, sie will nicht, dass ich ihr in ihrem Geburtsvorbereitungskurs zur Seite stehe. Sie sagt, das wäre wie eine Billigversion eines TV-Dramas, in dem die rechte Hand von ihrem Liebhaber gehalten wird und die linke von dem Vater des Kindes, mit dem sie nicht mehr zusammen ist, und keine der Krankenschwestern weiß, wen sie mit »Daddy« ansprechen soll.

»Es muss doch etwas geben, wo du allein hingehen kannst«, hat sie gesagt, als ich mich über Skype nach ihrem Befinden erkundigt habe, ihr Gesichtsausdruck war dabei so neutral und pragmatisch wie immer. »Oder mit einem Freund.«

Und so bin ich mit Jackson in einem kalten, zugigen Raum in Bethnal Green gelandet. Er liegt zwischen meinen Beinen und tut so, als hätte er aktive Wehen.

»Um Himmels willen«, zische ich ihm zu, während ich ihm mit einem vorgetäuschten feuchten Waschlappen über die Stirn wische. »Kannst du aufhören, es noch schlimmer zu machen, als es ohnehin schon ist?«

Anstatt mit Millie zu ihrem Kurs zu gehen, bin ich bei einer sehr speziellen Art von Vorbereitungskurs gelandet – er richtet sich an Paare, die ihr Baby mittels einer Leihmutter bekommen. Es sind hauptsächlich gleichgeschlechtliche Paare, aber auch einige Hetero-Paare. Sie haben sich alle versammelt, um sich als Teil einer traditionellen Reise zu fühlen, obwohl niemand in diesem Raum schwanger ist. Es gibt dünnen Tee, der so schmeckt, als wäre er nicht mit kochendem Wasser, sondern mit lauwarmem Badewasser zubereitet worden, und Kekse, die Jackson mir sofort aus der Hand schlägt, als ich einen davon nehmen will.

»Untersteh dich«, murmelt er. »Ich konnte dir helfen, die Chlamydien loszuwerden, aber wer weiß, was du dir hier von diesem ungewaschenen Geschirr einfangen könntest.«

Ich lasse den Keks fallen und beobachte später, wie er von einem untersetzten Mann mit einem Tränen-Tattoo auf der linken Wange aufgehoben wird. Er ist mit seiner Partnerin Rochelle hier, einer Trapezkünstlerin, die tatsächlich eines Tages von zu Hause weggelaufen und zum Zirkus gegangen ist. Nachdem Millie das Sonntagabend-Fernsehdrama vermeiden wollte und mich deshalb von ihren Vorbereitungskursen ausgeladen hat, habe ich es geschafft, mein eigenes Netflix-Comedy-Special auf die Beine zu stellen.

»In diesem Moment«, sagt Derek, der trotz seines Glatzenansatzes sehr männlich wirkt und die Veranstaltung leitet, »spielen die Hormone verrückt, wie Pferde, die in einem Waldbach tanzen, sie taumeln vor Freude und rufen alle möglichen Empfindungen hervor. Eure Aufgabe ist es, ruhig zu bleiben, die Hand auszustrecken und bereit zu sein, gebissen zu werden.«

Ich verstehe die Metapher *überhaupt nicht,* und als er mich und mein verwirrtes Gesicht taxiert, fügt er hinzu: »Das heißt, wenn die Gebärende dich anschreien will, ist es deine Aufgabe, es hinzunehmen und auf weitere Anweisungen zu warten. Du bist ein entspannter, ruhiger Begleiter, der angesichts der Ankunft des neuen Lebens standhaft bleibt. Wenn die Außerirdischen kommen, schreist du nicht, du brüllst nicht, denn sie kommen in Frieden. Dasselbe gilt für Babys.«

»Okay«, flüstert Jackson mir über seine Schulter zu. »Jetzt kapier ich langsam auch nichts mehr. Hast du E.T. gevögelt?«

»Atmen«, intoniert Derek und nimmt seinen Platz hinter Velma ein, seiner Frau und Co-Kursleiterin, die gerade auf allen vieren Variationen einer Katzen-Kuh-Yoga-Pose ausführt und dabei ab und zu ein tiefes, gutturales Stöhnen von sich gibt. Offenbar ist es wenig ratsam, ein Kind auf dem Rücken liegend zu gebären, wie es in Filmen oft gezeigt wird, und es ist unsere Aufgabe als Geburtsbegleiter, jede Position zu unterstützen, die sich angenehm anfühlt, auch wenn das bedeutet, in die Hocke zu gehen oder ihnen zwischen die Beine sehen zu müssen, während sie auf einem Gymnastikball rollen. Ich weiß noch nicht einmal, ob ich bei der Geburt dabei sein werde – Millie hat sich noch nicht entschieden.

Velma fängt an, seltsame Geräusche zu machen, legt sich auf den Rücken, streckt die Beine in die Luft und schaukelt sanft hin und her.

»Au-au-au-au-au-au!« Jackson ahmt sie nach, und ich halte ihm den kalten Waschlappen vor den Mund (eigentlich ist es nur ein Papiertuch, weil wir ja nur so tun, als ob) und sage: »Alter, denk nicht mal dran.«

Er zieht es weg.

»So wie ich das sehe«, sagt er, »kannst du dich entweder diesem Wahnsinn hingeben und dich voll und ganz darauf einlassen, oder du tust so, als hättest du einen Stock im Arsch und bekommst am Ende noch Nasenbluten.«

Ich weiß, dass er recht hat. Er ist sehr gut darin, mich daran zu erinnern, dass das Leben aberwitzig ist, also kann man sich genauso gut darauf einlassen.

»Au-au-au-au-au-au!« Ich heule auf, Derek schaut überrascht durch den Raum, und ich denke, dass ich gleich wegen Verarschung ausgeschimpft werde, aber er lächelt nur.

»Ausgezeichnet«, sagt er. »Ja! Versucht das, was unser glorreicher Freund Nic gerade macht. Heult den Mond an, verkörpert die Energie eures Kriegers, umarmt das Chaos!«, befiehlt er, und ehe ich michs versehe, kreischt jeder in den höchsten Tönen seines Registers, und es fühlt sich verdammt kathartisch an.

»Das war gut«, sagt Jackson, als wir anschließend durch die Stadt und zum Pub gehen. Es ist ein Klischee, dass zwei Typen, die sich Sorgen um die Zukunft machen, nach einer besonders traumatischen Enthüllung ihres Selbst und seiner Schwächen ein Bier trinken gehen, aber wir sind froh darum. »Es war hilfreich, denke ich, in der Hinsicht, dass nichts, was bei der eigentlichen Geburt passiert, so verrückt sein kann wie das, was wir gerade überstanden haben.«

»Ich wusste, dass du dich aufspielen würdest, damit es mir peinlich ist!«, sage ich, und er lächelt verschmitzt und zuckt mit den Schultern.

»Man muss auch mal das Positive sehen, nicht wahr?«, sagt er. »Und ich muss sagen, du warst da drin ein Kämpfer. Du bist in allem ein Kämpfer.«

Wenn du deine formale Ausbildung abgeschlossen hast, bekommst du von niemandem mehr eine Beurteilung darüber, wie du dich im Leben schlägst – nach der Schule gibt es keine Noten mehr auf einer Skala von 1 bis durchgefallen, die dir sagen, ob du es richtig machst. Und ich war so gestresst, dass ich jemanden gebraucht habe, der mir sagt: *Hey, das ist ein Schock und keine ideale Situation, aber du machst es trotzdem gut.*

»Danke«, sage ich und schwenke mein Glas. »Das bedeutet mir wirklich sehr viel.«

»Gut«, sagt er. »Du solltest erkennen können, dass ich es ernst meine, weil es wahr ist. Das ist seelisch sehr gesund.«

Er sagt das so, wie ein Arzt mit einem Patienten spricht, sodass uns beiden klar ist, dass er es sowohl aufrichtig als auch augenzwinkernd meint.

»Bitte nicht«, sage ich und schüttle den Kopf. »Ich habe neulich eine dieser Timehop-Benachrichtigungen bekommen. Es ist ein Foto von uns auf einer Hochzeit vor einem Jahr, und ich bin so dünn. Ich sehe einfach verdammt schlecht aus, auch wenn ich lächle. Und es ging mir auch verdammt schlecht: Ich hatte Angstzustände, Stimmungsschwankungen, litt unter Appetitlosigkeit – und das kam daher, dass ich wusste, dass ich nicht glücklich war. Wie auch immer, worauf ich hinauswill, ist … nun, ich weiß nicht, worauf ich hinauswill.«

»Das ist kein Moment, in dem sich der Kreis schließt«, sagt Jackson sanft. »Du musst nicht wieder zu diesem Typen werden, nur weil du wieder dort wohnen wirst. Du bist frei in dem, was du tust und wie du bist. Du bist frei in der Bindung, und ich bewundere dich.«

»Das ergibt keinen Sinn«, sage ich. »Wie kann es Freiheit in der Bindung geben? Das sind doch buchstäblich Gegensätze.«

»*Au contraire, mon cher*«, sagt Jackson. »Das ist die Lüge, die man uns erzählt. Aber in Wirklichkeit ist die wahre Einschränkung, Bindung nicht zuzulassen. Wenn wir uns voll und ganz auf etwas einlassen, können wir uns frei entfalten, ohne Einschränkungen. Wenn wir uns entscheiden, alles zu geben, sind wir souverän.«

Ich schaue ihn an.

»Verdammte Scheiße«, sage ich. »Hast du dir das gerade ausgedacht? Das ist genial. Es ist so wahr!«

»Die Mädels haben mir vor ein paar Jahren ein Abo für eine Psychologiezeitschrift zum Geburtstag geschenkt. Ich habe ein paar Dinge gelernt.«

»Das kann man wohl sagen«, stimme ich zu. »Die Freiheit der Bindung.«

»Die Freiheit der Bindung«, sagt Jackson noch einmal, und wir lassen die Tragweite seiner Theorie auf uns wirken.

Es ist schon dunkel, als wir unser Bier austrinken und uns auf den Weg zur U-Bahn machen. Wir albern herum, erzählen uns Witze, und Jackson nennt mich immer wieder Daddy, zuerst ist es süß, dann nervig, und dann sagt er es mit einem seltsamen erotischen Anklang in den Vokalen. Er hört nicht auf, und ich muss ihm schließlich einen gutmütigen Schlag auf die Schulter verpassen, um ihm klarzumachen, dass es reicht.

»Tut mir leid, Daddy«, sagt er, weicht einem weiteren Schlag aus und läuft auf die Straße, wo er fast von einem Doppeldeckerbus überfahren wird.

»Jackson!«, rufe ich, greife nach dem Saum seines Mantels und ziehe, so fest ich kann.

»Alter!« Er lacht und stolpert in mich hinein. »Alles gut, reg dich wieder ab.«

Er wäre um ein Haar zerschmettert worden. Seine Wangen haben sich gerötet, als wüsste er es.

»Siehst du?«, drängt er, breitet die Arme aus und macht einen kleinen Sprung zur Seite.

Alles, was danach kommt, geschieht in Zeitlupe. Ich sehe es Bild für Bild, kann aber nichts dagegen tun.

Jackson dreht sich auf dem Absatz. Ein weiterer Bus verfehlt ihn wieder nur ganz knapp. Er schaut ungläubig auf seinen Arm herunter, dann hört er mich seinen Namen rufen und schaut hoch, in seinem Gesicht sind Schock und Euphorie eingeschrieben.

Und dann, anstatt zu mir auf den Bürgersteig zu kommen, fällt er zu Boden, ein Radfahrer fliegt über seinen Kopf und tritt ihm seitlich ins Gesicht, während sie neben der Bordsteinkante zusammenprallen, das Fahrrad liegt neben seinem Bein, und Jacksons Augen schließen sich, er verliert das Bewusstsein, noch bevor er auf dem Boden aufgeschlagen ist.

37

♥ ♥ ♥

Ruby

W*as hältst du davon, auszugehen?* 😄

Es ist Harry. Um 20:34 Uhr. Ich bin im Schlafanzug, auf dem ich im Laufe des Tages drei Zahnpastaflecken angesammelt habe, und habe einen Becher Ben & Jerry's auf dem Schoß. Ich schaue *Dawson's Creek* – die Folge, in der Joey an der Miss-Capeside-Wahl teilnimmt und Dawson zum ersten Mal erkennt, dass sie schön ist. Ich schreibe zurück: *Bin ich gemeint?*

Ich habe hier nur eine Freundin. Ja, dich meine ich.

Ich bin verblüfft. Ausgehen ist etwas, was wir noch nie zusammen gemacht haben, worüber wir noch nie gesprochen haben und worauf wir uns auch noch nie bezogen haben.

Beaus Freunde gehen aus, weil einer von ihnen Geburtstag hat, und ich dachte, vielleicht willst du mitkommen. Wir müssen beide mal die Sau rauslassen. Was meinst du?

Ich fange an, eine Nachricht zu schreiben, in der ich sage, dass wir uns einfach morgen sehen – ich will nicht ausgehen. Warum sollte ich raus in die Kälte gehen, wenn Joey gerade ihre Rede darüber hält, dass es nur Haarspray und Lippenstift sind? Warum sollte ich einen Kater am Morgen riskieren, wo ich doch so gerne früh zu Bett gehe und früh aufstehe, um mit klarem Kopf und frischem Blick meine Arbeit zu erledigen und jeden Moment mit so viel Klarheit wie möglich zu genießen? Und dann erinnere ich mich an das »Jahr für mich« und daran, Ja zu sagen und Risiken einzugehen und manchmal Dinge zu tun, nur um zu sehen, was passiert, und stelle fest, dass all meine Gründe, nicht auszugehen, mich wie eine Fünfundvierzigjährige klingen lassen, die von ihren drei Kindern, ihrem Hund und ihrem ständig abwesenden Mann erschöpft ist. Geht es nicht darum, dass ich mich amüsieren soll? Und so lösche ich meine sarkastische Antwort und versuche es stattdessen ernst: *Ich bin gerade über mich selbst überrascht, aber: Ja, gut, ich komme mit.*

Na so was, tippt Harry zurück. *Wir treffen uns am Rande des Campus, bei Micks Kaffeewagen. Um 21:30 Uhr. Wir gehen zuerst zum Mayfield Depot, und dann haben wir* VIP-*Zugang fürs Chinawhite, wie es scheint.*

Ich nehme einen letzten Löffel Eiscreme, drücke auf meinem Laptop auf Pause und gehe dann zu meinem Kleiderschrank. Ich habe ein paar »schicke« Sachen, die ich anziehen könnte, aber nichts wirklich Ausgefallenes. Ich war ziemlich radikal, als ich aus der Maple Avenue ausgezogen bin, und habe so viel wie möglich aussortiert, weil ich wusste, dass ich keinen Platz und keine Gelegenheit haben würde für Bodycon- und High-Heels-Outfits. Das meiste habe ich Candice geschenkt – auch wenn vieles ziemlich billiges Zeug war. Und billiges Zeug wäre heute Abend genau das Richtige. Meine Haare sind okay, aber ich dusche heiß, rasiere mir die Beine und creme mich ein, während ich darauf warte, dass der Dampf abzieht, um mein Make-up aufzutragen. Wenn ich etwas Trockenshampoo auf den Ansatz und etwas Arganöl in die Spitzen gebe, kann ich als kunstvoll zerzaust durchgehen, und wenn ich den Lippenstift schon drauf hab, ist es einfacher, ein Outfit auszusuchen. Ich entscheide mich für ein rückenfreies Oberteil mit hohem Hals und Ballonärmeln, eine High-Waist-Jeans und meine Lederstiefel mit Absatz. Noch ein paar hübsche Schmuckstücke dazu, und ich bin überrascht, wie sehr ich mir wieder selbst ähnlich sehe. Seit Monaten habe ich mich nicht mehr chic gemacht, ich habe immer nur dicke Pullover getragen und einen unordentlichen Dutt. Harry hat recht. Ich habe das gebraucht.

»Wow!«, sagt er, als ich mich der Gruppe nähere, die an dem zugewiesenen Platz wartet. »Da ist sie ja. Du siehst sehr hübsch aus.« Harry gibt mir einen überschwänglichen Kuss auf beide Wangen, und ich merke, dass er schon ein paar Drinks intus hat.

»Hey, hey«, sage ich, »warum habe ich das Gefühl, aufholen zu müssen?«

»Weil es stimmt«, sagt der Mann neben ihm. Er ist zierlich, die Brille und die gepflegten blonden Bartstoppeln stehen im Kontrast zu seinem offensichtlich durchtrainierten Körper. Er hat feingliedrige Hände, wie ein Pianist, die er ausstreckt, während er freundlich grinst und sagt: »Ich bin Beau. Harrys Freund.«

Bei dem Wort Freund werfe ich Harry einen Blick zu. Er hebt stolz die Augenbrauen und zieht Beau zu einem Kuss zu sich heran.

»Ich würde ja gern sagen, dass ich schon viel von dir gehört habe«, sage ich, »aber Harry hat sich nicht in die Karten schauen lassen.«

»Ja«, sagt Beau. »Er ist ein schrulliger Typ, nicht wahr?«

Harry zeigt seine Vorderzähne und hält sich dann die Hände vor den Mund, ein furchtbarer Anblick bei einem Mann, der mindestens vier Drinks heruntergekippt hat.

»Lass uns heute Abend ein bisschen Spaß haben, Ruby-Booby. Komm mal her. Ich liebe dich. Das weißt du doch, oder? Ich liebe dich so sehr. Wir werden die Welt erobern, das weißt du. Weißt du das? Ich weiß es.«

Ich gebe ihm einen Kuss auf die Wange, wohl wissend, dass sein überschwängliches Bekenntnis die Aufmerksamkeit der anderen auf sich gezogen hat. Ein großer, dunkelhaariger Mann mit einer gerollten Zigarette in der Hand, zwei Frauen, die sich an den Händen halten, und ein Ebenbild von Beau, das mich so verwirrt, dass mein Gesichtsausdruck offensichtlich ist, als ich mich umdrehe, um mich zu vergewissern, dass ich mir nichts einbilde.

»Seb«, sagt er. »Beaus Zwillingsbruder.«

Die anderen werden als Manroop, Leticia und Woody vorgestellt.

»Lasst uns losgehen«, sagt Manroop in die Runde. »Es ist saukalt.«

Wir plaudern, während wir vor der Bar auf Einlass warten, und reichen eine Flasche Wodka herum. Der Wodka brennt in meiner Kehle. Es ist ein seltsames Gefühl, von Leuten umgeben zu sein, die offensichtlich für ihren Lebensunterhalt arbeiten, einige in Anzügen, die offenkundig nach Büroschluss nicht mehr zu Hause waren, Leute mit kreativeren Jobs in Hemden und Chinos mit Turnschuhen. Das wird auch bald wieder mein Leben sein. Das bedeutet, dass jeder Tag, der vergeht, ein Tag weniger im sicheren Kokon einer Universität ist und ein Tag näher daran, diese Dokumentarfilmsache hoffentlich für mich zum Laufen zu bringen. Irgendwie.

»Du bist nicht betrunken genug«, sagt Harry und wedelt mit dem Finger. »Hör auf, an die Arbeit zu denken.«

»Ich habe nicht an die Arbeit gedacht …«

Er wirft mir den Flachmann zu, weil er mir nicht abkauft, was ich sage, und ich nehme einen weiteren feurigen Schluck.

»Harry sagt, du bist eine Filmemacher-Kollegin«, versucht Manroop ein Gespräch anzufangen, als ich die Flasche an Beau und seinen Bruder weitergebe.

»Ja«, nicke ich. »Ich gebe mir Mühe.«

»Er hat uns alle dazu gebracht, dem Instagram-Account zu folgen«, fährt er fort. »Ich habe keine Ahnung, worum es dabei ging, aber er hat uns überwacht und dafür gesorgt, dass wir ihm folgen.«

»Ich hoffe, dir gefällt's«, sage ich. »Sonst wäre es reine Verschwendung.«

»Ich benutze Social Media nicht so oft. Ich bevorzuge die reale Welt.«

Ich verziehe das Gesicht. Ein Mann mit einem Haarknoten, der die sozialen Medien kritisiert und sich für etwas Besonderes hält, weil er weiß, dass sie unsere Gehirne verrotten lassen? Das langweilt mich. Ich merke, dass er sich unterhalten will, aber er ist so gar nicht mein Typ. Zu selbstbewusst, zu sehr bemüht. Nicht wie Harry, der so liebenswert ist, oder wie Nic, unbeholfen, aber echt, der Fragen stellt, um etwas herauszufinden, und nicht, um über sich selbst zu reden.

»Was?«, fragt Manroop.

Ich schüttle den Kopf. »Nichts«, sage ich. »Es ist nur so, dass jeder weiß, dass soziale Medien ein schwarzes Loch und ein Zeitfresser sind.«

»Und warum machen dann alle mit?«

»Inklusive dir?«, schlage ich zurück. »Du hast gerade gesagt, dass du uns folgst.«

»Aber ich versuche, es nicht zu tun«, entgegnet er. »Mein Kumpel hat einen Bildschirmzeitbericht von etwa vier Stunden pro Tag. Das sind über hundert Stunden im Monat. Stell dir vor, was er mit über hundert Stunden im Monat anstellen könnte!«

»Vielleicht ist das der Punkt«, sage ich. »Vielleicht will er nicht das Beste aus seiner Zeit herausholen, jede Sekunde nutzen. Vielleicht sind Smartphones das neue Fernsehen. Nur bekommen wir keine Berichte über die Bildschirmzeit, wenn wir fernsehen, nicht wahr?«

»Nein.« Er lacht. »Es ploppt nur dieses kleine Kästchen auf mit der Frage *Siehst du noch fern?*, wenn man fünf Folgen geguckt hat.«

»Ahh«, sage ich, und wir stehen jetzt ganz vorn in der Schlange, unsere Gruppe ist die nächste, die reingelassen wird. »Du bist also gar nicht so perfekt. Du hast ein paar schlechte Angewohnheiten …«

»Ich habe nie behauptet, dass jemand schlechte Angewohnheiten hat«, verteidigt sich Manroop. »Ich habe nur gesagt, dass vier Stunden am Tag viel sind.«

»Aber vier Stunden Fernsehen sind in Ordnung? Das ist etwas anderes?«

»Wenn man dabei etwas lernt, ja.«

Ich lache. »Woher willst du wissen, dass dein Freund nicht Accounts zu Themen folgt, die ihm am Herzen liegen? Vielleicht hat er über einen bestimmten Hashtag seine Online-Community gefunden, und die hat ihm eine ganz neue Welt eröffnet.« Manroop will mich unterbrechen, aber ich lasse es nicht zu. »Du weißt schon, dass Social Media ein Schlüsselelement für politische Basisbewegungen ist, oder? Facebook und Twitter haben eine wichtige Rolle beim Sturz des Mubarak-Regimes in Ägypten gespielt.«

»Russland identifiziert LGBTQ+-Personen durch die Regenbogen, die sie in ihren Social-Media-Profilen verwenden.«

»Black Lives Matter.«

»Das stimmt.« Er nickt. »Videos, die ungerechtes Verhalten zeigen, bringen die Menschen dazu, zu handeln, anders als Fotos in den Zeitungen.«

»Wenn solche Berichte überhaupt in die Zeitungen kommen«, erwidere ich. »Aber es ist mir im Grunde egal, ob du Social Media hasst oder nicht. Ich denke nur, dass es seltsam ist, sich so über andere zu erheben, als ob Leute, die sie nutzen, dumm wären.«

»Das ist nicht ganz das, was ich gesagt habe, oder?«

Er lächelt, während er spricht. Ich rege mich über diesen aufgeblasenen Idioten auf, der Dinge sagt, nur um seinen Sauerstoffverbrauch zu maximieren, und er lacht.

»Du diskutierst mit mir nur aus Spaß am Diskutieren, richtig?«, frage ich in einem neutralen Ton.

»Ich schlage nur die Zeit tot, bis wir an der Bar sind.« Er zuckt mit den Schultern, und der Türsteher deutet an, dass wir hineingehen können. Die schwache Beleuchtung und die laute Musik machen jedes sinnvolle Gespräch unmöglich, aber das ist auch gut so. Ich war fast in Gefahr, das Streitgespräch mit dem Arschloch zu genießen, was ein Rückschritt in Bezug auf meinen Männergeschmack gewesen wäre.

Seb gibt die erste Runde aus – Getränke für alle und einen passenden Shot.

»Ich habe seit Monaten keine Shots mehr getrunken«, sage ich zu Harry, als Seb ein Tablett an unserem Tisch abstellt.

»Nicht gerade JPs Art von Drink, oder?« Er grinst, während er ein Glas hebt, um uns allen zu signalisieren, dass es Zeit ist, sich zu betrinken – oder noch betrunkener zu werden, um genau zu sein –, und ich kippe es in einem Zug hinunter. Es ist ein nettes Lokal, mit dunklem Holz und Glasfronten. Das Barpersonal scheint hauptsächlich aufgrund seiner Attraktivität eingestellt worden zu sein. Wir sitzen um einen großen runden Tisch herum und unterhalten uns, wobei wir versuchen, alle mit einzubeziehen, rutschen dann aber in ein Zweier- oder Dreiergespräch ab, weil die Musik immer lauter wird und wir immer betrunkener sind, und irgendwann sitzt Manroop neben mir und fragt, wie mein Abend verlaufen sei.

»Gut«, sage ich. »Gut!« Ich muss schreien, um gehört zu werden, also lehnt er sich so nah an mich heran, dass der Zitrusgeruch seines Parfüms die Luft um mich herum durchdringt.

»Ich mag dein Oberteil!«, ruft er, und zuerst verstehe ich ihn nicht, also wiederholt er es, und ich schaue auf mein Outfit und rufe: »Danke.«

»Das rückenfreie Teil!«, fährt er fort. »Es ist heiß!«

Ich nicke dankend und bemerke, dass er seinen Arm hinter mir hält und ein Finger leicht über meine Wirbelsäule streicht.

»Ich hoffe, es ist okay, wenn ich das sage«, brüllt er weiter über die Musik hinweg. »Ich habe nur nicht erwartet, dass du Harrys Uni-Freundin bist.«

Ich weiß nicht so recht, was ich dazu sagen soll. Ich kann diesen Typ nicht leiden. Vielleicht würde mein altes Ich, diejenige, die ihren Wert nicht kannte und Nic noch nicht kennengelernt hatte – und von Nic verändert wurde –, diejenige, die auch noch nicht selbst dafür gesorgt hatte, sich zu verändern, vielleicht würde sie mit diesem Mann flirten. Aber ich will das nicht. Ich will mich nicht verstellen, um ihn zu besänftigen oder um mir zu beweisen, dass mich jemand attraktiv findet. Das Hin und Her in der Warteschlange und die blöden Kommentare … Aus dem Munde einer Person, die ich mag, hätten sie vielleicht nicht blöd geklungen, aber bei Manroop fühlen sie sich an, als wolle er mir eine bestimmte Reaktion entlocken, auf die er immer noch wartet, während er seinen Kopf senkt, um Blickkontakt herzustellen. Ich will nichts davon. Ich bin heute nicht ausgegangen, um mit einem Mann zu flirten oder jemanden aufzureißen. Ich bin wegen mir hier. Um zu tanzen und um mich auszutoben.

»Wann gehen wir in den Klub?«, rufe ich über den Tisch hinweg jedem zu, der mich hören könnte.

Beau steht auf und wendet sich an uns alle. »Also dann, meine Lieben. Auf geht's!«

Wir stehen auf und bahnen uns an Menschen und Tischen vorbei einen Weg nach draußen. Ich hake mich bei Harry unter, wir gehen vor den anderen her, und ich sage zu ihm: »Lass mich *nicht* mit Manroop allein, okay?«

Harry schaut über seine Schulter zurück.

»Er starrt uns an«, sagt er.

»Er ist abscheulich«, sage ich. »Nein, nein, nein.«

»Nicht einmal als Ablenkung von Nic?«

»Harry«, sage ich klar und deutlich zu ihm. »Ich brauche keine Ablenkung. Ich will tanzen.«

Jetzt wird's richtig gut! Der Klub hat drei Etagen, auf denen jeweils eine andere Art von Musik gespielt wird. Wir gehen ganz nach oben, wo R'n' B aus den Neunzigern und frühen Nullerjahren gespielt wird, sodass wir uns völlig austoben können und es so richtig krachen lassen. Ich habe keine Ahnung, wer aus der Gruppe jemanden kennt, der uns Champagner ausgibt, aber Harry versichert mir, dass ich mir über die Rechnung keine Gedanken machen soll und wir uns nur noch amüsieren müssen.

Manroop hat den Hinweis nicht verstanden und nähert sich Harry und mir ein paarmal auf der Tanzfläche, aber ich bin so in die Musik vertieft, dass ich mich einfach von ihm wegdrehe, ohne eine große Sache daraus zu machen. Die Bässe sind laut, und der Raum ist dunkel, ab und zu wird er von Lasern und bunten Lichtblitzen erhellt. Es ist ziemlich voll, aber nicht so voll, dass die Leute sich gegenseitig anrempeln, und Harry und ich singen die Texte mit, schreien sie uns ins Gesicht, wippen mit den Hüften, und während noch ein paar Gläser von dem, was auch immer am Tisch ausgeschenkt wird, durch unsere Adern fließen, schließen wir immer öfter die Augen, schaukeln hin und her, singen und werden eins mit uns selbst. Ein gelungener Abend kann wie eine Meditation sein. Das hatte ich ganz vergessen. Und nach Mitternacht spielt die Zeit keine Rolle mehr. Sicher, JP hat einmal gesagt, dass nach Mitternacht nichts Gutes mehr passiert, wenn man sich aber in einer Menge mit schwitzenden, sich bewegenden Körpern befindet, hat man auch nicht das Gefühl, dass etwas Schlimmes passieren kann. Die Sorgen des Tages sind vergessen, und der nächste Tag hat noch nicht begonnen. Man kann viel tiefer einatmen und lauter lachen. Während einer großartigen Ausgehnacht gibt es keine Probleme.

Ich öffne meine Arme und drehe mich auf der Stelle. Mir wird schwindlig, aber ich halte erst an, als meine Hand versehentlich das Haar einer anderen Tänzerin streift.

»Sorry!«, rufe ich fröhlich, und ebenso fröhlich ruft sie zurück: »Alles okay!«

Wenn ich dieses Gefühl in Flaschen abfüllen könnte, würde ich damit ein Vermögen verdienen. Die Gedanken kommen und gehen. Gedanken an Nic strömen herein und ebben wieder ab. Abe. Die Fehlgeburt. JP. Was ich nach dem Abschluss tun werde. Die neuen Instagram-Follower, darunter einige wichtige Mitarbeiter von Produktionsfirmen. Ich sollte meine Familie öfter besuchen. Ich sollte zu Candice gehen und sie zwingen, unsere Freundschaft wieder in Ordnung zu bringen. Jackson. Der über alle Maßen reizende Jackson. Das ist alles, was mich ausmacht, und alles ist wichtig, aber gleichzeitig ist nichts davon wichtig. Ich bin nur eine Person, die ihr Bestes gibt und gerne tanzt.

Um 3 Uhr morgens sind wir im Kebab-Laden an der Ecke, Manroop hat den Arm um eine Frau gelegt, die er auf dem Weg aus dem Klub kennengelernt hat, Woody und Leticia teilen sich Käsepommes, Harry und Beau küssen sich, während sie auf der Fensterbank sitzen und Seb und mir am Tresen Bestellungen zubellen. Wir bestellen kohlensäurehaltige Dosengetränke, fragwürdiges Fleisch und fettige Pommes, und es ist perfekt. Ich lache vor mich hin und bin glücklich, dass ich hier bin, allen Widrigkeiten zum Trotz. Dass ich Fremde zu Freunden mache und meinen Körper, meine Seele, meinen Geist und mein Herz zu meinem Zuhause. Ich lebe hier, sage ich mir. Nicht an einem Ort, sondern in mir selbst. Und das ist genau das Gefühl, nach dem ich gesucht habe. Diesen inneren Frieden. Nicht trotz allem, was passiert ist, sondern wegen allem, was passiert ist. Denn es hat mich zu der gemacht, die ich bin. Allein, aber nicht einsam. Nicht mehr einsam.

38

♥ ♥ ♥

Nic

Sie ignoriert meine ersten Anrufe. Also, ich gehe davon aus, dass sie sie ignoriert. Wir haben seit dem Tag am Bahnhof keinen Kontakt mehr gehabt, und das ist jetzt fast einen Monat her. Ich habe Jackson gesagt, dass er mir nichts über sie erzählen soll, es sei denn, ich frage explizit nach, und dass er mich, wenn ich explizit frage, daran erinnern soll, dass ich es nicht wirklich wissen will.

Scheiße, Mann. Jackson.

Es war furchtbar: das Geräusch des Fahrrads, das in ihn hineingefahren ist; wie verdreht sein Bein war, als er auf dem Boden lag; die Lichter des Krankenwagens; die Schreie der Person, die ihn angefahren hat. Während der Fahrt im Krankenwagen dachte ich die ganze Zeit: *Das darf nicht wahr sein, das darf nicht wahr sein,* obwohl ich auf einer anderen Gedankenebene wusste, dass es so war und dass ich ruhig bleiben und Jackson sagen musste, dass alles gut werden würde. Ich kann mich nicht erinnern, ob ich das getan habe oder nicht. Ich kann mich an nichts anderes erinnern.

Irgendwann wurde Jackson in die eine Richtung geschoben, und ich wurde in die andere geschickt, um untersucht zu werden. Es war nach Mitternacht, als eine Krankenschwester zu mir kam und mir mitteilte, dass sein Zustand kritisch, aber stabil sei und dass er genau überwacht werde. Er hat ein gebrochenes Bein, ein verstauchtes Handgelenk, gebrochene Rippen und starke Schwellungen. Er scheint auf Stimulationen zu reagieren, aber über kognitive Schäden wird man erst etwas wissen, wenn er wieder aufwacht. Vorerst wird er ins Koma versetzt, um sicherzustellen, dass sein Körper sich erholen kann. Die Krankenschwester muss das alles drei Mal wiederholen, damit ich es verstehe. Sie sagen, seine Eltern kämen. Sie haben seinen Notfallkontakt über sein Telefon abgefragt. Ich wusste nicht, dass das möglich ist. Ich weiß nicht, wie seine Eltern aussehen oder was ich sagen soll, wenn sie kommen. Mir wurde gesagt, ich solle im Familienbereich warten, da ich derjenige sei, der mit ihm hereingekommen sei. Dort gibt es Leuchtbalken und Hartplastikstühle mit Armlehnen. Ich könnte mich nicht hinlegen, selbst wenn ich es wollte. Ich tue es nicht. Ich sitze da, eine kratzige Krankenhausdecke über Armen und Beinen, und gehe in Gedanken alles wieder und wieder durch. Ich habe den Radfahrer nicht kommen sehen. Hätte ich bloß nach links geschaut, dann hätte ich ihn sehen können. Ich hätte ihn aufhalten können. Aber ich habe nicht nach links geschaut, und jetzt hängt Jackson an den Monitoren, und ich kann ihn nicht einmal sehen.

Erst um 2 oder 3 Uhr morgens denke ich daran, Ruby zu schreiben. Ich halte mein Handy in der Hand. Das Zittern, das ich vorhin hatte, lässt nach, ist aber immer noch da. Ich sollte etwas essen. Ich stehe unter Schock. Zucker? Essen Menschen nach einem Schock Süßes?

Dringend, tippe ich. *Ruf mich zurück. Es geht um Jackson.*

Ich habe sie überall gelöscht, wo ich konnte, und frage nicht nach ihr, aber ihre Nummer habe ich nicht gelöscht. Ich habe darüber nachgedacht. Aber ich habe es nicht getan.

Unfall, schreibe ich. Ich schaffe es nicht, die Wörter zu einem Satz zusammenzufügen.

Ruf mich an. Egal, wie spät es ist.

Ich drücke den seitlichen Knopf, um den Klingelton lauter zu stellen. Ich halte ihn gedrückt. Ich warte. Um 4 Uhr morgens ruft sie an.

»Was ist passiert?«, fragt sie. »Ich bin betrunken. Es tut mir leid. Geht es dir gut?«

»Jackson hatte einen Unfall«, sage ich. Meine Worte klingen schwerfällig, als kämen sie nicht von mir.

»Was?«, fragt sie. »Was meinst du?«

»Er wurde von einer Radfahrerin angefahren, die mit einer Million Kilometer pro Stunde unterwegs war. Sie ist auch bewusstlos. Ich bin im Krankenhaus, aber ich gehöre nicht zur Familie, also habe ich nicht viel mehr Informationen. Ich darf nicht zu ihm. Ich warte nur.«

»Sind seine Eltern da?«, fragt sie.

»Sie sind auf dem Weg.«

»Okay«, sagt sie. Sie hält inne. Auch sie steht unter Schock. Es ist eine Menge zu verarbeiten.

»Von einer Radfahrerin angefahren?«, sagt sie schließlich. »Er hat doch nur Prellungen, oder? Er ist nicht bewusstlos oder so?«

»Ruby«, sage ich so ruhig wie möglich, aber ich möchte, dass sie mich versteht. »Es ist schlimm. Im Krankenwagen war er bewusstlos.«

»Scheiße«, sagt sie.

»Ja.«

»Bist du okay? Warst du dabei?«

»Ja«, sage ich. »Ich war da, als es passiert ist. Es war … ich meine … Ruby.«

Und dann breche ich in Tränen aus. Große, gutturale Schluchzer, durch die die Person, die mir gegenüber im Wartezimmer schläft, wach wird. Sie sieht mich an und schließt dann wieder die Augen. Sein Arm. Das Wimmern. Ich krieg es nicht aus meinem Kopf. Es ist alles hinter meinen Augenlidern, wenn ich die Augen schließe, aber es ist auch vorn in meinem Gehirn, ob ich will oder nicht.

»Nic, es tut mir so leid«, versucht sie mich zu trösten. Das Geräusch, das ich mache, ist animalisch, als wäre ich traumatisiert. Mein Bauch krampft sich zu einem Knoten zusammen.

»Hey, das wird wieder. Er wird wieder gesund.«

Ich schluchze, und sie lässt mich. Die anderen Leute im Wartezimmer starren mich an, aber das ist mir egal. Ich kann nicht aufhören.

»Ich mache mich jetzt auf den Weg, okay?«, sagt sie. »Ich muss bei meinem Freund sein. Ich muss nach London kommen. Ich komme.«

Ich schniefe in die Leitung. »Mit dem Zug?«, frage ich. Und dann, weil ich nichts anderes tun kann, wird mir völlig klar, was ich tun *könnte.* »Lass mich dich abholen.« Ich atme tief genug, um mich zu beruhigen. Ja. Ich nehme mir einen Leihwagen und fahre. Das ist eine Sache, die ich kontrollieren kann. »Ich kann hier nichts tun«, sage ich, mein Kopf ist jetzt klarer. »Lass mich dich abholen. Um diese Zeit wird es nicht lange dauern.«

Ich schaue auf die Uhr an der Wand. Es ist 4:30 Uhr morgens. Ohne Verkehr dauert es vier Stunden. Ich werde am Morgen da sein.

»Das ist doch lächerlich«, sagt sie. »Ich nehme den Zug.« Sie hält inne und rechnet nach. Ich kann praktisch hören, wie ihr einfällt, dass jetzt wahrscheinlich kein Zug mehr fährt. Sie müsste sowieso bis mindestens 6 oder 7 Uhr morgens warten und dann vom Bahnhof aus quer durch London fahren – ganz zu schweigen von den Kosten.

»Ich komme jetzt«, beharre ich. »Bitte? Ich kann hier nicht sitzen bleiben. Ich will dich sehen. Ich brauche dich.«

»Ich brauche dich auch«, sagt sie leise. »Okay.«

Meine Hände zittern. Mir ist schlecht.

»Also gut, also gut«, beschließt sie. »Fahr einfach langsam, okay? Und mach Pausen. Ich will nicht, dass dir auch noch etwas passiert.«

Ich fahre in einem totalen Adrenalinrausch. Ich halte kein einziges Mal an, sondern gebe einfach nur Gas, drehe das Radio laut auf und gebe mich den Worten von mir unbekannten Songtexten hin. Ich versuche, nicht daran zu denken, was ich gesehen habe. Jacksons Bein in diesem schrecklichen Winkel. Das Blut. Die Schreie der Fahrradfahrerin, die furchtbar waren. Bis sie aufgehört haben, weil sie ohnmächtig geworden war und alle dachten, sie sei tot. Ihr Schweigen war dann noch schlimmer.

Als Ruby mir die Wohnungstür öffnet, nehme ich sie fester in den Arm, als ich je jemanden umarmt habe.

»Es ist okay«, sagt sie, ihre Stimme wird von meiner Achselhöhle gedämpft. Ich weine und halte sie weiter fest, und wir landen auf dem Boden ihres Flurs in einer verworrenen Umarmung, bis ich schließlich aufhöre und sie sagt: »Lass uns einen Tee trinken. Komm.«

Ich bin völlig fertig und schlafe auf ihrem Sofa ein. Als ich aufwache, gibt es frischen Kaffee und ein sauberes T-Shirt, das gefaltet auf der Kante des Sofas liegt, auf der Decke, von der sie mir erzählt hat, dass sie sie in Thailand gekauft hat.

»Guten Morgen«, sage ich und schaffe es kaum, meine Augen zu öffnen. Sie fühlen sich durch das Weinen wie zugeschweißt an.

»Wie hast du geschlafen?«, fragt sie, barfuß, in schwarzen Skinny-Jeans, einem T-Shirt mit V-Ausschnitt und kein bisschen geschminkt. *Ich möchte jeden Morgen mit dir aufwachen,* denke ich, und sie lächelt mich sanft an, als könne sie meine Gedanken lesen.

»Gut«, krächze ich. »Besser. Gibt es Neuigkeiten?«

»Candice hat mich angerufen«, sagt sie. »Sie hat Jackson in der *Find My Friends*-App und hat gesehen, dass er im Krankenhaus ist – eine Krankenschwester ist an sein Telefon gegangen. Jetzt ist sie im Krankenhaus, sie hat angegeben, seine Schwester zu sein. Er ist im künstlichen Koma. Sie müssen seinem Körper

Zeit zum Heilen geben, und sie glauben, dass es so besser gelingt.«

»Es war so schlimm, Ruby. Wirklich. Es war einfach furchtbar. Ich weiß, es hört sich so an, als würde er wieder gesund werden, aber Gott, in diesem Krankenwagen habe ich nur gedacht, wenn er seinen letzten Tag auf Erden mit mir in einem Geburtsvorbereitungskurs verbracht hat, muss ich ins Jenseits gehen, damit wir Plätze tauschen …«

Sie sitzt falsch herum auf einem der Stühle, die Arme um die Rückenlehne verschränkt, und hält sich an ihrer Kaffeetasse fest. Ihre Augen sind groß und sanft, ihr Haar fällt ihr in Wellen über den Rücken.

»Du musst keine Witze machen«, sagt sie.

»Das tue ich nicht«, antworte ich. »Ich dachte, er würde sterben.«

Sie nickt. »Es tut mir leid, dass du das durchmachen musstest.«

»Mir auch«, sage ich, und das Bild von ihm auf dem Bürgersteig schießt wieder hinter meinen Augenlidern hervor und brennt sich in mein Gehirn ein.

»Wir dürfen ihn immer noch nicht besuchen«, sagt sie. »Ich habe angerufen. Vielleicht fahren wir heute noch nicht nach London, sondern warten auf eine Rückmeldung.«

»Okay«, sage ich. Im Grunde schlafe ich immer noch.

»Willst du dich nicht aufs Bett legen?«, fragt sie. »Es ist bequemer.«

Ich sehe sie an. Einerseits denke ich, dass wir im Krankenhaus sein sollten und warten. Aber ich bin so müde. So unglaublich müde.

»In Ordnung«, sage ich erschöpft. »Vielleicht noch für eine Stunde.«

Ich stehe auf und gehe in Richtung ihres Schlafzimmers, und als ich an ihr vorbeigehe, greife ich nach ihrer Schulter. Ich tue es, ohne nachzudenken, reflexartig. Sie reagiert schnell und legt ihre Hand freundschaftlich auf meine, und ich schlinge meine Finger um ihre. Ich ziehe, nur ein wenig, und sie steht auf. Sie folgt mir und klettert ohne ein Wort zu mir ins Bett. Ich schmiege mich von hinten an sie, umklammere sie fest und lausche ihrem Atem.

39

♥ ♥ ♥

Ruby

Nic und ich gehen Händchen haltend durch die verwinkelten Gänge des Krankenhauses auf der Suche nach Jacksons Zimmer. Seit heute Morgen, als wir im Bett gekuschelt haben, haben wir uns auf die eine oder andere Weise berührt. Das hilft. Alles fühlt sich wie ein Traum an oder nur halb real. Während der Autofahrt lag seine Hand in meinem Nacken, als wir eine Kaffeepause gemacht haben, habe ich meine Finger in seinen Gürtelschlaufen verankert. Es ist, als würden wir davonschweben, wenn wir uns nicht aneinander festhalten, und so wechseln wir uns ab und spielen für den anderen die Schwerkraft, damit wir nicht verschwinden, wie Jackson es beinahe getan hätte. Das Gefühl wiederholt sich, als wir Candice im Wartebereich auf Jacksons Flur sehen – ich drücke sie an mich, als wolle ich sie nie wieder loslassen. Alles fühlt sich dünn wie Papier und vergänglich wie Luft an. Das Leben ist zu wankelmütig, zu schnell vorbei. Ich möchte jede Person, die ich liebe, in Watte packen und für immer an mich drücken, damit es allen gut geht und niemandem etwas passieren kann.

»Ich weiß«, sagt Candice in mein Haar. »Aber es geht ihm gut. Er wird wieder gesund. Das Koma wird ihn heilen lassen. Alles sieht hoffnungsvoll aus, sagen die Ärzte. Zumindest vorläufig. Sie werden es nicht mit Sicherheit wissen, bis er aufgewacht ist, aber die Anzeichen sind nicht schlecht.«

Ich weine, sie weint, Nic weint – wir sind traurig und erleichtert und doch gespannt darauf, Jackson bald zu sehen und sein Lachen, einen seiner blöden Witze oder eine unpassende Bemerkung zu hören.

»Ich gehe eine Krankenschwester suchen«, sagt Nic zu uns und wischt sich über die Augen. »Um zu erfahren, ob wir ihn besuchen dürfen.« Er lässt Candice und mich allein und geht am Schwesternzimmer vorbei den Weg zurück, den wir gekommen sind. Ich bin beeindruckt von seiner emotionalen Intelligenz, die es ihm ermöglicht, selbst in einer solchen Situation das Richtige und Besonnene zu tun.

»Hast du ihn gesehen?«, frage ich Candice.

»Ja«, sagt sie. »Er sieht nicht … du weißt schon. Er schläft, aber es sieht nicht wirklich aus wie er selbst. Er ist müde. Sein Körper erholt sich von dem Schock, glaube ich. Gebrochenes Bein, verstauchtes Handgelenk, ein paar angeknackste Rippen. Alles andere ist geschwollen. Ein Trauma durch den Aufprall.«

»Nic hat gesagt, es war schrecklich. Er war völlig außer sich.«

Candice zieht mich wieder in eine Umarmung, und wir bleiben eine Weile so. Ich bin sauer, dass es so lange gedauert hat, bis wir uns wiedergesehen haben, aber ich lasse mich bereitwillig in ihre Arme sinken. Vielleicht können wir jetzt reden. Vielleicht können wir jetzt unseren dummen Streit hinter uns lassen. Nichts ist es wert, nicht darüber zu sprechen. Ich merke, dass es ihr auch leidtut.

»Ich hab mich danebenbenommen«, sagt sie schließlich, zieht sich zurück und sucht in ihrer Tasche nach einem Taschentuch. Sie schnäuzt sich. »Es tut mir leid. Ich weiß, ich war furchtbar zu dir.«

»Ist schon gut«, sage ich. »Das macht nichts.« Ich winke mit der Hand, um meinen Standpunkt zu verdeutlichen, aber sie schüttelt den Kopf.

»Wir werden darüber reden, okay? Jetzt nicht. Aber wir tun es.«

»Das find ich gut«, stimme ich zu.

Ich lasse mich sofort von der Uni beurlauben – Harry wird in unserem Kurs assistieren und mein Arbeitspensum übernehmen, denn er ist unglaublich nett und wunderbar. Ich schlafe in Jacksons Zimmer in der Maple Avenue, und gemeinsam drücken Candice, Nic und ich Jackson die Daumen und beten für ihn. Wir gehen jeden Tag ins Krankenhaus und bringen seinen Eltern, die außer sich sind vor Sorge, Essen. Gelegentlich schleichen wir uns in sein Zimmer, je nachdem, welche Krankenschwester gerade Dienst hat. Wir begrüßen ihn und sagen ihm, dass wir ihn lieben, denn wir wissen, dass er uns auf irgendeine Weise hören muss, auch wenn er nicht antworten kann. Die Schwellungen gehen zurück, aber es ist noch zu früh, um ihn aus dem Koma zu holen.

Währenddessen halten Nic und ich uns an den Händen. Wir umarmen uns. Wir kuscheln. Wir küssen uns nicht, und wir schlafen nicht miteinander, aber sieben Tage lang bewegen wir uns ständig in der Umlaufbahn des anderen. Wir sind nicht wieder zusammen, aber in dieser Zeit bleibt er bei mir, an mich gekuschelt in Jacksons Bett. Wir reden nicht darüber, es passiert einfach, zwei Fragezeichen, die sich um den anderen wickeln. Im Moment sind keine Antworten nötig. Wer zuerst aufwacht, steht auf und kocht Kaffee. Das Leben fühlt sich kostbar an, und wir behandeln uns alle, als wären wir verletzt, messen unsere Worte ab und versuchen, rücksichtsvoll zu sein, und sogar Jacques und Meg – die beiden anderen Mitbewohner, die eingezogen sind, wobei Jacques mein altes Zimmer und Meg, die aus Argentinien stammt, das Kabuff übernommen hat – halten Wache, gehen leise ein und aus und lassen uns Raum für unsere Sorgen. Wenn Candice wirklich mit dem Franzosen schläft, bekomme ich nichts davon mit.

Sechs Tage nach dem Unfall reduzieren sie Jacksons Medikamente, um ihn aufzuwecken. Candice, Nic und ich sitzen ungeduldig da und schauen jedes Mal auf, wenn jemand Neues den

Warteraum betritt, um zu sehen, ob es sein Vater oder seine Mutter ist. Endlich kommt sein Vater herein.

»Es geht ihm gut«, sagt er. »Seine kognitiven Fähigkeiten sind in Ordnung. Er hat gerade nach Wasser gefragt. Die Ärzte haben gesagt, dass er heute keinen Besuch empfangen darf, aber wir haben ihm mitgeteilt, dass ihr alle hier seid, und er hat gelächelt und seine Hand auf sein Herz gelegt.«

In dieser Nacht drehe ich mich im Bett aus der Löffelchenposition so um, dass ich Nic gegenüberliege. Sein Gesicht ist kaum zu sehen, aber ich kann sein starkes Profil spüren, die Form seiner Nase, seines Mundes und seines Kinns.

»Danke, dass du hier bist«, sage ich leise, als ich merke, dass er wach ist.

»Danke, dass ich hier sein darf«, sagt er, und wir schlafen ein, zum ersten Mal einander gegenüberliegend.

Als Candice und ich an Jacksons Bett abhängen, ist es fast wie in alten Zeiten. Normalerweise kommt Nic mit, aber heute Abend muss er länger arbeiten, und so sind wir nur zu dritt. Jackson wird morgen entlassen, wenn alles gut geht, und er scheint sich jetzt mehr darauf zu freuen als während der Woche.

»Ich werde sechs Wochen lang beide Gipsverbände tragen müssen, aber ich habe einen Breitbildfernseher in meinem Zimmer bei Mum und Dad. Es liegt direkt neben dem Badezimmer, und mein Chef hat mir gesagt, ich solle mir so lange Zeit lassen, wie ich brauche, was auch richtig ist – wenn das Gehalt schon so mau ist, dann soll er wenigstens im Krankheitsfall entgegenkommend sein.«

»Ich wünschte, ich könnte länger bleiben«, sage ich. »Ich kann an einigen Wochenenden kommen, aber …«

Jackson hält seinen Gipsarm hoch. »Du musst einen Dokumentarfilm zu Ende bringen«, sagt er. »Zu Hause gibt es jede Menge

Heimatlose und Streuner, die mir Gesellschaft leisten werden, und Candice kann mich doch besuchen, oder?« Sie nickt. »Meine gesunde Hand ist schon ganz verkrampft von all den Nachrichten, die ich diese Woche bekommen habe. Ich habe ein ganzes Dodgeballteam, das mich schon vermisst, vergiss das nicht.«

»Und ich werde da sein«, meldet sich Candice.

»Das sagt sie drohend«, stichelt Jackson, und Candice kneift die Augen zusammen.

»Wie auch immer, ich bin froh, dass es nur meiner Nahtoderfahrung bedurfte, damit ihr beide wieder miteinander redet«, bemerkt Jackson. »Und …«, fügt er hinzu und nickt Candice zu, »ich bin froh, dass du endlich aus dem tiefen, dunklen Loch, in dem du dich versteckt hast, herausgekrochen bist.«

»Ja, tja …« Candice zuckt mit den Schultern. »Ich musste mich eine Zeit lang selbst bemitleiden. Und jetzt bin ich bereit, den Dingen ins Auge zu sehen.«

»Das kenne ich nur zu gut«, sage ich. »Den Kopf in den Sand zu stecken ist meine Superkraft.«

Jackson und Candice sehen mich an und warten darauf, dass ich das näher ausführe.

»Oh«, sage ich. »Ich meinte nicht … Ihr denkt beide, dass ich von Nic spreche, nicht wahr? Ich meinte es ganz allgemein.« Die beiden starren mich weiter an. »Ich schlafe nicht mit ihm«, protestiere ich. »Ich weiß, dass ihr mich so anseht, weil ihr denkt, dass wir etwas miteinander haben, aber das stimmt nicht.«

»Ich habe gehört, dass ihr beide in meinem Bett geschlafen habt«, sagt Jackson. »Also wäre es mir lieber, wenn ihr es auch wirklich getan hättet. Du kannst mir sonst aber auch gern neue Laken kaufen. Eigentlich kannst du mir in jedem Fall neue Laken kaufen. Als Einweihungsgeschenk.«

»Einweihungsgeschenk?«, frage ich.

Candice nickt. »Wir geben das Haus auf«, sagt sie. »Meg wird den Mietvertrag übernehmen und zwei neue Leute, die einziehen, finden. Wir haben uns unterhalten und beschlossen, dass es Zeit ist, erwachsen zu werden und weiterzuziehen.«

»Aber das wird dann das Ende einer Ära!«, rufe ich aus. »Ihr könnt nicht ausziehen!«

»Es ist bereits das Ende einer Ära«, stellt Jackson fest. »Wir eifern dir nur nach.«

»Aber das bedeutet …«, sage ich, und Jackson nickt.

»*Darling,* du wärst nie zurückgekommen. Es ist schon okay.«

Ich frage sie, wohin sie gehen werden.

»Wir suchen was Kleineres für zwei Personen, eine Wohnung vielleicht, näher am Zentrum. Irgendwo, wo wir einen richtigen Esstisch haben können.«

»Das klingt sehr erwachsen«, staune ich.

»Es ist an der Zeit«, sagt Candice. »Wir sind bereit für die Veränderung, oder?«

»Das sind wir«, sagt Jackson. »Und jetzt, wo wir das von der Liste der zu besprechenden Punkte gestrichen haben, können wir wieder zu dir und Nic zurückkehren? Was wirst du tun, *Darling?* Ich kann die Spannung zwischen euch kaum ertragen! Kommt doch endlich wieder zusammen!«

»Ich weiß nicht …«, beginne ich. »Das ist nicht das, was ich will. Ich bin mir wirklich sicher …«

»Ich würde keinen Mann daten, der ein Kind hat«, sagt Candice. »Zumindest glaube ich, dass ich das nicht tun würde. Kannst du ehrlich sagen, dass du das würdest, Jackson? Das ist eine Menge, was da auf einen zukommt.«

Jackson zuckt mit den Schultern, dann scheint er sich daran zu erinnern, dass ihm das Zucken Schmerzen bereitet, und er zuckt zusammen, als er sich in eine bequemere Position begibt.

»Es kommt auf die Person an«, betont Jackson.

»Es wird tränenreich enden«, sagt Candice.

»Und wenn schon, ist es das Risiko nicht wert?«, entgegnet Jackson.

»Meine Güte, ich dachte, sie haben gesagt, dein Kopf sei in Ordnung. Schwester! Doktor! Jackson hat eine Kopfverletzung!«

»Ha, ha«, sagt Jackson. »Wie lange soll das bitte noch ein Running Gag sein? Ich habe es nämlich schon satt.«

»Hör zu«, sage ich. »Ich nehme morgen den Zug zurück, und dann weiß ich nicht, wie es weitergeht. Ich dachte, es wäre zu schmerzhaft, ihn als platonischen Freund zu betrachten, aber er war bei dem Ganzen hier einfach wunderbar. Es tut weh, dass wir nicht zusammen sein können, aber ich denke, ich muss einfach vorsichtig sein. Ich kann ihn lieben, aber nicht mit ihm zusammen sein. Ich weiß, das klingt widersprüchlich, aber es ist möglich.«

»Wie Kevin Costner und Whitney Houston am Ende von *Bodyguard*«, schlägt Jackson vor.

»Genau«, sage ich.

»Ist er nicht nach Manchester gefahren, um dich zu holen, als Jackson den Unfall hatte?«, sagt Candice.

»Habt ihr euch nicht ein Bett geteilt?«, sagt Jackson.

»Gerätst du nicht in Panik, wenn er nicht in der Nähe ist, schnellst mit dem Kopf in die Höhe und suchst ihn?«, fragt Candice.

Ich halte lachend meine Hände hoch. »Okay«, sage ich. »Ich kann es euch nicht wirklich übel nehmen, weil ich euch liebe, aber ihr beiden müsst jetzt echt mal halblang machen, okay? Einfach mal die Schnauze halten.«

»Was denkst du, was genau hat einen Nerv getroffen?«, flüstert Jackson Candice zu, während er den Blickkontakt zu mir aufrechterhält.

»Ich glaube nicht, dass es etwas war, was wir gesagt haben«, flüstert Candice zurück. »Ich glaube, sie vermisst einfach ihren *Freund*«, fügt sie hinzu und betont das Wort ganz bewusst, um mich zu ärgern. Ich zeige ihnen den Mittelfinger.

Als Candice und ich gehen müssen, weil Jackson zur Toilette gebracht wird, hält sie meinen Arm fest und sagt: »Können wir jetzt sprechen?«

Ich sehe sie an. »Ja«, sage ich. »Wollen wir einen Kaffee trinken? Unten ist ein Kaffeestand.«

Wir holen unsere Getränke – Candice bezahlt – und machen es uns so bequem es geht.

»Okay …«, fängt Candice an, als es offensichtlich ist, dass wir abgelegt und alles zurechtgerückt haben und es nichts anderes mehr zu tun gibt, als miteinander zu sprechen. »Ich wollte nur sagen …«

»Du weißt, dass du das nicht musst, oder?«

»Unterbrich mich nicht, okay?«

Mit einer Handbewegung über die Lippen tue ich so, als würde ich den Schlüssel in einem Schloss drehen und ihn anschließend wegwerfen.

»Du hast es nicht verdient, dass ich dich ghoste. Das war nicht in Ordnung. Ich habe nur … Ich weiß nicht. Ich habe dich vermisst, und ich hatte das Gefühl, dass du mich nicht vermisst, und das fand ich blöd. Und dann auf der Party mit Nic bin ich eifersüchtig geworden, was ich nicht gerne zugebe, aber es war so. Ich konnte nicht verstehen, warum du Zeit für ihn hast, aber nicht für mich. Also habe ich dich bestraft. Aber vielleicht habe ich in Wirklichkeit mich selbst bestraft?«

»Oh, Candice«, sage ich. »Natürlich vermisse ich dich. Ich hasse es, dass es erst so weit kommen musste, damit wir uns richtig sehen und miteinander sprechen können. Es gibt so viel, was ich dir erzählen wollte.«

»Mir geht's genauso«, sagt sie. »Und ich weiß, dass sich die Dinge ändern. Wir werden erwachsen. Wir haben Träume. Zumindest hast du welche. Ich weiß nicht, was ich mit meinem Leben anfangen werde, aber ich kann dich um deinen Ehrgeiz nicht beneiden. Ehrgeiz ist nicht schlecht. Dass du den Master machen wolltest, war nicht schlecht. Ich habe mich nur wie ein großes Baby verhalten. Ich war wütend und habe es vorgezogen, nicht darüber zu sprechen. Und das war scheiße. Es tut mir leid.«

»Ist schon okay«, sage ich. »Ich weiß, dass es schwer war. Aber geht es dir gut? Wirklich gut? Jackson hat gesagt …«

»Dass ich viel getrunken und Jacques gevögelt habe? Ja, das hab ich. Ich habe Regel Nummer eins gebrochen.«

»War es das wert?«, frage ich und versuche, nicht voreingenommen zu klingen.

»Nein«, gibt sie zu. »Deshalb ist es an der Zeit, auszuziehen und weiterzuziehen. Jackson war nicht oft zu Hause, aber wenn er da war, war er nett. Ich glaube, er hat abgewartet. Er hat gewartet, bis ich das alles hinter mir gelassen habe.«

»Ein wahrer Freund«, sage ich. »Er weiß, dass du zu ihm zurückkommen wirst.«

»Vergibst du mir?«, fragt sie traurig.

»Das musst du nicht fragen«, sage ich. »Können wir einfach zur Normalität zurückkehren?«

»Das will ich«, sagt sie. »Was auch immer normal bedeutet.«

Ein Mann, der Nic ziemlich ähnlich sieht, kommt auf uns zu.

»Hey, entschuldigt, hi. Ihr seid Jacksons Mitbewohnerinnen, nicht wahr? Ich bin Ollie. Nics Bruder. Ich war letztes Jahr auf der Geburtstagsparty von einer von euch. Ich spiele Dodgeball mit Jackson.«

»Ja, ich erinnere mich«, sagt Candice. »Mit Leib und Seele«, fügt sie hinzu.

»Ich habe nichts von seinem Unfall gewusst. Er hat mir erst heute eine Nachricht geschickt. Wisst ihr, wo sein Zimmer ist?«

»Niemand vom Dodgeball wusste es«, sagt Candice. »Wir wussten nicht, was wir sagen sollten, also hat Nic der WhatsApp-Gruppe einfach eine Nachricht geschickt, dass er einen kleinen Unfall hatte.«

»Warum hat Nic es mir nicht gesagt?«, fragt Ollie. Er wirkt verzweifelt, fast benommen. Ich hatte keine Ahnung, dass er und Jackson auch befreundet sind.

»Er wollte niemanden unnötig belasten«, erkläre ich. »Ich bin sicher, er hat es nicht böse gemeint.«

»Er hätte es mir sagen müssen«, sagt Ollie. »Ich hätte es wissen müssen.«

»Okay«, sagt Candice. »Die Schwester ist jetzt bei Jackson, aber sein Zimmer ist im dritten Stock, vom Aufzug aus rechts. Die Schwesternstation ist auch dort.«

»Danke«, sagt er.

Er geht, ohne sich zu verabschieden.

»Das war komisch«, sage ich. »Ich wusste gar nicht, dass Jackson mit Nics Bruder befreundet ist.«

»Er spinnt immer verworrene Netze«, sagt Candice. »Den Klatsch erfahren wir später.«

»Ja«, sage ich, beobachte, wie er weggeht, und frage mich, was das gerade zu bedeuten hatte.

40

Nic

Die Lichter glitzern auf dem tintenblauen Bach, der sich um die Siedlung windet, und der Nachthimmel wird ab und zu von den Autolichtern der von der Arbeit heimkehrenden Anwohner unterbrochen. Ich bleibe stehen und schaue auf den gepflegten Rasen, der den kleineren der drei Wohnblöcke umgibt, und gehe den Weg zurück zu den Schiebetüren der Küche.

»Man könnte dort eine Schaukel aufstellen, vielleicht auch eine kleine Rutsche«, bemerkt Ollie, der hinter mir auftaucht. »Das ist Kunstgras, also musst du es wenigstens nicht mähen. Du bist nicht gerade der Typ, der den Rasenmäher rausholt, oder?«

Ich verziehe das Gesicht. »Ist irgendjemand der Rasenmäher-Typ?«, frage ich. »Also halt die Klappe.«

»Steve schon«, antwortet er, und ich verstehe, was er meint. Das sind die Väter, die keine Lasagne kochen können, aber einen ganzen Samstagnachmittag lang verschwinden, um ein paar alte Äste hinter der Garage abzuschneiden, für die sich niemand interessiert.

»Und du?«, frage ich.

»Nee, Quatsch. Ich denke allerdings, dass ich mit meiner kleinen Nichte im Schlepptau ein noch größerer Frauenmagnet sein könnte.«

»Gott steh uns allen bei«, sage ich und drehe mich noch einmal um, um die Küche zu betrachten. Polierter Marmorboden, große Frühstückstheke und schöne Holzschränke. Ich habe mir schon eine Handvoll Wohnungen in Liverpool angesehen, im Stadtzentrum, draußen am Kai und hier, ein bisschen mehr am

Stadtrand. Aber das ist der einzige Ort, an dem ich mich wie zu Hause gefühlt habe.

»Viele der Angebote waren doch ganz in Ordnung, oder?«, sage ich zu Ollie. »Aber die hier fühlt sich wirklich heimelig an. Weißt du, was ich meine?«

»Mir gefällt sie«, stimmt er mir zu. »Du bist nah an der Stadt, in der Nähe von Millie und kannst in den Zug springen, um Onkel Ollie zu besuchen, wann immer du willst.«

Ich verziehe das Gesicht. »Oder ich komme zu dir«, sagt er und hält seine Hände hoch. »Mit Neugeborenen zu reisen ist nicht so praktisch, ich weiß. Ich habe den Klassiker übers Kinderkriegen gelesen.«

»Hast du?«

»Jackson hat ihn mir geliehen.«

»Jackson?«

»Ja«, sagt Ollie und zuckt mit den Schultern. »Ich habe ihn bei seinen Eltern in Sevenoaks besucht. Er erholt sich gerade von einem Koma, falls du das nicht wusstest.«

»Das weiß ich«, sage ich. »Ich wusste nur nicht, dass du Leute besuchst, die sich von einem Koma erholen.«

»Kannst du damit aufhören?«, fordert er mich dann auf. »Ich weiß, dass du mich für dumm und unverantwortlich hältst, dass ich der Typ bin, der immer nur Spaß will, aber falls du es noch nicht bemerkt hast, versuche ich gerade, jemandem ein guter Freund zu sein, der es braucht, und ich bin hier, um ein guter Bruder zu sein, oder etwa nicht? Also hör auf damit.«

»Du hast recht«, sage ich leise. »Es tut mir leid.«

»Dir sei verziehen«, sagt er, und wir stehen beide auf. Und dann: »Ich denke, du solltest sie nehmen. Es ist eine schöne Wohnung.«

Wir gehen durch die offene Küche und das Wohnzimmer in die Diele.

»Zwei Schlafzimmer«, fährt er fort. »Du kannst kochen, während sie spielt. Es ist groß genug für ein riesiges Schlafsofa, um mich zu beherbergen, wenn ich zu Besuch komme … Anständiger Preis, gute Lage.«

»Ja«, sage ich. »Genau.«

Es klopft an der Haustür, und der Makler kommt herein.

»Entschuldigen Sie bitte«, sagt er. »Das war das Büro. Also, was denken Sie? Ich habe noch ein anderes Paar, das interessiert ist, also müssen Sie sich beeilen, wenn es die richtige ist.«

Ich sehe Ollie an. Er nickt aufmunternd. »Es ist die richtige«, sage ich. »Ich möchte offiziell mein Angebot abgeben. Ich möchte sie nehmen.«

Nachdem ich eine so große Entscheidung getroffen habe, fühle ich mich gezwungen, es der einen Person zu sagen, an die ich ständig denken muss. Ruby.

Ein Foto von meiner neuen Wohnung – ich habe sie gerade gekauft. Ich baue mir ein Leben auf, nur nicht so, wie ich es mir vorgestellt habe. Ich weiß nicht, ob es okay ist, wenn ich dir schreibe, aber ich muss an dich denken, wenn etwas so Großes passiert.

Drei Punkte tauchen auf dem Display auf, sie ist dabei, zurückzuschreiben, aber dann verschwinden sie, als ob sie ihre Meinung geändert hätte.

»Wo seid ihr denn stehen geblieben?«, will Ollie wissen, als wir die Auffahrt zu Mums Haus hinaufgehen.

»Ohne eine klare Entscheidung«, sage ich und klingle an der Tür. »Sie will nicht mit einem Mann zusammen sein, der Vater wird, und das ist offensichtlich sehr endgültig – aber gleichzeitig fühlt es sich nicht wie das Ende an. Ich kann es nicht erklären. Es ist, als gäbe es eine unsichtbare Anziehungskraft zwischen uns.«

»Kommt sie zufällig aus deiner Hose?«, scherzt Ollie, als Steve gerade die Tür öffnet.

»Hey, wie geht's?«, begrüßt er uns und reicht jedem von uns die Hand. »Eure Mum ist gerade in der Küche. Kommt rein, Jungs. Ihr lasst die Kälte herein.«

Ollie und ich stellen unsere Seesäcke ab und ziehen unsere Schuhe aus – Regel Nummer eins: keine Schuhe im Haus. Wir stapfen mit unseren stinkenden Füßen durch das Vorzimmer und geben unserer Mum einen Begrüßungskuss.

»Meine beiden Söhne zu Hause«, sagt sie. »Und es ist noch nicht einmal Weihnachten. Muss ich mir Sorgen machen?«

»Mach dir Sorgen um den da«, sage ich und zeige auf Ollie. »Er ist nervtötend rücksichtsvoll.«

Ollie stiehlt ein Stück Käse von dem Block, den Mum neben der Reibe liegen gelassen hat. Sie stößt seine Hand weg. »Seit dein Ältester ein uneheliches Kind bekommt und sich nicht länger als fünf Minuten an einem Ort aufhalten kann, habe ich mich noch mehr angestrengt, Mum. Du musst auf einen von uns beiden stolz sein, nicht wahr?«

»Ich bin auf euch beide stolz«, sagt sie treuherzig, aber ich weiß, dass sie noch unsicher ist. Ich glaube, sie hat zu viel Angst, um aufgeregt zu sein – ich weiß, dass sie eine wunderbare Großmutter sein wird, aber es ist, als könne sie nicht glauben, dass es wirklich passieren wird. Mein Handy macht ein Ping-Geräusch.

»Ist das deine Freundin? Oder deine Baby-Mama?«, stichelt Ollie, und Mum wirft mir einen neugierigen Blick zu.

»Hat er jetzt eine Freundin?«, höre ich sie ihn fragen, während ich mich auf die Mailbox konzentriere. Es ist meine Jobvermittlerin, die mich bittet, sie anzurufen.

»Ich habe keine Freundin, Mum«, sage ich. »Er ist einfach nur ein Arsch. Aber ich muss mal kurz telefonieren, wegen eines potenziellen Jobs. Ich mache das oben.«

Ich gehe an Steve vorbei, der sich die Sechs-Uhr-Nachrichten ansieht, und setze mich an das obere Ende der Treppe.

»Nic, hi«, sagt meine Jobvermittlerin Sinead, als sie meinen Anruf entgegennimmt. »Danke, dass du mich so schnell zurückgerufen hast.«

»Kein Problem«, sage ich. »Gibt es Neuigkeiten?«

»Nun«, sagt sie. »Ich wollte dich nur über eine potenzielle Stelle informieren, die ein bisschen was Besonderes ist.«

»Sagt jede Jobvermittlerin«, scherze ich.

»Ich verspreche dir, dass dich das interessieren wird«, sagt sie. »Ich bekomme mein Geld nur, wenn du nicht gleich wieder kündigst, schon vergessen? Ich will dich also nicht mit irgendwas abspeisen.«

»Ich vertraue dir, Sinead«, sage ich. »Ich habe nur Gutes über dich gehört.«

»Das liegt daran, dass ich großartig bin«, erwidert sie, und ich kann das Lächeln in ihrer Stimme hören, während sie spricht.

»Ich höre«, sage ich und lächle ebenfalls. Flirte ich mit meiner Jobvermittlerin? Ich nehme das Telefon vom Ohr, um zu sehen, ob Ruby geantwortet hat. Das hat sie nicht.

»Es gibt da ein noch ganz junges Unternehmen, das einen Finanzchef braucht. Nach allem, was du darüber gesagt hast, dass du bereit bist, Geld für Zeit zu opfern, aber auch etwas Soziales tun zu wollen, denke ich, dass das ziemlich gut passt. Ich kenne die Gründer privat, durch meinen Mann, und sie sind großartig – aber sie brauchen einen richtigen *Money Man.* Sie haben Talent und eine Vision und bekommen eine großartige Presse, aber jemand muss das Schiff steuern, finanziell gesehen. Es ist ein großzügiges Paket, eine Vier-Tage-Woche und auch viel Homeoffice. Es findet nicht alles im Büro statt – wenn es also um Kinderbetreuung geht, wenn deine Tochter eingeschult wird und so weiter, dann passt das perfekt. Sie wollen dich kennenlernen. Hast du Interesse?«

»Ja, klar«, sage ich. »Du hast im Grunde meine Wunschliste für den Job abgehakt.«

»Ich bin wirklich so gut, wie man sagt«, antwortet Sinead. »Ich schicke dir jetzt die Details. Die Kündigungsfrist für deine derzeitige Stelle beträgt dreißig Tage, richtig?«

»Richtig«, sage ich.

»Okay, großartig. Sieh dir ihr Profil an, und ich rufe sie gleich an, um alles zu arrangieren. Hast du morgen Zeit?«

»Ich bin ganz flexibel«, sage ich. »Das passt.«

»Ein Traumklient«, sagt sie, und ich höre wieder, dass sie lächelt.

Um 22 Uhr erhalte ich eine Nachricht, in der ich aufgefordert werde, am nächsten Morgen um 8:30 Uhr in der Lobby eines der zentralen Hotels zu sein, um an einem informellen Treffen mit den Gründern teilzunehmen, die, wie Sinead noch einmal betont, meinen Lebenslauf gelesen und alles über mich gehört haben und »begeistert« von mir sind. Ich ziehe meinen Anzug an, den ich fast nicht mitgenommen hätte, und fahre in die Stadt. John und Craig, die Firmengründer, sind schon da, als ich ankomme. Sie sind etwa in meinem Alter, tragen beide Eheringe und sitzen an einem Ecktisch mit ein paar Ringbüchern und einem Laptop. Sie stehen auf, als sie mich kommen sehen.

»Nic?«, fragen sie, und ich nicke und reiche ihnen die Hand. »Wir freuen uns, dich kennenzulernen. Ich bin John, das ist Craig. Setz dich. Willst du einen Kaffee? Vielen Dank, dass du so kurzfristig kommen konntest.«

Sie sind sehr nett und offensichtlich begeistert von dem, was sie tun.

»Die Welt braucht wahrscheinlich nicht noch eine App für psychische Gesundheit«, räumt Craig ein, »aber wir haben die Finanzierung für die nächsten fünf Jahre so gut wie in der Tasche, und du kannst das hier mitnehmen – das ist der ganze Plan, der volle Einblick in das, was wir zu tun versuchen. Wir brauchen nur jemanden, von dem die Investoren sehen können, dass er weiß, wie er uns finanziell im Zaum halten kann. Wir sind beide Väter, beide uninteressiert an Hektik und Plackerei, aber wir wollen beide der Welt etwas geben.«

John zuckt mit den Schultern. »So kitschig das auch klingen mag.«

»So kitschig das auch klingen mag«, wiederholt Craig.

Nachdem ich mich verabschiedet habe, mache ich einen Spaziergang durch die Stadt, denn ich bin mir ziemlich sicher, dass sie mir ein Angebot machen werden. Ich mache mir keine großen Gedanken darüber, was ich arbeite – ich habe schon für Großfirmen gearbeitet, habe beeindruckende Visitenkarten in Händen gehalten. Ich schätze, ich habe das Gefühl, dass es eine kleine innere Veränderung gegeben hat, seit ich von dem Baby erfahren habe. Ruby hat es gesagt. Sie hat gesagt, dass ich mich so fühlen würde. Seltsam, dass sie mich gut genug kennt, um das vor mir zu wissen, wir aber trotzdem nicht zusammen sein können. Mein Telefon klingelt. Es ist Sinead.

»Du hast sie beeindruckt«, sagt sie. »Sie wollen dir ein offizielles Angebot machen. Die Frage ist also, was du von ihnen hältst.«

Ich sage zu. Als ich nach London zurückkehre und bereit bin, meine Kündigung bei Hoare einzureichen, habe ich bereits Verträge für meine neue Hypothek und meinen neuen Job – beide in Liverpool. Ich zögere bei diesem nächsten Schritt überhaupt nicht. Bin ich bereit, Vater zu werden? Weiß der Teufel. Bin ich bereit, es trotzdem zu versuchen? Auf jeden Fall! Ich habe gedacht, ich würde noch viel länger in London bleiben und noch viel mehr erleben, aber wenn ich schon gehen muss, dann ist das der beste Grund.

41

♥♥♥

Ruby

Ich glaube, das war's«, sagt Harry und blinzelt durch seine Brille auf den Computerbildschirm, die er vor etwa zehn Stunden aufgesetzt hat – neun Stunden nachdem wir zum ersten Mal zusammen im Schneideraum saßen und mit der Arbeit begonnen haben. Wir riechen nach Schweiß, sind müde und aufgedreht. Am nächsten Morgen geben wir die Doku ab. Ich lehne mich in meinem Stuhl zurück und will die Arme hinter dem Kopf verschränken, überlege es mir dann jedoch anders. Harry merkt, dass ich meine Meinung ändere. Wir haben gearbeitet und gearbeitet – seit Paris sind drei Monate vergangen, Weihnachten und Neujahr sind wie im Fluge vergangen –, und unser neuer Abgabetermin ist in ein paar Stunden.

»Stinke ich?«, frage ich.

»Ich wollte nichts sagen.« Er nickt in Richtung meiner Achselhöhlen. »Aber ja.«

»Du stinkst auch«, erwidere ich. »Aber ehrlich gesagt, könnte das der Geruch …« Ich suche nach den richtigen Worten.

»… einer verdammt gut erzählten Geschichte sein?«

»Einer Person, die ziemlich oft darin vorkommt«, sage ich. »Es ist mir unangenehm, das zu sagen. Aber ja, vielleicht. Ich weiß nicht einmal mehr, wie ich heiße, und vor lauter Schlafentzug könnte ich jederzeit in Tränen ausbrechen, aber …«

Harry streckt eine klamme Hand aus und ergreift die meine. »Sie ist gut geworden«, sagt er. »Ich denke, wir können stolz auf uns sein.«

JP stimmt zu. Wir geben unser Projekt ab und fahren dann zu ihm nach Hause, nachdem wir ein paar Stunden geschlafen und geduscht haben. William bleibt auch, um sich den Film anzusehen.

»Wow«, sagt William, als er zu Ende ist. »Leute, das ist wirklich sehr, sehr gut.«

»Wirklich?«, frage ich.

»Ich wusste, dass ihr all die Probleme am Ende in den Griff bekommen würdet«, sagt JP. »Und das, bevor ich ins Gras beiße! Das nenne ich gute Arbeit!«

»Opa, hör bitte auf, solche Dinge zu sagen. Das ist nicht … normal.«

»Ah.« Ich lächle. »Er ist ein lebender Toter. Lass ihm doch seinen Galgenhumor.«

William schaut zuerst schockiert und dann amüsiert. »Jesus«, sagt er und schüttelt den Kopf. »Ich kann nicht glauben, dass ich jemals zugestimmt habe, dass er Zeit mit euch Verrückten verbringt.«

»Sie sind nicht verrückt.« JP lächelt.

»Das ist eine echte Reise, auf die ihr uns mitnehmt«, lobt uns William. »Wirklich clever gemacht. Das Publikum denkt zunächst, dass eine Wahrheit über die Liebe offenbart wird, aber dann wird etwas anderes offenbart, das die ganze Zeit vor unseren Augen lag, nur haben wir es nicht gesehen.«

Harry schwelgt in dieser Erkenntnis. »Rede weiter darüber«, spornt er ihn an, und William willigt ein.

»*Beinahe zählt nicht* – also eigentlich sagt ihr, dass *beinahe* absolut zählt, weil es uns oft näher an die Liebe bringt, mit der wir eigentlich zusammen sein sollten. Obwohl, ich nehme an … nun, es ist eine Schande, dass Nic nicht vorkommt, wirklich. Er ist so offensichtlich in dich verliebt, dass es keinen Sinn ergibt, wenn er es vor der Kamera nicht sagt. Es sei denn …« William nimmt meinen Gesichtsausdruck zur Kenntnis, von dem ich annehme, dass er an einen begeisterten Fliegenfänger erinnert. »Oh«, sagt er. »Entschuldigung. Wusstest du das nicht? Ich dachte, alle wüssten es.«

»Wie kannst du es *nicht* wissen?«, wendet Harry sich an mich, und ich werfe ihm einen Blick zu, der ihn zur Klarstellung veranlasst: »Du *weißt* doch, dass er in dich verliebt ist?«

»Das ist reine Spekulation«, sage ich. »Kommt schon, lasst uns nicht schlecht über jemanden reden, der nicht hier ist und sich nicht verteidigen kann.«

»Aber, *Darling*, er ist in Liverpool und liegt nicht auf dem Friedhof«, sagt JP mürrisch. »Wusstest du es wirklich nicht?«

»Nein«, sage ich. »Und selbst wenn es so wäre …« Ich habe das Gefühl, in eine Ecke gedrängt worden zu sein, die ich mir nicht ausgesucht habe, denn wir sind auf einer wunderbaren Feier wegen eines gut gemachten Jobs plötzlich dazu übergegangen, ein Licht in die Ecken und Winkel meines Privatlebens zu werfen, doch das, was ich vor der Kamera ausgebreitet habe, war schon schmerzhaft genug. Verdammt noch mal, ich brauche jetzt keine drei Männer, die unverschämte Vermutungen über mein Herz anstellen.

»Ist schon gut, meine Liebe«, sagt Harry sanft.

»Ich dachte, du liebst ihn auch«, sagt William, woraufhin ich ihm in die Augen schaue und in Tränen ausbreche.

»Das tue ich«, gebe ich schließlich unter Schluchzen zu. »Aber mehr kann ich leider nicht machen.«

»Du kannst es ihm sagen«, schlägt Harry vor, und nach allem, was passiert ist – Jacksons Unfall und wie er für uns alle da war –, weiß ich, dass ich das tun muss. Vielleicht kann ich nicht mit ihm zusammen sein, aber das Mindeste, was ich tun muss, bevor ich ihn für immer gehen lasse, ist, ihm genau zu sagen, was er mir bedeutet.

»Ich möchte ihn kennenlernen«, sagt JP. »Könnt ihr nicht mal einen gemeinsamen Abend organisieren? Nach all den Geschichten, die wir über ihn gehört haben, wollen wir ein Gesicht zu dem Namen sehen. Einem alten Mann kannst du das doch nicht abschlagen, meine Liebe, oder?«

Ich denke darüber nach.

»Das wäre ein bisschen seltsam«, sage ich. »Er ist schließlich kein Hund in einer Hundeshow.«

»Dann mach ihn doch zu einem Vorzeigehund ohne Show.« Harry grinst. »Ich stimme JP zu. Ich will ihn kennenlernen. Wie seid ihr überhaupt verblieben?«

Ich zucke mit den Schultern. »Wir haben nur gesagt, wir sehen uns«, erkläre ich. »Keine Versprechungen. Keine Andeutungen. Einfach nur tschüss und viel Glück.«

William meldet sich zu Wort. »Ihr könntet doch eine Party veranstalten, auf der ihr die Doku zeigt. Ein paar Knabbereien auftischen oder Nudeln kochen, und wir sehen sie uns alle zusammen an.«

»Ich kann nicht glauben, dass ihr mich dazu zwingen wollt«, sage ich. »Meine Güte!«

»Wir zwingen dich zu gar nichts.« Harry lacht. »Du kannst es kaum erwarten, ihn deswegen anzurufen! Schau dich nur an!«

Es *hat* sich sehr unfertig angefühlt mit Nic. Nachdem ich aus Paris zurückgekommen bin, haben wir uns in aller Stille verabschiedet, aber jetzt, nach Jacksons Unfall und allem anderen, was geschehen ist, ist es, als hätten wir den Schorf einer nicht verheilten Wunde aufgekratzt.

Ich nehme mein Telefon in die Hand. Ich habe immer noch nicht auf seine letzte Nachricht geantwortet – ich wusste einfach nicht, was ich schreiben sollte. Ich beschließe, es jetzt einfach zu tun.

Natürlich ist es in Ordnung, wenn du mir schreibst.
Die letzten paar Wochen waren ganz verrückt,
aber eigentlich habe ich nur über dich geredet –

andeutungsweise, versteht sich.
JP *fragt, ob du die Doku sehen willst.*
Ich weiß nicht, wo du gerade bist,
aber wir dachten an 5 Uhr …

Er schreibt sofort zurück: *Heute Abend?*

Heute Abend, bestätige ich. *Von wegen YOLO und so.*

Ich seufze dramatisch, aber insgeheim bin ich ein bisschen froh, dass ich dazu gedrängt wurde, Nic die Hand zu reichen. Alles fühlt sich so unfertig an, auch wenn wir vor Jacksons Unfall einen Schlussstrich gezogen haben. Ich nehme an, der Strich war eher ein Absatz, nach dem ganzen Händchenhalten und den Löffelchenstellungen, die gefolgt sind, und jetzt muss ich zurückgehen und einen Abschluss finden.

»Wir sehen uns dann gleich bei mir«, verkünde ich.

»Ich freue mich schon darauf«, sagt JP, und als er meinen Blick sieht, freut er sich riesig.

Als ich nach Hause komme, um mich vorzubereiten, erzähle ich Candice alles.

»Ich kann nicht glauben, dass es schon so weit ist«, sagt Candice über FaceTime. »Ich wünschte, ich könnte auch dabei sein.«

Seit wir uns versöhnt haben, versuchen wir, mindestens einmal pro Woche miteinander zu reden, und da Jackson immer noch in der Genesungsphase ist, ist er in den Gruppenchats viel aktiver, sodass es sich anfühlt, als wäre die Band wieder zusammen – oder zumindest hat sie das Unwetter überstanden.

»Alles, was du über die Doku erzählst, hört sich großartig an, und die Sache mit Nic zu klären, klingt auch großartig. Jetzt brauchst du nur noch einen Plan für die Zeit nach deinem Abschluss. Wie lange dauert es noch, ein paar Monate? Ah, Entschuldigung. Vielleicht sollte ich solche Fragen nicht stellen.«

»Nein, nein«, sage ich. »Du kannst mich ruhig fragen. Ich denke, dass ich hierbleiben werde. Zumindest noch ein Semester, bis ich einen Plan habe, was weitere Projekte betrifft und so. Janet, meine Dozentin, hat mich gefragt, ob ich Interesse hätte, weiterhin als Lehrbeauftragte zu arbeiten, und mir gefällt es hier. Ich habe das Gefühl, dass ich Raum habe, um Dinge zu entwickeln. Harry wird auch bleiben, also … ja. Das ist eine Möglichkeit. Ich muss die Kursarbeit für die anderen Module einreichen, aber es fühlt sich alles machbar an – darüber nachzudenken, was als Nächstes kommt, während ich hier etwas fertig mache. Wir haben *Beinahe zählt nicht* bei ein paar Festivals eingereicht, ich weiß, dass ich mal gesagt habe, ich würde erst mal reisen, aber eigentlich denke ich, dass es schön wäre, hier Wurzeln zu schlagen.«

»Ich bereite mich einfach gerne auf das vor, was kommt«, sagt Candice. »Wenn es auch nur den Hauch einer Chance gäbe, dass du nach London zurückkommst …«

Ich weiß, dass sie mir sagen wird, dass sie die Maple Avenue nicht verlassen würden, wenn ich käme, dass ich mein altes Zimmer zurückhaben könnte und dass die letzten sieben Monate ein schönes musikalisches Zwischenspiel gewesen wären, bevor ich zu allem zurückkehren würde, was ich kenne und liebe.

»Nein«, sage ich. »Aber ich möchte, dass du immer eine Luftmatratze für mich hast, ja? Ich habe vor, dich *oft* zu besuchen.«

»Nun, es gibt hier jemanden, den ich dir gerne vorstellen würde«, sagt sie, und ich schwöre bei Gott, dass sie fast schüchtern wirkt. Wenn Candice sich schüchtern gibt, ist das so, als würde die Queen einen Striptease machen – unmöglich, sich das vorzustellen. Es ist so ungewöhnlich, so unglaublich, dass …

»Candice. Geht es um einen Mann?«

»Ich habe Sterling nach einem Date gefragt.«

»Den Postboten?«, kreische ich. »Du hast es getan?! Oh, mein Gott, erzähl mir alles.«

Sie erzählt mir haarklein, wie er eines Morgens ein Paket für Jackson abgeliefert hat und wie sie gelacht und sich unterhalten haben, aber er musste weiter arbeiten, und irgendetwas in ihr hat sie dazu gebracht, ihn zu fragen, ob sie ihn begleiten solle. Also hat sie seine Runde mit ihm gemacht und dabei unablässig mit ihm geredet, und am Ende haben sie sich auf einen Drink verabredet.

»Ich bin völlig verrückt nach ihm«, sagt Candice, und ich grinse anerkennend.

»Wer hätte das gedacht«, sage ich. »Und wer ist jetzt die alte Romantikerin?«

»Immer noch du«, sagt sie, aber sie strahlt, offensichtlich frisch verliebt. »Aber ich gebe mir Mühe.«

»Das merke ich«, sage ich. »Gratulation!«

»Und du?«, fragt sie. »Glaubst du, dass dieses Abendessen wirklich ein Abschluss sein wird?«

Ich nicke langsam.

Sie seufzt. »Dieser Mann.«

»Ich weiß«, sage ich. »Aber es war so schön, nach Jacksons Unfall als Freunde zusammen zu sein, und das Baby kann jetzt jeden Tag zur Welt kommen, also glaube ich ehrlich gesagt nicht, dass wir uns danach noch sehen werden. Der heutige Abend fühlt sich wie ein schöner Abschied an. Schon wieder. Unser zweites Lebewohl.«

»Klingt wie eine zweite Trennung«, sagt Candice.

»Ich fühle mit ihm, es ist keine ideale Situation. Ich glaube, er will einen Schlussstrich ziehen, damit er das nächste …«

Ich sage: »Kapitel«, und Candice rollt mit den Augen und macht ein Würgegeräusch.

»Wie soll ich es denn sonst nennen?«

»Ich weiß nicht, aber es hört sich an, als würdest du seine ›Reise‹ bei der Instrumentalversion einer Westlife-Single sezieren, und das geht zu weit.« Sie lächelt.

»Du bist unmöglich«, sage ich.

»Das bin ich«, antwortet sie. »Worauf willst du hinaus?«

»Ich will sagen, dass es mir gut geht. Wenn mich die Arbeit an diesem Dokumentarfilm irgendetwas gelehrt hat, dann, dass es mich zu einer Superheldin macht, wenn ich mutig bin in Herzensangelegenheiten und nicht bedürftig den Kopf hängen lasse oder mich weniger feministisch oder selbstbewusst gebe. All diese Leute interviewt zu haben und selbst vor der Kamera gesprochen zu haben, hat dazu geführt, dass ich mich stärker fühle.«

»Aber … die Liebe«, sagt sie. »Was wirst du mit der Liebe machen?«

»Sie fühlen«, sage ich. »Vielleicht ihn als Freund oder aus der Ferne lieben. Ich weiß es nicht. Das ist das Schöne daran. Ich muss es nicht wissen.«

»Ich habe Geschenke mitgebracht«, sagt Nic am Abend und winkt mir mit ein paar Tragetaschen aus dem Laden an der Ecke zu, nachdem ich die Tür geöffnet habe. Er hatte mir eine Nachricht geschickt, um zu fragen, was er mitbringen soll, und wir haben beschlossen, dass er, da ich die Gastgeberin bin, gerne für alle kochen kann.

»Hereinspaziert, *Monsieur*«, sage ich, ohne zu wissen, wie ich auf »Monsieur« komme. »Ich habe den Champagner auf Eis gelegt.«

Es ist kein Champagner, sondern Cava, und er liegt nicht auf Eis, sondern auf der Ablage über dem Gemüsefach des Kühlschranks, denn dort ist es am kältesten. Ich habe mir die Haare gewaschen und fast eine Stunde gebraucht, um mich so zu schminken, dass es aussieht, als trüge ich gar kein Make-up. Es fühlt sich seltsamerweise wie ein erstes Date an – ich bin genauso nervös, habe ein Kribbeln im Bauch, und ich merke, dass er sich auch Mühe gegeben hat. Er trägt ein Hemd, einen Pullover und Jeans, und genau wie bei unserem ersten Treffen besteht er darauf, seine Sneakers auszuziehen, nachdem er seine Jacke aufgehängt hat. Aber der Abend hat auch etwas von einem Abschied: Ich fühle mich, als wären wir die Protagonisten in dem Staffelfinale einer Emmy-preisgekrönten Serie.

»Es ist schön hier«, lobt er und nimmt die Atmosphäre des Raumes in sich auf. Ich habe Teelichter angezündet, Musik angemacht und ein paar Chips in eine Schale gegeben. Ich habe lange über die Snacks gegrübelt – es fühlt sich ein bisschen seltsam an, die Morrisons-Mature-Cheddar-Familienpackung zu öffnen, so als würde ich die Nachbarn zu einer Partie Bridge einladen, aber ich habe es schon getan, bevor ich meine Meinung ändern konnte.

»Ich dachte mir, du bist es wert«, sage ich und zucke mit den Schultern.

»Das bin ich«, antwortet er, und seine Stimme klingt fast schon kokett.

Wir schenken uns was zu trinken ein, knabbern an dem Käse, und er kocht ein Krabben-Jambalaya.

»Du siehst gut aus«, sagt er, während er den Reis abdeckt, um ihn vor sich hin köcheln zu lassen. »Wenn ich das sagen darf.«

»Du darfst«, sage ich von meinem Platz am Esstisch aus, wo ich meine Füße auf einen Stuhl gelegt habe. »Du siehst auch gut aus«, füge ich hinzu. »Irgendwie in dir ruhend.«

»Ja«, er nickt und nimmt einen großen Schluck aus seinem Glas, »ich bin glücklich.«

»Das klingt gut«, sage ich. »Ich freue mich, dass du glücklich bist.«

Er sieht mich an, will etwas sagen, überlegt es sich dann jedoch anders.

»Was?«, dränge ich.

»Ich habe nur gedacht, dass es schön ist. Ich bin gerne in deiner Küche. Und ich mag es, wenn du mir beim Kochen zusiehst.«

»Tja, und ich mag es sehr gerne, bekocht zu werden, also ist das eine gute Teamarbeit.«

»Ich koche, alle anderen essen. Verstehe.«

»Ich kann aber den Tisch decken«, sage ich und stehe auf, um Besteck zu holen.

Ich muss mich über ihn lehnen, um die Schublade mit dem Besteck zu öffnen, und während ich das tue, sagt er: »Du riechst nach dir.« Er sagt es sanft und leise. Ich spüre, wie sich die Haare in meinem Nacken kräuseln, fast aus einem Gefühl der Begierde heraus. Ich spüre seine Augen auf mir, er wartet auf meine Reaktion.

»Bitte nicht«, sage ich und trete einen Schritt von ihm weg.

»Entschuldigung«, sagt er. »Das wollte ich nicht …« Er schüttelt den Kopf. »Wobei … eigentlich ist das gelogen. Ich wollte es. Ruby … ich weiß nicht, wie ich als platonischer Freund mit dir umgehen soll. Ich versuche es, aber … schau dich nur an! Deine Haare und deine Augen und dein Lächeln und deine doofen Witze und deine Unfähigkeit, ein Möbelstück richtig zu benutzen. Ich kann gehen, wenn du willst. Ich will dich nicht durcheinanderbringen.«

»Dann bring mich nicht durcheinander«, sage ich, so klar wie möglich.

Er sieht auf.

Ich bewege meine Schultern auf und ab, als wollte ich sagen: *So einfach ist das.*

»Was soll das heißen?«, fragt er.

»Ich weiß es nicht.« Ich seufze.

»Komm her«, sagt er, streckt eine Hand aus und zieht mich zu sich.

Wir werden von meinem Handy unterbrochen: Es ist Harry, der mit Beau, JP und William im Schlepptau darauf wartet, hereingelassen zu werden. Ich befreie mich aus meiner Nic-induzierten Trance, drücke den Summer und öffne die Eingangstür zum Korridor im dritten Stock, wo ich den Aufzug brummen höre.

»Wo ist er?«, fragt Harry zur Begrüßung.

Wir essen, plaudern und trinken ein wenig von dem Wein, den Beau mitgebracht hat, nachdem wir mit dem Champagner auf den Abschluss des Projekts angestoßen haben. Ich erinnere mich nicht mehr an viel. Nic sieht mich ständig an, wenn ich rede, und wenn er redet, werfe ich ihm immer wieder Blicke zu, und so fühlt sich alles wie ein riesiges Vorspiel zum Unvermeidlichen an. JP verkündet, dass wir bescheuert sind, weil wir nicht zusammen sind, und das bringt uns beide zum Lachen, und als sich alle anderen verabschieden, macht Nic keine Anstalten zu gehen, und ich erwarte es auch nicht.

»Das war cool«, sagt er, als wir die Wohnungstür schließen und hören, wie der Aufzug sie wieder nach unten bringt.

»Ja, das war es«, sage ich. »Ich bin froh, dass du alle kennenlernen konntest.«

»Ich auch«, stimmt er leise zu, und dann tun wir das, was wir in den zehn Tagen, in denen wir Jacksons Bett geteilt haben, nicht getan haben, und es ist zärtlich und sanft und emotional und perfekt.

42

♥ ♥ ♥

Nic

Millie liegt in den Wehen. Alles, was ich über Väter und Krankenhauswartezimmer weiß, habe ich im Fernsehen gesehen. Hätte ich ein ängstliches Jubeln bei Whisky und Zigarren erwartet, ein Gefühl von widerwilliger Kameradschaft unter Männern, wäre ich jetzt enttäuscht. Alles ist sauber und effizient. Als ich ankomme, werde ich zu Millies Zimmer geführt, wo sie ungeschminkt und in einem Krankenhauskittel in einer Zeitschrift blättert.

»Hey«, sage ich und bleibe in der Tür stehen. Ich weiß nicht, wie viel Platz sie braucht oder will, und warte darauf, dass sie mich einlädt und mir Anweisungen gibt.

»Nic«, sagt sie strahlend. »Hallo.« Ich spüre eine Präsenz hinter mir.

»Sandeep«, sage ich und nicke.

»Nic«, sagt er.

»Die ganze Bande ist hier«, erklärt Millie, bevor sie sich auf den Bauch klopft und hinzufügt: »Na ja, fast die ganze Bande. Ich fürchte, es geht langsam voran.«

Sandeep wuselt um sie herum, bewegt ihr Kissen und gurrt liebevolle, aufmunternde Worte darüber, wie glücklich das Baby ist, sie zu haben, wie stolz er auf sie ist und dass er vor dem Kreißsaal auf sie warten wird. Ich fühle mich wie ein Eindringling in ihre privaten und persönlichen Momente und muss mich daran erinnern, dass dies auch mein Moment ist. Ich bin auch ein Teil des Ganzen. Ich habe genauso viel Recht, hier zu sein, wie er.

»Und du«, sagt Sandeep, als könnte er meine negativen Gedanken spüren. »Du bist auch wunderbar, Nic. Ich weiß, es ist nicht leicht für dich. Ich weiß es wirklich zu schätzen, dass du uns den Raum gibst, unsere Liebe zusammen mit diesem Baby wachsen zu lassen. So habe ich es mir nicht vorgestellt, Eltern zu werden, aber ich möchte, dass du weißt, wie sehr ich mich dafür einsetze – wie sehr wir uns beide dafür einsetzen, dass wir eine so liebevolle Familie wie möglich werden.«

»Drei Elternteile«, sagt Millie und tätschelt ihren Bauch. »Wie viel Liebe ist das?«

»Mehr, als sie je verbrauchen wird«, sage ich und lächle, und ich glaube wirklich, dass wir drei – wir vier – gut zurechtkommen werden.

Sandeep und ich betreten gleichzeitig den Entbindungsraum, und ich fühle mich so emotional und benommen, dass ich schwöre, dass ich nichts anderes tun kann, als seine Hand zu halten. Ich möchte *jemandes* Hand halten, bis zu dem Moment, in dem Millie mir Lila Grace Sheridan-Greene in die Arme legt, und dann wird mir klar, dass ich niemanden sonst auf der Welt brauche. Ich bin ein Daddy.

»Sie mag dich«, sagt Millie leise, und sie sieht erschöpft, aber glücklich aus.

»Du bist eine Heldin«, sagt Sandeep zu ihr. »Die Krankenschwester sagt, du hast nicht einmal geschrien!«

Millie ist untypisch sardonisch. »Das heißt aber nicht, dass es nicht verdammt wehgetan hat«, erwidert sie und verlagert ihr Gewicht, als wolle sie das unterstreichen und es sich etwas bequemer machen.

Das Baby ist … Ich finde nicht die richtigen Worte dafür. Hypnotisch. Ich kann nicht aufhören, sie anzustarren, und dabei tut sie nicht einmal etwas. Sie schläft und ist rosa und schorfig und sieht seltsam und gleichzeitig perfekt aus. Mir ist bewusst, wie klein sie ist und wie groß ich dagegen bin. Sie ist so leicht wie Luft, und ich weiß sofort, dass ich mein Leben geben würde, um sie zu beschützen. Was immer sie in diesem Leben braucht, werde ich ihr geben. Es wird ihr an nichts fehlen.

»Kann ich …?«, fragt Sandeep und deutet auf sie, und – ich möchte, dass sie von so vielen Menschen wie möglich geliebt wird. Ich fühle mich nicht besitzergreifend oder so, als sollte sie niemand außer mir haben. Ich meine, ich will mit ihr kuscheln, aber ich traue mich nicht, mein Oberteil auszuziehen, um Hautkontakt mit ihr zu haben, wie es in den Blogs steht, aber Millie hat recht – sie wird so geliebt, und das ist doch alles, was man sich für sein Kind wünscht, oder? Liebe. Liebe heilt alles. Liebe ist präventiv. Liebe ist.

Das Baby wacht in Sandeeps Armen auf, und ich fühle einen Anflug von Stolz, dass sie in meinen Armen so friedlich zu sein schien – und bereue sofort, dass ich sie ihm gegeben habe. Ich nehme an, ich bin auch nur ein Mensch. Ich zücke mein Handy, um ein Foto zu machen und es meinen Eltern, Ollie und später dann Ruby zu schicken.

Ich dachte, dass Menschen, die entbinden, tagelang im Krankenhaus bleiben müssen. Vielleicht sogar eine Woche. Aber Millie wird noch am selben Nachmittag entlassen, und schon ist unser Baby draußen in der Welt.

»Vorsichtig, vorsichtig …«, sage ich, als wir gemeinsam durch das Krankenhaus gehen. Sandeep ist vorausgegangen, um sein Auto zu holen, und wir sollen ihn am Eingang treffen. Millie wird von einer Krankenschwester in einem Rollstuhl geschoben, und ich merke, dass sie trotz ihres tapferen Gesichts müde ist und ihr eigenes Bett, ihre eigene Wohnung und ihre eigene Dusche haben möchte. Sie scheint sich immer noch unwohl zu fühlen.

»Ich bin vorsichtig, Dad«, sagt die Krankenschwester zu mir. »Konzentrieren Sie sich einfach auf das kleine Bündel Glück, das Sie da haben.«

Ich kann nicht glauben, dass ich ein Baby hier raustrage. Gestern war sie noch *in Millies Körper*, und jetzt ist sie hier, außerhalb des Körpers, bestaunt die Welt, atmet selbstständig und gibt diese entzückenden kleinen, krächzenden Geräusche von sich, die mir das Herz brechen und es gleichzeitig erfüllen. Millie muss nicht einmal hierbleiben. Sie *geht einfach* nach Hause, mit einem Baby.

Oh, Shit. Sie atmet doch noch, oder? Ich werde langsamer und strecke einen Finger aus, um nachzusehen. Okay, ja. Sie lebt noch. Bis jetzt geht es mir ganz gut.

Wir kommen um die Ecke, und die Krankenschwester hilft Millie hoch, während Sandeep auf der Fahrerseite aussteigt, mit Taschen herumhantiert und mir versichert, dass das Krankenhaus sie bereits überprüft und für sicher befunden hat.

»Wir sehen uns dann morgen?«, sage ich zu Millie. Sie sieht erschöpft aus. Der Gedanke, von meinem Baby getrennt zu sein, reißt mich entzwei, aber ich weiß, dass ich Grenzen respektieren sollte.

»Hör zu«, sagt sie. »Für heute Nacht – für ihre erste Nacht. Warum kommst du nicht mit und bleibst? Du darfst ihre erste Nacht nicht verpassen.«

»Bist du sicher?«, frage ich, und Sandeep kurbelt sein Fenster ebenfalls herunter.

»Wir bestehen darauf«, sagt er.

Ich bleibe vier Nächte bei Millie und Sandeep, und die Fahrt nach Hause in die neue Wohnung fühlt sich so seltsam an. Wir haben uns darauf geeinigt, dass das Baby drei Monate lang bei Millie bleibt und ich sie dort sehen werde, und danach werden wir abwägen, ob sie bereit ist, bei mir zu übernachten, oder wann der richtige Zeitpunkt dafür ist. Aber jetzt, wo ich zu Hause bin, die Umzugskartons noch nicht ausgepackt sind und mein neuer Job noch nicht begonnen hat, spüre ich zum ersten Mal die Last, die auf mir liegt. Ich schicke Ruby ein Foto von dem Baby. Ich merke nicht einmal, dass ich es tue, bis ich nach ihrem Namen scrolle. Sie ruft mich sofort an.

»Sie ist wunderschön«, sagt sie. »Glückwunsch, Nic.«

»Ich danke dir«, sage ich. »Sie ist sehr klein und sehr süß.«

»Du klingst glücklich.«

»Das bin ich auch«, sage ich. »Und du?«

Sie hält inne. »Einige Produzenten bei der BBC haben *Beinahe zählt nicht* gesehen. Ich bin gerade bei einem Treffen mit ihnen, zusammen mit Harry.«

»Wow!«, rufe ich. »Das ist ja unglaublich, Ruby!«

»Ja«, sagt sie. »Drück uns die Daumen.«

»Das ist bestimmt gar nicht nötig«, antworte ich.

Wir halten inne.

»Ich wollte dir nur sagen«, beginnt Ruby dann, »dass ich dich liebe, auch wenn wir uns entschieden haben, nicht zusammen zu sein. Das ist alles. Du brauchst es nicht zu erwidern. Aber ich wollte es sagen. Ich liebe dich. Du hast mich verändert. Und das werde ich immer bei mir tragen.«

»Du hast mich auch verändert«, sage ich. »Und ich liebe dich auch. Ich verstehe nicht, warum es mit uns nicht klappen kann, aber ich akzeptiere es. Vielleicht ist in unserem nächsten Leben der richtige Zeitpunkt gekommen.«

Sie lacht, rotzig und süß. »Vielleicht«, sagt sie. Und dann: »Mach's gut, Nic.«

TEIL 3

Vier Jahre später

43

Ruby

Das war eine schöne Gedenkfeier, nicht wahr?«

Ich wusste, dass er kommen würde. Er hatte die Ankündigung im Internet gelesen, der Algorithmus auf seiner Nachrichten-App hat unerwartet die Vergangenheit hervorgespült. Jackson hat es mir letzte Woche erzählt, auf Candices Hochzeit, als wir darauf gewartet haben, dass sie mit den Brautfotos fertig wurde. Sie haben nicht oft Kontakt, zum Teil wegen Nics Umzug, zum Teil wegen mir und zum Teil, weil Jackson und Nics Bruder Ollie vor zwei Jahren eine unglückliche, einmonatige, heimliche Fickbeziehung hatten, die Ollie das Herz gebrochen hat, weil Jackson nicht wollte, dass mehr daraus wird. Ollies erster Liebeskummer. Nic hat sich für Blut statt Wasser entschieden, obwohl Ollie letztlich glücklicher war als je zuvor, nachdem er auf Jacksons Ermutigung hin seine Sexualität voll und ganz ausgelebt hatte – zumindest habe ich das gehört. Trotzdem war es am Ende ein ziemliches Durcheinander. Ich habe alles aus zweiter Hand erfahren, von Candice, in den Pausen am Set oder während Schreibklausuren mit Harry.

Nic sieht fast genauso aus wie früher. Die Augenpartie ist weicher geworden, eine dünne neue Delle zwischen den Augenbrauen, fast so, als wäre ein Daumen über sein Gesicht gefahren und hätte seine Züge verwischt. Seine Augen sind dunkel, die vollen, rosafarbenen Lippen haben sich gerade so weit geöffnet, dass seine beneidenswert perfekten Zähne zum Vorschein kommen, der kräftige Hals ragt aus seinem gestärkten weißen Hemd, die schwarze Krawatte hat sich um ein oder zwei

Zentimeter gelockert, der oberste Knopf ist trotz des teuer aussehenden Anzugs in einem minimalen Anflug von Lässigkeit geöffnet. Seine Statur hat sich nicht verändert, aber sie ist etwas weniger geschmeidig, weniger schlaksig. Was ich damit sagen will, ist wohl, dass er genauso alt aussieht, wie er ist, und das wird mir plötzlich bewusst, weil ich mich frage, was er denkt, wie ich mich verändert habe. Ich bin knapp fünfunddreißig, aber die durchgearbeiteten Nächte, die frühen Morgenstunden, die endlosen Meetings und die Wochenendarbeit – all das bedeutet, dass ich genau weiß, dass ich nicht mehr so frisch aussehe wie früher. Ich übertreibe nicht, es ist schlicht die Wahrheit.

»Ich hoffe, es ist okay, dass ich gekommen bin«, fügt er hinzu.

Ich ziehe meine Sonnenbrille hoch und setze sie mir auf den Kopf.

»Natürlich ist es das«, sage ich. »Dieser Dokumentarfilm war genauso eine Geschichte über dich und mich wie über JP. Er wäre gerührt, wenn er wüsste, dass du dir die Mühe gemacht hast, zu kommen.«

»Es scheint, dass er viele Menschen berührt hat«, meint Nic und deutet auf die sich auflösende Menschenmenge vor der Kirche. Es ist ein wunderschöner Tag: Der Himmel ist wolkenlos, und es ist warm genug, dass die Männer ihre Anzugjacken abgelegt haben und ein paar Leute im Gras sitzen und darauf warten, dass der Pub auf der anderen Straßenseite um 12 Uhr öffnet.

»Kommst du mit in den Pub?«, frage ich. »Dort gibt es Essen und Kaffee.«

William und Sophie gehen an uns vorbei, wobei ihr praller, schwangerer Bauch vor allem anderen ins Blickfeld gerät. William berührt meinen Arm und lächelt, Sophie sagt *Bonjour,* aber sie bleiben nicht stehen. Sie haben mir vorhin erzählt, dass sie einen Jungen bekommen, und er wird Jean-Pierre heißen: eine französische Anspielung auf seinen Urahnen. Das Leben geht weiter, auch nach dem Tod. JP würde sich über den Namensvetter freuen, da sind sich alle sicher. Er fand es toll, dass William und Sophie die Chance auf eine Liebesgeschichte hatten, die er nicht hatte, und auch wenn er seinen Urenkel vielleicht nicht kennenlernt, so konnte er doch zumindest William beim Gang zum Altar beobachten.

»Ähm«, sagt Nic und lächelt William und seine Frau an. »Ich weiß nicht. Ja? Ich will mich nicht aufdrängen. Ich habe gerade den Artikel im *Guardian* gesehen und dann die Doku heruntergeladen, um sie mir noch einmal anzusehen, wie wohl jeder andere auch, und es sind so viele *Gefühle* in mir hochgekommen. Er war so nett zu mir, damals beim Abendessen. Ich weiß nicht, ob du dich erinnerst. Wahrscheinlich nicht. Aber wir hatten ein Abendessen, in deiner Wohnung in Manchester, und er war da und … Ich weiß nicht.«

»Ich verstehe«, sage ich. »So habe ich mich bei JP auch gefühlt. Danke, dass du gekommen bist. Es ist wirklich schön, dich zu sehen.«

Nic sieht erfreut aus, als er das hört, und ich fühle mich erfreut, es zu sagen. Ich habe in all den Jahren an ihn gedacht. Besonders am Anfang. Ich habe immer angenommen, dass er jemanden gefunden und geheiratet hat, wahrscheinlich ein weiteres Kind bekommen hat. Ich schaue reflexartig auf seine linke Hand: kein Ring.

»Nic? Hey!« Harry winkt, als er sich nähert, Beau an seiner Seite, und alles Unausgesprochene zwischen uns verschwindet, als Nic die Hand ausstreckt und die beiden mit den Worten begrüßt: »Harry, wie geht's dir? Beau, stimmt's? Hey, Beau.«

»Das war ein schöner Gottesdienst, nicht wahr?«, sagt Harry und sieht zwischen Nic und mir hin und her, wohl wissend, dass zwischen uns eine ganze Geschichte steckt, die darauf wartet, gebührend gewürdigt oder völlig ignoriert zu werden. Ich weiß noch nicht, in welche Richtung das Gespräch gehen wird.

»Wo ist Baby Mirabelle heute?«, frage ich Beau, während Harry und Nic über die Architektur der Kirche sprechen und darüber, wie viel Geld in die Uferbebauung der Region geflossen ist. Ich höre Nic sagen, dass er die Projekte, die wir gemacht haben, auch verfolgt hat, und wie er ihm herzlich gratuliert.

»Bei meiner Mum«, sagt Beau. »Auch über Nacht. Wenn wir also unseren Kummer ertränken wollen, können wir das tun.« Er macht mit der Hand ein kleines Trinkzeichen, das Harry auffängt und sich dann unterbricht, um zu sagen: »Beau! Das ist keine verdammte Party, Herrgott!«

Ich lächle. »Ich glaube, JP hätte gewollt, dass wir feiern, um ehrlich zu sein. Er würde nicht wollen, dass wir rührselig sind.«

»Eine gute Gelegenheit«, sagt Harry und ahmt nach, was JP zu sagen pflegte, nachdem der Dokumentarfilm herauskam, und bezieht sich dabei auf sein Alter, auf die Tatsache, dass er mehr Schwung hat als je zuvor, dass er immer weitermacht. Während des Gottesdienstes wurden einige seiner Aufnahmen gezeigt, Clips, die JPs Geschichte erzählt haben, und der Pfarrer bezog sich in seiner Grabrede auf JPs Anspruch auf Ruhm in letzter Minute. Er war begeistert von der Aufmerksamkeit, die er nach der Veröffentlichung des Films erhalten hat. Er war ein paarmal in den Nachrichten zu sehen, und die *Times* hat uns alle für einen Artikel in der Samstagsbeilage interviewt. Am Ende hat er tatsächlich hundertfünfzigtausend Pfund für die Krebshilfsorganisation gesammelt, die sich um seinen ältesten Sohn gekümmert hatte. Das wurde auch in der Grabrede erwähnt: ein hundertjähriger Mann, der Tausende von Pfund für wohltätige Zwecke sammelt und obendrein noch in die nationale Presse kommt.

William hatte noch einen Satz zitiert, den JP in den letzten Jahren gerne gesagt hat: *Es ist erst vorbei, wenn es vorbei ist, Sonnenschein.* Ich sehe Nic wieder an. Schnappschüsse von allem gehen mir durch den Kopf, hundert verschiedene Berührungen und Lächeln und Momente, die etwas bedeutet haben. Wenn ich ihn ansehe, weiß ich, dass das wahr ist. Dass das, was wir hatten, echt war. Dass es etwas Großes war. Es ist schon komisch, wie ein Fremder aus dem Nichts auftauchen und in nur wenigen Monaten so viel in deinem Leben verändern kann.

Wir hören alle gleichzeitig, wie sich die Tür des Pubs öffnet, und drehen uns gemeinsam um, als sich die riesige knarrende Holztür bewegt und einen gefliesten Flur freigibt, in dem ein vergoldeter Spiegel an der Wand das Licht einer Deckenlampe aus farbigem Glas reflektiert, die stolz an ihrem Platz hängt.

»Also – der Pub?«, wiederhole ich.

»Ja, ich komme mit«, sagt Nic, und wir gehen in geladenem Schweigen hinter Harry und Beau her, gefolgt von allen anderen.

Wir finden einen kleinen Tisch in der Ecke, Harry und Beau auf der Bank, Nic und ich auf kleinen Hockern, auf denen es unmöglich ist, irgendwie elegant zu sitzen. Ich fühle mich unwohl in meinem Kleid. Es ist halblang und ärmellos, sieht sehr nach Audrey Hepburn in *Frühstück bei Tiffany* aus. Ich habe es in Panik über eine dieser Kleiderverleih-Websites bestellt. Es ist so viel nüchterner als alles, was ich sonst kaufe.

Vorgeblich reden wir alle miteinander, tauschen Geschichten über JP aus, aber Nic sieht mich ständig an, und ich sehe Nic an, und ich weiß jetzt, dass wir später wirklich ernsthaft miteinander reden müssen. Vielleicht nicht, bevor wir was gegessen haben, und wahrscheinlich nicht, bevor jemand ein Bier verschüttet hat oder ein Verwandter einen anderen angeschrien hat, aber irgendwann werden wir unseren Moment haben. Er streckt die Hand aus und berührt leicht mein Knie, als er mich fragt, ob ich noch etwas trinken möchte. Er hätte mich genauso gut mit Benzin übergießen und ein Streichholz anzünden können: Ich erröte vor Hitze, als alles wieder in mir hochkommt.

JPs Nichte spielt Klavier und erfüllt uns jeden Musikwunsch, während wir uns ins Hinterzimmer quetschen und laut und schräg singen, um die Zeit zu feiern, die wir alle mit dem frechen, liebenswerten und lebensfrohen JP hatten. Ich schleiche mich auf die Toilette und lehne mich bei meiner Rückkehr an den Türrahmen, um in das Hinterzimmer zu schauen, als ein mitreißender Refrain von »Wonderwall« sein Crescendo erreicht. Ich spüre ihn, bevor ich ihn sehe.

»Noch ein Drink?«, fragt er und winkt mir mit einer leeren Flasche zu.

»Klar«, sage ich, und wir gehen in den hinteren Teil der Bar, wo weniger Leute sind. Der Barmann nickt und signalisiert, dass wir an der Reihe sind.

»Wie geht's deinem kleinen Mädchen?«, erkundige ich mich und stütze meine Unterarme auf die Theke. Er macht es mir nach.

»Sie ist gar nicht mehr so klein«, sagt er. »Im September kommt sie in die Vorschule. Sie wischt sich jetzt schon selbst den Hintern ab und so.«

Ich lache. »Du bist also überflüssig?«

»So in etwa. Aber sie ist genial«, sagt er. »Und sehr klug. Vor zwei Nächten habe ich mich geärgert, als sie nicht einschlafen wollte. Meistens liege ich bei ihr, bis sie eingeschlafen ist, und es ist schön, das Gefühl zu haben, sie in süße Träume zu schicken. Aber sie hatte viele Süßigkeiten gegessen und war total high von dem ganzen Zucker, und ich habe gesagt: ›Lila, komm schon. Mach die Augen zu, und schlaf ein.‹ Und sie hat sich aufrecht hingesetzt, hat mich angesehen und gesagt: ›Daddy. Ich glaube einfach nicht, dass das passieren wird.‹« Er schüttelt den Kopf bei der Erinnerung daran.

»Oh, sie hat dich um den kleinen Finger gewickelt«, sage ich.

»Das hat sie vom ersten Tag an«, antwortet er und sieht mich an. Mein ganzer Körper reagiert auf diesen Blick.

»Was darf ich euch bringen?«, fragt der Barkeeper, und Nic gibt mir mit einer Geste den Vortritt.

»Ein großes Wasser«, sage ich, »und einen doppelten Slim Gin. Mit Limette und Zitrone, wenn das geht.«

»Ein Bier für mich«, sagt Nic, klopft auf den Rand seines leeren Glases und kramt in seiner Anzugjacke nach seiner Brieftasche. Als wir bedient werden, bleiben wir stehen, wo wir sind, und nehmen lange Züge von unseren Getränken. Dann sagt er: »Du hast alles erreicht, was du dir vorgenommen hast.«

»Ich?«, frage ich.

»Du«, sagt er. »Du hast der Welt deinen Stempel aufgedrückt.«

»Oh«, sage ich. »Ja, das ist gut. Ich habe Glück gehabt.«

»Komisch, wie viel Glück hart arbeitende Menschen haben können«, sagt er, und ich lächle.

»Das ist sehr großzügig von dir. Prost.«

Wir stoßen an wie zwei alte Freunde.

»Woran arbeitest du gerade?«, fragt er.

»An verschiedenen Projekten«, antworte ich. »Zwei sind in der Entwicklung: eins in der Vorproduktion, im Herbst soll gedreht werden, und ein anderes ist so gut wie fertig. Bei dem einen habe ich Regie geführt, bei dem anderen habe ich geschrieben und Regie geführt.«

»Wow«, sagt er. »Schon mal was davon gehört, immer nur eine Sache auf einmal zu machen?«

Ich zucke mit den Schultern. »So funktioniert das nicht«, sage ich. »Außerdem … habe ich Angst, dass meine Kreativität versiegt. Und ich habe einmal den großartigsten Mann, den ich je kennengelernt habe, verlassen, um mich auf meine Kreativität zu fokussieren … Deshalb gebe ich alles, damit etwas daraus wird, damit es zählt.«

Ich drehe mich um und lehne mich mit dem Rücken an die Bar. Ich kann nicht glauben, dass ich das gerade gesagt habe. Ich wusste nicht einmal, dass ich das gedacht habe. Ich mache eine Pause. Ist es wahr, was ich ihm gerade gesagt habe? Mit erschreckender Klarheit merke ich, dass dem so ist.

»Und tut es das?«, fragt er leise, als hätte ich nicht gerade eine Bombe gezündet, die gleich hochgehen wird.

»Ob es zählt? Ich meine, es macht mir Spaß, ja. Aber es ist viel Arbeit. Harry denkt, ich sei verrückt und müsse etwas langsamer machen, aber er hat Beau und Mirabelle. Ich habe …«

Ich weiß nicht, was ich habe.

»Alles, was du je wolltest?«, schlägt Nic vor.

Ich kann ihn nicht angucken. Ich weiß nicht, was los ist. Das, was ich so lange versucht habe zusammenzuhalten, löst sich auf, es rollt sich ab wie eine Rolle heruntergefallenes Klopapier.

»Was ist mit dir?« Ich wechsle das Thema. »Ich bin langweilig. Erzähl mir von deinem Leben.«

»Bei mir?«, wiederholt er. »Eigentlich dasselbe wie immer. Lila kommt in die Vorschule, wie ich schon erzählt habe. Millie und Sandeep haben noch ein Kind bekommen, also hat sie einen Bruder, den sie liebt, aber manchmal auch nicht. Ich glaube, sie mag es, dass sie mich hat, den sie nicht teilen muss. Und dann vermisst sie ihn und will ihn wiedersehen.«

»Niedlich«, sage ich.

»Ich hatte ein paar Dates, mit einer Frau war es sogar ziemlich ernst, aber … na ja, es hat nicht funktioniert.«

»Das tut mir leid«, sage ich, und ich meine es ernst. Ich möchte, dass er glücklich ist.

»Ich bin nicht traurig darüber«, sagt er. »Nicht wirklich.«

»Wie geht es deinem Bruder?«, frage ich. »Candice hat mir die Einzelheiten über ihn und Jackson erzählt. Ich sehe Jackson kaum, aber wenn ich ihn sehe, ist es, als wäre überhaupt keine Zeit vergangen.«

»Ja«, sagt er. »Ollie geht es gut. Er ist glücklich. Glücklicher, als ich ihn je erlebt habe, ehrlich gesagt.«

»Das ist schön.«

»Ja.« Er nickt. »Und Candice? Jackson hat gesagt, sie wollte heiraten?«

»Jep!«, sage ich. »Letztes Wochenende. Jetzt ist sie in den Flitterwochen. Ich weiß nicht, ob du dich an unseren ehemaligen Postboten erinnerst. Sie hat endlich den Schritt gewagt.«

»Ich erinnere mich«, sagt Nic.

»Ich bin überrascht, dass du mir nicht sagst, dass du dich an alles erinnerst. War das nicht dein Spruch?«

»Das war nie nur ein Spruch«, sagt er todernst. »Ich erinnere mich an alles, das es wert ist, erinnert zu werden.«

Endlich sehe ich ihn an. Er lächelt mit halbem Mund, so wie immer.

»Gott«, sage ich zu ihm. »Es ist so seltsam, dich zu sehen. Seltsam im positiven Sinn, aber …«

»Aber neblige Aquarell-Erinnerungen kommen hoch?«, sagt er und zitiert den Text des Barbra-Streisand-Songs.

»*Of the way we were* – daran, wie wir waren«, sage ich und nenne den Titel des Liedes. »Genau.«

»Ist bei der Arbeit alles gut?«, frage ich.

»Die Arbeit ist okay. Das Leben in Liverpool ist okay. Lila geht es gut.«

»Was du also sagen willst, ist …«

»Ich finde es auch seltsam, dich zu sehen.« Er grinst. »Seltsam im positiven Sinn, aber …«

Ich verziehe das Gesicht. Was soll ich als Nächstes sagen? Er sieht genauso gut aus wie in meinen Erinnerungen. Er riecht, wie er immer gerochen hat. In seiner Nähe zu sein, fühlt sich *großartig* an. Und jetzt? Wir waren uns einig, dass wir uns nicht gegenseitig im Weg stehen wollten.

Aber das Schlimmste ist: Ich weiß nicht mehr, was genau wir damit meinten.

44

♥ ♥ ♥

Nic

»Du konntest den Gedanken nicht ertragen, ein Kind in deiner Nähe zu haben«, erinnere ich sie, nachdem ich ihr Angebot angenommen habe, einen Spaziergang zu machen, um etwas Luft zu schnappen. Es ist eine dieser stillen Sommernächte, wie sie eigentlich zu einem Augustabend auf dem Kontinent gehören, ein seltenes Geschenk des Wettergottes, in dem die Luft warm, aber nicht erdrückend ist und die Sonne hinter den vollen Bäumen rosa untergeht. Der Friedhof, auf dem JP begraben wurde, liegt gegenüber von uns, und so biegen wir rechts ab, um ihn zu umrunden und zu sehen, ob wir eine große Schleife zurück zum Pub machen können.

»Oh, mein Gott.« Sie lacht. »Das ist nicht fair. Ich wollte dich und sie davor bewahren …«

»Ich weiß«, sage ich. »Es gab Dinge, die du tun musstest.«

»Ja«, sagt sie. »Genau.«

»Und, was tatsächlich stimmt, wenn ich so zurückdenke, hätte ich als frischgebackener Vater absolut keine Dates haben können. Da hattest du vollkommen recht. Ich glaube, ich habe meinen Namen für etwa drei Jahre vergessen. Ich war einfach … Da-da und dann Daddy. Ich weiß nicht, wie ich mir das alles vorgestellt habe, aber heilige Scheiße, ehrlich … Ich weiß nicht, wie Leute jede Nacht in der Woche ein Baby im Haus haben können. Millie und ich haben uns Lila so ziemlich fifty-fifty geteilt, seit sie ein paar Monate alt war, und selbst so war ich erschöpft, hab mich beschissen gefühlt … Millie ging es genauso. Es war, als ob man in dem Moment, in dem man wieder einigermaßen man selbst ist, wieder an der Reihe ist, und dann ist man ganz schnell wieder völlig im Eimer. Ich will mich nicht beschweren«, füge ich eilig hinzu. »Ich verdeutliche nur deinen Standpunkt. Sie war meine Welt. Das ist sie immer noch, aber es ist jetzt ein anderer Rhythmus. Sie ist so selbstständig geworden.«

»Aber du wirst immer Daddy sein«, entgegnet sie.

»Ja, das werde ich«, sage ich. »Aber ich fange an, wieder Zeit für mich zu haben. Dass du wusstest, was passieren würde, und ich nicht, ist mir peinlich. Ich war *sehr* blasiert.«

»Ist schon okay«, sagt sie und hält inne, um die letzte Blüte eines besonders schönen Baumes zu bewundern. »Das fühlt sich sehr entlastend an.«

»Entlastend?«

»Dass ich zwar ein bisschen großspurig war, als ich erklärt habe, ich müsse losziehen und die Welt mit meiner Kunst verändern, dass es aber richtig war, dass du allein warst und dich dem Vatersein widmen konntest.«

»Ich finde nicht, dass du großspurig warst, weil du das erklärt hast«, sage ich. »Vor allem nicht, weil …«

»… es sich alles so entwickelt hat?«, fragt sie.

»Wie wir es vorhin gesagt haben, ja.«

»Hmm.« Sie bleibt bei einer Bank stehen, stützt sich leicht darauf ab und stößt sich dann energisch ab.

»Ich denke nur immer wieder«, sagt sie, »dass es so schön ist, dich zu sehen. So einfach, weißt du? Und wenn du mich heute Morgen gefragt hättest, warum ich weggegangen bin, hätte ich ganz klare Antworten gehabt. Die Fehlgeburt ist jetzt eine ferne Erinnerung, aber damals war sie es nicht. Damals hat sie mich definiert. Ich war mir so sicher, dass ich keine Kinder um mich haben kann. Aber jetzt, wenn ich so rede, wenn ich mit dir durch dieses verdammte malerische Scheißdorf laufe, wenn mir alles, was JP gesagt hat, in den Ohren klingt. Hinweise wie, man soll seine Chance nicht verpassen, man soll mit voller Inbrunst lieben und dieser Spruch *Es ist erst vorbei, wenn es vorbei ist …*«

Sie ertappt sich dabei, dass sie sich plötzlich für ihren Ausbruch schämt. Sie schüttelt gerührt den Kopf. »Ich bin nicht meine Stiefmutter, nicht wahr? Ich bin ich. Ich hatte gerade ein Projekt mit wundervollen Kindern, und ich habe gedacht: *Oh. Sie mögen mich.* Es hat Spaß gemacht. Ich habe das Zusammensein mit ihnen genossen. Warum habe ich jemals etwas anderes gedacht? Oh, mein Gott«, fügt sie hinzu. »Ich klinge verrückt, oder? Es ist diese Deadline. Ich glaube, ich hatte seit vier Jahren keinen einzigen freien Tag. Ich verdiene meinen Lebensunterhalt damit, Geschichten zu erzählen, und jetzt versuche ich, unsere Geschichte zu schreiben und – bist du mit jemandem zusammen? Hast du eine Freundin?«

»Ich habe keine Freundin«, sage ich amüsiert.

»Ich habe keinen Freund«, antwortet sie. Nach einer Weile fügt sie hinzu: »Hey – hast du noch das Sofa?«

»Ja, ich habe es noch«, sage ich. »Es steht in Lilas Zimmer. Darauf lesen wir die Gute-Nacht-Geschichten.«

»Ich habe geglaubt, du hättest es weggeschmissen.«

»Warum?«, frage ich. »Es ist …«

»Sprich weiter«, fordert sie mich auf. »Es ist … was?«

»Ich wollte sagen, es ist eine Erinnerung. Alles, was passiert ist, hat mich irgendwie angespornt, und London kam und ging so schnell, und das Sofa war etwas, das ich mitnehmen konnte. Etwas Greifbares.«

Sie nickt. »Das ist schön«, sagt sie. »Dass ihr darauf Geschichten lest.«

»Jede Nacht, wenn sie bei mir ist«, sage ich. »Sie mag den Samtstoff des Sofas. Sie streichelt ihn gerne, um sich selbst zu beruhigen, wenn wir zusammensitzen.«

Wir gehen wieder weiter.

»Ich bereue nichts davon«, sage ich, unser Tempo ist nun langsamer geworden. Unsere Hände berühren sich, gerade so, aber es ist klar, dass es nicht zufällig passiert. Ich weiß nicht, an wem es liegt. Ich empfinde immer noch das Gleiche für sie. Und bei allem, was sie sagt, frage ich mich, ob es ihr nicht genauso geht.

»Bilde ich mir das ein, was hier passiert?«, sage ich schließlich.

Sie wirft mir einen Blick zu. Dann bleibt sie stehen und schüttelt den Kopf. »Nein«, sagt sie.

»Ruby«, beginne ich. Ich mache einen Schritt auf sie zu.

Sie öffnet den Mund, um zu sprechen, überlegt es sich aber anders.

»Sag es«, flehe ich sie an. »Sag es, denn ich bin kurz davor, dich zu küssen, und ich muss wissen, ob das eine schlechte Idee wäre.«

»Nic. Ich glaube ehrlich gesagt nicht, dass die Gründe, die ich dir damals genannt habe, noch gelten. Es ist mir egal, dass du ein Kind hast. Ich denke … das damals, das war keine Ausrede. Ich habe es damals ernst gemeint. Ich war so traumatisiert von dem, was davor passiert war, dass ich nicht glauben konnte, dass es funktionieren würde. Aber ich denke oft an dich. Und ich war aufgeregt, dich heute zu sehen. Und als ich dich gefragt habe, ob du mit mir spazieren gehst, habe ich gehofft, dass du mich küssen würdest. In vier Jahren ist niemand auch nur annähernd an dich herangekommen. Ich bin mir nicht sicher, ob das jemals der Fall sein wird …«

»Ich wollte dich schon küssen, als ich dich in die Kirche kommen sah«, sage ich.

»Ich habe dich vermisst«, sagt sie. »Ich will dich nicht mehr vermissen.«

Ich gehe auf sie zu und greife nach ihrem Handgelenk, um sie an mich heranzuziehen. Sie lässt es bereitwillig geschehen. Ich halte ihr Gesicht dicht an das meine, und sie spitzt die Lippen in Erwartung. Als wäre sie hungrig danach. Ich bin auch hungrig danach. Ich halte ihren Kopf zwischen meinen Händen, mein Daumen streichelt ihre Wange. Sie lehnt sich in meine Berührung, schließt die Augen und seufzt tief.

Unsere Münder treffen sich, prallen aufeinander. Es ist nicht sanft. Es ist ein heftiger, leidenschaftlicher, berauschender Kuss, bei dem sie mich in sich hineinzieht und ich sie in mich hineinziehe.

»Wow«, sage ich und schnappe nach Luft.

»Ich drehe im September in Manchester«, sagt sie. »Ich werde in der Nähe sein.«

»Ach wirklich?«, sage ich.

»Und ich will nicht anmaßend sein, aber …«

»Aber wir sind endlich am gleichen Ort, zur gleichen Zeit, und sehen beide ein, dass wir Idioten waren, weil wir uns getrennt haben?«

»Ganz genau«, sagt sie.

»Lass es uns versuchen«, sage ich. »Erst einmal ganz offen und optimistisch, okay? Keine Ausreden.«

»Keine Ausreden.«

»Keine Ausraster.«

»Null.«

»Nur du und ich.«

»Und deine Tochter jedes zweite Wochenende?«

»Genau«, sage ich. »Ich habe nie geglaubt, dass du dich einem Kind gegenüber so verhalten würdest, wie deine Stiefmutter es dir gegenüber getan hat. Aber was soll's. Du bist einfach nicht so wie sie.«

»Das werden wir herausfinden, nicht wahr?«

»Ich vertraue dir«, sage ich.

»Ich vertraue dir auch.«

»Ich werde dich jetzt wieder küssen«, sage ich.

»Lass uns die verlorene Zeit nachholen.« Sie grinst.

Und so küssen wir uns dort, unter dem Ahornbaum hinter dem Friedhof, auf dem JP gerade beerdigt wurde, als wäre es schon immer so gewesen. Als hätte alles uns hierhergeführt, endlich. Ich nehme sie in mir auf und mache mir bewusst, dass es dieses Mal, jetzt, nach allem, was passiert ist, womöglich, vielleicht der richtige Zeitpunkt ist.

Dank

Mein Name steht auf dem Cover dieses Buches, aber es gibt sehr viele Menschen, die das möglich gemacht haben. Zu ihnen gehören:

Ella Kahn und alle bei Diamond Kahn and Woods Literary Agency

Team Avon:
Molly Walker-Sharp – Lektorin
Katie Loughnane – Senior Lektorin
Becci Mansell – Pressesprecherin
Cara Chimirri – Senior Lektorin
Elisha Lundin – Lektoratsassistentin
Ella Young – Assistentin Marketing und Kommunikation
Ellie Pilcher – Marketingmanagerin
Hannah Avery – Key Account Managerin, internationaler Vertrieb
Hannah O'Brien – Leitende Marketingmanagerin
Helen Huthwaite – Verlagsleiterin
Lucy Frederick – Lektorin
Oli Malcolm – Geschäftsführender Verleger
Radhika Sonagra – Lektorin
Sammy Luton – Key Account Manager
Thorne Ryan – Verlagsleiter

Freiberufliche Mitarbeiter:
Anna Barrett von The Writer's Space – Freiberufliche Lektorin
Anne Rieley – Korrektorin
Giovanna Giuliano – Illustratorin
Helena Newton – Redakteurin

HarperCollins:

Alice Gomer – Leiterin des internationalen Vertriebs
El Slater – Marketingmanagerin
Anna Derkacz – Vertriebsleitung
Ben Hurd – Vertriebsleitung
Ben Wright – Leiter des internationalen Vertriebs
Caroline Young – Designerin
Catriona Beamish – Produktionsleiterin
Charlotte Brown – Audio-Lektorin
Claire Ward – Kreativdirektorin
Dean Russell – Leiter des Designstudios
Georgina Ugen – Leiterin digitaler Vertrieb
Holly Macdonald – Stellvertretende künstlerische Leiterin
Melissa Okusanya – Leiterin der Verlagsabteilung
Robyn Watts – Produktionsleiter
Tom Dunstan – Verkaufsleiter UK

Rechte und Lizenzen:

Emily Gerbner, Jean Marie Kelly und das Harper360-Team
Lana Beckwith – Film & TV-Team
Michael White und das Team von HarperCollins Australien
Peter Borcsok und das Team von HarperCollins Kanada
Zoe Shine, Emily Yolland, Olivia Ter-Berg und das HCUK Rights Team

Und an Leah TerVoorde, die einen Wettbewerb gewonnen hat, bei dem es darum ging, einer Figur des Buches einen Namen zu geben, und die sich für Ollie entschieden hat. Danke, Leah!

»*Lustig, ergreifend, voller Tiefsinn.*
Fang jetzt bloß nicht an zu lieben *ist grandios.*«
Katie Fforde

MHAIRI McFARLANE

Fang jetzt bloß nicht an zu lieben

Roman

Obwohl Harriet die begehrteste Hochzeitsfotografin in Leeds ist, glaubt sie nicht an die Ehe und findet Romantik nur schwer erträglich. Als ihr Freund Jon ihr einen Heiratsantrag macht, gerät Harriet in Panik. Kurz darauf ist sie nicht nur Single, sondern braucht auch dringend eine neue Wohnung. Nur deshalb zieht sie bei Cal ein, ohne ihn vorher wenigstens einmal getroffen zu haben – mit einer unangenehmen Überraschung.
Als Harriets bestgehütetes Geheimnis ans Licht kommt und ihr Leben zu zerstören droht, muss sie sich ihren tiefsten Ängsten stellen. Ausgerechnet Cals scharfsinniger Humor ist es, der sie vorm Durchdrehen bewahrt. Doch reicht das, um sich gemeinsam der Vergangenheit zu stellen?

Ein Roman über die Liebe, über weibliche Solidarität und den Glauben an die eigene Stärke.

KNAUR